要是你对美没有共鸣,随时随地遇见美却并不爱它,那么,就是在你的艺术里,美自然也不会来了。

——屠格涅夫

世界散文八大家

柳鸣九 主编

Ivan Sergeyevich Turgenev

屠格涅夫

散文精选

刘文飞 编选

海天出版社（中国·深圳）

图书在版编目（CIP）数据

屠格涅夫散文精选 / 柳鸣九主编；刘文飞编选.—深圳：海天出版社，2014.5
（世界散文八大家）
ISBN 978-7-5507-0912-6

Ⅰ.①屠… Ⅱ.①柳… ②刘… Ⅲ.①散文集–俄罗斯–近代 Ⅳ.①I512.64

中国版本图书馆CIP数据核字（2013）第277971号

屠格涅夫散文精选
TUGENIEFU SANWEN JINGXUAN

出 品 人	陈新亮
责任编辑	陈　嫣　林星海
责任技编	蔡梅琴
装帧设计	深圳斯迈德设计 Smart 0755-83144228

出版发行	海天出版社
地　　址	深圳市彩田南路海天大厦（518033）
网　　址	www.htph.com.cn
订购电话	0755-83460137（批发）　83460397（邮购）
印　　刷	深圳市华信图文印务有限公司
开　　本	787mm×1092mm　1/16
印　　张	25
字　　数	370千
版　　次	2014年5月第1版
印　　次	2014年5月第1次
印　　数	1—4000册
定　　价	39.00元

海天版图书版权所有，侵权必究。
海天版图书凡有印装质量问题，请随时向承印厂调换。

目录
屠格涅夫散文精选

总　　序：散文的疆界在哪里……………………………… 柳鸣九／001
选本序：屠格涅夫的散文………………………………… 刘文飞／006

猎人笔记（节选）　　　　　　　　　　　　　　力冈／译

霍尔和卡里内奇………………………………………………… 002
叶尔莫莱和磨坊主妇…………………………………………… 013
莓　泉…………………………………………………………… 024
别任草地………………………………………………………… 033
死………………………………………………………………… 052
歌　手…………………………………………………………… 064
幽　会…………………………………………………………… 080
树林与草原……………………………………………………… 089

文学和生活回忆录　　　　　　　　　　　　　　张捷／译

普列特尼约夫家的文学晚会…………………………………… 098
回忆别林斯基…………………………………………………… 108
果戈理（茹科夫斯基，克雷洛夫，莱蒙托夫，扎戈斯金）……… 143
阿尔巴诺和弗拉斯卡蒂之行（关于亚·安·伊万诺夫的回忆）… 160
戴灰色眼镜的人（1848年的回忆片断）……………………… 171

我们的人派来的！（1848年6月巴黎发生的一件事）……… 194
特罗普曼的处决……………………………………… 204
贝加兹……………………………………………… 225
海上失火记………………………………………… 232

散文诗　　　　　　　　　　　　　　　　沈念驹／译

致读者……………………………………………… 242

第一部分

乡　村……………………………………………… 243
对　话……………………………………………… 246
老婆子……………………………………………… 248
狗…………………………………………………… 250
对　手……………………………………………… 251
乞　丐……………………………………………… 253
"请你听听蠢人的判断……"……………………… 254
一个心满意足的人………………………………… 256
通用的做人之道…………………………………… 257
世界末日（梦）…………………………………… 258
玛　莎……………………………………………… 260
傻　瓜……………………………………………… 262
东方神话…………………………………………… 264
两首四行诗………………………………………… 266
麻　雀……………………………………………… 269
骷　髅……………………………………………… 271
干粗活的和干细活的（对话）…………………… 272
玫　瑰……………………………………………… 274
纪念尤·彼·符廖夫斯卡娅……………………… 276

最后一次会见 …… 278
门　槛 …… 279
造　访 …… 281
NECESSITAS，VIS，LIBERTAS（一幅浅浮雕）…… 283
施　舍 …… 284
昆　虫 …… 286
素菜汤 …… 288
蔚蓝色的王国 …… 289
两个富翁 …… 291
老　人 …… 292
记　者 …… 293
两个兄弟 …… 294
自私自利者 …… 296
最高神灵的华宴 …… 298
斯芬克司 …… 299
神　女 …… 301
敌人和朋友 …… 304
基　督 …… 306
岩　石 …… 307
鸽　子 …… 308
明天！明天！ …… 310
大自然 …… 311
"绞死他！" …… 313
我会怎么想 …… 315
"玫瑰多美丽，多鲜艳……" …… 316
海上航行 …… 318
H. H. …… 320
留住！ …… 321
修道士 …… 322
咱们再较量一番！ …… 323

祈 祷 …………………………………………… 324
俄罗斯语言 …………………………………… 325

第二部分

相 遇（梦）…………………………………… 326
我怜悯 ………………………………………… 328
诅 咒 …………………………………………… 329
孪生兄弟 ……………………………………… 330
鸫 鸟 …………………………………………… 331
无家可归 ……………………………………… 334
酒 杯 …………………………………………… 335
谁的过错 ……………………………………… 336
生活准则 ……………………………………… 337
爬 虫 …………………………………………… 338
作家和批评家 ………………………………… 339
与什么人争论 ………………………………… 341
"哦，我的青春！哦，我青春的容颜！"……… 342
致×××………………………………………… 343
我走在高高的山间 …………………………… 344
沙 漏 …………………………………………… 346
当我不复存在的时候 ………………………… 347
我在夜间起床 ………………………………… 348
当我一人独处的时候 ………………………… 349
通向爱的道路 ………………………………… 351
说空话 ………………………………………… 352
朴 素 …………………………………………… 353
婆罗门 ………………………………………… 354
你哭泣起来 …………………………………… 355
爱 情 …………………………………………… 356

真理与真实…………………………………………… 357
山　鹑…………………………………………………… 358
NESSUN MAGGIOR DOLORE ………………………… 359
掉到车轮下……………………………………………… 360
哇……哇!……………………………………………… 361
我的树…………………………………………………… 363

附：屠格涅夫年表…………………………………… 364

总序：散文的疆界在哪里

◎ 柳鸣九

"世界散文八大家"丛书是这些年来已经出版过的多种世界散文选中，较为别具一格、多少另有新意的一种。其新意就在于编选成集的角度不像过去一些选本那样是以国别分集，而是以作家个人成集。其作家总数，则不多不少，恰好是八位。显而易见，这是典型的中国传统数字文化：八仙过海、唐宋散文八大家、武学八大金刚，甚至烹调术中的八珍丸子……都是古已有之。正是出于这种沿用传统的意识，深圳海天出版社前几年请季羡林先生主编了一套"当代中国散文八大家"丛书，出版后颇获成功，现在余兴未尽，又约请我主编这套"世界散文八大家"丛书，以期构成他们散文出版中的"双璧"。这便是这一套书的来由。

世界散文的发展有其客观的历史，各国的散文文库也有其客观的存量，都不以人的主观意志与好恶为转移。如何选？选多少？是取其六，还是取其八？都不是一个绝对真理问题。而选这一些，不选那一些，也是一个仁者见仁、智者见智的问题。关于本套书所选的这八位，我只能说是根据我个人对世界散文历史的认知，选取了我心目中较有影响、较有广泛声誉者。而在思想艺术风格上，则选取了较大程度上投合更广泛读者的口味者——也就是说，力求避免过于保守或过于前卫。这种选法实不敢期望能获得所有行家知者一致赞同，至于这八位散文家的思想价值与艺术风格，已分别由各卷的编选者加以论述，就用不着我再赘述了。

倒是有一个问题，这里必须着重加以说明，那就是：散文的国土有多大？它的疆界在哪里？它的边缘如何划定？因为，凡读论散文者，凡编选散文集者，都不能回避这样一个地域学问题。

文艺理论家、批评家对散文如何下定义，如何作界说，文艺学讲义、博士学位论文对散文如何进行辨析，这只是学术象牙塔里的事、云端里的事，一般的阅读者往往是不大理睬的。我们知道，在社会现实生活里，经常流通、为人常见的那些文化成分，对于人们文化观念、文化模式的形成，总是起着至关重要作用的，至少也起着约定俗成的作用。正因为如此，不难理解，一般的阅读者的散文理念、散文模式，往往不是来自教科书与学位论文，而正是来自他们常见到的、常读到的那些散文作品。

在中国能识字读书的人群中，出身于书香之族、家学源远流长、自幼饱读经史的"上帝的选民"，乃极少数，多数人所受的教育都是"大众型"的。根据我自己以及我周围人群的经历，在一般人所受到的那种"大众型"的启蒙教育与中小学教育中，《唐诗三百首》与《古文观止》是两位重要的老师。而《古文观止》对这"大众型"的智识层在形成民族传统散文的概念上，正起了某种准绳式的规范作用。特别是其中像《陈情表》、《归去来兮辞》、《滕王阁序》、《陋室铭》、《进学解》、《岳阳楼记》、《醉翁亭记》、《赤壁赋》等这样一些为青年学子广为传诵的名篇，更成为人们心目中的散文典范。

"五四"以后，散文大为发展，于是在人们的文化生活里，又多了一些传诵的名篇：《背影》、《荷塘月色》、《寄小读者》、《我所知道的康桥》等等。中国散文中这个一脉相承的传统，实际上代表了整整一个族类，其特点是抒写的内容不超出自我的半径之内，或为自我的见闻与感受，或为自我的辨析与哲理。不外园林山水、花鸟鱼虫的景观，修身养性的道理，经历行止、身边琐事的感言。形式上则单独成篇，文章结构内敛凝聚，布局谋篇甚为讲究，遣词造句力求精练，通篇追求自我的性灵、雅美的意趣、闲适从容的情致。所以，只要一讲起散文，人们首先就想到了这个族类，就把这个族类当作散文的本体、散文的"王室"。

这就是一般人的散文观的由来，也是一般人心目里的散文范畴、散文领地。这种散文范畴观可以说是在历史过程中自然形成的，因为人们是出于愉悦的需要而向这种散文倾斜的——要知道愉悦的需要毕竟是芸芸众生在文学阅读中最原始自然，而又合情合理的需要。

现在，在散文的国土问题上，让我们把亚里士多德、文艺学讲义、辞源与博士学位论文放在一边，从简单的文学事实出发吧。

对于文学的发展来说，书面文字的产生无疑是至关重要的，文学史往往都把文学的起源上溯到书面文字的出现。文字产生之后，其用于人类各种活动中不外记事、论说与歌咏等各种形式，并由此自然而然地讲究到文字上的修辞与技巧。如果说文字的产生以及修辞学的运用，离诗歌、小说、戏剧还很远的话，那么它们离散文就只有一步之遥了。不要以为直接用于人类的祭祀鬼神、公文告示、记事备忘、奏启呈文等等各种实际活动的书面文字，是绝对与散文无关的——好像虫蛆怎么也变不成蝴蝶——恰巧相反，直接为这些实际活动服务的书面文字，只要说得头头是道、明晓透辟、情词并茂，就很容易可以上升到散文的范畴：辞职书写得恳切感人，便有了李密的《陈情表》；与朋友闹纠纷讲理头头是道，便有了嵇康的《与山巨源绝交书》；祭鬼神、慰亡灵之作写得悲怆苍凉，便有了《吊古战场文》。诸葛亮的《出师表》其实就是打上去的一份政策分析报告，骆宾王的《代徐敬业传檄天下文》便是一张写得很讲究的公文告示，而王安石的《答司马谏议书》也不过是写得义正词严的"党争"中短兵相接的争辩。而这些文章，都已经成为了中国散文中公认的精品。

众所周知，人类的社会实践活动早于文学活动，人类社会实践活动的需要也远远大于文学活动的需要，而各种社会实践活动中的实际文字语言，正是散文可能滋生也比较容易滋生的温床。如果笔者不是在歪着嘴巴说理的话，那么就可以下结论说，散文艺术是文学中最古老的艺术，它的资格比小说艺术与戏剧艺术都要早；而散文又是文学世界里疆界最大的王国，它的幅员比小说与戏剧要大得多。

其实，在文学世界的版图上，除了诗的王国外，剩下的就是散文的莽原了。戏剧与小说这两个王国，也基本上是在散文的莽原上建立起来的，而且是后来的事。没有散文做基础，小说与戏剧这两个王国的独立与发展是不可想象的。即使在小说与戏剧有了高度发展之后，我们仍经常在它们的殿堂里俯首可见由散文所构成的殿堂地面——雨果的《悲惨世界》中滑铁卢一章，实际上是法国人大制作的惨烈悲凉的《吊古战场文》；博马舍的名剧《费加罗的婚礼》中主人公那段在剧本里举足轻重的著名独白，本身就是可独立成篇的绝妙的散文自述；契诃夫的独幕剧《论烟草有害》，其实就是一篇幽默讽刺散文；夏多布里昂的小说《阿达拉》的"序幕"早已被公认为一篇写景的上好佳品。

从人类社会实践活动的需要与可能来看，产生散文的层面与途径远比诗歌、小说、戏剧来得广泛；同样，从写作者的条件与可能来看，产生散文的层面与途径也比诗歌、小说、戏剧来得广泛。因为不论是诗歌、小说、戏剧的创作，都需要一定的专门艺术技巧，而散文的写作则相对要简单一些。不论是出于政治、经济、宗教、社会人际关系及交往的需要，还是出于学术文化与哲学思辨的热情；不论是由于现实景观与见闻的引发，还是个人心绪与性灵的萌动，只要具有优良的语言修养以及谋篇布局的技艺，有意识地追求一定的艺术意境，或大则成书，或小则成篇。即使从简营造，短小精悍，皆可成为散文佳品。

因此，在文学发展的过程中，散文的创作量往往实际上要大于诗歌、小说与戏剧的创作量。由于性质与内容的不同，它又有着哲理散文、历史散文、记事散文、描述散文、抒情散文、政论散文、文化散文以及交往应酬散文等等各种门类，所有这些构成了一个幅员辽阔的散文帝国。如果只承认闲适性的散文才是散文，岂不就把其他种类数量庞大的散文拒于法门之外，让它们成为野鬼孤魂？如果只把散文的领域局限于闲适性的散文，那岂不是把散文王国的大片领土生割出去，弃之不顾？如果不把它们称为散文，又称为什么呢？照笔者的理解，那些广为传闻的闲适美文精品，可说是构成了散文王国的紫禁城，然而，在紫禁城之外，还有更大的京畿，还有辽阔的外省边陲。鲁迅在《南腔北调集》的《小品文的危机》一文里，就把这种闲适性的散文称为"散文小品"，甚至称为"小摆设"，显然就没有把它当做一个"泱泱大国"来看待。

  本着以上的理解来规划这套散文选集，我们有意识地拓宽了选题的范围，将一些历史论著、哲理著作、政论演说、文艺评论、回忆录，以及日记书信中有文采、有一定形象性、堪称经典散文的佳篇选入。也许，在这里，散文的边界有时会显得有点模糊，但总比割舍了一大片领土要强。这就是我们的基本立意。

  文化积累是一项社会性的、需要大家添砖加瓦的工程，对世界散文的研究、梳理、编选、译介的工作也是这样，但愿各种选本相得益彰，各自做出自己的贡献。如果读者认为我们这套选集也添加了一些自己的东西，我们将感到莫大的欣慰。

选本序：屠格涅夫的散文

◎ 刘文飞

一

1983年10月，一个天色有些阴沉的傍晚，我陪中国大百科全书出版社总编辑姜椿芳先生在鼓浪屿的海滩上漫步，当时还是一名研究生的我，有幸与姜先生等一大批前辈学者共同参加在厦门大学举行的屠格涅夫研讨会。漫步海滩的话题依然与屠格涅夫相关，姜先生向我谈起这样一个"典故"。20世纪50年代初的一次中苏领导人会面之后，斯大林让苏方翻译接待人员留下来，气呼呼地表达了对他们的不满：你们刚才听见人家中方翻译（据姜先生说是刘泽荣）说的俄语了吗？多么地道流畅，我不清楚你们的中文水平，但是你们的俄语反正不如那位中国人，他说的是纯正的屠格涅夫语言！

即便是在斯大林这样的政治家心目中，"屠格涅夫语言"也成了"最美俄语"的同义词。

为了参加那次会议，我也写了一篇题为《屠格涅夫的抒情诗》的小论文，即便所分析的是屠格涅夫起步时期的文学试笔，我依然能感觉到屠格涅夫文字的精致和优雅。姜先生的那段转述，更是让屠格涅夫的语言之美如同傍晚南海上变幻莫测的低云一般，从此深深地铭刻在了我的心底。

二

伊万·谢尔盖耶维奇·屠格涅夫（Иван Сергеевич Тургенев）1818年11月9日生于俄国中部奥廖尔省一个富裕大地主家庭，从小接受了良好的教育，14岁时即已熟练掌握法、德、英三种外语。1833年起，屠格涅夫先后进入莫斯科大学和彼得堡大学学习，1838年前往柏林大学学习哲学，1841年回国时曾试图任教大学，任职官场，但均不成功。1843年因长诗《帕拉莎》获得别林斯基赞赏后，便放弃一切其他尝试，专心于文学写作。

1843年11月，具有西班牙血统的法国歌唱家波琳娜·维亚尔多来彼得堡演出，屠格涅夫被她迷住，从此终生追随她游历欧洲，1847年后更是常年居住法、德等国。1845年，屠格涅夫与他那位专断跋扈的母亲决裂，其原因除了屠格涅夫痛恨母亲身上所体现的农奴主做派，母亲也反对他从事"危险的"舞文弄墨工作之外，与维亚尔多的恋情亦为一根导火索。失去家庭资助后，屠格涅夫被迫过起流浪文人的生活，但在母亲于1850年去世后，屠格涅夫却突然发现自己成了大笔财产的继承者。

1847年，屠格涅夫开始在《现代人》杂志上不定期地连载《猎人笔记》，引起巨大轰动，从此成为俄国最重要的作家之一。在此后三十余年时间里，屠格涅夫不懈写作，写出一部又一部文学名著，成为堪与普希金、果戈理、陀思妥耶夫斯基和托尔斯泰比肩的文学巨人。他留下的《罗亭》《贵族之家》《前夜》《父与子》《烟》和《处女地》等长篇小说名篇，构成了一部19世纪40至80年代俄国社会生活的艺术画卷。

19世纪中后期的数十年，亦是俄国现实主义文学的黄金时期，屠格涅夫是为数不多贯穿这一黄金时期的俄国大作家之一，他始终是俄国文坛的中心人物，他的每一部小说几乎都会引起巨大的反响和绵连的争论。

1858年，屠格涅夫的《阿霞》发表之后，车尔尼雪夫斯基撰写了一篇题为《俄国人赴约会》的评论文章，认为屠格涅夫小说中的主人公所表现出来的萎靡不振、犹疑不决的气质，已表明自由派知识分子在俄国社会生活中正在失去进步意义，这篇文章不仅受到安年科夫等人的激烈反驳，也引起了屠格涅夫对车尔尼雪夫斯基等人的不满。《前夜》发表之后，杜勃罗留波夫写了一篇评论，题目叫做《真正的白天何时到来》，认为屠格涅夫小说的意义就在于呼唤一个新时代的到来。杜勃罗留波夫对《前夜》的这一"革命性"解读让屠格涅夫很难接受，他因此与《现代人》阵营彻底决裂。关于《父与子》的争论，更是西方派阵营正式分化为自由派和民主派的一个标志，车尔尼雪夫斯基后来之所以写作《怎么办》，在一定程度上就是要与《父与子》进行论战，构成对比。小说《父与子》的出版所引起的激烈争论，也可被视为屠格涅夫自己政治立场和艺术态度之冲突的反映。屠格涅夫构思《父与子》的初衷，原本是为了弥合两代人之间的隔阂，没想到，这部作品却激起了最为激烈的讨论，在各个方面均不叫好，用屠格涅夫自己的话来说就是："有些人指责我侮辱了年轻一代，骂我落后反动，他们关照我说，要带着'轻蔑的笑声烧掉你的相片'；相反，另一些人却愤怒地责备我随意奉承这年轻一代。"赫尔岑写作了题为《父辈已成祖辈》一文，对《父与子》及其作者进行嘲讽和抨击。针对相关指责，屠格涅夫很不以为然，他在《关于〈父与子〉》中的一条脚注中对某些庸俗的评论发了这样一通"牢骚"："人们举出许多论据来证明我'对青年有仇恨'，一位批评家还援引了我让巴扎罗夫在打牌时输给亚历克赛神甫这件事情，作为论据之一。他说：'作者简直不知道怎么样辱没和贬低他才好！他连玩牌都不会！'毫无疑问，如果我让巴扎罗夫打赢了，那位批评家一定又要洋洋得意地叫道：'事情不是很明显吗？作者想暗示我们：巴扎罗夫是个赌棍！'"由屠格涅夫在《父与子》中提出的"虚无主义者"这一概念，引起了尤其激烈的讨论，并使斯拉夫派和西方派的对峙在一定程度上转化成了"自由派"和所谓"虚无主义者"的对立。

在《父与子》之后，屠格涅夫的《烟》和《处女地》等作品一次又一次地引起广泛的社会讨论，在不同的思想阵营获得截然不同的评价。屠格涅夫作品的这些"遭遇"，恰好说明他的小说真实地再现了当时俄国社会的真实状况和社会中的矛盾，构成了那个时代思想生活的艺术记录。一位屠格涅夫研究者关于《父与子》所说的一段话，似乎也可以被用来说明屠格涅夫曾引起争论的其他所有作品："围绕小说进行的激烈争论，最初使作者感到沮丧。他似乎觉得这意味着作品的完全失败。实际上正好相反，这些争论在很大程度上就是这部小说里展开的那些争论在现实生活中的继续：激烈的争论说明作品写得生动，动人心弦，没有一个读者对作品能无动于衷。这是巨大的成功，尽管这个成就来之不易，而且往往使作者不十分愉快。"

屠格涅夫的每一部作品，都是对俄国当时的社会生活和思想斗争的观照，因而也就必然会涉及对不同价值取向和社会发展道路的探究和思索，屠格涅夫的每一部小说都暗含着争论，是真正的思想小说，他是在不懈地通过自己的小说、以艺术的方式介入他那个时代的思想斗争，从而成为与陀思妥耶夫斯基和托尔斯泰比肩的俄国三大小说家之一。

1883年9月3日，屠格涅夫在巴黎郊外的小镇布日瓦尔辞世。根据他的遗愿，他的遗体被运回俄国，葬于彼得堡的沃尔科夫墓地。

三

被视为伟大小说家的屠格涅夫，其创作体裁其实十分多样，从抒情诗、长诗和散文诗到短篇、中篇和长篇小说，更有大量的特写、评论、戏剧和回忆录等等。若以中国文艺学传统的"诗歌、小说、散文、戏剧"的体裁划分标准来看，屠格涅夫无疑是一位真正的"全能作家"。但在一般俄国读者心目中，屠格涅夫仍主要是一位"散文作家"（прозаик）。需要注意的是，中国和西方文人心目中的"散文"和"散文家"的概念并不完全等义，俄国人所言的"散文家"屠格涅夫的创作，其实就是他除诗歌之外的所有"非韵文"作品；而我们心目中的"屠格涅夫散文"，则似乎主要是指他那些"非叙事美文"。然而，即便以中国人的散文观看待屠格涅夫的文学创作，我们仍然能在其中发现三个典型的"散文板块"，即《猎人笔记》、《文学和生活回忆录》和《散文诗》。

关于《猎人笔记》的体裁特征，俄罗斯学者曾给出多种定义，如"短篇小说"、"随笔故事"、"渔猎笔记"、"风俗特写"等等，不一而足。其实，用中国的"散文"概念来概括它们或许最为贴切。因为，《猎人笔记》所具有的诸多文体特征，诸如第一人称叙述、情节淡化、非虚构故事、作者主观意识和情绪的深刻渗透、白描的人物和诗意的写景等等，无一不是汉语散文最为典型的元素。作为屠格涅夫的成名作，《猎人笔记》的叙事方式后一直为作家本人所沿用，并最终成为屠格涅夫总体风格的重要构成。《猎人笔记》的第一篇《霍尔和卡里内奇》于1847年刊于《现代人》杂志，在之后五年时间里，屠格涅夫陆续写出22篇，后以《猎人笔记》为题出版单行本。20年后，屠格涅夫又将《契尔托普哈诺夫的末路》、《大车来了》和《活骷髅》加入《猎人笔记》，共得25篇。由于篇幅所限，我们仅从中选出8篇。

《文学和生活回忆录》也是屠格涅夫生前亲自编定的一部文集，共收文12篇，其中最早的一篇《关于夜莺》写于1855年，最晚的一篇《海上失火记》写于屠格涅夫临终前不久，时间跨度很大，但集子中的文章多数写于19世纪60年代末和70年代初。"回忆录"向来是西方文人最常用的"散文"文体之一，其内容不外对逝去岁月的追忆、对亲朋好友的缅怀以及关于社会历史和个人命运的思考，屠格涅夫的这部回忆录也不例外。

伟大的小说家屠格涅夫起步于抒情诗和长诗，而他的绝唱则是以诗与散文相结合的方式完成的，即《散文诗》。和《猎人笔记》一样，《散文诗》这个后来成为作品总题的书名也是编辑顺手加上去的，但它却仿佛构成了关于屠格涅夫整体创作一个最为直观而又形象的概括。

从创作体裁变化发展的角度来看，屠格涅夫整个创作大致可划分为六个阶段，或曰六个板块，即：1.抒情诗；2.随笔故事；3.现实长篇；4.回忆录；5.中短篇小说；6.散文诗。不难看出，其中的2、4、6均为"散文创作"阶段，我们自屠格涅夫的创作历史中截取这三个断面，试图拼接成一幅屠格涅夫散文创作的全景图，无论是"笔记"、"回忆录"和"散文诗"等体裁差异，还是处女作、长篇写作之余的"歇脚"和最后"绝唱"等历史特征，都既能让我们感觉到屠格涅夫散文的博大精深，又能使我们充分意识到作为一个有机整体的屠格涅夫散文创作。

笼统地说，这三组散文的主题分别主要是现实生活、文学往事和哲人情怀；从形式上看，它们从小说故事到回忆录再到散文诗，其叙事性越来越弱，抒情性越来越强，文字越来越简洁，意象也越来越具象征意味，可大致归为叙事散文、论述散文和抒情散文三大类。然而，它们毕竟都出自屠格涅夫之手，因而也具有一些共同的风格特征。

首先，是诗意抒情的氛围。屠格涅夫是一位小说家和散文家，可他的文学生涯却起步于诗（早期的抒情诗和长诗），也终结于诗（散文诗），此外，他的小说和散文也素以诗意见长，无论是《猎人笔记》对俄罗斯农民和俄罗斯自然的如画描摹，还是其长篇小说中如梦如幻的氛围营造，无不浸润着浓浓的抒情意味。冈察洛夫在读了屠格涅夫的小说后不禁赞叹："诗歌和音乐，这便是你的手法。"其次，是富含哲理的内涵。屠格涅夫在俄国的大学读的是哲学系，后又留学当时欧洲哲学的中心柏林大学，接受过最为严格的哲学训练；他生活、写作在一个俄国文化史上的理想主义时代，像与他同时代绝大多数俄国作家一样关注俄国社会生活，同时也是一位思想家。尽管屠格涅夫在其文学作品中通常尽量避免直接的议论和纯逻辑推理，但他严谨的思维能力和深刻的哲理素养却时时处处体现于其作品中，在《文学与生活回忆录》中那些政论性较强的文章中，在晚年的散文诗中，这一点均得到醒目体现。最后是真诚自然的心态。文如其人，风格即人，屠格涅夫善良随意的天性在其作品中无处不在，而他的文字也是他的性格之最佳体现形式之一。他的散文节奏舒缓宽松，从容不迫，再加之与人为善的口吻和浑然天成的结构，共同构成一种大手笔散文的典范。

四

1847年，屠格涅夫把一篇题为《霍尔与卡里内奇》的特写寄给涅克拉索夫主办的《现代人》杂志，编辑在决定刊发这部作品时为之加了一个副标题：《摘自〈猎人笔记〉》。之后，屠格涅夫陆续在该刊发表了20余篇"笔记"。1852年，《猎人笔记》单行本出版。

《猎人笔记》的发表构成一个伟大的文学事件和社会事件。以往的俄国文学史家大多将《猎人笔记》归类为短篇小说，当做一部典型的批评现实主义作品，可我们若将它们当做地道的"散文"来阅读，或许反而能更解其中之味。因为，这部作品的巨大力量在一定程度上正来自于其"非虚构"的叙事态度、"化整为零"的"形式策略"以及对俄国自然和普通俄罗斯人的诗意赞美，换言之，正来自这部作品的某些"散文化"特征。

当时的批评家和读者如果完全将《猎人笔记》视为一部虚构的小说，它或许反倒不会产生如此强烈的社会效果。《猎人笔记》如果不是一篇一篇单独发表，如果没有被冠以"摘自《猎人笔记》"这一似乎无关痛痒的书名，原本就未必能通过当时严格的书刊检查制度。有两个后来发生的事情可以作为佐证：《猎人笔记》单行本出版后，批准出版此书的书刊检察官旋即被革职；此后不久，屠格涅夫本人也被捕并遭流放，他的罪名是为果戈理写了一篇过于大胆热情的讣告，但当局的实际用心还是想惩罚《猎人笔记》这本捣乱之作的作者。据说，此书给后来的皇帝亚历山大二世留下强烈印象，使他最终做出了废除农奴制的决定。

在《猎人笔记》中，屠格涅夫对俄国农奴制度的揭露和抨击也很有"策略"，他通过对美的歌颂来抨击丑，通过对俄国农民崇高品质的揭示来反衬他们的压迫者之卑下。屠格涅夫的这些笔记大多写于国外，在将故乡与侨居地做比较时，屠格涅夫在对祖国怀有深深眷恋的同时，也更强烈地感觉到了俄国农奴制社会的不合理和不道德。他在回忆录中写到，他当初之所以出国，是因为"不能同我憎恨的对象并存，呼吸着同一种空气"，"我必须远远离开我的敌人，以便能从我所处的远方更有力地向它进攻"。他还说："假若我留在俄国，我就肯定写不出《猎人笔记》。"《猎人笔记》结构随意，并无叙事主干，各篇或写景，如《森林和草原》，或写人，如《霍尔和卡里内奇》，或为主人公与叙事者的交谈，如《希格罗夫县的哈姆雷特》，或为无意听来的谈话，如《幽会》和《别任草地》（又译《白净草原》）。然而，《猎人笔记》却有着一个贯穿的主题，这便是俄罗斯大地的优美以及与这大地同样优美的俄罗斯农民。作者对这些农民的描写显然带有更大同情，胜过他对上层阶级之态度。他笔下的地主要么粗俗残忍，要么事事无能，而他笔下的农民则大多富有深刻的人道精神和诗意的禀赋。这些富有力量和才华、自尊和智慧的人们，却被那些凶恶卑鄙的人所压迫，所统治，却生活在一个没有自由和平等的社会里！如此一来，现实的不公和荒谬，农奴制的残酷和不合理，也就是不言而喻的了。正是以这种心平气静、悄无声息的方式，屠格涅夫向俄国农奴制发出了最为强烈的控诉。

在应柳鸣九老师之邀编选这本文集时，我正在翻译一部英文版《俄国文学史》，这部文学史中有一段论及《猎人笔记》中《歌手》一篇的文字写得十分出色，特引来放在这里（D.S.Mirsky: *A History of Russian Literature*，Alfred A.Knope，INC，1927，pp. 243-244）：

> 自文学角度评价《猎人笔记》，无论怎样赞誉均不为过，即便并非总是这样，亦常常如此。如若说那幅40年代理想主义者肖像（《希格罗夫县的哈姆雷特》）仅为罗亭等形象之预备性素描，那么，在乡村风景的描绘和农民性格的塑造上，屠格涅夫后来则从未超越诸如《歌手》和《别任草地》这样的杰作。《歌手》尤为突出，即便在《初恋》和《父与子》面世之后，它仍可被视为屠格涅夫的最高成就，是其艺术之一切最独特品质的典型体现。故事描写乡村酒馆里的一场唱歌比赛，竞赛者是农民亚什卡·图罗克和来自日兹德拉的一位商人。亚什卡与生俱来的天赋战胜了那位日兹德拉人的纯熟技巧。这部作品的俄语原作之优美难以言表……《歌手》亦可被视为屠格涅夫散文最杰出、最典型之作。它写得小心谨慎，不乏一定程度的刻意造作，可它给人的印象却是，其每一个字、每一句话均散发着绝对的轻盈和简洁。此为一种精挑细选的语言，十分丰富，却又绝妙地回避了那些会令读者感觉不快的粗词俗句。其景色描写之优美，主要得益于对精确得体的描述性字眼之选择。这里没有果戈理式的装饰性意象，没有铺张夸饰的节奏，没有华丽的抑扬顿挫。但是时而，在句子之间那种小心谨慎、手法多样、不显山露水的完美平衡中，显然能感觉出一只诗人之手，或诗人学生之手。

值得注意的是，米尔斯基毫无保留地将《歌手》称为"屠格涅夫的最高成就"，"其艺术之一切最独特品质的典型体现"，"屠格涅夫散文最杰出、最典型之作"，而我们先前在对《猎人笔记》乃至屠格涅夫整个创作的解读时，似乎从未将《歌手》置于如此高度。

五

屠格涅夫自19世纪60年代末开始写作并发表《文学与生活回忆录》。屠格涅夫的长篇小说《烟》于1867年发表后，与他之前的长篇《前夜》和《父与子》一样再次在俄国文学界和俄国社会引起激烈争论。此次争论似乎更让屠格涅夫焦虑，因为用作家自己的话来说就是"同时得罪了读者的左右两翼"。因此，他便打算以某种更为直接的方式与读者交流，而写作回忆录，把自己的往事和经历和盘托出，不失为一个好办法。在初次发表《文学与生活回忆录》的《代前言》中，屠格涅夫写道："我很想和读者谈一谈，希望哪怕能够告诉他们25年积聚在我心中的一小部分往事。"

这些"往事"如这部回忆录的题目所指，可以划分为"文学"和"生活"两大部分，两部分的篇幅也大致相等：文学艺术方面的回忆录有五篇，即《普列特尼约夫家的文学晚会》《回忆别林斯基》《果戈理》《阿尔巴诺和弗拉斯卡蒂之行》和《关于〈父与子〉》；对"往事"的追忆有六篇，即《戴灰色眼镜的人》《我们的人派来的！》《特罗普曼的处决》《关于夜莺》《贝加兹》和《海上失火记》。在这些回忆录中，前一组似乎更为后来的研究者和读者所重视，尤其是《回忆别林斯基》和《关于〈父与子〉》两篇。这些文字的确有着极其重要的文学史和思想史价值，正如它们的译者张捷先生所言："所有这些作品一方面为我们了解这位杰出的作家和他的某些同时代人的生活经历、思想政治观点的演变和创作道路的发展提供了翔实的材料，另一方面也有助于更正确地理解他生活和创作的时代的特点以及社会思潮的起伏和文学的发展状况。"

屠格涅夫的"生活回忆录"，尤其是他描写法国生活的篇章相对而言受关注较少，但如今我们发现，若就纯粹的散文阅读效果而言，甚至若从探究并把握屠格涅夫真实的生活态度和存在意识的角度来看，这些文章读来似乎更为有趣，比如《特罗普曼的处决》。

1870年1月19日，屠格涅夫应法国作家迪康之邀，从头至尾地近距离观看了对巴黎杀人犯特罗普曼的处决过程，写下了这篇"有史以来最为恐怖的死刑描述之一"（米尔斯基语）。这篇中文不足两万字的散文，读来却觉得十分漫长。作为一位"旁观者"，屠格涅夫不停地徘徊于"室内"和"室外"，用各种细节和插笔来延缓叙事时间，他描写了刑场和刑具（断头台），刻画了刽子手和围观者，描述了死刑犯的等待和整个行刑过程，其中关于刽子手行刑前重新在捆绑死刑犯的白色新皮带上笨拙地打眼，为便于刀斧顺利落下而费力地剪去死刑犯脖后衣领的两段描写，尤其让人难耐，不寒而栗。在这整个叙述过程中，屠格涅夫不断写到他自己的感受和体验，写到他刹那间消散的睡意、不自然的好奇、不时涌起的厌恶和被触动的良心。

正是这样的感受，使《特罗普曼的处决》有别于猎奇性质的新闻报道，而成为一篇关于人在直面死亡时的哲理思考。我们究竟有无权利心平气静地目睹他人的死亡，即便这个即将死去的人是一个十恶不赦的杀人犯？死刑这一惩罚方式究竟能给其他人带来多少"教育意义"，其合理性和必要性究竟何在？与屠格涅夫的被触动形成鲜明对照的，是围观者的冷漠和狂欢，是行刑者的一丝不苟，甚至是受刑者本人的无动于衷。在以往关于此文的评论中，人们常常会提及屠格涅夫悲悯的"人道主义"，其实，屠格涅夫在文中所表达的并非对那位杀人犯的同情，甚至并非是"取消死刑"的建议，而是对"杀一儆百"这一人类自古就有的惩罚方式之道德基础的质疑，是对人们究竟该以何种方式面对他人死亡这一极端问题的存在主义意义上的思考。

六

中国的屠格涅夫研究者朱宪生先生曾这样评说屠格涅夫的散文诗："这是他在'无意'之中奉献给俄罗斯文学和世界文学的用诗和散文织就的最后一份珍贵的礼品，是他生命和艺术的绝唱，是一支撩人心弦、感人肺腑，又深沉，又哀伤的'天鹅之歌'。"

屠格涅夫《散文诗》中所收的83篇散文写于1878~1882年间，其中创作时间最晚的《我的树》等篇写于1882年底，当时的屠格涅夫已接近其生命的终点，身居国外、躺卧病榻的老作家回顾往事，思考生活，写下了这些思想深刻、艺术完美的散文诗。

《散文诗》第一部分的51篇于1882年在《欧洲导报》发表时题为《暮年》，屠格涅夫的这些作品写于暮年，写的是暮年，是暮年的回首和沉思，它们在风格上也同样具有暮年一般的深沉和苍凉、真诚和自然。

这是一组短小的散文片断，俄国人常称其为"微型抒情散文"（лирические миниатюры），它们大多具有一个叙事内核或曰话题，在结构上近似法国帕尔纳斯派诗人的客观抒情诗，即以视觉象征来表达其主观体验。这里有对青春和美的追念，对自然和艺术的赞叹，也有对生活和存在的厌倦，对人的能力的怀疑，更有面对孤独和死亡时的悲观和绝望。这是屠格涅夫向生活、祖国和艺术做出的深情道别。从风格上看，高度简洁的文字、具有象征性的意象、真诚自然的抒情态度等浑然一体，让人读来回味无穷。

《散文诗》中的《俄罗斯语言》常被文学史家提及，学过俄语的人无不熟知这篇散文：

在彷徨的日子里，在焦虑祖国命运的日子里——唯有你才是我的依靠和支柱，哦，伟大、有力、公正与自由的俄罗斯语言！如果没有你，目睹国内发生的一切，怎能不陷于绝望？然而不可能相信，禀赋这样一种语言的不是一个伟大的民族！

这写于1882年6月的寥寥数语，却使后来一代又一代俄国人倍感骄傲，骄傲于他们的民族语言。俄国研究者们最爱津津乐道的包括屠格涅夫在内的俄国作家所具有的"爱国主义精神"，在我们这些异族人听来总觉得有些隔膜，但屠格涅夫在这篇散文诗中对于俄语的由衷赞叹，却比较容易引起我们的共鸣。屠格涅夫是俄国作家中的西方派，他长期居住法国，与西欧作家联系广泛，是第一位获得全欧声誉的俄国作家，俄国文学因为他而开始走向欧洲。然而，这位最为"欧化"的俄国作家,却又对包括俄语在内的俄罗斯之一切怀有最为深刻的眷恋,他曾不无自豪地说:"我从不用俄语之外的任何语言写作。"他的这篇《俄罗斯语言》更提供了一个诠释:在他"彷徨"、"焦虑"的时候,俄语是他的"依靠和支柱";在他对俄国的一切深感"绝望"的时候,俄罗斯的语言让他感到希望尚存;他坚信,拥有一种伟大语言的民族一定是一个伟大的民族!这让我们意识到,一个民族之伟大,往往就在于其语言和文化之伟大,也就在于使用并锻造这一语言的该民族作家之伟大。

1880年6月,屠格涅夫应邀回国出席莫斯科普希金纪念碑揭幕典礼并在典礼上致辞,他在讲话的最后说道:"不管怎么样,普希金对俄国的功绩是伟大的,人民应该向他表示感谢。他对我们的语言进行了最后的加工,现在就其丰富性、力量、逻辑性和形式的美来说,甚至外国语文学家也承认它几乎是居于古希腊语之后的第一位;他用典型的形象,用不朽的声音对俄国生活的各种潮流做出反响。他第一个用强有力的手把诗歌的旗帜最后深深地插在俄国土地上;如果说在他之后掀起的斗争的烟尘曾一时遮住这光辉的旗帜,那么现在,当这烟尘开始消散时,他所举起的战无不胜的旗帜将在高空重新放出光彩。希望竖立在古都正中央气宇轩昂的铜像能像它一样光芒四射,并向一代代未来的人宣告我们有权称为伟大的人民,因为在这个人民之中与其他伟大人物一起诞生了这样的人!"

在屠格涅夫演讲过后的第二天,另一位俄国大作家陀思妥耶夫斯基也登台讲话,他的命题是:普希金是一个纯粹的俄罗斯民族诗人,他的出现标志着俄罗斯思想的成熟和俄罗斯精神的定型,但与此同时,普希金作为一位"全人",又具有呼应一切的"全人类性",他是俄罗斯民族巨大潜能的例证,也是俄罗斯未来之历史使命的先兆。屠格涅夫和陀思妥耶夫斯基这对冤家文人却在关于普希金的论述中找到共同语言,两人一时竟相拥而泣,在俄国文坛传为美谈。

不久前,俄罗斯科学院俄国文学研究所所长巴格诺院士访问中国社科院外文所,他在题为《西方的俄国观》的演讲中,将西方对俄国以及俄国文化之态度的转折点确定为19世纪七八十年代,也就是说,在屠格涅夫、陀思妥耶夫斯基和托尔斯泰这样的作家相继诞生之后，西欧人再也无法对俄罗斯文学、俄罗斯语言和俄罗斯民族视而不见了，他们普遍意识到，俄国人不仅富有智慧和文化，甚至肩负某种特殊的全人类使命。换言之，正是俄国文学的辉煌成就使得西方针对俄国的轻蔑、责难和声讨迅速地转变成了好奇、同情和赞赏。

屠格涅夫曾在《文学与生活回忆录》的《代前言》中不无自豪地写道："我根据切身经验可以这样说：我虽忠实履行在西欧生活中养成的原则，但这并不妨碍我深刻地感觉到和热心地维护俄罗斯语言的纯洁。祖国的批评家曾对我提出那么多的和那么各不相同的责难，但是我记得，他们一次也没有责备我的语言不纯洁和不正确，没有责备我模仿他人的笔法。"屠格涅夫得益于俄语，用俄语写出了世界上最精美的文学作品之一，与此同时，他也颂扬俄语，宣传俄语，反过来对俄语做出了巨大贡献，"长期聋哑的俄国借助屠格涅夫最终发出了她的声音"（法国哲学家勒南在屠格涅夫去世后发出的感慨）。

在了解了这些文化背景后，我们再来阅读屠格涅夫的《俄罗斯语言》和本书所收的其他散文，便更能体会到这一语言之中所蕴含着的优美、力量和价值。

七

本书的三位译者都是编者的老师。

力冈先生是我的大学老师，记得当年上文学选读课时，力冈老师（我们叫他王老师，因为他本名王桂荣）曾给我们解读过《猎人笔记》，他那激赏的神情、燃烧的眼神和略带山东腔的口音，此时再次浮现于我眼前。他的译笔素以细腻抒情见长，由他翻译的《猎人笔记》自然别有韵味。转眼之间，我们大学毕业已经30年，先生作古亦已15载，不朽的是包括《猎人笔记》在内的他的700万字译作！

张捷先生是我在社科院外文所的老师，他以跟踪苏俄当代文学见长，同时也翻译了大量俄罗斯文学作品和学术著作，在我国俄语文学研究界负有盛名。在20余年的共事时间里，张老师在很多方面给我辈学者做出了榜样，其中就包括对研究素材的潜心把握和在翻译工作上的一丝不苟。

沈念驹先生同样是我的前辈和老师,他曾长期主持浙江文艺出版社工作,为我国的俄苏文学,乃至整个外国文学的翻译出版事业贡献良多。编辑之余,他亦亲自动手翻译,发表了大量质量上乘的译作。

　　三位德高望重的翻译家分别从三个角度为我们呈现出屠格涅夫散文的三个主要立面,使我们能够立体地领略这位世界散文大师的完整风貌,我们因此而感谢他们!

猎人笔记（节选）

力冈/译

霍尔和卡里内奇[①]

谁要是从波尔霍夫县来到日兹德拉县，大概会对奥廖尔省人和卡卢加省人的明显差别感到惊讶。奥廖尔省农人的个头儿不高，身子佝偻着，愁眉苦脸，无精打采，住的是很不像样的山杨木小屋，要服劳役，不做买卖，吃的很不好，穿的是树皮鞋；卡卢加省代役租农人住的是宽敞的松木房屋，身材高大，脸上又干净又白皙，流露着一副又大胆又快活的神气，常常做奶油和松焦油买卖，逢年过节还要穿起长筒靴。奥廖尔省的村庄（我们说的是奥勒尔省的东部）通常四周都是耕地，附近有冲沟，冲沟总是变为脏水塘。除了少许可怜巴巴的爆竹柳和两三棵细细的白桦树以外，周围一俄里之内看不到一棵树；房屋一座挨着一座，屋顶盖的是烂麦秸……卡卢加省的村庄就不一样，四周大都是树林；房屋排列不那么拥挤，也比较整齐，屋顶盖的是木板；大门关得紧紧的，后院的篱笆不散乱，也不东倒西歪，不欢迎任何过路的猪来访……对一个猎者来说，卡卢加省也要好些。在奥廖尔省，所剩无几的树林和丛莽再过五六年会全部消失，就连沼地也会绝迹；卡卢加省却不同，保护林绵延数百俄里，沼地往往一连几十俄里，珍贵的黑琴鸡还没有绝迹，还有温顺的沙锥鸟，有时忙忙碌碌的山鹬会噗啦一声飞起来，叫猎人和狗又高兴又吓一跳。

[①] 最初刊于《现代人》杂志1847年第1期，同时带有副标题"摘自《猎人笔记》"。作品发表后，受到读者热烈欢迎，这给准备放弃文学事业的屠格涅夫以巨大的鼓舞。

有一次我到日兹德拉县去打猎，在野外遇到卡卢加省的一个小地主波鲁德金，就结识了这个酷爱打猎、因而也是极好的人。不错，他也有一些缺点，比如，他向省里所有的富家小姐求过婚，遭到拒绝而且吃了闭门羹之后，就带着悲伤的心情向朋友和熟人到处诉说自己的痛苦，一面照旧拿自己果园里的酸桃子和其他未成熟的果子做礼物送给姑娘的父母；他喜欢翻来覆去讲同一个笑话，尽管波鲁德金先生认为那笑话很有意思，却从来不曾使任何人笑过；他赞赏阿基姆·纳希莫夫的作品和小说《宾娜》①；他口吃，管自己的一条狗叫"天文学家"；说话有时带点儿土腔；在家里推行法国膳食方式。据厨子理解，这种膳食的秘诀就在于完全改变每种食品的天然味道，肉经过他的高手会有鱼的味道，鱼会有蘑菇味道，通心粉会有火药味道。可是胡萝卜不切成菱形或者梯形，决不放进汤里去。然而，除了这少数无关紧要的缺点，如上所说，波鲁德金先生是个极好的人。

我和他相识的第一天，他就邀我到他家去过夜。

"到我家有五六俄里，"他说，"步行去不算近；咱们还是先上霍尔家去吧。"（读者谅必允许我不描述他的口吃。）

"霍尔是什么人？"

"是我的佃户……他家离这儿很近。"

我们便朝霍尔家走去。在树林中间，收拾得干干净净、平平整整的林中空地上，是霍尔家的独家宅院。宅院里有好几座松木房屋，彼此之间有栅栏相连；主房前面有一座长长的、用细细的木柱撑起的敞篷。我们走了进去。迎接我们的是一个年轻小伙子，20来岁，高高的个头儿，长相很漂亮。

"噢，菲佳！霍尔在家吗？"波鲁德金先生向他问道。

"不在家，霍尔进城去了，"小伙子回答，微笑着，露出一排雪白的牙齿。"您要车吗？"

"是的，伙计，要一辆车。还要给我们弄点儿克瓦斯来。"

我们走进屋子。洁净的松木墙上，连一张常见的版画都没有贴；

---

① 阿基姆·纳希莫夫（1782～1814），俄国19世纪初诗人、寓言作家；《宾娜》是马尔科夫的作品，被别林斯基斥为"呓语"。

在屋角里，在装了银质衣饰的沉重的圣像前面，点着一盏神灯；一张椴木桌子，不久前才擦洗得干干净净；松木缝里和窗框上没有机灵的普鲁士甲虫在奔跑，也没有隐藏着沉着老练的蟑螂。那年轻小伙子很快就来了，用老大的白杯子盛着上好的克瓦斯，还用小木盆端来一大块白面包和十来条腌黄瓜。他把这些吃食儿放到桌子上，就靠在门上，微微笑着，打量起我们。我们还没有吃完这顿小点，就有一辆大车轧轧地来到台阶前。我们走出门来，一个头发鬈曲、面色红润的十四五岁男孩子坐在赶车的位子上，正在吃力地勒着一匹肥壮的花斑马。大车周围，站着五六个大个头男孩子，彼此十分相像，也很像菲佳。"都是霍尔的孩子！"波鲁德金说。"都是小霍尔。"已经跟着我们来到台阶上的菲佳接话说，"还没有到齐呢，波塔普在林子里，西多尔跟老霍尔上城里去了……小心点儿，瓦夏，"他转身对赶车的孩子说，"赶快点儿，把老爷送回去。不过，到坑坑洼洼的地方，要小心，慢点儿，不然，会把车子颠坏，老爷肚子也受不住！"其余的小霍尔们听到菲佳的俏皮话，都嘿地笑了。波鲁德金先生庄重地喊了一声："把天文学家，放上车！"菲佳高高兴兴地举起不自然地笑着的狗，放进大车里。瓦夏放开马缰，我们的车子朝前驰去。波鲁德金先生忽然指着一座矮矮的小房子，对我说："那是我的办事房。想去看看吗？""好吧。"他一面从车上往下爬，一面说："这会儿已经不在这儿办事了，不过还是值得看看。"这办事房共有两间空屋子。看守房子的独眼老头儿从后院跑了来。"你好，米尼奇，"波鲁德金先生说，"弄点儿水来！"独眼老头儿转身走进去，一会儿带着一瓶水和两个杯子走了回来。"请尝尝吧，"波鲁德金对我说，"这是我这儿的好水，是泉水。"我们每人喝了一杯，这时候老头儿向我们深深地鞠着躬。"好，现在咱们可以走啦，"我的新朋友说，"在这儿，我卖了四俄亩树林给商人阿里鲁耶夫，卖的好价钱。"我们上了马车，半个钟头之后，就进了主人家的院子。

"请问，"在吃晚饭的时候，我向波鲁德金问道，"为什么您那个霍尔单独居住，不跟其他一些佃农在一块儿？"

"那是因为他是个精明的庄稼汉。大约在25年前，他的房子叫火烧了；他就跑来找我的先父，说：'尼古拉·库兹米奇，请允许我搬到您家林子里沼地上去吧。我交租钱，很高的租钱。''可你为什么要搬到沼地上去？''我要这样；不过，尼古拉·库兹米奇老爷，什么活儿也别派给我，您就酌情规定租金吧。''一年交50卢布吧！''好的。''但你要当心，我可是不准拖欠！''知道，不拖欠……'这么着，他就在沼地上住了下来。打那时起，人家就叫他霍尔①了。"

"怎么样，他发财了吗？"我问。

"发财了。现在他给我交100卢布的租金，也许我还要加租。我已经不止一次对他说过：'你赎身吧，霍尔，嗯，赎身吧！'可是他这个滑头却总是说不行，说是没有钱……哼，才不是这么回事儿呢！……"

第二天，我们喝过茶以后，马上又出发去打猎。从村子里经过的时候，波鲁德金先生吩咐赶车的在一座矮小的房子前面停了车，大声呼唤道："卡里内奇！"院子里有人答应："来啦，老爷，来啦，我系好鞋子就来。"我们的车子慢慢前进，来到村外，一个40来岁的人赶上了我们。这人高高的个头儿，瘦瘦的，小小的脑袋瓜朝后仰着。这就是卡里内奇。我一看到他那张黑黑的、有些碎麻子的和善的脸，就很喜欢。卡里内奇（正如我后来听说的）每天都跟着东家外出打猎，给东家背猎袋，有时还背猎枪，侦察哪儿有野物，取水，采草莓，搭帐篷，找车子。没有他，波鲁德金先生寸步难行。卡里内奇是个性情顶愉快、顶温和的人，常常不住声地小声唱歌儿，无忧无虑地四处张望，说话带点儿鼻音，微笑时眯起他的淡蓝色眼睛，还不住地用手捋他那稀稀拉拉的尖下巴胡。他走路不快，但是步子跨得很大，轻轻地拄着一根又长又细的棍子。这一天他不止一次同我搭话，伺候我时毫无卑躬屈膝之态，但是照料东家却像照料小孩子一样。当中午的酷暑迫使我们找地方躲避的时候，他把我们领进了树林深处，来到他的养蜂场上。卡里内奇给我们打开一间小屋，里面挂满一束束清香四溢的干草，他让我们躺在新鲜干草上，自己却把一样带网眼的袋状东西套到头上，拿了刀子、罐子和一块烧过的木头，到养蜂场去给我们割蜜。我们喝过和了泉水的温乎乎的、透明的蜂蜜，就在蜜蜂单调的嗡

---

① 霍尔是音译，本意是"黄鼠狼"。

喻声和树叶簌簌的絮语声中睡着了……一阵轻风把我吹醒……我睁开眼睛，看见卡里内奇坐在半开着门的门槛上，正在用小刀挖木勺。他的脸色柔和而又开朗，就像傍晚的天空，我对着他的脸欣赏了老半天。波鲁德金先生也醒了，我们没有马上起身。跑了很多路，又酣睡过一阵子之后，一动不动地在干草上躺一躺，是很惬意的。这时候浑身松松的，懒懒的，热气轻轻拂面，一种甜美的倦意叫人睁不开眼睛。终于我们起了身，又去转悠，直到太阳落山。吃晚饭的时候，我谈起霍尔，又谈起卡里内奇。"卡里内奇是个善良的庄稼人，"波鲁德金先生对我说，"是个又勤奋又热心的人；干活儿稳稳当当，可是却干不成活儿，因为我老是拖着他。天天都陪我打猎……还干什么活儿呀，您说说看。"我说，是的；我们就躺下睡了。

次日，波鲁德金因为和邻居比丘科夫打官司，上城里去了。邻居比丘科夫耕了他的地，而且在耕地上打了他的一名农妇。我便一个人出去打猎，快到黄昏时候，我顺路来到霍尔家。我在房门口遇到一个老头儿，秃头顶，小个头儿，宽肩膀，结实健壮，这就是霍尔了。我带着好奇心把这个霍尔打量了一下。他的脸型很像苏格拉底：额头也是高高的，疙疙瘩瘩的，眼睛也是小小的，鼻子也是翘翘的。我们一同走进房里。还是那个菲佳给我端来牛奶和黑面包。霍尔坐在长凳上，泰然自若地捋着他那卷卷的下巴胡子，跟我聊起来。他大概觉得自己是有分量的，说话和动作都是慢腾腾的，有时那长长的上嘴胡底下还露出微笑。

我和他谈种地，谈收成，谈农家生活……不论我说什么，他似乎都赞成；只是到后来我才感到不好意思起来，我觉得我说的不对头……这情形颇有点儿奇怪。霍尔说话有时令人费解，大概是因为谨慎……下面是我们谈话的一例：

"我问你，霍尔，"我对他说，"你为什么不向你的东家赎身呀？"

"我为什么要赎身？眼下我跟东家处得很好，我也交得起租……我的东家是个好东家。"

"不过，有了自由，总归好一些。"我说。

霍尔斜看我一眼。

"那当然。"他说。

"那么,你究竟为什么不赎身?"

霍尔摇了摇头。

"老爷,你叫我拿什么来赎身呀?"

"哼,算啦,你这老头儿……"

"霍尔要是成了自由人,"他好像自言自语似的小声说,"凡是不留胡子的人①,都要来管霍尔了。"

"那你也把胡子刮掉嘛。"

"胡子算什么?胡子是草,要割就割。"

"那你怎么不割呢?"

"噢,也许,霍尔要成商人呢;商人日子过得好,商人也留胡子嘛。"

"怎么,你不是也在做生意吗?"我问他道。

"做点儿小买卖,贩卖一点儿奶油和焦油……怎么样,老爷,要套车吗?"

我在心里说:"你说话好谨慎,你这人真机灵。"

但我说出声的话是:"不用,我不要车;我明天要在你家周围转一转,如果可以的话,我想在你家干草棚里过夜。"

"我欢迎。不过,你在干草棚里舒服吗?我叫娘儿们给你铺上褥单,放好枕头。喂,娘儿们!"他站起身来,喊道:"娘儿们,到这儿来!……菲佳,你带老爷去吧。娘儿们都是些蠢东西。"

过了一刻钟,菲佳提着灯把我领到干草棚里。我扑倒在芳香的干草上,狗蜷卧在我的脚下;菲佳向我道过晚安,门吱扭响了一声,就关上了。我很久不能入睡。一头母牛走到门口,哼哧哼哧地呼了几口气,狗神气十足地朝母牛吠叫起来;一头猪从门外走过,若有所思地哼哼着;附近什么地方有一匹马嚼起干草,还不住地打响鼻……到后来,我终于睡着了。

黎明时候,菲佳叫醒了我。我很喜欢这个愉快、活泼的小伙子。而且我也多少有些看出来,老霍尔也特别喜欢这个儿子。这爷儿俩常常很亲热地彼此开点儿玩笑。老头儿出来迎住我。不知是因为我在他家里

---

① 指各级官吏。尼古拉一世时代,严禁官吏蓄须。

歇了一夜，还是别的什么缘故，霍尔今天对待我比昨天亲热多了。

"茶已经烧好了，"他微笑着对我说，"咱们去喝茶吧。"

我们在桌旁坐了下来。一个健壮的娘儿们，是他的一个儿媳妇，端来一钵子牛奶。他所有的儿子一个个走进屋里来。

"你家儿子一个个都这样高大！"我对老头子说。

"是啊，"他一面咬着小小的糖块，一面说，"对我和我的老婆子，似乎他们没什么可抱怨的。"

"他们都跟你一起住吗？"

"都在一起。都愿意在一起，那就在一起吧。"

"都娶亲了吗？"

"就这个滑头鬼还没有娶亲，"他指着依然靠在门上的菲佳，回答说，"再就是瓦夏，他还小，还可以等几年。"

"我干吗要娶亲？"菲佳反驳说，"我就这样才好。要老婆干什么？要老婆吵架解闷儿，还是怎的？"

"哼，你呀……我才知道你的心思哩！你是风流哥儿……只想天天跟丫头们鬼混……'不要脸的，讨厌！'"老头子模仿丫头们的口气说，"我才知道你的心思哩，你这个图自在的鬼东西！"

"讨老婆有什么用处？"

"老婆是个好长工，"霍尔很严肃地说："老婆是伺候男人的。"

"我要长工干什么？"

"这不是，就图自个儿快活自在。我就知道你这鬼东西的心思。"

"好，要是这样，你就给我娶亲吧。嗯？怎么啦！你怎么不说话呀？"

"哼，算啦，算啦，你这调皮鬼。瞧，咱们也不怕吵得老爷心烦。我会给你娶亲的，放心吧……噢，老爷，别见怪，孩子还小，不懂事。"

菲佳摇了摇头。

"霍尔在家吗？"门外传来熟悉的声音，卡里内奇走进房来，手里拿着一束草莓，这是他采来送给他的好友霍尔的。老头子亲亲热热地把他迎住。我惊讶地看了卡里内奇一眼：说实话，我没想到一个庄稼人会有这种"温情"。

这一天我出门打猎比平常晚三四个钟头。随后三天我也都是在霍尔家过的。两位新相识使我很感兴趣。不知道是我哪一点博得了他们的信任，他们跟我谈话毫不拘束。我很愉快地听他们谈话，观察他们。这两个朋友彼此一点都不像。霍尔是个认真、务实的人，有经营管理头脑，是个纯理性主义者；卡里内奇则相反，属于理想家、浪漫主义者，属于热心肠、好幻想的一类人。霍尔讲求实际，所以他造房子，攒钱，跟东家和其他有权有势的人搞好关系；卡里内奇穿的是树皮鞋，日子过得勉勉强强。霍尔有一大家人，一家人和和睦睦，全都听他的；卡里内奇曾经有过老婆，他很怕老婆，一个孩子也没有。霍尔看透了波鲁德金先生的为人；卡里内奇非常崇敬自己的东家。霍尔很喜欢卡里内奇，常常袒护他；卡里内奇也很喜欢霍尔，十分尊重他。霍尔很少说话，不时笑一笑，有什么看法放在心里；卡里内奇很喜欢说话，虽然不像能说会道的人那样花言巧语……然而卡里内奇有不少特长，就连霍尔也是承认的，比如：他会念咒止血，能治惊风和狂犬病，能驱蛔虫；他会养蜂，他的手气好。霍尔当着我的面请他把新买的一匹马牵进马棚，卡里内奇带着又认真又笃定的神气把马牵了进去；霍尔不见到事实，总是不肯轻易相信的。卡里内奇更接近自然，霍尔更接近人和社会；卡里内奇不喜欢深思熟虑，对一切都盲目相信；霍尔自视甚高，以至于常常用嘲弄的目光看待人世。他见多识广，我跟他学到不少见识。比如，我从他的叙述中得知，每年夏天，割草季节快到的时候，就会有一辆式样特别的小四轮车来到各个村子里。车上坐一个穿长衣的人，来卖大镰刀。如果用现钱，他要一卢布25戈比至一个半卢布纸币；如果赊账，他要三卢布纸币至一个银卢布。不用说，所有的庄稼人都是赊账。过两三个星期，他再来收钱。庄稼人刚刚收完燕麦，有钱清账了。庄稼人跟买卖人一起上酒店去，就在酒店里清账。有些地主想点子，用现钱把镰刀买下来，也按那样的价钱分别赊给庄稼人，庄稼人却很不高兴，甚至非常懊丧。因为这样一来就失去不小的乐趣，不能用手指弹弹镰刀，听听声音，在手里转来转去，也不能向油滑的小商贩问上20遍："喂，怎么样，伙计，镰刀不咋样吧？"买卖小镰刀也用同样一套办法，不同的是，这时候娘儿们也参与了，有时缠得小贩子不得不打她们，只要一动手，她们就能捞到便宜了。不过娘儿们最吃苦的还是做另一种买卖的时候。造纸厂的原料采办人委托一些专门人员收购破布，这些人在有些县里被称为"鹰"。这种"鹰"从商人手里领得两三百卢布纸币，便出来打食儿。但是，他和他因而得名的那种高贵的鸟完全不同，不是公开地，大胆地扑向食儿，而是使用狡诈和花招儿。他把自己的车子停在村子附近树棵子丛里，自己却来到人家的后院或后门口转悠，装作过路人或者无事闲逛的人。娘儿们凭感觉猜测到他的到来，就偷偷地前去跟他会面，匆匆忙忙中把交易做好。为了换取几个铜板，娘儿们交给"鹰"的不仅是所有无用的破布，甚至常常有丈夫的小褂和自己的裙子。近来娘儿们发现一种顶合算的办法，那就是把自己家里的大麻，特别是大麻布偷出来，用同样的办法出卖，这么一来，"鹰"的收购业务就扩大了，完备了！不过，男子汉们也学乖了，稍微有一点儿可疑，一听到远处有"鹰"来到的响声，就又快又麻利地采取变动和防范措施。说真的，这不是够窝囊的吗？卖大麻是男子汉的事，而且他们的确也在卖大麻，不是到城里去卖，到城里卖，还要亲自运去，是卖给外来的小贩。这些小贩因为不带秤，总是拿40把当作一普特。诸位该知道，什么叫一把，俄罗斯人的手掌是什么样的，特别是当手掌"竭诚效劳"的时候！像这样的事，我这个涉世不深、没有在农村里"滚过泥巴"（如我们奥廖尔省人常说的）的人，真是听了不少。不过，霍尔不是一个劲儿地自己讲，他也问了我许多事。他听说我到过外国，他的好奇心就来了……卡里内奇也不比他差。不过，卡里内奇喜欢听我描述自然风光，描述高山、瀑布、奇特的建筑物和大都市；霍尔感兴趣的却是行政管理和国家体制方面的问题。他逐个儿对一切进行分析，询问："这种事儿在他们那儿跟咱们这儿一样，还是不一样？……你说说，老爷，究竟怎样？……"卡里内奇在听我叙说的时候却只是表示惊讶："啊！哎呀，天啊，有这种事！"霍尔则不做声，皱紧浓眉，只是有时插一两句："这种事在我们这儿可是不行，能像这样才好，才合道理。"我无法向读者诸君一一转述他的询问，而且也无此必要；但是从我们的交谈中，我得到一种信念，这恐怕是读者怎么也预料不到的，这信念就是：彼得大帝表现了俄罗斯人的主要特征，他的俄罗斯人特征就在于他的革新精神。俄罗斯人非常相信自己的力量和刚强，不怕改变自己；很少留恋自己的过去，勇敢地面对未来。凡是好的，他都喜欢；凡是合理的，他都接受；至于这是从哪里来的，他一概不问。他健全的头脑喜欢嘲笑德国人干巴巴的理性；但是，拿霍尔的话来说，德国人是一些很有意思的人，他也愿意向他们学习。霍尔由于他地位的特殊和实际上的独立性，跟我谈了许多话，这些话从别人嘴里是听不到的，如一些庄稼人说的，是用棍子撬不出，用磨也磨不出来的。他确实很明白自己的地位。我和霍尔交谈，第一次真正听到纯朴而机智的俄罗斯庄稼人语言。就一个庄稼人来说，他的知识是非常渊博的，但是他不识字；卡里内奇却识字。"这鬼东西识字，"霍尔说，"他养的蜂从来也不死。""你有没有让你家孩子识字？"霍尔沉默了一会儿。"菲佳识字……""别的孩子呢？""别的孩子不识字。""为什么呢？"老头子没有回答，并且转换了话题。可见，不论他多么聪明，他还是有偏见，在某些方面很顽固。比如，他从心眼儿里瞧不起妇女，在他高兴的时候就取笑和嘲弄妇女们。他的妻子是个爱唠叨的老婆子，一天到晚不离炕头，不住地嘟囔，骂人；儿子们都不理睬她，可是媳妇们却像怕上帝一样怕她。难怪在一支俄罗斯民歌里婆婆这样唱："你不打老婆，不打年轻妻子，算什么成家的人，算我什么儿子……"有一回我想为媳妇们说说话，试图唤起霍尔的怜悯心，但是他心安理得地反驳我说："何必管这些……小事，让娘儿们吵去吧……不叫她们吵，反而更糟，再说，也犯不着去管这些乱七八糟的事。"有时凶恶的老奶奶从炕上爬下来，把看家狗从过道里唤出来，嘴里嘟哝着："狗，你来，你来！"拿拨火棍照干瘦的狗背直打，或者站在敞棚底下，跟所有过路的人"吵骂解闷儿"（这是霍尔的说法）。不过，她还是怕丈夫，只要他一声令下，她马上就回到自己的炕上去。不过，特别有趣的是听听卡里内奇和霍尔的争论，尤其是在问题涉及波鲁德金先生的时候。卡里内奇说："霍尔，你别在我面前说他。"霍尔反驳说："那他干吗连一双靴子也不给你做呀？""啊，靴子，瞧你说的！……我要靴子干什么？我是个庄稼人……""我也是庄稼人嘛，你瞧……"霍尔说到这里，把脚抬起来，让卡里内奇看看他的皮靴，那皮靴好像是用毛象皮做的。卡里内奇回答说："哎哟，别人怎么能跟你比？""那至少也要给几个钱买树皮鞋,你天天跟他出去打猎,恐怕一天要一双树皮鞋吧。""他给我树皮鞋钱。""是的,去年赏过你十个戈比。"卡里内奇懊恼地扭过头去,霍尔便哈哈大笑起来,这时候他那一双小小的眼睛成了两条缝儿。

卡里内奇唱歌唱得很好听,还弹了一阵子三弦琴。霍尔听着听着,忽然把头一歪,用伤感的调子唱了起来。他特别喜欢《我的命运呀,命运!》这支歌。菲佳不放过取笑父亲的机会:"老人家,怎么伤心起来啦?"可是霍尔依然用手托着腮,闭着眼睛,只顾抱怨自己的命运……可是,在别的时候,再没有比他更勤劳的人了:一双手总是不闲着——不是修理大车,就是整修栅栏,检查马套。不过他不喜欢特别干净,有一次我提到这一点时,他回答说:"屋子里要有人住的气味。"

"你去看看,"我反驳他说,"卡里内奇的蜂房里多么干净啊。"

"老爷,要是不干净,蜜蜂待不住呢。"他叹着气说。

有一次他问我说:"怎么样,你也有领地吗?""有。""离这儿远吗?""大约100俄里。""那么,老爷,你住在自己领地上吗?""住在领地上。""恐怕多半是打打野味消遣了?""说实在的,是这样。""这也不坏,老爷,只管打你的松鸡吧,不过村长要经常换换。"

第四天傍晚,波鲁德金先生派人来接我。我跟老头子依依难舍。我和卡里内奇一同上了大车。"好啦,再见吧,霍尔,祝你健康。"我说。"再见吧,菲佳。""再见,老爷,再见,别忘了我们呀。"我们动身了。晚霞刚刚发出火红色。"明天准是好天气。"我望着明朗的天空说。"不,要下雨啦。"卡里内奇却说出不同的看法,"瞧,鸭子拼命在泼水呢,再说青草发出的气味又这么浓。"我们的大车来到树丛里,卡里内奇在驾车座位上轻轻颠动着,小声唱起歌来,并且一次又一次眺望晚霞……

次日,我离开了波鲁德金先生好客的家。

叶尔莫莱和磨坊主妇①

　　傍晚，我和猎人叶尔莫莱一起去打"伏击"……不过，什么叫伏击，也许不是所有我的读者都清楚的。诸君，那就听我说说吧。

　　春日里，在日落前一刻钟，您带上枪，不要带狗，到树林里去。您在林边找个地方，四下里望望，检查检查引火帽，和同伴交换交换眼色。一刻钟过去，太阳落山，但树林里还很明亮，空气明净而清澈，鸟儿叽叽喳喳地叫着，嫩草闪烁着绿宝石般悦目的光彩……您就等着吧。树林里渐渐黑暗；晚霞的红光慢慢地从树根和树干上滑过，越升越高，从低低的、几乎还是光秃的树枝移向一动不动的、沉睡的树梢……终于树梢也暗了，绯红的天空渐渐变蓝。树林的气息渐渐浓烈，微微散发出暖烘烘的湿气；吹进来的风到您身边便停息了。鸟儿渐渐入睡，不是所有的鸟儿一齐睡去，而是各类鸟儿有先有后：最先睡着的是燕雀，过一会儿是红胸鸲，然后是黄鹂。树林里越来越暗，一株株树木渐渐融汇成黑黑的一大片；蓝天上羞羞答答地出现第一批星星。所有的鸟儿都睡了。只有红尾鸲和小啄木鸟还在无精打采地叫着……终于红尾鸲和小啄木鸟也安静了。在您的头顶上再一次响过柳莺那清脆的鸣声，黄莺不知在哪里凄婉地叫了一阵，夜莺初启歌喉。您正等得心焦，忽然——不过，只有猎人才懂得我的话——忽然在一片寂静中响起一种很特别的呱呱声和沙沙声，可以听见敏捷的翅膀有

---

① 最初刊于《现代人》杂志 1847 年第 5 期。

节奏的鼓动声——就有丘鹬姿态优美地弯着自己的长嘴，轻快地从黑郁郁的白桦树后面飞出来迎接您的枪弹了。

这就叫"伏击"。

就是说，我和叶尔莫莱去伏击。不过，诸君请原谅，我得先把叶尔莫莱给你们介绍一下。

这人45岁上下，瘦高个儿，又长又细的鼻子，窄窄的脑门儿，灰灰的小眼睛，蓬乱的头发，宽阔的嘴唇带着嘲笑的神气。这人无冬无夏穿一件黄黄的德国式土布褂，但腰里却系一条宽腰带；穿一条蓝色灯笼裤，戴一顶羊羔皮帽，是破落的地主一时高兴送给他的。腰带上系两个袋子，一个袋子在前面，巧妙地扎成两半，分装火药与霰弹；另一个袋子在后面，是装猎物的。至于棉絮，叶尔莫莱则是从他那魔袋似的帽子里去掏。他本来可以很容易用卖猎物所得的钱为自己买一个弹药袋和背袋，但是他甚至从来没想过买这类东西，只管用老办法装他的枪，保险不会使霰弹和火药撒落，也不会混杂，其手法之巧妙，使观者吃惊。他的猎枪是单筒的，装有燧石，而且天生有猛烈"后坐"的坏脾气，因此叶尔莫莱的右颊总是比左颊肥胖。他怎样能用这支猎枪打中野物，连最机灵的人也无法设想，但是他却常常打中。他也有一条猎狗，名叫"杰克"，是一个十分奇怪的东西。叶尔莫莱从来不喂它。"我才不喂狗哩，"他断然说，"再说，狗是聪明畜生！自己能找到东西吃。"确实也是，尽管那狗瘦得出格，连漠不关心的过路人见了也吃惊，但是它照样活着，而且活得很长久；甚至于，不管境遇多么可怜，一次也没有逃跑过，而且从来没有想离开自己的主人的表现。年轻时谈情说爱，有一次离开过两天，可是那股傻劲儿很快就过去了。"杰克"最了不起的特点是它对世上的一切都异常淡漠……如果这说的不是狗，那我要用"悲观"这个字眼儿了。它常常坐着，把短短的尾巴蜷在身子底下，皱着眉头，不时地哆嗦几下，从来不曾笑过。（大家都知道，狗是会笑的，而且笑得非常可爱。）它的模样儿其丑无比，不论哪个闲着没事儿的仆人，一有机会就毫不客气地嘲笑它这副尊容；但是"杰克"对这类嘲笑甚至挨打却毫不在乎。每当它由于不光是狗才有的弱点，把饥饿的嘴伸进暖烘烘的、香喷喷的厨房的半掩着的门里时，厨子们就立刻丢下手头的活儿，又叫又骂地追赶起它来，那是厨子们特别开心的事儿。在出猎的时候，它从不感到疲劳，而且嗅觉极其灵敏。但是，如果偶然追到一只打伤的兔子，它就远远躲开用种种听得懂的和听不懂的方言喝骂的叶尔莫莱，钻到凉荫里绿树棵子底下，津津有味地把兔子吃得只剩下一点骨头。

叶尔莫莱是我的邻村一个旧式地主家的人。旧式地主一般都不喜欢"鹬鸟"，而喜欢吃家禽。除非在特殊情况下，例如在生日、命名日和选举的日子里，旧式地主家的厨子才烧起长嘴鸟，因为俄国人一向是越不懂怎么做越上劲儿，一旦来了劲儿，就会发明千奇百怪的调制法儿，以至于大部分客人只能又好奇又出神地注视着端上桌的美味，绝不敢动口尝一尝。规定叶尔莫莱每月给东家的厨房送两对松鸡和山鹑，其余的一切由他，想到哪儿就到哪儿，想干什么就干什么。人们都不和他交往，认为他一无所长，像我们奥廖尔人说的，"窝囊"。火药和霰弹自然是不发给他的，这是有章法可循的，就像他不喂狗一样。叶尔莫莱是一个非常古怪的人，像鸟儿一样无忧无虑，很喜欢说话，表面看来又懒散又笨拙；非常喜欢喝酒，不喜欢在一个地方久住，走起路来两脚擦地，摇摇摆摆，就这样两脚擦地，摇摇摆摆，一昼夜能够走五六十俄里。他经历过各种各样惊险事儿，在沼地里、树上、屋顶上、桥底下睡过觉，不止一次被关在阁楼里、地窖里、棚子里，失去了枪、狗和最后一件衣服，被人痛打，痛打很久，然而过不多久，他又回家来了，衣服穿得好好的，而且带着枪和狗。不能说他是一个快活人，虽然他的心情几乎总是非常好的。总而言之，他很像是一个古怪人。叶尔莫莱很喜欢和有教养的人聊聊，尤其是在喝酒的时候，不过，聊也聊不久，常常站起来就走。"你这鬼东西，上哪儿去呀？天已经黑了。""到恰普林村去。""你跑十来俄里，到恰普林村去干什么？""到那儿的庄稼人索夫龙家里去过夜。""你就在这儿过夜嘛。""不，不行。"于是叶尔莫莱就带着他的"杰克"走进沉沉的夜幕，穿过一丛丛树棵子和一道道水沟向前走去，而那个庄稼人索夫龙也许不让他进门，说不定还要打他两记耳光，不准他打扰清白人家。然而叶尔莫莱有些本事是没有人能比的，如在春汛期间捕鱼，用手提虾，凭嗅觉寻找野物，招引鹌鹑，训练猎鹰，捕捉那些会唱"魔笛"、"夜莺飞来"①的夜莺……只有一样他不会,就是训练狗,他没有耐性。他也有老婆,每星期他去她那儿一次。她住在一间破破烂烂、快要倒塌的小屋里,凑凑合合,勉勉强强活着,今天不知道明天能不能吃饱,总之,一直过着很苦的日子。叶尔莫莱这个无忧无虑、心地善良的人,对待她却又无情又粗暴,他在家里摆出一副又威风又严厉的神气,可怜的妻子简直不知道怎样才能讨他的欢心,一看到他的眼神就发抖,她常常用最后一文钱给他买酒;当他大模大样地躺到炕上酣睡的时候,她总是低三下四地给他盖上自己的皮袄。我也不止一次看到他脸上无意中流露出的阴沉的凶狠神气,我很不喜欢他在咬死受伤的野禽时脸上那股表情。可是叶尔莫莱从来没有在家里待过一天以上,一到别的地方,他又变成"叶尔莫尔卡"②——周围100俄里以内的人都这样称呼他,有时他自己也这样称呼自己。最低下的仆役也觉得自己比这个流浪汉高贵,也许正因为这样都对他非常亲热。许多庄稼人起初像对待田野里的兔子一样,喜欢撵他和逮他取乐儿,过一会儿就把他放了,等到知道他是一个怪人,就不再碰他,甚至给他面包,跟他聊天……我就是带了这个人出猎,和他一起到伊斯塔河畔一个很大的桦树林里去伏击。

俄罗斯有许多河流同伏尔加河一样,一边是山,另一边是草地,伊斯塔河也是这样。这条小河曲曲弯弯,蜿蜒如蛇行,没有半俄里是直流的,有的地方,从陡峭的山冈上望去,十几俄里的小河,连同堤坝、池塘、磨坊、一片片以爆竹柳作篱的菜园和茂盛的果园,尽收眼底。伊斯塔河里的鱼真是多极了,尤其是雅罗鱼(庄稼人在热天里常常用手在树棵子底下捉这种鱼)。小小的滨鹬啾啾叫着在点缀着一处处冰凉而清澈的泉水的岩石岸边飞翔;野鸭向池塘中央浮游,小心翼翼地四面打量着;苍鹭伫立在河湾中峭壁下的阴影里……我们伏击了大约有一个小时,打到两对山鹬。我们想在太阳出山以前再来碰碰运气(早晨也可以打伏击),就决定到附近的磨坊里去过一夜。我们走出树林,下了山冈,河里翻滚着暗蓝色的波浪;空气由于充满夜间

---

① 喜欢夜莺的人都熟悉这些名称:这是莺啼中最美妙的唱段。——作者注
② "叶尔莫莱"的卑称,其谐音在俄语里是"小瓜皮帽"。

的潮气，越来越浓。我们敲了敲大门。院子里有几只狗一齐狂叫起来。"谁呀？"响起一个沙哑的、带有睡意的声音。"打猎的，我们来借个宿。"没有回答。"我们付钱。""我去对东家说说……嘘，该杀的狗！……还不都给我死掉！"我们听到这雇工走进屋里去了，他很快就回到大门口来。"不行，东家说，不让进来。""为什么不让进去？""他怕嘛，你们是打猎的，说不定你们会把磨坊烧掉，因为你们带着火药呢。""胡扯什么！""前年我家磨坊就烧过一回了，有一帮牲口贩子来借宿，不知怎地就烧起来了。""可是，老弟，我们总不能在外面过夜呀！""那就由你们了……"他呱哒呱哒地拖着靴子走了。

叶尔莫莱骂了他许多难听的话。"咱们到村子里去吧。"到末了，他叹了一口气说。但是离村子有两俄里……"咱们就在这儿，在外面过夜吧，"我说，"今天夜里很暖和，给几个钱，让磨坊老板送一些麦秸出来。"叶尔莫莱也就同意了。我们又敲起门来。"你们干什么呀？"又传出雇工的声音，"已经说过不行嘛。"我们就把我们的意思对他说了说。他去和东家商量了一下，就和东家一起走了回来。旁边的小门吱呀一声开了，磨坊老板走了出来，高高的个头儿，肥头大耳，肚子又圆又大。他答应了我的要求。在离磨坊百步远处，有一座四面通风的小小的敞棚。他给我们抱来一些麦秸和干草，抱到敞棚里；那个雇工在河边草地上架起茶炊，蹲下来，就热心地用管子吹气生火……炭火一闪一闪的，照亮了他那年轻的脸。磨坊老板跑去叫醒他的老婆，到末了自己提出要我到屋里去睡；可是我还是愿意在外面过夜。磨坊老板娘给我们送来牛奶、鸡蛋、土豆、面包。茶炊很快就烧开了，我们就喝起茶来。河面上升起一股股雾气，没有风，秧鸡在周围咯咯高叫，磨坊的水轮边响着轻微的声音，那是水点从轮翼上往下滴，水从堤坝的闸门里往外渗。我们生起一个不大的火堆。就在叶尔莫莱在火灰里烤土豆的时候，我打起盹儿……压得低低的、轻轻的絮语声使我惊醒。我抬起头来，看到磨坊老板娘坐在火堆旁一只倒放着的木桶上，在和我的同伴说话儿。我先前从她的服装、行动和口音已经看出她是地主家的女仆——不是农妇，也不是小市民家女子；只是现在我才看清了她的容貌。看样子她有30岁，消瘦而苍白的脸上还保留着美艳动人的风韵，我尤其喜欢那双忧郁的大眼睛。她把两肘放在膝盖上，用手托着腮。叶尔莫莱背对我坐着,正在往火里添木柴。

"任尔杜赫村又流行瘟疫了,"磨坊老板娘说,"伊凡神甫家死了两头母牛……上帝保佑吧!"

"你家的猪怎么样?"叶尔莫莱沉默了一会儿之后,问道。

"活着呢。"

"能给我一头小猪就好啦。"

磨坊老板娘沉默了一会儿,随后叹了一口气。

"和您一道的是什么人?"她问。

"一位老爷,科斯托马罗夫村的。"

叶尔莫莱把几根枞树枝儿扔进火里,树枝儿立刻一齐发出哗哗声,浓浓的白烟往他脸上直扑。

"你丈夫为什么不让我们进屋里去?"

"他害怕。"

"瞧,这胖子,大肚子……亲爱的,阿丽娜·季莫菲耶芙娜,给我弄杯酒喝喝吧!"

磨坊老板娘站起来,消失在黑暗中。叶尔莫莱小声唱起歌儿:

> 为找情妹妹,
> 靴子都穿碎……

阿丽娜带着一小瓶酒和一只杯子回来了。叶尔莫莱欠身起来,画了一个十字,一口气把酒喝干了。"真好呀!"他说。

阿丽娜又在木桶上坐下来。

"怎么样,阿丽娜·季莫菲耶芙娜,你还是常常生病吗?"

"总是不舒服。"

"怎样不舒服?"

"一到夜里就咳嗽,很难受。"

"老爷好像睡着了,"叶尔莫莱沉默了一小会儿之后说,"你没去看医生,阿丽娜,病越看越厉害。"

"我是没去看呀。"

"到我那儿去玩玩儿吧。"

阿丽娜低下头。

"到那时候我把我那个，把我那个老婆撵出去，"叶尔莫莱继续说……"真的。"

"您最好还是把老爷叫醒，叶尔莫莱·彼得罗维奇，您瞧，土豆烤好了。"

"让他睡个够吧，"我的忠心的仆从心平气和地说，"他跑累了，所以睡得很熟。"

我在干草上翻起身来。叶尔莫莱站起来，走到我身边。

"土豆烤好了，请吃吧。"

我从敞棚底下走出来，磨坊老板娘从木桶上站起身来，想走。我就和她说起话儿。

"这磨坊你们租下很久了吧？"

"去年三一节租下，已经一年多了。"

"你丈夫是哪儿人？"

阿丽娜没有听清我的问话。

"你丈夫是啥地方人？"叶尔莫莱提高声音又问了一遍。

"他是别廖夫人。别廖夫城里人。"

"你也是别廖夫人吗？"

"不，我是地主家的人……原来是地主家的。"

"谁家的？"

"兹维尔科夫老爷家的。现在我自由了。"

"哪一个兹维尔科夫？"

"亚历山大·西雷奇。"

"你是不是他太太的丫头？"

"您怎么知道？就是的。"

我带着加倍的好奇心和同情心望了望阿丽娜。

"我认识你家老爷。"我又说。

"您认识吗？"她小声说，并且低下了头。

应该对读者说说，我为什么带着这样的同情心望着阿丽娜。我在彼得堡期间，碰巧和兹维尔科夫先生相识。他担任要职，是一个出名的博学和能干的人物。他的夫人十分肥胖，多愁善感，又爱哭，又凶狠，是一个庸俗而乖僻的女人；他还有个儿子，是一个十足的少爷，又娇气又愚蠢。兹维尔科夫先生的相貌很难令人恭维，那宽宽的、几乎是四方形的脸上，一双小小的老鼠眼睛滴溜溜地转悠着，又大又尖的鼻子向上翘着，鼻孔向外翻着；那皱皱巴巴的额头上，剪得短短的白发向上竖着，薄薄的嘴唇不住地嚅动，令人肉麻地笑着。兹维尔科夫先生站着的时候，总是叉开两条腿，把两只肥胖的手插在口袋里。有一次我和他两人乘马车到城外去，我们聊了起来。兹维尔科夫是一个见过世面的能干人，就开导起我来，教我走"正道儿"。

"恕我直言，"到末了他用尖嗓门儿说，"你们年轻人对一切事物的判断和解释都是盲目的；你们都不怎么了解自己的祖国；先生们，你们不熟悉俄罗斯，就是这么回事儿！……你们读的都是德国书。比如，您现在对我谈这个，谈那个，谈奴仆的事……很好，我不争论，您说的这一切都很好；不过您不了解他们，不了解他们是一些什么样的人。（兹维尔科夫先生大声擤了擤鼻涕，又闻了闻鼻烟。）比如，有一桩可笑的事，让我对您说说，也许您会感兴趣。（兹维尔科夫先生咳嗽了两声，清了清嗓子。）我太太是个什么样的人，您是知道的，比她更善良的女人，恐怕难找了，这您自己想必也承认。她的婢女们过的可不是一般人过的日子，简直是人间的天堂……可是我的太太给自己立下一条规矩：不用出嫁的丫头。那确实也不行，一生下孩子，这事儿，那事儿，这丫头怎么还能好好地伺候夫人，照料她的饮食起居呢？这丫头已经顾不到这些，不把这些事放在心上了。这也是人之常情嘛。我说的是，我们有一次乘车经过我们的村子，这事儿有些年了，怎么对您说好呢，照实说，有十五六年了。我们看到，村长家有一个小姑娘，是他的女儿，长得非常好看，举止态度也很讨人喜欢。我太太就对我说：'柯柯——您可知道，她是这样称呼我的——咱们把这个女孩子带到彼得堡去吧；我喜欢她，柯柯……'我说：'咱们就带她走，我很高兴。'不用说，村长向我们下跪道谢：您要知道，这种福气是他想也不敢想的……自然，小姑娘一时想不开，还哭过一阵子。开头这是有点儿可怕，要离开父母的家嘛……总之……这一点儿也没有什么奇怪的，不过她很快就跟我们处惯了。起初把她分拨到婢女室里，自然，要叫她学学。您猜怎么样？……这女孩子表现出惊人的进步；我太太很快就对她另眼相看，简直就离不了她，终于撇开别人，把她升为贴身侍女……这可是不容易呀！……也应该为她说句公道话，我太太从来不曾有过这样的好丫头，绝对不曾有过；她又勤快，又持重，又听话，一切都如人意。可是，说实话，我太太也太宠她了：给她穿好的，让她和主人吃一样的饭菜，喝一样的茶……真的，还能怎样呢！她就这样服侍了我太太十来年。忽然，有一天，真想不到，阿丽娜——她的名字叫阿丽娜——没有禀报就走进我的房里，扑通一声向我跪下……不瞒您说，这种事儿我是不能容忍的。一个人不论什么时候都不能忘记自己的身份，不是吗？'你怎么啦？''亚历山大·西雷奇，老爷，请您开恩。''什么事呀？''请准许我出嫁。'说实话，我当时十分惊愕。'混账东西，你可知道，太太身边没有别的丫头呀！''我还照旧服侍太太。''胡说！胡说！太太不用出嫁的丫头。''玛拉尼娅可以顶我的位子。''别打这种主意吧！''随您怎样吧……'说实在的，我简直呆了。可以对您说，我这个人呀，最痛恨的就是忘恩负义……不必对您说，您是知道的，我太太是怎样一个人，简直是天使，心肠好得不得了……就是顶坏的人，也舍不得她。我把阿丽娜赶出房去，心想，她也许会回心转意的。您可知道，我真不愿意相信一个人会那样坏，那样忘恩负义。可是，您猜怎么样？过了半年，她又来找我，又提出那个要求。不瞒您说，我这时非常恼怒地把她赶了出去，说了一些很厉害的话，并且说要告诉太太。我恼火极了……可是，还有更使我吃惊的哩：过了一些日子，我太太来找我，两眼泪汪汪的，非常激动，使我吓了一跳。'出了什么事吗？''阿丽娜……'您明白……这事儿我说不出口。'不会有的事！……是谁呢？''是听差彼得路什卡。'我大发雷霆。我这个人呀……就是不喜欢马虎！……彼得路什卡……没有罪。要惩罚他也可以，可是据我看，这事儿怪不得他。阿丽娜嘛……哼，就是的，哼，哼，这还有什么好说的？当然啦，我立刻吩咐把她的头发剃了，给她穿上粗布衣服，把她送到乡下去。我太太少了一个得力的丫头，但这也是没有办法，总不能让人把家里弄得乌七八糟。烂肉最好还是一刀割掉……唉，唉，您现在就想想吧，您是了解我太太的，要知道，这，这，这……毕竟是一个天使呀！……她实在舍不得阿丽娜呀，阿丽娜知道这一点，就干起了无耻的事儿……不是吗？您就说说看……不是吗？这实在没什么好说的！总而言之，这是没有办法。在我自己来说，因为这姑娘忘恩负义，伤心和难过了很久。不管怎么说……在这种人里面是找不到良心和情义的！你喂狼不管喂得多么好，狼总是想往树林里跑……这是今后的教训！不过我只是想向您说明……"

兹维尔科夫先生没有把话说完，就转过头去，把身子更紧地裹在自己的斗篷里，雄赳赳地压制着不由自主的激动。

读者现在大概已经明白，我为什么带着同情心望着阿丽娜了。

"你嫁给磨坊老板已经很久了吗？"最后我问她道。

"两年了。"

"怎么，是老爷准许的吗？"

"是出钱给我赎身的。"

"谁出的钱？"

"是萨维利·阿列克谢耶维奇。"

"他是什么人？"

"就是我丈夫。（叶尔莫莱不露声色地笑了笑。）怎么，难道老爷对您说起过我吗？"阿丽娜在沉默了一小会儿之后，又问道。

我真不知该怎样回答她的问话。"阿丽娜！"——磨坊老板在远处喊叫起来。她就站起来走了。

"她丈夫人还好吗？"我问叶尔莫莱。

"还好。"

"他们有孩子吗？"

"有过一个，可是死了。"

"怎么，是磨坊老板看上她了，还是怎的？……他为她赎身花了很多钱吧？"

"那就不知道了。她识字，这在他们这一行里……常常是很有用的，所以他看上了她。"

"你和她早就认识吗？"

"早就认识。我以前常到她主人家里走走。他们的庄园离这儿不远。"

"你也认识听差彼得路什卡吗？"

"彼得·瓦西里耶维奇吗？当然认识。"
"他现在在哪儿？"
"当兵去了。"
我们沉默了一会儿。
"她身体似乎不怎么好吧？"最后我问叶尔莫莱。
"身体怎么会好呢！……哦，明天这场伏击大概很不坏。您现在不妨睡一会儿。"
一群野鸭高声叫着在我们头顶上飞过，我们听出来，这群野鸭就落在离我们不远的河上。天已经完全黑了，而且也渐渐冷起来，夜莺放开嗓门儿在树林里歌唱。我们往干草里一钻，就睡着了。

莓　泉①

　　八月初，常常热得难受。这时候，从 12 点到 3 点，最有决心、最迷恋打猎的人也不能出猎，就连最忠心的狗也只是"跟着猎人的靴子转"，也就是一步一步跟着猎人走，难受地眯起眼睛，舌头耷拉得老长，听到主人责骂，只是可怜巴巴地摇摇尾巴，脸上露出难为情的神气，但是不肯往前面跑。有一回，我就是在这样的日子出去打猎。我一直勉强支撑着，虽然我真想躺到什么地方的凉荫里去，哪怕躺一会儿也好；我的不知疲倦的狗也一直在树棵子里搜索着，虽然它显然并不指望自己的狂热行动会有什么结果。窒人的炎热迫使我考虑保留最后的体力和能力。我好不容易来到我的宽容的读者已经熟悉的伊斯塔河边，下了陡坡，踩着潮湿的黄沙，朝着附近一带闻名的、名叫"莓泉"的泉水走去。这泉水从岸边一条裂缝中涌出，裂缝渐渐变成一条狭窄然而很深的峡谷，泉水就在 20 步远处带着滔滔不绝的、快活的潺潺声汇入小河中。峡谷的两边斜坡上长满了橡树棵子；泉的周围一片碧绿，长满了矮矮的、天鹅绒般的青草，阳光几乎从来照不到那清凉的、银色的泉水。我走到泉边，草地上放着一个桦树皮做的瓢，这是过路的庄稼人留给大家用的。我喝足了泉水，就在凉荫里躺下来，并且向周围望了望。在泉水注入小河处，形成一个河湾，正由于泉水与河水交汇，这儿总是荡漾着碧波。就在河湾旁，坐着两个老

---

① 最初刊于《现代人》杂志 1848 年第 2 期。

汉，背对着我。其中一个相当健壮，高高的个头儿，穿一件整洁的深绿色上衣，戴一顶绒线小帽，正在钓鱼；另一个又瘦又小，穿一件打补丁的棉绸外衣，没戴帽子，膝盖上放着装蚯蚓的小瓦罐，不时地用手抚摩一下自己的白发苍苍的头，似乎是担心自己的头被太阳晒坏。我更留神地打量了一下，才认出他就是舒米欣村的斯焦布什卡。请允许我把这个人介绍一下。

在离我的村子几俄里的地方，有一个很大的舒米欣村，那里有一座为圣科齐马和圣达米安建立的石头教堂。教堂对面，当初曾经有一座煊赫一时的宏伟地主宅第，宅第周围有各种各样的房屋棚舍、作坊、马厩、地下室、车棚、澡堂、临时厨房、客人住的和管理人员住的厢房、温室、民众游艺场和其他一些用处大小不同的房舍。住在这座宅第里的是一家大财主，他们的日子本来过得好好的，可是忽然有一天早晨，这一切财富付之一炬。财主一家迁到别处去了，这座宅第就荒废了。广大的废墟变成了菜园，有些地方留着一堆一堆的砖头、残缺的屋基。用幸免于火灾的圆木草草钉成一间小屋，用十年前为了建造哥特式凉亭买来的船板作屋顶，就让园丁米特罗方带着他的妻子阿克西尼娅和七个小孩子住进去。派定米特罗方种植蔬菜，供应150俄里之外的主人家食用。分派阿克西尼娅看管一头罗尔种的母牛，母牛是花大价钱在莫斯科买的，但是可惜丧失了生殖能力，因此买来以后就没有产过奶；她还照管一只烟色的凤头公鸭，这是唯一的一只"老爷家的"家禽。孩子们因为年纪还小，没有指派他们干什么，不过这并不妨碍他们变为十足的懒虫。我曾有两次在这个种菜园的汉子家过夜，路过时常常在他那儿买黄瓜，天晓得是什么原因，这些黄瓜在夏天就长得老大，味道儿又淡又差，皮又黄又厚。我就是在他那儿第一次看到斯焦布什卡的。除了米特罗方一家和寄住在独眼寡妇的小屋里的年老耳聋的教会长老盖拉西姆以外，就没有一个仆人留在舒米欣村了，因为我要介绍给读者的斯焦布什卡不能算人，尤其不能算仆人。

任何人在社会上都有一个地位，不论是什么样的地位，都有交往。不论是什么样的交往。任何仆人，即使不领工钱，至少也要领所谓"口粮"，斯焦布什卡却从来没得到过任何补助，无亲无故，没有谁知道他的存在。这个人甚至也没有来历，没有人谈起他，人口普查也未必查得到他。有一种模模糊糊的传闻，说他当年做过某人的侍仆；然而，他是什么人，从哪儿来的，是谁的儿子，怎么成了舒米欣村的居民，怎样得到那件棉绸的、开天辟地以来他就穿在身上的长外衣，他住在哪儿，靠什么过日子——关于这些，绝对没有谁知道一丁点儿，而且，说实话，也没有谁对这些问题感兴趣。特罗菲梅奇老人家是熟悉所有仆人的家谱，能够追溯到上四代的，就连他也只是有一次说到，记得已故的老爷阿历克赛·罗马内奇旅长出征回来时用辎重车载回来一名土耳其女子，那女子是斯焦布什卡的亲戚。就是在节日里，节日里是按照俄罗斯古老风俗用荞麦馅饼和绿酒普遍赏赐和款待众人的时候，就是在这样的日子里，斯焦布什卡也不上餐桌，不走近酒桶，不行礼，不去吻老爷的手，不在老爷注视之下一口气喝干管家的胖手斟得满满的祝老爷健康的酒。除非有哪个好心肠的人从他身边走过，给这个可怜的人一块吃剩的馅饼。在复活节的日子里，大家也和他接吻，但是他不必卷起油乎乎的衣袖，也不必从后面的口袋里掏出自己的红鸡蛋，不必呼哧喘着，眨巴着眼睛，把红鸡蛋献给少爷，或者甚至献给太太。他夏天住在鸡埘后面的储藏室里，冬天住在澡堂的更衣室里，天气太冷的时候，他就在干草棚里过夜。大家见惯了他，有时甚至踢他一脚，但是谁也不和他说话，他自己也好像生来就不曾开过口似的。在那场大火之后，这个没人过问的人就住到、或者如奥廖尔人说的，"躲到"看园子的米特罗方家里。米特罗方不睬他，不对他说：你住在我这儿吧，——但也不撵他。斯焦布什卡也不是住在米特罗方家里，他是生活、栖息在菜园里。他来来去去，一行一动都悄没声息；打喷嚏和咳嗽都免不了战战兢兢，用手捂着；他总是像蚂蚁一样忙活着，操劳着；一切都是为了糊口，仅仅为了糊口。确实，如果他不是从早到晚为吃饭操心的话，我的斯焦布什卡早就饿死了。早晨还不知道晚上有没有什么东西吃，实在是很痛苦的事！有时斯焦布什卡坐在墙脚下啃萝卜或者嚼胡萝卜，或者把一棵肮脏的卷心菜掰成一片一片的；有时哼哧哼哧地提着一桶水到什么地方去；有时在小砂锅底下生起火来，从怀里掏出几块黑乎乎的东西扔进锅里去；有时拿木头在自己的小棚屋里敲来敲去，钉钉子，做放面包的架子。他做这一切都是悄没声的，就像是背地里干的，只要有人看他，他就躲藏起来。有时他也外出三两天。当然，没有谁注意他是否在家……一转眼，他又出现了，又在墙脚下悄悄地架起砂锅生起火来。他的脸小小的，眼睛黄黄的，头发一直抵到眉毛，鼻子尖尖的，耳朵老大，而且透亮，像蝙蝠的耳朵，胡子好像是两个星期之前剃过的，永远这样，不再短也不再长。我在伊斯塔河边就是遇到这个斯焦布什卡和另外一个老头儿在一起。

我走到他们跟前，打过招呼，就挨着他们坐下来。我看出，斯焦布什卡的同伴也是我认识的：这是已经解放了的彼得·伊里奇伯爵家的家奴米海洛·萨维里叶夫，外号叫"雾"。他住在一个害肺病的波尔霍夫小市民家里，那是我常常投宿的一家旅店的老板。在奥廖尔大道上经过的年轻官吏和其他一些闲人（裹着花条羽毛褥子的商人顾不到这些）到现在还可以看到，在离特罗伊茨基大村子不远处有一座完全荒废了的、一直抵到大路的木结构二层楼房，房顶已经塌了，窗户也钉死了。在阳光明丽的日子，在中午时候，这座废墟显得无比凄凉。当年在这儿住的彼得·伊里奇伯爵是一位以好客闻名的豪富的世家显贵。有时，全省的人都汇集到他家里，在家庭乐队的震耳欲聋的乐声中、在花炮和焰火的噼啪声中尽情地歌舞、欢笑。如今经过这座荒废的贵族宅第而叹息和怀念流逝的时光和逝去的青春的，恐怕不止是风烛残年的老妪。伯爵一年又一年举行宴会，一年又一年亲切地笑着回旋在百般奉承的宾客之中；但是，可惜他的家产不够他一生挥霍。他完全破产之后，就到彼得堡去谋职位，没有得到任何结果，就死在旅馆里。"雾"就是在他家里当管家，在伯爵生前就获得解放证书。这人有70岁上下，有一张端正的、令人愉快的脸。他几乎总是在笑，笑得又和善又庄重，现在只有叶卡捷琳娜时代的人才会这样笑。说话时嘴唇轻启慢闭，亲切地眯着眼睛，说话略带鼻音。他擤鼻涕，闻鼻烟也都从容不迫，好像在做要紧的事。

"喂，怎么样，米海洛·萨维里叶夫，钓了不少鱼吧？"

"请您看看鱼篓里吧，已经钓到两条鲈鱼和五六条大头鲲了……斯焦布什卡，拿来看看。"

斯焦布什卡把鱼篓递给我。

"斯捷潘①，你近来日子过得怎样？"我问他。

"噢……噢……噢……没……没什么，老爷，还过得去。"斯焦布什卡讷讷地回答说，仿佛舌头上拴了秤砣。

"米特罗方身体好吗？"

"身体好的，可……可不是，老爷。"

这可怜的人转过头去。

"鱼不怎么上钩。""雾"说起话来，"天太热了，鱼都躲在树棵子底下睡觉呢……斯焦布什卡，你给我装一个鱼饵。（斯焦布什卡拿出一条蚯蚓，放到掌心里，拍打了几下，套到钓钩上，吐了两口唾沫，就递给"雾"。）谢谢你，斯焦布什卡……哦，老爷，"他又对我说，"您是打猎吗？"

"可不是。"

"噢……您的猎狗是英国种还是纽芬兰种？"

这老头儿喜欢借机会卖弄一番，那意思就是说俺也是见过世面的！

"我不知道这是什么种，不过满好。"

"噢……您还有狗吗？"

"我有两群呢。"

"雾"笑了笑，摇了摇头。

"确实不错，有的人喜欢狗喜欢得不得了，有的人白给他都不要。我这简单的头脑是这么想的：养狗，可以说，多半是为了摆派头……什么都要有气派，马要有气派，看狗的人也要有气派，一切都要有派。已故的伯爵——愿他升入天堂——其实不是什么猎人，可是也养着狗，并且每年都出去打一两次猎。身穿镶金绿红外套的看狗人集合在院子里，吹起号角，伯爵大人走出门来，仆人把马牵过来，扶大人上马，狩猎主管把大人的脚放进马镫，然后摘下帽子，把缰绳放在帽子里捧上去。伯爵大人的鞭子一声响，看狗人齐声吆喝，走出院子。马僮骑马跟在大人后面，用绸带牵着老爷宠爱的两条狗，就这样照料着……那马僮高高地骑在哥萨克马鞍上，红光满面，一双

---

① 斯捷潘是正名，斯焦布什卡是卑称。

大眼睛不住地转悠着……当然啦,这种场面少不了宾客。又开心,又显得气派……哎呀,挣脱了,这鬼东西!"他忽然把钓竿一拉,说道。

"听说,伯爵一生日子过得很快活,是吗?"我问道。

老头儿往鱼饵上吐了两口唾沫,把钓钩抛出去。

"那还用说,他是一位大富大贵的人嘛。彼得堡常常有人,可以说,常常有头等要人来他这儿。常常有一些佩蓝色绶带的人在他家吃喝。再说,他也很会招待宾客。常常把我叫了去,说:'明天我要几条活鲟鱼,"雾",你叫人给我送来,听见吗?''是,大人。'那一件件绣花外套、假发、手杖、上等香水和花露水、鼻烟壶、大幅的油画,都是从巴黎定购来的。他一举行起宴会,天哪,真不得了!焰火冲天,车水马龙!有时还放大炮。光是乐手就有40个人。还养着一个德国人当乐队指挥,可是德国人傲慢起来:他要和主人一家同桌吃饭。伯爵大人就叫人把他赶走了,说:我家乐队不要指挥也行。当然啦,什么事儿都要依照老爷的心意。一跳起舞来,就跳到天亮,跳的都是拉柯塞斯、玛特拉杜拉舞……哎……哎……哎……上钩了,好样的!(老头儿从水里拉出一条不大的鲈鱼。)拿去,斯焦布什卡。老爷倒是一个好老爷,"老头儿把钓钩抛出去之后,又说下去,"心肠也是很好的。有时候打你几下子,可是一会儿就忘了。只有一样就是养姘头。唉,这些姘头,都不是东西!就是她们弄得他破产的。要知道,那都是从下等人里面挑出来的。说起来,她们还有什么不满足呢?可是,你就是把全欧洲最值钱的东西都给了她们,还是不行!可也是,为什么不好好地过过快活日子,那是老爷的事……不过弄得破产总是不应该的。特别是有一个姘头,叫阿库丽娜的,现在已经死了,愿她升入天堂!她是一个很普通的姑娘,西托夫的甲长的女儿,可是太凶恶了!有时打伯爵的耳光。她使他着了魔。我侄儿往她的新衣服上溅了点儿可可,就把他送去当了兵……送去当兵的还不止他一个。是啊……不过那时候可是真好呀!"老头儿深深地叹了一口气,又说了一句,就低下头,不说话了。

"我看,你家老爷很厉害吧?"沉默了一会儿之后,我开口说。

"那时候就兴这样呀,老爷。"老头儿摇摇头,反驳说。

"现在不像那样了。"我注视着他,说道。

他瞟了我一眼。

"现在当然好些。"他嘟哝了一句,就把钓钩抛向远处。

我们坐在树荫下,但就是在树荫下也很闷热。窒闷、炎热的空气仿佛呆住了。火热的脸焦急地盼风来,可是没有风。蓝蓝的、有些发乌的天上,太阳火辣辣地照着;在我们正对面的岸上,是一片黄澄澄的燕麦田,有些地方杂生着一丛丛野蒿,那麦穗一动也不动。在稍微低些的地方,有一匹农家的马站在齐膝深的河水里,懒洋洋地摇摆着湿淋淋的尾巴;低垂的树棵子下面,偶尔浮出一条大鱼,吐一阵水泡,又悄悄沉入水底,留下一圈圈细细的水波;蝈蝈在褐色的草丛里叫着,鹌鹑叫得似乎很不情愿;老鹰从容地在田野上空飞翔,常常在一个地方停住,很快地拍打着翅膀,把尾巴展成扇子形。我们热得难受,只有一动不动地坐着。忽然在我们后面的峡谷里响起走动声,有人朝莓泉走来。我回头一看,就看到一个50岁上下的汉子,满面风尘,穿着小褂,脚登树皮鞋,背着一只背篓和粗呢上衣。他走到泉边,大口大口地喝了一通水,这才站起身来。

"啊,是符拉斯吧?""雾"打量了他一下,就叫了起来。"你好呀,老弟。你这是从哪儿来?"

"你好,米海洛·萨维里叶夫,"那汉子一面说,一面朝我们走来,"我从远地方来。"

"你上哪儿去来?""雾"问他。

"去了一趟莫斯科,找老爷。"

"为什么事?"

"去求他。"

"求他什么?"

"求他把代役租减轻些,或者改成劳役租,要么让我换个地方……我儿子死了,现在我一个人实在不行。"

"你儿子死了?"

"死了。"那汉子沉默了一会儿之后,又补充说,"他以前在莫斯科赶马车。不瞒你说,以前都是他替我缴租。"

"怎么,你们现在还要缴代役租吗?"

"要缴代役租。"

"你家老爷怎么样呢？"

"老爷怎么样吗？他把我赶出来了！他说，你怎么敢直接来找我，管家是干啥的？他说，你首先得报告管家……再说，我能给你换什么地方？他说，你先把欠的租缴清了再说。他简直火极了。"

"怎么，你就回来了吗？"

"就回来了。我本想问清楚，我儿子身后是不是留下什么东西，可是没问出什么结果。我对他的东家说：'我是菲利普的爹。'可是他对我说：'我怎么知道？再说，你儿子什么也没有留下；他还欠我的债呢。'这样，我就回来了。"

这汉子是带笑对我们说这些事的，好像说的是别人的事情，但是他那小小的、皱得紧紧的眼睛里噙着泪水，嘴唇抽搐着。

"那你现在怎么样，回家去吗？"

"要不然往哪儿去呀？当然是回家。我老婆恐怕现在饿得够受了。"

"你最好还是……那个……"斯焦布什卡忽然开口说，却又发起窘来，不说了，在鱼饵罐子里翻弄起来。

"那你去找管家吗？""雾"不免诧异地看了斯焦布什卡一眼，又问道。

"我去找他干什么？……我还欠着租呢。我儿子在死以前害了一年病，他自己的租也还欠着……不过我没什么好担心的，反正向我要不出什么了……哼，不论你有多少点子，都没有用，我管不了那些了！（这汉子大笑起来。）金齐良·谢苗内奇嘛，不论他想什么点子，反正……"

符拉斯又笑起来。

"怎么样？这事儿不妙呢，符拉斯老弟。""雾"一字一顿地说。

"怎么不妙？不……（符拉斯的声音中断了。）天好热呀。"他用袖子擦着脸，又说道。

"你的老爷是谁呀？"我问。

"瓦列利安·彼得罗维奇，×××伯爵。"

"是彼得·伊里奇的儿子吗？"

"是彼得·伊里奇的儿子，""雾"回答说，"是彼得·伊里奇生前就把符拉斯那个村子分给他的。"

"他怎么样，身体好吗？"

"身体很好，谢天谢地，"符拉斯回答说，"一张脸红红的，油光光的。"

"您瞧，老爷，""雾"转身对我说，"要是在京城附近，倒也还好，在这儿却还要缴代役租。"

"一份地要缴多少租呢？"

"一份地要缴95卢布。"符拉斯说。

"再说，耕地又很少，全是东家的树林。"

"听说，树林也卖掉了。"那汉子说。

"瞧，这不是……喂，斯焦布什卡，给我装一条蚯蚓……斯焦布什卡，嗯？你怎么啦，睡着了吗？"

斯焦布什卡抖擞了一下，那汉子坐到我们跟前。我们又不说话了。对岸有人唱起歌儿，歌声十分凄怆……我的可怜的符拉斯发起愁来……

过了半个钟头，我们各自走开了。

别任草地①

  这是七月里一个晴朗的日子,这样的日子只有在天气长期稳定的时候才有。从清早起天空就是明朗的;朝霞不是像火一样燃烧,而是泛着柔和的红晕。太阳——不是像炎热的旱天那样火红、火辣辣的,不是像暴风雨前那样的暗红色,而是明媚的、灿烂可爱的——在一片狭长的云彩下冉冉升起,迸射出明丽的光辉,随即进入淡紫色的云雾中。长长的云彩上部那细细的边儿亮闪闪的,像弯弯曲曲的蛇,那光彩好像刚刚出炉的银子……可是,瞧,那亮闪闪的光芒又迸射出来——于是一轮巨大的光球又愉快、又雄壮、像飞腾似的升上来。中午前后常常出现许许多多圆圆的、高高的云朵,灰色中夹杂着金黄色,镶着柔和的白边儿,像无数小岛,散布在泛滥无边的河上,周围绕着一条条清澈的、蓝湛湛的支流,这些云朵几乎一动也不动;远处,靠近天际的地方,许多云朵互相靠拢着,拥挤着,云朵与云朵之间的蓝天已经看不见了;但是那一朵朵云彩也像天空一样蓝,因为这些云彩也渗透了光和热。天际的颜色淡淡的,紫蒙蒙的,一整天都没有什么变化,而且四周围都是一样,哪里也不阴沉,哪里也没有雷雨的迹象;只是有的地方从上到下挂起淡蓝色的长幡:那是飘洒的蒙蒙细雨。到傍晚,这些云彩渐渐消失;那最后一批云朵,黑黑的,烟雾蒙蒙的,经落日一照,宛若一球一球的玫瑰;在太阳像升起时那样静

---

① 最初刊于《现代人》杂志 1851 年第 2 期。

静地落下去的地方，血红的余晖在暗下来的大地上空停留了不大一会儿，金星就像有人小心端着的蜡烛一样轻轻颤动着在那儿闪耀起来。在这样的日子里，一切色彩都很柔和；浅淡，而不是浓艳；一切都带有亲切感人的意味。在这样的日子里，有时也热得厉害，有时在坡地上甚至像在蒸笼里一样；但是风会把积攒起来的热气吹散、赶走，而一股股旋风——那是天气稳定时必定常常出现的——也会像一根根高高的白柱，在大路上游荡，穿过一块块耕地。干爽而清净的空气带有野蒿、割倒的黑麦和荞麦的气味，甚至在入夜前一小时还感觉不到一点潮气。这种天气正是庄稼人收割庄稼时所盼望的……

正是在这样的日子里，我有一次到图拉省契伦县去打松鸡。我找到并且也打到很多野味；装得满满的猎袋勒得我的肩膀非常难受，然而等到我终于下决心回家的时候，晚霞已经消失，寒冷的阴影在虽然已经有夕阳残照但还明亮的空中开始变浓，开始扩展了。我快步穿过长长的一大片灌木丛，爬上一座小山包，看到的不是我意料中右面有橡树小林，远处有一座矮矮的白色教堂的那片熟悉的平原，却是我不熟悉的另外一片地方。我的脚下有一条狭窄的山谷伸展开去，正对面是一片茂密的山杨树林，像陡壁似的矗立着。我大惑不解地站下来，往四下里打量了一下……"哎呀，"我心想，"我完全走错了，太偏右了。"我一面因为自己走错感到惊讶，一面迅速走下山包。我立刻被笼罩在令人不快的、动也不动的潮气中，好像进了地窖；谷底的茂密的青草全都湿漉漉的，呈现一片白色，像平平的桌布，走在上面有点儿可怕。我急忙爬上另一面坡，向左拐弯，贴着山杨树林走去。蝙蝠已经在入睡的山杨树顶上来来回回飞着，在苍茫的天空神秘地盘旋着，颤动着。一只迟归的小鹰敏捷地、直直地在高空中飞过，赶回自己的窝里。"我只要走到那一头，"我心想，"马上就有路了，可是我已经走了一俄里左右的冤枉路！"

我终于走到了树林的那一头，可是这里什么路也没有。我面前是一大片一大片不曾砍过的矮矮的灌木丛，再往前，可以远远地看到一片空旷的田野。我又站了下来。"怎么有这样的怪事？……我这是在什么地方？"我就回想这一天是怎么走的，往哪儿走的……"哈！这不是巴拉欣灌木林吗！"最后我叫起来，"就是的！那大概就是辛杰耶夫小树林……可我这是怎么走到这儿来了？走得这么远？……真奇怪！现在又得往右走了。"

我就朝右走，穿过灌木林。这时候夜色像大片阴云似的越来越迫近，越来越浓了；仿佛随着夜雾的升起，黑暗也从四面八方升起，甚至也从高处往下流泻。我发现一条没有走成路的、长满草的小道，我就顺着小道走去，一面留心向前面注视着。周围很快地黑下来，静下来，只有鹌鹑偶尔叫两声。有一只不大的夜鸟舒展着柔软的翅膀，悄没声息地，低低地飞着，几乎撞到我身上，便惊慌地朝一旁飞去。我出了灌木林，来到田野上，顺着田塍走去。我已经很难分辨稍微远些的东西。四周田野白茫茫一片；再远处，出现阴沉沉的黑暗，一大团一大团地渐渐迫近前来。我的脚步在动也不动的空气中发出低沉的声音。暗淡下来的天空又变蓝了，不过这已经是夜晚的蓝。星星在天上闪烁，颤动起来。

我先前认为是小树林的，原来是一个黑黑的、圆圆的山包。"究竟我这是在哪儿呀？"我又出声地自问了一遍，并且第三次站了下来，用询问的神气看了看我的英国种黄斑花狗季安卡，因为狗在所有四条腿动物中肯定是最聪明的。但是这最聪明的四条腿动物只是摇摇尾巴，泄气地眨巴了几下疲倦的眼睛，并没有给我出什么切实可行的主意。我面对着狗感到惭愧起来，于是我拼命朝前走去，就好像我恍然大悟，知道该往哪儿走了。我绕过山包，来到一块不很深的、周围都翻耕过的凹地里。我立刻有一种奇怪的感觉：这凹地形状像一口几乎完全合格的铁锅，锅边缓缓倾斜，底部矗立着几块很大的白石头——仿佛它们是爬到这儿来开秘密会议似的——这里是如此寂寥，如此僻静，这儿的天空如此单调，如此凄凉，使我的心紧缩起来。有一只小野兽在石头中间有气无力地，痛苦地尖叫了一声。我急忙回过头爬上山包。在这之前我一直抱着希望，满以为能找到回家的路；这时我才认定完全迷了路，再也不想去辨认几乎已经沉浸在黑暗中的附近一些地方，只管一直往前走，借着星光，走到哪儿算哪儿……我吃力地拖着两条腿，就这样走了半个钟头左右。似乎我有生以来没有到过这样荒凉的地方：不论哪里，没有一星火光，没有一点响声。走过一个慢坡的山冈又是一个，走过一片田野还是没有尽头的田野，一丛丛灌木仿佛突然从地里冒出来，竖立在我的鼻子前面。我走着走着，已经打算在什么地方躺下来，等天亮再说，这时突然来到一处悬崖边，往下看深不见底。

我急忙缩回已经跨出去的一只脚，透过朦胧的夜色，看到下方远处有一片大平原。一条大河从我脚下成半圆形延伸开去，围绕住这片平原；河水那钢铁般的反光有时隐隐约约闪烁一阵，显示河水的流向。我所站的山冈突然低落，形成几乎垂直的悬崖；山冈的巨大轮廓黑魆魆的，在苍茫的夜空中显得非常突出，就在我的脚下，在这座悬崖与平原形成的角落里，在流到此处便像一面黑镜子似的一动不动的大河边，在陡峭的山脚下，有相互靠近的两堆火迸射着红红的火焰，冒着烟。火堆周围人影幢幢，有时清清楚楚映照出一个小小的、鬈发的头的前半面……

我终于弄清了我来到什么地方。这片草地叫别任草地，在我们这一带是有名的……但是要回家已经不可能了，尤其是在夜里；两腿已经累得发软了。我拿定主意要到火堆跟前去，跟那些人在一起，等到天亮；我把那些人当成牲口贩子。我平平安安地来到下面，但我还没有放开我抓住的最后一根树枝，就有两条老大的长毛白狗恶狠狠地叫着向我猛扑过来。火堆旁响起清脆的孩子声，有两三个孩子很快地站起来。我回答了他们的大声诘问。他们跑到我跟前，立刻把特别对我的季安卡的出现感到惊讶的两条狗唤回去，我也走到他们跟前。

我把坐在火堆周围的人当成牲口贩子，弄错了。这不过是附近村子里几个农家孩子，看守马群的。在我们这地方，到夏天天热的时候，就把马赶出去过夜，在田野上吃草，因为白天总是有苍蝇和牛虻叮咬。在日落之前把马群赶出来，到天亮时赶回去——是农家孩子们的一大乐事。他们光着头，穿着旧皮袄，骑着动作最利落的驽马飞跑，快快活活地叫着，吆喝着，悠荡着胳膊和腿，高高地颠动着，高声笑着。轻微的尘埃像黄黄的柱子似的竖起来，顺着大路奔驰；整齐的马蹄声远远地传开去，一匹匹马竖起耳朵跑着；打头的往往是一匹长鬃枣红马，竖着尾巴，不停地倒换着四蹄，凌乱的鬃毛上带着牛蒡种子。

我对孩子们说过我是迷了路的，就挨着他们坐下来。他们问过我是从哪儿来的,沉默了一下,就往旁边让了让。我们聊了不大的一会儿。我就躺到一丛被吃光了叶子的灌木底下,朝周围打量起来。这景象是很美妙的:火堆周围有一个圆圆的、红红的光圈在颤动着,仿佛碰到黑暗要停下来;火熊熊燃烧着,有时向光圈以外投射急速的闪光;细细的光舌有时舔舔光秃的柳枝,一下子又消失;尖尖的、长长的黑影有时也闯进来一刹那,而且一直跑到火堆上:这是黑暗和光明在搏斗。有时候,在火势较弱的光圈缩小的时候,从涌上来的黑暗中会突然露出一个长着弯弯的白鼻梁的枣红色马头或者一个纯白色马头,留神地、呆呆地向我们望着,迅速地嚼着长长的青草,接着又低下头去,立刻不见了。只能听到继续咀嚼和打响鼻的声音。在亮处很难看清黑暗中的情形,所以附近的一切都好像遮上一层几乎是黑色的帷幕;然而可以看到接近天际的远处的山冈和树林像长长的、模模糊糊的黑点儿。黑暗而晴朗的天空带着神秘的磅礴气势高高地悬在我们顶上,又庄严,又雄伟。吮吸着这种特殊的、醉人的清新气息——俄罗斯夏夜的气息,胸中快活得连气也顾不得喘了。四周围几乎听不见一点儿响声……只是旁边的河里偶尔突然响起大鱼拍溅水的声音,岸边的芦苇有时被涌来的波浪微微冲动,发出轻轻的沙沙声……只有两堆火轻轻地哗哗响着。

孩子们坐在火堆周围;本来想把我吃掉的两条狗也坐在这儿。它们有好一阵子不能容忍我在场,无精打采地眯着眼睛,斜睨着火堆,有时带着非同一般的自尊感呜噜几声;先是呜噜,后来就轻声尖叫,似乎很惋惜自己的意图不能实现。孩子共有五个:菲佳、巴夫路沙、伊柳沙、科斯佳和瓦尼亚。我是从他们的谈话中知道他们的名字的,现在我就把他们介绍给读者。

第一个,最大的,就是菲佳,看样子有 14 岁。这是一个身材匀称的男孩子,相貌漂亮,五官清秀而有些小巧,一头淡黄色鬈发,明亮的眼睛,总是在笑,那笑一半是愉快,一半是漫不经心。从各方面看来,他是属于富裕家庭的,到田野来不是有什么必要,只是为了开心。他穿着一件镶黄边的印花布衬衫,那窄窄的肩膀上披一件不大的新上衣,勉勉强强披得住,浅蓝色腰带上挂一把小梳子。他那双浅统靴肯定是自己的,不是父亲的。第二个孩子巴夫路沙头发黑黑的、乱蓬蓬的，眼睛是灰色的，颧骨宽宽的，脸色苍白，还有一些麻子，嘴巴很大，但是很端正，头老大，如常言说的，像啤酒锅，身子矮墩墩的，很不匀称。这孩子并不好看——这是不用说的！——然而我还是很喜欢他：他显得非常聪明和率直，而且声音中流露出刚强。他的衣着说不上好：不过是普通麻布衬衫和打补丁的裤子。第三个是伊柳沙，相貌很平常：钩鼻子，长脸，眼睛眯眯的，脸上流露出一种迟钝的、病态的忧虑神气；那闭得紧紧的嘴唇一动也不动，紧蹙的眉头从不舒展——他好像因为怕火一直眯着眼睛。他那黄黄的、几乎是白色的头发一小绺一小绺地从小毡帽底下往外翘着，他时不时地用两手把小毡帽往耳朵上拉一拉。他穿着新的树皮鞋，裹着包脚布。一根粗绳子在腰上绕了三圈，紧紧勒着他那整洁的黑色长袍。看样子，他和巴夫路沙都不出12岁。第四个是科斯佳，是一个10岁上下的孩子，他那沉思和悲伤的眼神引起我的好奇。他的脸不大，瘦瘦的，而且有雀斑，下巴尖尖的，像松鼠一样；嘴巴小得几乎看不出；然而那双乌黑的、水灵灵的大眼睛给人奇怪的印象：这双眼睛似乎想说嘴巴（至少他的嘴巴）说不出的话。他的个头儿小小的，体格孱弱，衣着寒碜。最后一个孩子是瓦尼亚，我起初竟没有注意到他：他躺在地上，老老实实地蜷缩在一张疙疙瘩瘩的粗席子底下，只是偶尔从席子底下露一露他那长着淡褐色鬈发的头。这孩子不过7岁。

我就这样一直躺在旁边的一丛灌木下打量着孩子们。有一堆火上支着一口不大的铁锅，锅里煮的是土豆。巴夫路沙照看着，跪在地上，用一根木片往翻滚的水里扎。菲佳躺着，用胳膊肘支着头，敞着衣襟。伊柳沙坐在科斯佳旁边，仍然那样使劲眯着眼睛。科斯佳微微低着头，望着远处什么地方。瓦尼亚在自己的席子底下一动不动。我装作睡着了。孩子们渐渐又谈了起来。

开头他们闲聊，东扯西拉，谈明天要干的活儿，谈马。可是突然菲佳转向伊柳沙，似乎接起打断的话头，问道：

"喂，你怎么，真的见过家神吗？"

"不，我没有看见过，家神是看不见的，"伊柳沙用沙哑的、有气无力的声音回答说，这声音和他脸上的表情十分相称，"可是我听见过……而且不止我一个人听见。"

"他待在你们那儿什么地方？"巴夫路沙问。

"在原来的打浆房①里。"

"怎么，你们常常去造纸厂吗？"

"当然啦，常常去。我和哥哥阿夫九什卡是磨纸工②嘛。"

"噢呀，还是工人呢！……"

"哦，那你是怎样听见的呢？"菲佳问。

"是这样的。有一次我和哥哥阿夫九什卡，和米海耶夫村的菲多尔、斜眼伊凡什卡、红冈的另一个伊凡什卡，还有苏霍路科夫家的伊凡什卡，还有另外几个人，都在那儿；我们一共有十来个人，一个班的人都齐了；而且还得在打浆房里过夜，本来用不着在那儿过夜，可是监工纳扎罗夫不许我们走，他说：'伙计们，你们回家干啥呀；明天活儿很多，伙计们，你们就不要回去了。'我们就留下来，一起躺下来，阿夫九什卡说起话来，他说：'伙计们，家神来了怎么办？……'阿夫九什卡的话还没有说完，忽然就有人在我们上面走动起来；我们就躺在下面，他就在上面，在水轮旁边走着。我们听见他在走呢，踩得木板一弯一弯的，咯吱咯吱直响；他从我们头顶上走了过去；水忽然往轮子上哗哗流起来；冲得轮子响了，转动起来；水宫③的闸板本来是关着的呀。我们很奇怪：这是谁把闸板开了，让水流起来；可是轮子转了几下，又转了几下，就停了。他往上朝门口走去，又顺着楼梯往下走，往下来，好像不慌不忙；楼梯板在他脚下响得可厉害呢……哦，他来到我们的门口，等着，等着，门突然一下子敞开了。我们吓了一跳，一看——却什么也没有……忽然有一个大桶上的格子④动起来，升上去，完全到了空中，在空中摇来摆去，好像有人在涮洗，然后又回到原来的地方。后来另一个大桶上的钩子离开钉子，又回到钉子上去。后来好像有一个人朝门口走去，而且忽然大声咳嗽起来，大声清嗓子，好像是一只羊，而且声音很响……我们都

---

① "打浆房"和"纸浆房"都是造纸厂里的房舍，里面有许多盛纸浆的大桶。这种房舍一般都在堤边，水轮下面。——作者注

② "磨纸工"是把纸磨平、刮光的人。——作者注

③ 往轮子上流所经过的地方，在我们那儿称为"水宫"。——作者注

④ "格子"即捞纸浆用的网。——作者注

挤成一堆躺着，互相往身子底下钻……那一回我们可吓坏了！"

"有这样的事！"巴夫路沙说，"那他为什么要咳嗽呢？"

"不知道，也许是受不了潮气。"

大家沉默了一会儿。

"怎么样，"菲佳问，"土豆煮好了吗？"

巴夫路沙试了试。

"没有，还是生的呢……听，在拍水呢，"他说着，把脸转过去，朝着河，"大概这是梭鱼……瞧，一颗流星。"

"喂，伙计们，我来给你们讲一件事儿，"科斯佳用尖细的嗓门儿说起来，"你们听着，这是前几天我听我爹说的。"

"好，我们听着。"菲佳带着鼓励的神气说。

"你们都知道镇上那个木匠加夫利拉吧？"

"是的，知道。"

"你们可知道，他为什么老是那样不快活，老是不说话，知道吗？他就是因为这事儿一直很不快活的。我爹说，有一回他到树林里去摘胡桃。他到树林里就迷了路，不知道走到了什么地方。他走呀，走呀，伙计，不对头！他找不到路，可是天已经完全黑了。他就在一棵树下坐下来，心想，就等天亮吧。他一坐下来，就打起瞌睡。一打瞌睡，就听见有人叫他。睁眼一看，一个人也没有。他又打起瞌睡，又有人叫他。他望了又望，望了又望，就看见他前面的树枝上坐着一个人鱼，身子摇晃着，叫他过去呢；人鱼还笑着，笑得要死……月亮很亮，亮得很，把什么都照得清清楚楚，真的，什么都看得见。她在叫他，她坐在树枝上，全身白白的，亮闪闪的，像一条拟鲤或者鲈鱼，要么就像一条鲫鱼，也是那样白白的，银光闪闪的……木匠加夫利拉简直愣住了，可是她还是在哈哈大笑，而且一直在招手叫他过去。加夫利拉本来已经站起来，要听从人鱼的话了，可是，准是上帝提醒了他：他还是在自己身上画了个十字……可是，伙计们，他画十字好费劲儿呀；他说，他的手简直像石头一样，不能动弹……唉，真够受呀！……可是，伙计们，等他一画过十字，人鱼就不笑了，而且一下子就大哭起来……她哭呀哭呀，用头发擦着眼睛，她的头发是绿颜色的，跟大麻一样。加夫利拉对她望着，望着，就开口问她：'林妖，你怎么哭呀？'那人鱼就对他说起来：'人呀，你不该画十字，你应该跟我快快活活地过一辈子；我哭，我难过，是因为你画了十字；而且不光是我一个人难过，你也要难过一辈子。'她说过这话，就不见了，加夫利拉马上也明白了怎样从树林里走出去……可是从那时候起，他就一直不快活了。"

"噢呀！"在沉默了一会儿之后，菲佳说，"那个林妖怎么会伤害一个基督徒的心灵呀，他不是没有听她的话吗？"

"得了吧！"科斯佳说。"连加夫利拉也说，她的声音那么尖细，那么悲哀，像癞蛤蟆声音一样呢。""这是你爹亲口讲的吗？"菲佳又问道。

"他亲口讲的。我躺在高板床上，全听见了。"

"真是怪事！他为什么不快活呀？……她叫他过去，那是她喜欢他。"

"哼，还喜欢他呢！"伊柳沙接话说。"可不是吗！她想呵他痒，她想的就是这事儿。她们这些人鱼就喜欢这样。"

"这儿想必也有人鱼呢。"菲佳说。

"不，"科斯佳回答，"这地方干净、宽敞。只不过离河太近了。"

大家都不说话了。忽然远处响起长长的、清脆的、几乎是呻吟一般的声音，这是一种神秘的夜声，在万籁俱寂的时候有时会有的。这声音升起来，停留在空中，到最后慢慢扩散，好像消逝了。仔细听听，似乎什么也没有，然而还是在响着。似乎有一个人在天际叫喊了很久很久，另一个人似乎在树林里用尖细刺耳的大笑声在回答他，接着，一阵微弱的咝咝声在河面上掠过。孩子们面面相觑，打起哆嗦。

"上帝保佑吧！"伊柳沙小声说。

"哎，你们这些胆小鬼！"巴夫路沙叫道，"怕什么呀？你们瞧，土豆熟了。（大家一齐凑到锅子跟前，吃起热气腾腾的土豆；只有瓦尼亚一动也不动。）你怎么啦？"巴夫路沙问道。

可是瓦尼亚并没有从他的席子底下爬出来。锅子很快就空了。

"伙计们，"伊柳沙说起来，"你们听说前些天在我们瓦尔纳维茨出的一件稀奇事儿吗？"

"是在堤坝上吗？"菲佳问。

"是的，是的，是在堤坝上，在冲坏了的堤坝上。那是一块不干净的地方，很不干净，而且又偏僻。周围都是凹地、冲沟，冲沟里常常有蛇。"

"哦，出了什么事儿呢？你说呀……"

"是这样一回事儿。菲佳，你也许不知道，有一个淹死的人葬在我们那儿。那人是很久很久以前，池塘还很深的时候淹死的，可是他的坟还看得见，不过已经不显眼，只是一个小小的土包……就在前几天，管家把看猎狗的叶尔米尔叫了去，说：'叶尔米尔，你到邮局去一趟。'我们那儿的叶尔米尔常常上邮局去；他把他的狗全折腾死了：狗在他手里不知为什么活不长，总是活不长，不过他是一个很好的驯犬手，好得不得了。于是叶尔米尔就骑上马到城里去了，谁知他在城里磨蹭了一阵子，他往回走的时候已经醉了。这天夜里很亮，月亮照得亮堂堂的……叶尔米尔骑着马经过堤坝：他走的这条路一定要从这儿经过。叶尔米尔骑在马上走着走着，就看见那个淹死的人的坟上有一只小绵羊来来回回走着，白白的，一身鬈毛，挺好看。叶尔米尔就想：'我就去把它捉住，不能让它白白跑掉。'他就下了马，把它搂在怀里……那只羊倒也乖乖的。叶尔米尔就朝马走去，那马见了他却往后倒退，打响鼻，摇晃头；但是他把马喝住，带着羊骑上去，又往前走，把羊放在自己前面。他看着它，那羊也直盯着他的眼睛看。叶尔米尔害怕起来，心想，我没见过羊这样盯着人的眼睛看的，不过这也没什么，他就一个劲儿地抚摸起羊的毛，说：'咩，咩！'那羊忽然龇出牙齿，也对他叫：'咩，咩！'……"

讲故事的人还没有说完这最后一句话，那两条狗一下子站起来，哆哆嗦嗦地叫着从火边跑了开去，消失在黑暗中。孩子们都吓得要死。瓦尼亚从他的席子底下腾地跳起来。巴夫路沙叫喊着跟着狗跑去。狗叫声很快就渐渐远了……可以听见受惊的马群慌乱的奔跑声。巴夫路沙大声吆喝着："阿灰！阿毛！……"过了一小会儿，狗不叫了；巴夫路沙的声音已经远了……又过了一阵子；孩子们带着困惑不解的神情你看着我，我看着你，似乎在等待什么事儿……突然响起一匹奔跑的马的蹄声，一匹马来到火堆旁猛地停下来，巴夫路沙抓住马鬃，敏捷地跳下马来。两条狗也跑进火光的圈子里，立刻坐了下来，吐出红红的舌头。

"那儿怎么啦？怎么一回事儿？"孩子们问。

"没什么，"巴夫路沙朝马挥了挥手之后，回答说，"大概是狗闻到了什么。我想，是狼吧。"他一面呼哧呼哧喘着气，一面平静地回答说。

我不由地对巴夫路沙欣赏了一会儿。此时此刻他非常好看。他那并不漂亮的脸因为骑马快跑了一阵子显得生气勃勃，流露出勇敢豪迈、坚强刚毅之气。他手里连一根棍棒也没有，就在深夜里毫不犹豫地一个人跑去赶狼……我望着他，心里想："多么好的孩子呀！"

"怎么，你们见过狼吗？"胆小的科斯佳问。

"这儿常常有很多狼，"巴夫路沙回答说，"不过狼只有在冬天才骚扰人。"

他又坐到火堆前了。他在坐下的时候，用一只手拍了拍一只狗的毛茸茸的后脑勺，高兴起来的畜生带着得意和表示感激的神气从一旁望着他，很久没有转过头去。

瓦尼亚又钻到席子底下。

"伊柳沙，你给我们讲的事儿多可怕呀。"菲佳说起话来。他是富裕农民的儿子，所以总是带头的。（他自己说话很少，仿佛怕说多了有失身份。）"这两条狗也见鬼，叫起来了……是的，我听说，你们那地方不干净。"

"你是说瓦尔纳维茨吗？……可不是！顶不干净了！听说，有人在那儿不止一回看见老爷——死去的老爷。听说，老爷穿着长襟外套，老是唉声叹气，在地上寻找什么东西。有一回特罗菲梅奇老爹碰到他，就问：'伊凡·伊凡内奇老爷，您在地上找什么呀？'"

"他问他吗？"菲佳吃惊地插嘴说。

"是的，问他的。"

"啊，特罗菲梅奇真算好样儿的……哦，那老爷怎么说呢？"

"他说：'我找断锁草……断锁草。'说的声音很低，很低。'你要断锁草干什么，伊凡·伊凡内奇老爷？'他说：'在坟里闷得难受，很难受，特罗菲梅奇，我想出来，想出来呀'……"

"有这种事！"菲佳说，"就是说，他没有活够哩。"

"真奇怪呀！"科斯佳说，"我还以为只有在追念亡灵的那个星期六才能看见死人呢。"

"死人随时都能看得见。"伊柳沙很有把握地接话说。我看出来，他最了解农村的种种迷信传说。"不过在追念亡灵的那个星期六，可以看到这一年里轮到要死的活人。只要那天夜里坐到教堂门口的台阶上，一直望着大路就行。有谁从你面前大路上走过，谁就在这一年死。去年我们那儿的乌里雅娜老奶奶就到教堂门口的台阶上去过。"

"哦，她看见什么人吗？"科斯佳好奇地问。

"当然看见啦。起初她坐了很久很久，什么人也没看见，也没听见……只是好像有一条狗老是在什么地方叫着、叫着……忽然她看到，有一个光穿衬衫的男孩子顺着大路走来。她仔细一看——是菲多谢耶夫家的伊凡什卡呢……"

"就是春天死去的那一个吗？"菲佳插嘴问道。

"就是他。他走着，连头也不抬……可是乌里雅娜认出他来了……后来她又一看，有一个老奶奶走来了。她看了又看，看了又看——哎呀，我的天呀！——是她自己在路上走，是她乌里雅娜呢。"

"真是她自己吗？"菲佳问。

"真的，是她自己。"

"那又怎样，她不是还没有死吗？"

"还不到一年嘛。你瞧瞧她那模样吧：只剩一口气了。"

大家又不做声了。巴夫路沙往火里扔了一把枯树枝儿。那火猛地一爆，小树枝儿立刻变黑了，哔哔响起来，冒起烟来，渐渐弯曲，烧着的一头渐渐翘起来。火光猛烈地颤抖着，射向四面八方，尤其是向上。忽然不知从什么地方飞来一只白鸽，一直飞进这火光里，浑身洒满炽烈的火光，在原地打了几个转转儿，就拍打着翅膀飞走了。

"大概是找不到窝儿了，"巴夫路沙说，"这会儿就飞呀飞呀，飞到哪儿算哪儿，落到哪儿就在哪儿过夜。"

"哦，巴夫路沙，"科斯佳说，"这是不是一个虔诚的灵魂往天上飞呀，嗯？"

巴夫路沙又往火里添了一把树枝儿。

"也许是吧。"他终于说。

"巴夫路沙,我问你,"菲佳说,"在你们沙拉莫沃也看得见天兆①吗?"

"就是太阳一下子没有了,对吗?当然看得见。"

"大概你们也吓坏了吧?"

"还不光是我们呢。我们的老爷,虽然早就对我们说,你们要看到天兆了,可是等天黑下来,听说他也害怕得不得了。在下房里,厨娘一看到天黑下来,她就一下子抓起炉叉,把炉灶上的砂锅瓦罐全打碎了,她说:'世界末日到了,现在谁还要吃饭呀!'这一来,烧的汤全流掉了。在我们的村子里还有这样的说法,说是白狼要遍地跑,把人都吃掉,猛禽要飞来了,还要看到那个脱力希卡②了。"

"哪一个脱力希卡?"科斯佳问。

"你不知道吗?"伊柳沙急不可待地接话说,"唉,伙计,你怎么回事儿呀,连脱力希卡都不知道?你们村的人都没见识,真没见识!脱力希卡是一个很厉害的人,他就要来了。他非常厉害,等他来了,捉也捉不住,对他毫无办法。这人就是这样厉害。比如,庄稼人要抓他,拿了棍子去追他,把他包围起来,可是他会障眼法——他一使起障眼法,就会使庄稼人自己互相厮打起来。再比如,即使把他关进监牢,他就要求用瓢给他舀点儿水喝,等到把瓢端给他,他就一下子钻进瓢里,连影子也找不到了。要是给他戴了镣铐,他两手一挣,镣铐就掉了。哦,就是这个脱力希卡要来了,要跑遍乡村和城市;这个脱力希卡,这个神出鬼没的人,要来诱惑基督徒了……唉,可是对他毫无办法……这人十分厉害,神出鬼没……"

"是啊,"巴夫路沙用他那从容不迫的声音说下去,"是这样一个人。我们那儿的人就是在等他来。老人们早就说,天兆一出现,脱力希卡就要来了。这不是,天兆就出现了。所有的人都走到街上,到田野里,等着出什么事儿,你们知道,我们那地方很开阔,无遮无拦。大家望着望着,忽然从镇上来了一个人,下坡来了,样子很奇怪,头大得不得了……大家一齐叫起来:'哎呀,脱力希卡来了!哎呀,

---

① 我们那里的庄稼人称日食为"天兆"。——作者注

② 有关脱力希卡的迷信说法,大概来自反基督的故事。——作者注

脱力希卡来了！'于是大家纷纷逃跑！我们的村长爬进沟里；村长太太卡在大门底下出不来，不要命地喊叫，把自家的看家狗吓坏了，那狗挣脱了锁链，跳过篱笆，跑到树林里去了；还有库兹卡的爹道罗菲奇，他跑进燕麦地里，蹲下来，一个劲儿地学鹌鹑叫，他说：'也许，杀人魔王对鸟儿会怜悯的。'大家都吓成了这副样子！……谁知来的人是我们的桶匠瓦维拉，他买了一个新木桶，就把空木桶戴在头上。"

孩子们都笑起来，接着又沉默了一会儿，这也是在旷野里聊天的人常常会有的情形。我望望四周：夜色又浓重又深沉；午夜干燥的暖气代替了黄昏时候潮湿的凉气，温暖的夜气还要有很长时间像柔软的帐幕一般笼罩在沉睡的大地上；还要很长时间，才能听到早晨第一阵簌簌声、第一阵沙沙声和飒飒声，才能看到黎明中初降的露水珠儿。天上没有月亮，在这些日子里，月亮很迟才升上来。无数金色的星星似乎都争先恐后地闪烁着，随着银河的流向静静地流去，的确，望着星星，似乎隐隐感觉到大地在飞速地、不停地运行……忽然从河上接连传来两声奇怪的、痛苦的叫声，过了一小会儿，那叫声已经远些了……

科斯佳打了个哆嗦。"这是什么？"

"这是鹭鸶在叫。"巴夫路沙平静地回答说。

"是鹭鸶，"科斯佳重复说……"可是，巴夫路沙，我昨天晚上听到的是什么呀，"他停了一下，又说，"你也许知道的……"

"你听到什么来着？"

"我听到是这么一回事儿。我从石岭出来，往沙什基村走。起初一直是在我们的榛树林里走，后来走上草地——你知道，就是那里，在冲沟急转弯的地方，那儿本来就有一个水潢①；你也知道，那里面还长满了芦苇。我就从那个水潢旁边走过，伙计们，忽然听到那水潢里有人哼哼起来，哼哼得非常伤心，非常可怜：唉呀呀……唉呀呀……唉呀呀！我真吓坏了，伙计们，天已经很晚了，声音又是那么凄惨。这么着，连我好像也哭了……这是怎么一回事儿呀？嗯？"

---

① 水潢，很深的水坑，积有春汛之后留下来的春水，到夏天也不会干涸。——作者注

"前年夏天，一伙儿强盗把看林子的阿金扔到那个水潴里淹死了，"巴夫路沙说，"也许是他的灵魂在诉怨呢。"

"原来是这么回事儿呀，伙计们，"科斯佳睁大了他那本来就够大的眼睛，说，"我还不知道阿金是在这个水潴里淹死的哩，要是知道了，更要害怕呢。"

"不过，听说有些小小的蛤蟆，"巴夫路沙又说，"叫起来声音也很凄惨。"

"蛤蟆？噢，不，那不是蛤蟆……那怎么是……（鹭鸶又在河上叫了两声。）哎呀，这家伙！"科斯佳不由地说，"好像林妖在叫呢。"

"林妖不会叫，林妖是哑巴，"伊柳沙接话说，"林妖只会拍手，噼噼啪啪响……"

"怎么，你见过林妖吗？"菲佳用嘲笑的口气打断他的话说。

"没有，没见过，千万别让我看见吧！可是别人看见过。前些日子我们那儿就有一个人叫林妖迷住了，林妖领着他走呀，走呀，却老是在一块地方打转转儿……到天亮才好不容易回到家里。"

"那么，他看见林妖了吗？"

"看见了。他说，林妖老大老大的，黑乎乎的，身子裹得严严的，好像藏在树背后，叫人看不太清楚，好像躲着月亮，一双大眼睛望着，望着，一个劲儿地眨巴着……"

"哎呀呀！"菲佳轻轻哆嗦了一下，抽动了一下肩膀，叫起来，"呸！……"

"为什么世上有这种坏东西呀？"巴夫路沙说，"真是的！"

"别骂！当心，他会听见的。"伊柳沙说。

大家又不做声了。

"瞧吧，瞧吧，伙计们，"忽然响起瓦尼亚那清脆的童音，"瞧瞧天上的星星吧，简直像一群一群的蜜蜂呢！"

他从席子底下探出他那鲜嫩的脸蛋儿，用小小的拳头支着腮，慢慢地向上抬起他那双沉静的大眼睛。所有孩子的眼睛都抬起来望着天空，望了好一阵子。

"喂，瓦尼亚，"菲佳亲热地说，"怎么样，你姐姐阿妞特卡没生病吧？"

"没生病。"瓦尼亚回答说。他的发音有点儿不准确。

"你对她说说:她为什么不找我们,为什么不来?……"

"我不知道。"

"你对她说说,叫她来玩。"

"我对她说说。"

"你告诉她,我有好东西送给她。"

"送不送给我?"

"也送给你。"

瓦尼亚透了一口气。

"算了吧,我不要。你还是给她吧,她是咱们的好伙伴儿。"

瓦尼亚又就地躺下来。巴夫路沙站起来,拿起那个空锅子。

"你上哪儿去?"菲佳问他。

"到河边去打水,想喝点儿水。"

两条狗站起来,跟着他走了。

"当心,别掉到河里!"伊柳沙在背后喊道。

"怎么会掉到河里?"菲佳说,"他会当心的。"

"是的,他会当心。可是什么事儿都有,等他弯下腰去舀水,水怪会抓住他的手,把他拖下去。以后就会有人说:这孩子掉到水里了……哪儿是掉下去的呀?……"他仔细听了听,又说:"听,他钻进芦苇里了。"

芦苇真的向两边让着,像我们这地方常说的,"絮絮叨叨"埋怨着。

"傻婆娘阿库丽娜自从掉到水里以后,就发疯了,是真的吗?"科斯佳问道。

"是掉到水里以后……现在她成了什么样子啦!可是听说,以前她是一个美人呢。水怪把她糟蹋了。水怪大概没想到有人会很快把她捞上来。就在水底下把她糟蹋了。"

(我不止一次碰到这个阿库丽娜。她穿得破破烂烂,瘦得可怕,脸黑得像煤炭,眼睛迷迷糊糊,牙齿总是龇着,常常一连几个钟头在大路上一个地方踏步,骨瘦如柴的两手紧紧贴在胸前,像笼中的野兽似的两只脚慢慢地倒换着。不论对她说什么,她都不懂,只是偶尔痉挛性地哈哈大笑一阵子。）

"听说，"科斯佳又说道，"阿库丽娜是因为情人欺骗了她，才跳到河里去的。"

"就是因为这事儿。"

"你记得瓦夏吗？"科斯佳又很难受地说。

"哪一个瓦夏？"菲佳问。

"就是淹死的那一个，"科斯佳回答说，"就是在这条河里。多么好的孩子呀！真的，那孩子多么好呀！他娘菲克丽斯塔多么喜欢他，多么心疼他呀！菲克丽斯塔她好像早就感觉到他会死在水里的。到夏天，有时候瓦夏跟咱们一块儿到河里洗澡，她就浑身直打哆嗦。别的娘儿们都没什么，只管带着洗衣盆摇摇摆摆地从旁边走过，菲克丽斯塔却把洗衣盆放在地上，叫唤起他来：'回来，回来吧，我的宝贝儿！哎呀，回来吧，我的好孩子！'天晓得他是怎么淹死的。他在岸边玩儿，他娘也在那儿，在搂干草，忽然听见好像有人在水里吐气泡——一看，只有瓦夏的帽子在水上漂着了。打那以后，菲克丽斯塔就疯了：她常常到他淹死的地方去，躺在那儿；她躺在那儿，还唱歌呢——你们可记得，瓦夏常常唱一支歌——她唱的就是那一支歌，她还哭呀，哭呀，向上帝诉苦……"

"瞧，巴夫路沙回来了。"菲佳说。

巴夫路沙端着满满一锅子水，来到火堆旁。

"伙计们，"他沉默了一会儿之后，开口说，"有点儿不妙呢。"

"怎么啦？"科斯佳急忙问。

"我听到了瓦夏的声音。"

大家都吓得直打哆嗦。

"你怎么啦，你怎么啦？"科斯佳轻声说。

"是真的。我刚刚弯下身去舀水，就听见瓦夏的声音在叫我的名字，那声音好像是从水底下来的：'巴夫路沙，巴夫路沙，喂，到这儿来。'我倒退了几步。不过水还是舀了。"

"哎呀呀，天哪！哎呀呀，天哪！"孩子画着十字说。

"这是水怪叫你呀，巴夫路沙，"菲佳说，"我们刚刚在谈他，在谈瓦夏呢。"

"哎呀，这兆头可不好呀。"伊柳沙一字一顿地说。

"哦，没什么，随它去吧！"巴夫路沙很刚强地说，并且又坐了下来，"该死该活，是由不得自己的。"

孩子们都默不作声了。显然是巴夫路沙的话使他们产生了很深的感触。他们纷纷在火堆旁躺下来，似乎要睡觉了。

"这是什么？"科斯佳突然抬起头，问道。

巴夫路沙留神听了听。

"这是山鹬飞过去了，是山鹬叫。"

"山鹬这是往哪儿飞呀？"

"听说，是飞往没有冬天的地方。"

"真的有这样的地方吗？"

"有的。"

"很远吗？"

"很远，很远，在温暖的大海那边。"

科斯佳叹了一口气，合上眼睛。

自从我来到这儿跟孩子们做伴，已经过去三个多钟头了。月亮终于升上来；我没有立刻注意到这月亮，因为那只是细细的月牙儿。这没有月光的夜晚似乎像往常一样辉煌……但是不久前还高高地挂在天上的许多星星，眼看就要落到大地的黑沉沉的边沿上；周围的一切都寂静无声了，正如往常天快亮时一样：一切都睡得沉沉的，一动也不动，做着黎明前的好梦。空气中的气味已经不那样浓了，似乎潮气又渐渐弥漫开来……夏夜真短呀！……孩子们不说话了，火也熄灭了……狗也打起盹儿；我借着微弱而幽暗的星光，看到马也卧倒了，耷拉下头……我也有点儿迷糊了；一迷糊就睡着了。

一阵清风从我脸上吹过。我睁开眼睛，天已经麻麻亮了。还没有哪儿露出朝霞的红光，但是东方已经发白。四周围一切都看得见了，虽然模模糊糊。灰白色的天空渐渐亮了，渐渐蓝了，也渐渐凉了；星星一会儿微弱地闪烁几下，一会儿隐去；地上潮湿了，树叶缀满露水珠儿，有的地方响起热闹的响声和人声，黎明时的微风已经在大地上徘徊游荡。我的身体经微风一吹，愉快地轻轻颤动着。我一骨碌爬起来，朝孩子们走去。他们都围着阴燃的火堆睡得很沉，只有巴夫路沙欠起上半身，凝神看了看我。

　　我朝他点了点头，就顺着雾气腾腾的河边往家里走去。我还没有走出两俄里，在我的周围，在广阔的、潮湿的草地上，在前面那些发了绿的山冈上，从树林到树林，在后面长长的灰土大路上，在一丛丛染红了的亮晶晶的灌木上，在从越来越稀薄的晨雾中羞答答地露出蓝湛湛的真容的河上，都洒满热烘烘的朝阳的光芒，起初是鲜红的，然后是大红的、金黄的……一切都动了，睡醒了，歌唱起来，闹哄起来，说起话儿。到处都有老大的露水珠儿红光闪闪的，像亮晶晶的金刚石；迎面而来的钟声清新而纯净，仿佛也被朝露清洗过了；忽然一群恢复了精神的马从我身旁飞驰而过，赶马的正是我已经熟悉的那些孩子……

　　遗憾的是，我得补充一句：巴夫路沙就在这一年里死了。他不是淹死的，是坠马而死。可惜呀，多么好的孩子！

死①

我有一个乡邻,是一个年轻地主,一个喜欢打猎的年轻人。七月里有一天早晨,我骑马来到他家,要和他一块去打松鸡。他同意了。"不过,"他说,"咱们要走我的小树林,到祖沙去;我要顺便去看看恰普勒基诺;您知道吗?那是我的橡树林,那儿有人给我砍树。""好,咱们走吧。"他吩咐备马,穿上一件带野猪头像铜纽扣的绿色常礼服,带上绣了花的猎袋和银水壶,背起崭新的法国猎枪,不免得意地在镜子前面转来转去照了一番,就唤了两声自己的猎狗艾斯别兰斯,这狗是他的表姐,一个心地善良而没有头发的老处女送给他的。我们出发了。我这位乡邻还带着两个人:一个是甲长阿尔赫普,是一个四方脸、高颧骨的矮胖庄稼人,另一个是刚从波罗的海沿岸某省雇来的管家戈特里勃·封·德尔·科克先生,是一个19岁左右的青年,瘦瘦的,淡黄头发,近视眼,垂肩膀,长脖子。我的乡邻也是不久前才成为这片产业的主人。这是他的伯母给他的遗产。伯母就是五等文官夫人卡尔东·卡塔耶娃,是一个胖得不得了的女人,即使躺到床上,也要很难受地哼哧很久。我们骑着马进了小树林。"你们在这块空地上等我一下。"阿尔达里昂·米海勒奇(就是我这位乡邻)对自己的同行者说。德国管家行一个礼,就下了马,从衣袋里掏出一本小书,好像是约翰·叔本华的一本小说,就挨着一丛灌木坐下来。阿

---

① 最初刊于《现代人》杂志1848年第2期。

尔赫普还留在太阳地里，而且在一个钟头里连动也没有动。我们在灌木丛中转悠了一阵子，连一窝鸟儿也没有找到。阿尔达里昂·米海勒奇说，他想去他那片树林了。我自己也不相信这一天会打到什么，于是也就跟着他慢慢走去。我们回到那块空地上。德国管家记好书的页码，站起来，把书放进口袋，好不容易爬上他那匹一碰就叫就乱踢的蹩脚的短尾巴母马。阿尔赫普抖擞了一下精神，两根缰绳一齐扯动，悠荡了几下两条腿，终于策动了他那匹受惊的、矮矬的马。我们又往前走。

阿尔达里昂·米海勒奇这片树林，是我从小就熟悉的。当年我和我的法国家庭教师德齐雷·弗勒利先生（是一个心地极好的人，不过他每天晚上要我服列鲁阿药水，几乎要了我的命）常常到恰普勒基诺树林去玩儿。这片树林总共有两三百株巨大的橡树和白蜡树。一株株挺拔而粗大的树干，在榛树和花楸树那亮得泛着金光的绿叶丛中黑郁郁的，十分壮观；一株株树干向高处伸去，在碧空中显示着挺拔的身姿，到高处才像帐篷一般铺展开那老大的疙疙瘩瘩的枝桠；苍鹰、青燕、红隼在动也不动的树顶上面盘旋长鸣，花花绿绿的啄木鸟使劲儿敲打厚厚的树皮；在密密的枝叶丛中，紧跟着黄鹂的婉转啼声，突然响起百舌鸟的嘹亮鸣声；在下面，灌木丛中，知更鸟、黄雀和柳莺啾啾叫着，唱着歌儿；苍头燕雀敏捷地在小路上奔跑；雪兔小心翼翼地"一拐一拐地走着"，悄没声地贴着树林边儿转悠；红褐色的松鼠很活泼地在树上跳来跳去，有时会突然把尾巴翘到头顶上，坐了下来。在草丛中，高高的蚂蚁窝旁边，羊齿植物的好看的叶子的淡淡的阴影下，开着紫罗兰和铃兰花儿，长着红菇、乳菇、卷边乳菇、橡菇、红红的蛤蟆菇；在草地上，在大片大片的灌木之间，长着鲜红的草莓……树林里的阴凉处又多么好呀！在中午最热的时候，竟和夜里一样：宁静，芬芳，凉爽……我曾经在恰普勒基诺树林里度过愉快的时光，就因为如此，说实话，现在我走进我太熟悉的这片树林的时候，不免产生伤感之情。1840年那个毁灭性的无雪的冬天，竟不怜惜我的老朋友——橡树和白蜡树；许多干枯、光秃、有的还带着稀稀拉拉的绿叶的老树伤心地耸立在新生的树丛之上，新生的树丛"取而代之,但远不如昔"……①有一些下部还长满叶子的大树,仿佛带着责备和绝望的神气向上挺着它们那无生命力的、折断的树枝;还有一些树的叶子虽然不像从前那样茂盛,却还相当稠密,从稠密的树叶中伸出一根根粗大而干枯的死枝;还有一些树的树皮已经脱落;还有一些树干脆像尸体一般躺在地上,开始腐烂了。谁又能料到,在恰普勒基诺树林里一点阴凉地方也找不到了!我望着一株株垂死的树,心想:也许,你们感到羞耻和痛心吧?……我不禁想起柯尔卓夫的诗句:

那高雅的言谈,
骄傲的气势,
帝王的威风,
怎么不见踪影?
你那虎虎生气,
为何也黯然消失?……

"怎么,阿尔达里昂·米海勒奇,"我开口说,"这些树为什么去年没有砍呀?——现在可是卖不到原来的价钱的十分之一了。"

他只是耸了耸肩膀。

"这要问我的大娘了;有商人来过,还带了钱来,缠着要买呢。"

"我的天呀!我的天呀!"②封·德尔·科克走一步叹一声,"多么顽皮!多么顽皮呀!"

"怎么顽皮?"我的乡邻笑着说。

"我是想梭(说),多么可撕(惜)。"

特别使他感到可惜的是躺在地上的一棵棵橡树。确实,要不然磨坊主会出高价来买的。甲长阿尔赫普却一直保持着无动于衷的态度,一点也不难过;相反,他倒是高高兴兴地在躺着的树上跳来跳去,还

---

① 1840年冬天严寒,到12月底还没有下雪;苗秧都冻死了,有许多极好的橡树林毁于这个无情的冬天。恢复旧观是很难的,因为土地的生产力显然减弱了;在"禁伐的"(曾经捧着圣像绕行过的)空地上,没有了以前的参天大树,而是自生自长着白桦和白杨;换句话说,就是我们还不懂得造林。——作者注

② 原文为德文。

用鞭子抽打着玩儿。

我们朝砍树的地方走去，忽然，在一棵树轰隆一声倒下之后，响起叫喊声和说话声。过了一会儿，一个脸色煞白、头发散乱的年轻庄稼人从密林里向我们奔来。

"怎么一回事儿？你往哪儿跑？"阿尔达里昂·米海勒奇问他。

他立刻站了下来。

"哎呀，老爷，阿尔达里昂·米海勒奇，出事了！"

"什么事呀？"

"老爷，马克西姆被树砸坏了。"

"怎么砸坏的？……是那个包工的马克西姆吗？"

"是包工的，老爷。我们砍一棵白蜡树，他站在旁边看……他站着，站着，忽然朝井边走去，大概是想喝水了，那棵白蜡树突然咔嚓咔嚓响起来，直对着他倒下去。我们朝他喊：快跑，快跑，快跑……他要是往旁边跑就好了，可是他却一直朝前跑起来……大概是吓慌了，白蜡树顶上的树枝就砸到他身上。那树为什么倒得那么快，真是天晓得……恐怕是树心已经烂了。"

"就是说，把马克西姆砸坏了吗？"

"是砸坏了，老爷。"

"死了吗？"

"没有，老爷，还活着呢。可是，胳膊和腿都砸断了。我这就是跑去请医生，请谢里维尔斯特奇。"

阿尔达里昂·米海勒奇吩咐甲长骑马到村子里去请谢里维尔斯特奇，自己也飞马朝砍树的地方奔去……我跟在他后面。

我们看到不幸的马克西姆躺在地上，他周围站着十来个庄稼人。我们下了马。他几乎不呻吟，偶尔睁一睁眼睛，而且睁得大大的，似乎是惊讶地朝周围打量一下，并且咬咬发了青的嘴唇……他的下巴哆嗦着，头发粘在额头上，胸脯很不均匀地起伏着：他快要死了。一棵小椴树的淡淡的阴影在他脸上轻轻晃动着。

我们俯下身去看他。他认出了阿尔达里昂·米海勒奇。

"老爷，"他用勉强听得见的声音说起话来，"您叫人……去请……神甫吧……上帝……惩罚我……胳膊，腿，都断了……今天……是礼拜天……可是我……可是我……这不是……没有让弟兄们休息。"

他沉默了一会儿。呼吸越来越困难了。

"请把我的钱……给我老婆……老婆……扣掉欠的……哦,奥尼西姆知道……我欠……欠谁的钱……"

"我们派人去请医生了,马克西姆,"我的乡邻说,"也许,你还不会死。"

他睁了睁眼睛,使劲儿扬了扬眉毛和眼睑。

"不,我要死了。这不是……快完了,快了,快了……弟兄们,要是有什么不周到之处,请原谅我吧……"

"上帝会原谅你的,马克西姆·安德列伊奇,"十来个庄稼人一齐用低沉的声音说,并且摘下帽子,"你原谅我们吧。"

他忽然绝望地摇摇头,苦恼地挺了挺胸脯,又瘪下去。

"可是,总不能让他死在这里呀,"阿尔达里昂·米海勒奇大声说,"弟兄们,把马车上那张席子拿来,咱们把他抬到医院去。"

有两三个人朝马车跑去。

"昨天我……买了塞乔夫村的……叶菲姆……一匹马……"奄奄一息的马克西姆含含糊糊地说,"付了定钱……那马是我的了……也把马……交给我老婆……"

几个人把他往席子上抬……他浑身抽搐起来,像一只中了枪的鸟,接着就挺直了。

"死了。"几个人小声说。

我们一声不响地上了马,就离开了。

不幸的马克西姆死了,我不由地沉思起来。俄罗斯庄稼人死得真奇怪!他们临死时的心境,既不能说是淡漠,也不能说是麻木;他们死,好像是参加一种仪式,冷静而干脆。

几年之前,在我的另一个乡邻的村子里,有一个庄稼人在烘干房里被烧坏了。(如果不是一个过路的小市民把他半死不活地从烘干房里拖了出来,他就那样死在里面了。是那人先把自己的身子在一大桶水里浸了浸,然后跑着把燃烧着的屋檐下的门撞开的。)我到他家里去看他。屋子里黑洞洞的,又闷,烟气又大。我问:"病人在哪里?""这不是,老爷,在炕上。"一个愁眉苦脸的娘儿们用唱歌般的声音回答我。我走到跟前,看到那庄稼人躺着,身上盖着一件皮袄,很吃力地喘着气。"你觉得身上怎么样?"病人在炕上蠕动起来,想爬起来,但一身都是伤,眼看着要死了。"你躺着,躺着,躺着……哦,怎么样?嗯?""自然,很难受。"他说。"你痛吗?"他不做声。"你不要什么吗?"他不做声。"怎么,要不要给你喝点儿茶?""不要。"我走到一旁,在板凳上坐下来。坐了一刻钟,半小时——屋子里死静。在角落里,圣像下的桌子旁边,有一个五六岁的小姑娘躲在那里吃面包。母亲有时吓唬她一下。过道里有人走动,说话,弄得叮叮咚咚响——弟媳妇在切白菜。"喂,阿克西尼娅!"病人终于说话了。"你要什么?""给我点儿格瓦斯。"阿克西尼娅给他端来格瓦斯。又没有人做声了。我小声问:"给他行过圣餐礼吗?""行过了。"哦,就是说,一切都准备停当了,只是等死了。我受不了,便走了出来……

我不由地又回想起,有一次我到红山村的医院里去,去找我很熟识的医士卡皮东,他也是很热心打猎的。

这医院原来是地主宅院的厢房;这是女地主亲自创办的,就是说,她吩咐在门框上面钉一块蓝色木牌,上面写着白字"红山医院",又亲手交给卡皮东一本很漂亮的簿子,是登记病人名字用的。在这本簿子的第一页上,这位慈善的地主的一个食客和侍从题了如下的诗句:

在洋溢着欢乐的美好地方,
美人亲自建立了这座殿堂;
红山的幸福居民们,赞美吧,
赞美你们主人的慷慨大方!

还有一位先生在下面附笔写道:

我也爱大自然!

伊凡·科贝略特尼科夫

医士拿自己的钱买了六张床，就怀着一片好心为老百姓治起病来。除他以外，医院里还有两个人：患有精神病的雕刻匠巴维尔和做厨娘的一只手麻痹的娘儿们梅利基特里萨。他们两个都调制药剂，烘干或浸泡药草；他们还负责照管发热病的人。患精神病的雕刻匠一副郁郁不乐的神气，很少开口说话；一到夜里就唱《美丽的维纳斯》的歌，一见到过路的人，就要走上前去要求准许他和一个早已死去的姑娘玛拉尼娅结婚。一只手麻痹的娘儿们常常打他，要他看管火鸡。

话说，我有一次坐在医士卡皮东那里。我们刚谈起我们最近一次出猎的事，忽然有一辆大车进了院子，拉车的是一匹只有磨坊主才会有的特别肥壮的瓦灰色马。大车上坐的是一个花胡子、穿新上衣的敦实汉子。"啊，瓦西里·德米特里奇，"卡皮东朝窗外叫起来，"欢迎欢迎……"他又小声对我说，"这是雷波夫希诺的磨坊主。"那汉子哼哧着下了车，走进医士房里来，用眼睛找到圣像，画了十字。"怎么样，瓦西里·德米特里奇，有什么新闻吗？……哦，您大概是不舒服，您的气色不大好呀。""是的，卡皮东·季莫菲奇，是有点儿不对头。""您怎么啦？""是这么回事儿，卡皮东·季莫菲奇，前些天我在城里买了几块磨石，就拉回家来了，可是在从车上往下卸的时候，也许是用劲儿太猛了，我肚子里咯噔一下，好像有什么东西断了……从那时起就一直不舒服。今天简直就很不对头了。""嗯，"卡皮东嗯了一声，闻了闻鼻烟，"这么说，是疝气。您发病很久了吗？""已经是第十天了。""第十天了？（医士从牙缝里吸了一口气，并且摇了摇头。）让我检查检查。唉，瓦西里·德米特里奇，"他终于说道，"我真可怜你这好人呀，你的情形是不大对头呀；你这病可不是开玩笑的；住在我这儿吧；在我这方面，一定尽我的力量，不过，究竟怎样，可不能担保。""真的有这么厉害吗？"惊愕的磨坊主喃喃地说。"是的，瓦西里·德米特里奇，很厉害；你要是早两天到我这儿来，就什么事儿也不会有了；可是现在已经发炎，这就很糟；眼看就要变成坏疽了。""这不可能，卡皮东·季莫菲奇。""我对你说的是实话嘛。""这怎么会呀！（医士耸了耸肩膀。）我怎么会因为这点小毛病就死呢？""我也不是说死……只是请你留在这里。"那汉子想了又想，望了望地上，后来又朝我们看了看，搔了搔后脑勺，就抓起帽子。"你到哪儿去，瓦西里·德米特里奇？""哪儿去？还能到哪儿去呀——回家去呗，既然这样厉害。既然这样，就应该去安排安排。""那你就自己害自己了，瓦西里·德米特里奇，得了吧；就这样我都奇怪，你怎么能到得了这里呀？留下来吧。""不，卡皮东·季莫菲奇老弟，既然要死，那就应该死在家里；死在这里怎么行——天晓得我家里会出什么事儿。""事情怎么样，还不一定呢，瓦西里·德米特里奇……当然，病是危险的，很危险，这没有疑问……所以你应该留下来。"那汉子摇了摇头，"不，卡皮东·季莫菲奇，我不能留下……倒是可以请您开一张药方。""光是吃药没有用呀。""不能留下，我说过了。""哦，那就听便吧……以后可别怪我呀！"

医士从簿子上撕下一张纸，开了药方，并且说了说还应该怎么办。那汉子拿了药方，给了卡皮东半个卢布，便从房里走了出去，上了大车。"再见吧，卡皮东·季莫菲奇，要是过去有什么不周到之处，请多多原谅；万一有什么的话，请多多关照我的孩子们……""唉，留下来吧，瓦西里！"那汉子只是摇摇头，用缰绳把马抽了一下，大车就出了院子。我走到街上，在后面目送他一会儿。道路又泥泞又坑坑洼洼的；磨坊主熟练地驾驭着马，小心翼翼、不慌不忙地赶着大车走着，还不停地同碰到的人打招呼……到第四天，他就死了。

总的说，俄罗斯人死得是很奇怪的。现在常常有许多死者出现在我的脑际。我也常常想起你，我的老朋友，没有毕业的大学生阿维尼尔·索罗科乌莫夫，极好、极高尚的人！我又看到你那发青的肺痨病的脸，你那稀稀的淡褐色头发，你那亲切的微笑，你那热情洋溢的眼神，你那瘦长的肢体；又听到你那微弱无力的亲热的声音。你那时住在大俄罗斯的地主古尔·克鲁比雅尼科夫家里，教他的孩子弗珐和焦济娅俄语、地理和历史，耐心地忍受主人古尔那些令人难堪的玩笑，管家不礼貌的效劳，坏心眼儿的男孩子们的恶作剧，你常常带着苦笑然而又毫无怨言地去满足闲得无聊的女主人那些刁钻古怪的要求；然而，一到晚上，晚餐之后，当你终于干完一切事情，尽了一切责任，在窗前坐下来，若有所思地抽起烟斗，或者津津有味地翻阅起那个和你一样无家无业、苦命的土地测量员从城里带来的残缺而油污的厚厚的杂志的时候，你又多么轻松，多么怡然自得呀！你又多么喜欢各种各样的诗和各种各样的小说，你的眼睛里多么容易涌出眼泪，你笑起来多么愉快，你那孩子般纯洁的心充满了多么真挚的对人类的爱，对一切美好事物充满多么高尚的同情！应该说实话：你并不特别精明；你并没有天生的好脑子，也不是生来就勤奋；在大学里你算是最差的学生之一：上课的时候你睡觉，考试的时候你瞠目结舌；可是，因为同学成绩好和考试得手而欢喜得眼睛放光的又是谁，激动得喘不上气来的又是谁呀？……是阿维尼尔……是谁盲目相信自己朋友们的极高天赋，得意扬扬地捧他们，拼命维护他们？谁既不嫉妒，也无虚荣心，谁能无私地牺牲自己，谁又情愿听命于那些不配给他解鞋带的人？……都是你，都是你呀，我们的阿维尼尔！我记得，你为了"应聘"，怀着何等悲伤的心情和同学们分手；不祥的预感使你痛苦……果然，你在乡下是不好过的；在乡下，你没有谁可以恭恭敬敬地求教，没有谁让你动情，没有谁可以爱……草原人和受过教育的地主们对待你这个教师，有的态度粗暴，有的不大客气。而且，你貌不惊人，胆子又小，容易脸红、出汗，说起话来结结巴巴……乡村的空气竟不能使你的健康好转，你倒是像蜡烛一般消瘦下去，可怜的人呀！不错，你的房间面对着花园，稠李树、苹果树、椴树常常把它们的轻飘飘的花瓣撒在你的桌上、书上、墨水瓶上；墙上还挂着一方蓝绸的时钟垫子，这是那善良、多情的女教师，一个碧眼金发的德国女子，临别时送给你的；有时有老朋友从莫斯科来看你，朗诵起他人的以至自己的诗篇，使你欢欣鼓舞；可是，孤独，难以忍受的奴隶般的教师身份，脱身之无望，无尽头的秋天和冬天，缠身的疾病……可怜的阿维尼尔，真可怜呀！

　　我在阿维尼尔死前不久去看过他。他已经几乎不能走路了。地主古尔·克鲁比雅尼科夫没有把他从家里赶出去，但是不再给他工钱，替焦济娅另外雇了一个教师……让弗珐进了中等武备学校。阿维尼尔坐在窗前一张旧的伏尔泰式安乐椅上。天气极好。在一排落了叶的深褐色椴树上方，露出蓝莹莹的明亮的秋日天空；树上有些地方还有最后一批金光闪闪的叶子轻轻晃动着，簌簌响着。冻住的大地在阳光下冒着水汽，渐渐解冻；斜斜的、红红的阳光无力地照射着萎蔫的野草;空中似乎响着轻轻的噼啪声;花园里有干活儿的人的清楚、响亮的说话声。阿维尼尔穿一件破旧的布哈拉长袍;绿围巾往他那憔悴得可怕的脸上投射着阴森森的色调。他见了我非常高兴,伸出手来,说起话来,也咳嗽起来。我让他安静下来,就挨着他坐下来……阿维尼尔的膝上放着一本抄写得很工整的柯尔卓夫的诗集;他微微笑着用手在本子上拍了拍。"这才是诗人呢。"他使劲儿憋着咳嗽,含糊不清地说,并且用勉强听得见的声音诵读起来:

  难道鹰的翅膀
  被紧紧缚住?
  难道所有道路
  全被堵死?

  我叫他不要再念诗了,因为医生不准他说话。我知道,怎样才能合他的口味。阿维尼尔从来不像通常说的,"追踪"科学的发展,但是,可以说,他很有兴趣了解伟大的思想家们取得了什么样的成就。他常常在什么地方的角落里抓住一个同学,详详细细询问起来。他听着,流露着惊喜之色,别人说什么他信什么,而且以后就照别人说的话来说。尤其对德国哲学他有浓厚的兴趣。我就对他谈起黑格尔(要知道,这是陈年往事了)。阿维尼尔深信不疑地晃着脑袋,扬着眉毛,笑着,轻声说:"我明白,我明白!……啊!好极了,好极了!……"这个奄奄一息、无家可归、孤苦伶仃的人孩子般的求知欲,实在使我感动得流泪。应当指出,阿维尼尔和一切害肺病的人不同,一点也不对自己隐瞒自己的病情……可是又怎么样呢?——他不叹息,也不悲伤,甚至一次也没有提到过自己的状况……
  他鼓了鼓劲儿,谈起莫斯科,谈起同学们,谈普希金,谈戏剧,谈俄国文学;他又回忆我们的宴饮、我们小组里的热烈争论,并且带着惋惜的神情说到两三个已经故世的朋友的名字。
  "你记得姐莎吗?"最后他又说,"真是金子一般的心啊!多么纯洁呀!她又多么爱我呀!……现在她怎么样啦?这可怜的人儿,恐怕消瘦了,憔悴了吧?"

我不敢使病人失望，而且，说真的，又何必让他知道，他的妲莎现在胖得圆了，天天跟商人康达奇科夫兄弟厮混，又抹粉，又点胭脂，又会撒娇，又会骂人。

可是，我望着他那憔悴的脸，心里想，不能让他从这里搬出去吗？也许还能把他治好呢……但阿维尼尔没有让我把话说完。

"不，老兄，谢谢吧，"他说，"反正死在哪里都是一样。我总是活不到冬天了……白白麻烦人干什么呀？我在这一家已经习惯了。不错，这里的一家人……"

"都很坏，是吗？"我接话说。

"不，不坏，就是有点儿像木头人。不过，我不能怪他们。这儿还有乡邻，地主卡萨特金就有一个女儿，是一个有教养、可亲可爱的善良姑娘……不骄傲……"

阿维尼尔又咳嗽起来。

"都不算什么，"他休息了一会儿之后，又说下去，"要是能允许我抽烟就好了……我不能就这样死，我要把烟抽够！……"他调皮地眨眨眼睛，又补充一句："谢天谢地，我活得够了，结交了不少好人……"

"你至少也该给亲戚们写封信呀。"我打断他的话说。

"给亲戚们写信干什么呀？求助，他们是不会帮助我的；等我死了，他们自会知道。哦，何必谈这些事呀……你最好还是对我说说，你在国外见到一些什么？"

我就说起来。他一直盯着我。到傍晚我就走了，过了十来天，我收到克鲁比雅尼科夫先生如下的一封信：

敬请阁下知悉：贵友阿维尼尔·索罗科乌莫夫先生，即居住舍下之大学生，于三日前午后二时逝世，今日由鄙人出资，安葬于本教区礼拜堂内。贵友嘱鄙人转交书籍及手册，现随函寄奉。彼尚有余钱22卢布又半，将连同其他物件交与其有关的亲戚。贵友临终时神志清明，可谓十分泰然，即与舍下全家诀别之时，亦无任何憾恨之色。贱内克列奥巴特拉·亚历山大罗芙娜向阁下致意。贵友之死，贱内不能不伤情；至于鄙人，托天之福，身体尚健。敬请大安。

古尔·克鲁比雅尼科夫

还有许多其他类似的情形出现在脑际，但是不能一一尽述。只再说一例。

一个年老的女地主是当着我的面死去的。神甫已经在她床前念起送终祈祷，忽然发现病人真的要断气了，连忙把十字架拿给她。女地主不满意地把头挪开些。"你急什么呀，神甫，"她用僵硬的舌头说，"来得及的……"她吻过十字架，正要把手往枕头底下伸，就断气了。枕头底下放着一个银卢布：这是她准备好为自己的送终祈祷付给神甫的……

是的，俄罗斯人死得真奇怪呀！

歌　手①

　　不大的科洛托夫村原来属于一个女地主（那个女地主因为生性又恶又厉害，在附近一带得了一个外号叫"刮婆"，真名字倒是失传了），现在归彼得堡的一个德国人了。这个村子在一面光秃秃的山坡上，被一条可怕的冲沟从上到下切开；这条被冲得坑坑坎坎的深沟像无底深渊似的张着大嘴，弯弯曲曲地从街道中心通过，比河流更无情地——河上至少可以架桥——将可怜的小村子分为两半。几丛瘦弱的爆竹柳挂在砂质沟坡上；在干干的，像黄铜一般的沟底，是一块块老大的黏土质石板。景象不怎么美观，这是不用说的；然而附近所有的人都十分熟悉到科洛托夫村的道路，他们很喜欢常常到这里来。

　　在冲沟的顶头上，在离冲沟才像小裂缝似的开头处几步远的地方，有一座四方形的小木屋，孤零零的，跟其他房屋都不在一起。屋顶盖的是麦秸，还有一个烟囱；一扇窗子像一只锐利的眼睛似的望着冲沟，在冬天的晚上，老远就可以在朦胧的寒雾中看见这扇有灯光的窗户，它像指路星似的对许多过路的庄稼人闪烁着。小屋的门框上钉着一块蓝色木牌：这小屋是一家酒店，名叫"安乐居"。这家酒店里卖的酒不见得比规定的价格便宜，然而来的顾客却比附近所有同类店铺的顾客多得多。其原因就在于酒店老板尼古拉·伊凡内奇。

---

① 最初刊于《现代人》杂志1850年第11期。在《现代人》杂志编辑部得到高度的评价，屠格涅夫给维亚尔多的信中，也称作品的成功超过了他的预料。

尼古拉·伊凡内奇当年是一个面颊红润、一头鬈发的挺拔小伙子，现在已经是一个异常肥胖、白了头发的男子，肉嘟嘟的脸，精明而和善的眼睛，油光光的额头上一道道的皱纹——他在科洛托夫村已经住了20多年了。尼古拉·伊凡内奇同大多数酒店老板一样，是一个机灵和有心计的人。他并不特别殷勤，也不是特别能说会道，却有吸引顾客、留住顾客的本领，顾客坐在他的柜台前，在这位慢性子的老板那安详而亲切，虽然非常锐利的目光之下，不知为什么都感到愉快。他有很多正确的见解；他又熟悉地主们的生活，又熟悉农民和市民的生活；在别人遇到困难的时候，他会给别人出很不错的主意，但他是一个小心谨慎和自私的人，因此宁可站在一边，只是随随便便，似乎毫无用意地说说一些看法，让自己的顾客——而且是他喜欢的顾客——明白明白事理。他对于俄国人所看重和感兴趣的一切事都很在行，如对马和家畜，对森林，对砖瓦，对器皿，对布匹毛呢和皮革制品，对歌曲和舞蹈。在没有顾客的时候，他常常盘起自己的细腿，像麻袋似的坐在自己门前的地上，和一切过往行人打打招呼，说说亲热话儿。他这一生见过的事情很多；他眼看着几十个常来他这儿买酒的小贵族相继去世；他知道周围100俄里内发生的种种事情；就连最机警的警察局长想也没有想到的事情，他都知道，可是他从不乱说，甚至也不流露出知道的神气。他总是默不作声，只是笑笑，动动酒杯。邻近的人都很尊敬他；县里身份最高的地主、高等文官舍列别津科每次经过他的门口，都要放下架子，朝他点头。尼古拉·伊凡内奇是一个有影响的人：一个有名的盗马贼偷了他的朋友一匹马，他叫那贼把马送还了；附近有一个村子的庄稼人不服新的主管人，他也把他们开导好了。诸如此类的事很多。不过，别以为他做这些事是出于爱正义，出于对他人热心——不是的！他只是尽量防止出什么事情，免得破坏他的安宁。尼古拉·伊凡内奇已经娶妻，而且也有孩子。他的妻子是一个鼻尖眼快、动作利落的小市民出身的女子，近来也像丈夫一样有些发福了。他在各方面都信赖她，钱也由她收藏。发酒疯的人都怕她；她不喜欢他们：赚不到他们多少钱，吵闹得却很厉害；愁眉苦脸、寡言少语的人倒是更合乎她的心意。尼古拉·伊凡内奇的孩子们都还小；先前生的几个孩子都死了，但是活下来的几个长得都很像父母：看着这几个健康的孩子那聪明的小脸，是很愉快的。

七月里一个热得难受的日子，我慢慢跨着步子，带着我的狗，贴着科洛托夫村冲沟边往上走，朝"安乐居"酒店走去。天上的太阳火辣辣的，像发了疯似的，无情地炙晒着，烘烤着；空气中到处弥漫着热烘烘的灰尘。羽毛亮闪闪的白嘴鸦和乌鸦，张大了嘴，可怜巴巴地望着行人，好像是要求人同情；只有麻雀不觉得痛苦，扎煞着羽毛，比以前叫得更欢，一会儿在围墙上打架，一会儿一齐从灰尘飞扬的大路上飞起来，像灰云一样在绿油油的大麻地上空盘旋。我口渴得难受。附近没有水：在科洛托夫村，像在很多别的草原村庄一样，因为没有泉水和井水，庄稼人喝的都是池塘里的浑水……可是，谁又能把这种令人恶心的东西叫做水呀？我就想到尼古拉·伊凡内奇那里去要一杯啤酒或者克瓦斯。

说实在的，科洛托夫村不论什么时候都没有什么令人悦目的景象；但是特别使人产生愁闷之感的，就是七月的耀眼的太阳那无情的阳光照射下的景象：那破旧的褐色屋顶，那很深的冲沟，晒得焦黄的、落满灰尘的草场，草场上那带着绝望神情走来走去的长腿瘦鸡，原来的地主房屋剩下的灰色白杨木屋架和空空的窗洞，周围的一丛丛荨麻、杂草和艾蒿，晒得滚热的、黑乎乎的、漂着一层鹅毛的池塘，池塘周围那半干的烂泥和歪向一边的堤坝，堤坝旁踩成细灰般的土地上那热得直喘、直打喷嚏的绵羊，绵羊那种紧紧挤在一起的可怜神气和拼命把头垂得更低，似乎在等待这难挨的炎热什么时候才会过去的那种灰心丧气的忍耐神气。我迈着疲惫无力的步子来到尼古拉·伊凡内奇的酒店门前，照例引起孩子们的惊讶，惊讶得瞪大眼睛茫然注视着，也引起几条狗的愤慨，愤慨是用吠叫来表示的，吠叫又凶狠又卖力，好像内脏都要炸裂似的，以至于吠叫过一阵之后都咳呛和喘起粗气——这时酒店门口突然出现了一个高个子男人，没戴帽子，身穿厚呢大衣，浅蓝色腰带扎得低低的。看样子这是一名家仆；一张干枯的皱皱巴巴的脸，再往上是乱蓬蓬地竖着的浓密的灰色头发。他在呼唤一个人，急促地挥动着两只手，两只手晃动得显然比他所希望的厉害得多。可见他已经醉了。

"你来，来呀！"他使劲扬着浓浓的眉毛，嘟嘟哝哝说起来，"来呀，眨巴眼儿，来呀！真是的，你磨蹭什么呀，伙计。这可不好，伙计。人家在等你呢，可是你这样磨蹭……来呀。"

"哦，来了，来了。"一个打颤的声音应声说，接着便从屋子右面走出一个又矮又胖又瘸腿的人。他穿的是一件相当整洁的呢外衣，只套了一只袖子；高高的尖顶帽一直压到眉毛上，给他那圆圆的、胖胖的脸增添了滑稽可笑的表情。他那双小小的黄眼睛滴溜溜直转，那薄薄的嘴唇上一直堆着拘谨和不自然的微笑，那尖尖的长鼻子很不雅观地向前伸着，很像船舵。"来了，伙计，"他一面一瘸一拐地往酒店里走，一面说，"你叫我干什么？……谁在等我？"

"我叫你干什么？"穿厚呢子大衣的人带着责备的口气说，"眨巴眼儿，你这人真怪，伙计，叫你到酒店里来，你还要问干什么！好多人都在等你呢：土耳其佬雅什卡，还有野人先生，还有日兹德拉来的包工头儿。雅什卡和包工头儿打了赌：赌一瓶啤酒——看谁赢谁，就是说，看谁唱得好……你懂吗？"

"雅什卡要唱歌了吗？"外号"眨巴眼儿"的人兴奋地说，"你不是扯谎吧，蠢货？"

"我不扯谎，"蠢货一本正经地回答说，"你才喜欢瞎扯哩。他既然打了赌，那就一定要唱，你这天生的笨牛，你这浑蛋，眨巴眼儿！"

"好，咱们走吧，呆子。"眨巴眼儿回答说。

"哦，那你至少要吻我一下呀，我的好宝贝儿。"蠢货张开两条胳膊，嘟哝说。

"瞧，你这个娇宝宝伊索[①]。"眨巴眼儿用胳膊推着他，轻蔑地说，接着两人都弯下身子，走进低矮的门里。

我听到他们的对话，不禁产生了强烈的好奇心。我已经不止一次听说土耳其佬雅什卡在附近一带是最好的歌手，现在我竟有机会听听他和另一名歌手比赛。我便加快步子，走进酒店。

大概，在我的读者中，没有多少人光顾过乡村的酒店；可是我们这些打猎的，什么地方没有到过呀！这种酒店的构造极其简单，大都是由一间幽暗的前室和有烟囱的正屋组成。正屋用板壁隔成里外间，

---

① 伊索，著名的古希腊寓言作家。在旧俄国常用作讽刺语，指的是言语费解的人。

里间是任何顾客都不能去的。在这板壁上，在一张宽大的橡木桌子上方，开一个长方形的大洞。就在这张桌子或者柜台上卖酒。在正对着大洞的架子上，并排摆着大大小小各种各样封口的瓶酒。正屋的前半部分是接待顾客的，有若干条长板凳，两三个空酒桶，一张放在拐角上的桌子。乡村酒店大都是很暗的，而且，一般农舍中大都少不了的那些花花绿绿的通俗版画，你在酒店的圆木墙壁上几乎是看不到的。

当我走进安乐居酒店的时候，里面已经来了很多人了。

在柜台后面，照例站着差不多有壁洞宽的尼古拉·伊凡内奇，身穿印花布衬衫，肥胖的脸上带着懒洋洋的微笑，正在用又白又胖的手给刚进来的朋友眨巴眼儿和蠢货倒两杯酒。在他后面的角落里，靠近窗子的地方，是他那眼睛很机灵的妻子。房间中央站的是土耳其佬雅什卡，是一个二十三四岁的瘦瘦的、挺拔的男子，穿一件长襟土布蓝色外衣。他的样子像一个勇猛的工厂小伙子，身体似乎不能说是十分壮健。他那瘦瘦的脸颊，那不肯安静的灰色大眼睛，端正的鼻子和不住地活动的小小鼻孔，平平的白额头，向后梳的淡黄色鬈发，大而好看和富有表情的嘴唇——他脸上的一切都表明他是一个敏感而热情的人。他非常兴奋，不住地眨巴着眼睛，呼吸也很急促，两手一个劲儿打哆嗦，像是发作了热病——他就是热病发作了，就是面对群众讲话或唱歌的人常常会害的那种紧张不安的突然发作的热病。他旁边站着一个40岁左右的男子，宽肩膀，高颧骨，低额头，像鞑靼人一般的狭眼睛，短短的扁鼻子，方方的下巴，乌黑发亮的头发像鬃毛一样硬。他那黝黑而带铅色的脸，尤其是那煞白的嘴唇，如果不是那样沉静的话，差不多可以说是凶狠的。他几乎一动也不动，只是像一条公牛从轭下慢慢朝四周围打量着。他穿一件旧的常礼服，铜纽扣光溜溜的；粗大的脖子上围一条旧的黑绸围巾。他就叫野人先生。在他的正对面，圣像下面的长板凳上，坐着雅什卡的对赛歌手——日兹德拉来的包工头。这是一个30岁左右的敦实汉子，麻脸，鬈发，扁扁的狮子鼻，灵活的栗色眼睛，稀稀的下巴胡。他把两只手掖到大腿底下，两条穿着滚边的漂亮皮靴的腿自由自在地悠荡着，碰得吧哒吧哒响。他穿的是一件崭新的有棉绒领子的灰呢子薄上衣，紧紧勒着喉咙的红衬衫的边儿在棉绒领子的衬托下显得异常触目。在对面的角落里，门的右边，桌子旁边坐着一个庄稼人，穿一件灰色旧长袍，肩上有一个大洞。阳光像稀薄的、黄黄的流水，透过两扇小窗子的带灰尘的玻璃射进来，似乎不能战胜屋子里平时的阴暗，一切物件上的光线都很微弱，似明似暗。然而在屋子里几乎是凉爽的，所以我一跨进门槛，就如释重负，气闷和炎热感消失了。

我看出来，我的到来起初使尼古拉·伊凡内奇的顾客们有些不安；但是他们一看到尼古拉·伊凡内奇像对熟人一样跟我打招呼，也就安下心来，不再注意我了。我要了啤酒，就在角落里挨着那个穿破旧长袍的汉子坐了下来。

"喂，好啦！"蠢货一口气喝干一杯酒，突然叫起来，同时两只手奇怪地挥舞着来配合他的叫喊声，显然不这样他是一个字也说不出来的。"还等什么呀？唱就唱嘛。嗯？雅什卡？……"

"开始吧，开始吧。"尼古拉·伊凡内奇也支持说。

"好的，咱们就开始吧，"包工头带着自信的微笑冷静地说，"我准备好了。"

"我也准备好了。"雅什卡激动地说。

"好啦，开始吧，伙计们，开始吧。"眨巴眼儿尖声叫道。

然而，尽管大家都说要开始，却谁也不开始；包工头甚至没有从板凳上站起来；大家都好像在等待着什么。

"开始呀！"野人先生阴沉而激烈地说。

雅什卡身子哆嗦了一下。包工头站起身来，把腰带掖了掖，咳嗽了两声。"可是，谁先唱呢？"他用微微有些改变的声音问野人先生，野人先生依然一动不动地站在房间中央，宽宽地叉开两条粗腿，把两只强壮的手插到裤子口袋里，差不多一直插到胳膊肘。

"你，你先唱，大师傅，"蠢货嘟哝说，"你先唱，大哥。"

野人先生皱着眉头瞅了他一眼。蠢货轻轻吱了一声，不好意思起来，朝天花板看了看，耸了耸肩膀，不说话了。

"拈阄吧，"野人先生一字一顿地说，"把酒放在柜台上。"

尼古拉·伊凡内奇弯下身子，哼哧着从地板上拿起酒来，放到柜台上。

野人先生朝雅什卡看了看，说："来吧！"

雅什卡在自己口袋里掏了掏，掏出一个铜币，用牙齿咬了一个记号。包工头从怀里掏出一个新的皮革钱包，不慌不忙地解开带子，把许多零钱倒在手心里，选出一个崭新的铜币。蠢货摘下自己的破帽子送上来；雅什卡把自己的铜币丢进去，包工头也丢了进去。

"你来拈吧。"野人先生对眨巴眼儿说。

眨巴眼儿得意地笑了笑，就两手端着帽子，摇晃起来。

一时间屋子里鸦雀无声，只能听见两个铜币互相碰撞得轻轻丁当响着。我留心朝四面看了看，只见所有人的脸上都流露着紧张等待的神情；野人先生也眯起了眼睛；坐在我旁边的穿破旧长袍的庄稼人也带着好奇的神情伸长了脖子。眨巴眼儿把手伸进帽子里，摸出的是包工头的铜币；大家松了一口气。雅什卡红了红脸，包工头用手摸了摸头发。

"我说的嘛，就该你先唱，"蠢货叫起来，"我说的嘛。"

"好啦，好啦，不要聒噪了！"野人先生轻蔑地说，"开始吧。"他用头朝包工头点了点，又说。

"那我唱什么歌儿呢？"包工头激动起来，问道。

"随你唱什么，"眨巴眼儿回答说，"你想唱什么，就唱什么。"

"当然，随你唱什么，"尼古拉·伊凡内奇慢慢地把两手交叉在胸前，也附和说，"这事儿不能给你指定。想唱什么就唱什么，不过要好好地唱；然后我们就凭良心评高低。"

"自然，要凭良心。"蠢货接话说，并且舔了舔空酒杯的边儿。

"伙计们，让我稍微清一清嗓子。"包工头用手摸着上衣领子，说道。

"好啦，好啦，不要磨蹭了，开始吧！"野人先生断然说，并且低下头。

包工头多少想了想，甩了甩头发，便走上前来。雅什卡用眼睛紧紧盯住他……

不过，在开始描写这场竞赛之前，先多少说说我这篇故事中每一个登场人物，我认为也不是多余的。其中有几个人的情况，我在安乐居酒店碰到他们的时候已经知道了；另外有几个人的情况是我后来打听到的。

先从蠢货说起吧。这人的真名字是叶甫格拉弗·伊凡诺夫，但是附近一带的人都叫他蠢货，他自己也承认这个外号，这个外号就叫开了。确实，这外号对于他那很不起眼的、老是慌慌张张的外貌，再合适没有了。他原是一个嗜酒成性的独身家仆，原来的主人早就不要他了，因为没有活儿干，也就拿不到一个铜板的工钱，然而他有办法天天大喝别人的酒。他有许多熟人，这些人都请他喝酒、喝茶，他们自己也不知道这是为什么，因为他不仅不能使大家开心，甚至相反，他那种无聊的唠叨、令人烦腻的纠缠、狂热的动作和不停的做作的大笑，使大家感到讨厌。他既不会唱歌，也不会跳舞；他不但从来没说过一句聪明话，也没说过一句有用的话，总是前言不搭后语，乱说一气——不折不扣是个蠢货！可是在方圆40俄里以内，没有一次酒会上没有他那细长的身影在客人中间转来转去——大家对他已经习惯了，把他当作躲不掉的灾祸。不错，大家都很轻视他，但是能制服他，能叫他不乱说乱动的，只有野人先生。

眨巴眼儿一点也不像蠢货。眨巴眼儿这个外号对他也很合适，虽然他眨眼睛并不比别人多；众所周知，俄罗斯人是发明外号的能手。尽管我想方设法打听这人更详细的经历，他一生中还是有一些模糊之点，如读书人说的，有一些隐没在不可知的深渊中的地方，那是我，恐怕也是很多别的人，无法知道的。我只是打听到，他曾经给一个没有子女的老太太当过车夫，带着交给他的三匹马逃走了，整整一年没有音信，后来想必是切身体会到流浪生活的艰难和无益，自己回来了，但已经成了瘸子；他向自己的女主人下跪求饶，在几年时间里老老实实地干活儿，补偿了自己的罪过，渐渐博得女主人的好感，终于得到她的完全信任，当了管家；女主人一死，不知怎样他获得了自由身份，成为小市民，开始向乡邻们租地种瓜，发了财，现在日子过得很快活。这是一个见过世面的人，城府很深，不恶毒，也不善良，而是很有心计，他很世故，能认识人，也善于利用人。他小心谨慎，同时又像狐狸一样精明；他像老奶奶一样爱唠叨，却从来不会说漏了嘴，倒是能够使任何别的人说出心里话。不过，他不像另外一些狡猾的人那样，装作呆头呆脑，而且他装呆也是很难的：我从来没有见过比他那双狡黠的小眼睛更敏锐、更机灵的眼睛。那眼睛从来不是简单地看，总是观察和窥视。眨巴眼儿有时对一件似乎非常简单的事情一连考虑几个礼拜，可是有时又会突然下决心去干大胆得不要命的事儿；似乎这一下子他要完蛋了……可是你瞧，马到成功，一切都十分顺利。他很有运气，相信自己的运气，相信预兆。总之，他很迷信。大家都不喜欢他，因为他不关心任何人，但是大家都尊敬他。他家里就一个儿子，他对儿子心疼得不得了，儿子被培养得像父亲一样，想必今后会大有出息的。"小眨巴眼儿出落得很像父亲呢。"现在有些老头子在夏日的傍晚坐在墙根下闲聊的时候，已经在这样小声谈论他了，而且大家都明白这话里的意思，也就不必多说什么了。

关于土耳其佬雅什卡和包工头，没有什么可以多说的。雅什卡外号土耳其佬，因为他确实是一个被俘虏来的土耳其女子所生。他在心灵上是一个十足的艺术家，然而在身份上却是一个商人的造纸厂里的汲水工；至于包工头，老实说，我至今还不知道他的来历，我只觉得他是一个机灵而活泼的城市小市民。但是关于野人先生，倒是值得比较详细地说一说。

这个人给人的第一印象，是他有一种粗野、笨重，然而无法抗拒的力气。他身材粗笨，如我们常说的，像一个布袋，然而他却流露着一股健壮得不得了的劲儿，而且，说也奇怪，他那熊一般的体格并不缺乏某种特有的优雅，这种优雅风度大概来自从容镇定，因为他完全相信自己的威力。第一次见面，很难判断这个赫耳库勒斯①是属于哪一个阶层的：他不像家仆，不像小市民，不像退职的贫穷书吏，也不像领地很少的破产贵族——猎犬师和打手。他确实是另一回事。谁也不知道，他是从哪里流落到我们县里来的。有人说，他原是独院地主，以前好像在什么地方担任过官职；但是有关这方面的确切情形，谁也不知道，而且，从别人嘴里打听不到的，更别想从他嘴里打听到——再没有人比他更阴沉、更能守口如瓶了。也没有谁能够确切说，他是靠什么生活的；他不干任何手艺活儿，也不到什么人家里去，几乎不同任何人交往，可是他有钱花；钱虽然不多，但是有花的。他为人不谦虚——他根本没有什么好谦虚的——但是稳重；他活得似乎很自在，似乎没有注意自己周围有什么人，也根本用不着什么

---

① 赫耳库勒斯，希腊神话中的大力士。

人。野人先生（这是他的外号，他的真名是彼列夫列索夫）在附近一带有很大的威望；虽然他不仅没有权力对任何人下命令，而且甚至自己也不向他接触的人表示要求听从之意，可是很多人都会马上很乐意地听从他的话。他说什么，别人都听他的；威力总能发生作用。他几乎不喝酒，不同女人打交道，非常喜欢唱歌。这个人有很多神秘之处；似乎有一种巨大的力量阴沉地潜藏在他身上，这种力量仿佛自己知道，一旦涌上来，爆发出来，就会毁灭自己和所碰到的一切；如果这人一生中不曾有过这一类的爆发，如果他不是在幸免于死亡之后接受教训，时时刻刻严格地管束自己，那我就大错特错了。尤其使我惊讶的是，在他身上混合着一种先天生成的凶狠性和一种也是生来就有的高雅——这种混合是我在别人身上没有见过的。

话说包工头走上前来，半闭起眼睛，就用高亢的假嗓子唱了起来。他的声音十分甜美悦耳，虽然有点儿沙哑；他的声音变化着，像陀螺一般盘旋着，不停地回荡着，不停地由高转低，又不停地转向高音，保持着高音并且特别卖劲地拉长了唱一阵子，又渐渐停顿下来，然后又突然带着热情奔放的豪迈气势接唱以前的曲调。他的曲调转换有时非常大胆，有时非常滑稽可笑，这样的转换是使内行人非常满意的；要是德国人听了，会感到愤慨的。[①]这是俄罗斯的抒情男高音。[②]他唱的是一支快乐的舞曲。我透过那没完没了的装饰音、附加的辅音和叫声，只听出下面几句歌词：

  我年纪轻轻，
  要耕出小小土地；
  我年纪轻轻，
  要种出鲜红花儿。

他唱着，大家都聚精会神地听他唱。他显然感觉到这是唱给内行人听的，因此如俗话说的，使出吃奶的劲儿。确实，我们这一带的人

---

① 意为：德国人爱好典雅的音乐，不喜欢这种花哨的唱法。

② 原文为法文。

对于唱歌都很在行，难怪奥廖尔大道上的谢尔盖耶夫村的优美动人的歌儿驰名于全俄国。包工头唱了很久，没有在听众中引起特别强烈的感动，他缺少协助，缺少合唱；终于，在一个特别成功的转折之处，连野人先生也笑了，蠢货忍不住高兴得叫了起来。大家的精神都为之一振。蠢货和眨巴眼儿开始轻轻地随声和唱，喊叫："好极啦！……加油，好小子！……加油，再加油，鬼东西！再加油！再鼓劲儿，你这狗东西，狗小子！……恶鬼饶不了你！"等等。尼古拉·伊凡内奇在柜台后面带着赞许的神气把头左右摇晃着。蠢货终于把脚一跺，跨起碎步，扭动起肩膀，跳起舞来；雅什卡的眼睛像炭火一样燃烧起来，浑身像树叶一样颤抖着，不由自主地微笑着。只有野人先生脸上没什么变化，依然在原地没有动；但是他那凝视着包工头的目光有些柔和了，虽然嘴边的表情依然是轻蔑的。包工头看出大家都很满意，来了劲儿，完全唱起花腔，拼命添加装饰音，拼命吧哒舌头、敲舌头，拼命变换嗓门儿，以至等到他终于累了，脸色煞白，浑身热汗淋漓，把整个身子朝后一仰，唱出最后一个渐渐停息的高音的时候，大家用巨雷般的一片喝彩声来回答他。蠢货扑上去搂住他的脖子，用一双骨瘦棱棱的长胳膊搂得他气都喘不过来；尼古拉·伊凡内奇的脸上也泛出红晕，他好像也变年轻了；雅什卡像发了疯似的叫起来："棒极了，棒极了！"就连坐在我旁边的那个穿破长袍的庄稼人也憋不住了，用拳头在桌子上一擂，叫起来："哎呀呀！好极了，真他妈的好极了！"并且使劲儿朝旁边吐了一口唾沫。"嘿，伙计，漂亮极了！"蠢货紧紧搂着精疲力竭的包工头叫道，"漂亮极了，真没说的！你赢了，伙计，你赢了！恭喜你——酒是你的了！雅什卡比你差远了……我对你说嘛，他差远了……你相信我的话吧！"他又把包工头往自己怀里搂了搂。

"快把他放开吧；放开吧，别缠着没有完……"眨巴眼儿生气地说，"让他在板凳上坐一会儿，瞧，他累了……你这蠢货，伙计，真是蠢货！干吗缠住就不放呀？"

"那好吧，就让他坐一会儿，我来为他干一杯。"蠢货说过，便走到柜台前。"算你的账，伙计。"他转向包工头，又补充一句。

包工头点了点头，便坐到板凳上，从帽子里掏出毛巾，擦起脸来；蠢货馋巴巴地喝干一杯酒，就依照酒鬼的习惯，一面快活得咯咯叫着，一面装出忧心忡忡的神气。

"唱得好，伙计，很好。"尼古拉·伊凡内奇亲切地说，"现在该你唱了，雅什卡，要注意，别胆怯。我们来看看谁赢谁，我们来看看……包工师傅唱得很好，实在好。"

"好极了。"尼古拉·伊凡内奇的妻子说过这话，笑着朝雅什卡看了看。

"好极了！"坐在我旁边的庄稼人小声重复了一遍。

"啊，窝囊废波列哈①！"蠢货忽然叫起来，走到肩上有破洞的庄稼人跟前，用指头点着他，蹦跳起来，并且笑得直打哆嗦。"波列哈！波列哈！嘎，巴杰②，滚出去！窝囊废！你来干什么，窝囊废？"他哈哈笑着叫道。

可怜的庄稼人非常窘，已经准备站起来快点走掉，突然响起野人先生那铜钟般的声音：

"这讨厌的畜生是怎么回事儿？"他咬牙切齿地说。

"我没什么，"蠢货喃喃地说，"我没什么……我是随便……"

"嗯，好啦，那就别作声了！"野人先生说，"雅什卡，唱吧！"

雅什卡用手捏住喉咙。

"伙计，怎么有点那个……有点儿……唉……真不知道怎么有点儿……"

"哎，得了，别怯场嘛。太不大方了！……干吗扭扭捏捏的？……想怎么唱就怎么唱。"

于是野人先生低下头，等待着。

雅什卡沉默了一会儿，朝四下里看了看，用一只手捂住脸。大家都用眼睛紧紧盯住他，尤其是包工头。包工头脸上那常有的自信和得到喝彩声后的得意神情之中，不由地流露出轻微的不安神色。他靠在墙上，又把两手掖到大腿底下，但是两条腿已经不再悠荡了。

---

① 波列西耶沼泽地带南部，即从波尔霍夫县与日兹德拉县交界处开始的长长的森林地带的居民，叫"波列哈"。他们的生活方式、性情和语言有很多特点。他们因为性情多疑和不爽快，被称为"窝囊废"。——作者注

② 波列哈说话时，几乎每句话都加上惊叫声"嘎"和"巴杰"。——作者注

等到雅什卡终于露出自己的脸，那脸像死人一样煞白；一双眼睛透过下垂的睫毛隐隐射出亮光。他深深地舒一口气，就唱了起来……他的起音是微弱的，不平稳的，似乎不是从他的胸中发出来，而是来自很远的地方，似乎是偶然飘进这屋子里来。这颤抖的、金属般的声音对于我们所有的人都发生了奇怪的作用；我们你看看我，我看看你，尼古拉·伊凡内奇的妻子竟把身子挺得直直的。在起音之后紧接着是比较坚定和悠长的声音，但显然还是颤抖的，就好像弦突然被手指使劲拨动了一下，铮铮响过之后，还要颤动一阵子，并且很快地渐渐低下去；第二个音之后，是第三个音，于是，凄凉的歌声渐渐激昂起来，渐渐雄壮了，流畅了。"田野里的小道，一条又一条……"他唱着，我们都感到甜滋滋的，回肠荡气。说实话，我很少听到这样的声音，这声音像有裂纹似的，带有轻轻的碎裂声和丁当声；开头甚至有痛苦的意味儿；但是其中又有真挚而深沉的爱恋，又有青春气息，有活力，有甜蜜，又有一种令人销魂的悲怆意味儿。一个俄罗斯人的真挚而热烈的灵魂在歌声中回响着，呼吸着，紧紧抓住你的心，也直接抓着他那俄罗斯人的心弦；歌声越来越高亢，越来越嘹亮。雅什卡显然也陶醉了：他已经不胆怯了，他完全沉浸于幸福之中；他的声音不再颤抖，而是轻轻颤动，但这是像箭一般穿入听众心灵的、激情的那种隐隐约约的内在的颤动，这声音越来越激昂，越来越高亢，越来越洪亮。记得有一天傍晚，在大海退潮的时候，远处波涛汹涌，我看到平平的沙滩上落了一只很大的白鸥，一动也不动，那丝绸一般的胸脯映着晚霞的红光，只是偶尔迎着熟悉的大海，迎着通红的落日，慢慢展一展它那长长的翅膀——我听着雅什卡的歌声，就想起那只白鸥。他唱着，完全忘记了自己的对手，也忘记了我们所有的人，但显然是受到我们无声的、热情的共鸣所鼓舞，就像游泳者受到波浪推撞，精神倍增。他唱着，声声给人以亲切和无比辽阔之感，就好像熟悉的草原在你面前展了开来，伸向无边无际的远方。我觉得，我的心中涌起泪水，涌向眼睛。突然有一阵低沉、压抑的哭声使我大吃一惊……我回头一看，是店主的妻子趴在窗子上哭。雅什卡急急地向她瞥了一眼，唱得比以前更响亮，更甜美了；尼古拉·伊凡内奇低下了头；眨巴眼儿扭过脸去；完全动了情的蠢货张大了嘴巴呆呆地站着；穿灰色长袍的庄稼人在角落里小声抽搭着，一面伤心地低语，一面摇头；就连野人先生那紧紧皱到一起的眉毛底下也涌出大颗的泪珠儿，在那钢铁般的脸上慢慢滚动着；包工头把握紧的拳头按到额上，就不动了……要不是雅什卡在一个很高的、特别尖细的音上突然结束，就像他的嗓音突然中断似的，我真不知道大家的陶醉怎样收场。没有一个人叫喊，甚至没有人动一动，大家似乎都在等待，看他是不是还唱；但他睁大了眼睛，似乎对我们的沉默感到惊讶，用询问的目光扫视了大家一遍之后，才看出是他赢了。

"雅什卡！"野人先生叫了一声，把一只手放在他的肩膀上，就不说话了。

我们都像呆子似的站着。包工头缓缓站起身来，走到雅什卡跟前。"你……是你……你赢了。"他终于好不容易说了出来，接着就从屋子里冲了出去。

他迅速果断的行动似乎破解了魔力，大家一下子就热热闹闹、高高兴兴说起话来。蠢货朝上一蹦，嘟哝起来，两条胳膊抢得像风车翅膀一般；眨巴眼儿一瘸一拐地走到雅什卡跟前，跟他亲吻起来；尼古拉·伊凡内奇欠起身来，郑重地宣布：他自己再出一瓶啤酒；野人先生笑得那样可亲可爱，我怎样也没想到会在他脸上看到这样的笑容；穿灰色长袍的庄稼人用两只袖子擦着眼睛、两腮、鼻子和胡子，不时地在自己的角落里反复说着："好呀，真好，我敢发誓，真好呀！"尼古拉·伊凡内奇的妻子一张脸憋得通红，急忙站起来，走了开去。雅什卡像小孩子似的因为自己赢了喜滋滋的；他的脸完全变了样，尤其他的眼睛，一直闪耀着幸福的光彩。几个人把他拉到柜台前；他把一直在哭的穿灰色长袍的庄稼人也叫过去，又叫店主人的儿子去找包工头，包工头却没有找到，大家也就开始喝酒了。"你还要给我们唱呀，你要给我们一直唱到晚上。"蠢货把手举得高高的，反复地叫着。

我又向雅什卡看了一眼，便走了出去。我不想留在这儿，我怕损坏了我的感受。但是依然热得难受。热气似乎形成浓重的一层，笼罩在大地上；透过细细的、几乎是黑色的灰尘，似乎有许多小小的、明晃晃的火星在深蓝色的天空回旋着。到处都寂静无声；在疲惫无力的大自然这种深深的静默之中，有一种无可奈何和受压抑的意味儿。我来到一个干草棚里，在刚刚割下，但差不多已经干了的草上躺下来。我很久不能入睡；我耳朵里很久都响着雅什卡那令人倾倒的歌声……终于还是炎热和疲惫占了上风，我睡着了，睡得死沉沉的。等我醒来，四周已经黑了下来；身旁散乱的草散发着浓烈的气味，而且有点儿潮润润的了；透过破棚顶那一根根细细的木条，可以看到闪烁着微弱光芒的苍白的星星。我走了出来。晚霞早已消失，天边那隐隐发白的是晚霞的余晖；透过夜晚的凉气，还可以感觉到原来炎热的空气热烘烘的，胸中还很闷热，希望有凉风吹一吹。没有风，也没有云；万里晴空黑得异常纯净，静静地闪烁着数不清的，但只是隐约可见的星星。村子里的灯火一闪一闪的；从不远处灯火通明的酒店里传来乱哄哄的喧闹声，我似乎听到其中有雅什卡的声音。那里面不时地爆发出哄堂大笑声。我于是走到窗前，把脸贴到玻璃上。我看到的是一种很不愉快的、虽然热闹和生动的场面：都喝醉了——从雅什卡起，都醉了。雅什卡袒露着胸膛，坐在板凳上，用嘶哑的嗓门儿唱着一支下流的舞曲，懒洋洋地弹拨着六弦琴的琴弦，湿漉漉的头发一绺一绺地耷拉在他那苍白得可怕的脸上。在屋子中央，完全"失控的"蠢货脱掉了上衣，对着那个穿灰色长袍的庄稼人跳花样舞；那个庄稼人也吃力地踩着和拖着一双发了软的脚，透过乱蓬蓬的大胡子呆呆地笑着，偶尔扬起一只手，似乎想说："还行！"他的脸再可笑没有了；不论他怎样使劲扬自己的眉毛，那沉甸甸的眼皮却不肯往上抬，一直盖着那几乎看不出的、无神的、却又甜蜜蜜的眼睛。他正处在酩酊大醉的人那种可爱状态，这时不论哪个过路人看看他的脸，必然会说："真够受，这家伙，真够受！"一张脸红得像虾子一样的眨巴眼儿，张大了鼻孔，在角落里怪笑着；只有尼古拉·伊凡内奇，到底是见过世面的酒店店主，仍然保持着一贯的冷静。屋子里又来了很多新人，但是我在屋子里没有看到野人先生。

　　我转过身，快步走下科洛托夫村所在的小山冈。这座山冈的脚下便是一片辽阔的平原；沉浸在茫茫夜雾中的平原更是显得广漠无垠，仿佛同黑暗下来的天空连成一片。我正顺着冲沟旁的大道大步往下走，忽然平原上很远的地方响起一个男孩子的清脆的声音。"安特罗普卡！安特罗普卡……啊……啊……"他用顽强而带泪音的绝望腔调叫喊着,把最后一个音拉得很长很长。

他停了一小会儿,又叫起来。他的声音在动也不动、似睡似醒的空气中响亮地回荡着。他叫安特罗普卡的名字至少叫了有三十遍,才突然从那片平地的另一头,仿佛从另一个世界,传来隐隐约约的回答声:

"什么事……事……事?"

那个男孩子马上就用又高兴又生气的声音叫起来:

"快到这儿来,你这鬼……东……西……西!"

"干什……什……么呀……呀?"那个声音过了老半天才回答说。

"因为爹要……揍……你。"第一个声音急忙叫道。

第二个声音再也没有回应,那个男孩子就又呼唤起安特罗普卡。等到天色完全黑下来,当我从离开科洛托夫村四俄里,围绕着我的村子的那片树林边走过的时候,还能听到他那越来越稀、越来越微弱的叫喊声……

"安特罗普卡……啊……啊……"这声音还在夜色已浓的空中隐隐约约回荡着。

幽　会①

秋天，大约是在九月半，我坐在白桦树林里。从清早起就下毛毛细雨，一阵又一阵，不时被温暖的阳光取代；正是变幻无常的天气。天空有时整个被蓬松轻柔的白云遮住，有时有些地方会突然晴朗一会儿，这时会从散开的云彩后面露出蓝天，清澈而可爱，像美丽的眼睛。我坐着，眺望着周围，倾听着。树叶在我头顶上轻轻地响着；单凭树叶的响声就可以知道现在是什么季节。这不是春天那生机勃勃的欢声笑语，也不是夏天轻轻的窃窃私语、絮絮叨叨，不是深秋那胆怯而冷漠的嘟哝声，而是一种隐约可闻、引人入睡的闲聊声。微风轻轻地吹拂着树梢。太阳时而大放光芒，时而被云彩遮住，因此，被雨淋湿的树林里面也不停地变化着；有时整个树林里面亮堂堂的，里面的一切好像一下子都微笑起来，那不太稠密的白桦树细细的树干突然泛出白绸一般柔和的光泽，落在地上的小小树叶突然像乌金一般闪闪放光，已经染上熟透的葡萄般秋色的高大繁茂的羊齿植物那优美的杆儿也亮晶晶的，在眼前绕来绕去，纵横交错；有时周围一切又突然泛着淡青色，鲜艳的色彩顿时消失，白桦树只是白，没有了光泽，白得像刚刚落下、在寒冷中闪烁不定的、冬日阳光还没有接触到的新雪，于是毛毛细雨又悄悄地、调皮地在树林里飘洒起来，簌簌响起来。白

---

① 最初刊于《现代人》杂志1850年第11期。伊·阿克萨柯夫认为它属于《猎人笔记》中最优秀的作品之列。

桦树的叶子虽然明显地有些苍白了,但几乎全部还是绿的;只是有的地方有那么一棵小小的白桦树,整个都是红色的或金色的,你可以看到,当阳光突然闪烁变幻地穿过被晶莹的雨水冲洗过的细枝织成的密网时,那小小的白桦树在阳光中何等鲜艳夺目。听不到一声鸟叫,鸟儿都进了窝儿,不作声了;只是偶尔能听到山雀那铜铃般的带讥笑意味儿的声音。我来这片白桦林歇脚之前,曾经带着我的狗穿过一片高高的白杨树林,说实话,我不怎么喜欢这种树——白杨树,不喜欢那白中泛紫的树干,那擎得高高的、像颤抖的扇子一般伸展在空中的金属般灰绿色的叶子;不喜欢那些呆呆地挂在长叶柄上的凌乱圆叶不停地摆动。只有在有些夏日的黄昏,当它孤零零地高高耸立在一大片矮矮的灌木丛之上,正对着落日的红光,闪烁着、颤动着,从根到梢染遍一样的黄红色,或者,在晴朗而有风的日子里,整个白杨树在碧空中飒飒摇动和絮絮低语,每一片叶子都充满急不可待的神气,仿佛都想挣脱,飞走,飞向远方——只有在这样的时候,白杨树才是可爱的。但是总的说,我不喜欢这种树,所以不在白杨树林里歇脚,而来到白桦树林里,来到一棵小树下,这棵树的枝条很低,因而可以给我遮雨。在欣赏了一会儿周围的景色之后,便睡着了,这样安稳和甜蜜的觉只有打猎的人才能领略到。

　　我不知道睡了多少时间,但是当我睁开眼睛的时候,整个树林里面充满了阳光,四面八方,透过快活地喧闹着的树叶,透露出似乎在冒着火星的明亮的蓝天;云彩被大起来的风吹散,无影无踪了;天放晴了,空气中有一种特殊的、干爽的气息,使人心中充满一种振奋感,几乎总是能够预示在一天阴雨之后会有一个宁静而晴朗的夜晚。我已经准备站起身来,再去试试我的运气,忽然我的眼睛看到一个不动的人形。我定神一看,那是一个年轻的农家姑娘。她坐在离我有二十步远的地方,低着头在沉思,两只手搁在膝盖上;其中一只半张开的手上放着很密的一束野花,她每呼吸一下,那束野花就慢慢地往格子花裙上滑一下。领口和袖口都扣得紧紧的洁白衬衫在她的腰部形成许多短短的皱褶;老大的黄色珠串成两行从脖子上垂到胸前。这姑娘长得很不错。带有漂亮的浅灰色的浓密的浅色头发分成两个梳得很仔细的半圆形,上面束着窄窄的红色发带,发带束得很低,几乎压到白得像象牙一般的前额上；她的脸的其他部分被晒得隐隐泛着古铜色，只有细嫩的皮肤才会晒成这颜色。我看不见她的眼睛，因为她一直不抬起眼睛；但是我清清楚楚看到她那高高的、细细的眉毛和长长的睫毛：睫毛是湿的，而且在一边腮上有干了的泪痕在阳光中闪烁着，那泪痕一直延伸到有点儿苍白的嘴唇边。她整个的头非常可爱，就是多少有点儿大而圆的鼻子也无伤大雅。我特别喜欢她脸上的表情：这表情是那样纯真和温柔，那样忧愁，而又对自己的忧愁充满孩子般的困惑不解。她显然是在等候什么人。树林里有什么东西发出轻微的沙沙声，她立刻抬起头来，朝四下里看了看；她那一双像鹿一样胆怯的明亮的大眼睛在透亮的阴影中很快地在我面前闪了闪。她睁大了眼睛注视着发出轻微响声的地方，倾听了一会儿，叹一口气，慢慢把头扭回来，把头垂得更低，并且慢慢拨弄起野花儿。她的眼睑红了，嘴唇痛苦地扭动了几下，就有新的泪珠儿从浓密的睫毛下滚出来，停留在腮上，闪闪发亮。就这样过了很长时间；可怜的姑娘动也没动，只是偶尔苦闷地挥一挥手，倾听着，一直倾听着……树林里又有什么声音响起来——她精神一振。那声音没有停息，而是越来越清楚，越来越近，终于变成坚定而迅速的脚步声。她挺直了身子，似乎胆怯了；她那凝神的目光颤抖起来，放射出期望的光彩。密林中很快闪现出一个男子的身影。姑娘定神一看，脸刷地红了，快乐而幸福地笑了笑，就想站起来，却立刻又低下头，脸也白了，发起窘来，一直到那个男子来到她身边站住，她才抬起颤抖的、几乎是恳求的目光望着他。

我怀着好奇的心情暗暗打量了他一下。老实说，他没有给我什么愉快的印象。从种种迹象来看，这是一位豪富的年轻地主所宠幸的一名侍仆。他的服装表明他喜欢追求时髦和漂亮潇洒：他穿着一件古铜色短大衣，纽扣一直扣到上面，看样子，那是主人的衣服；系一条两头雪青色的粉红色领带；戴一顶镶金边的黑丝绒帽子，帽子一直压到眉毛。白衬衫的圆领硬邦邦地撑着他的耳朵，扎着他的两腮；浆硬的袖口遮盖住他的手，一直抵到那红红的、弯弯的手指头，指头上戴着镶有绿松石勿忘草的银戒指和金戒指。他那红润、鲜艳而厚颜的脸，属于一种类型，据我观察，这种类型的脸几乎总是引起男子反感，可惜女子往往十分喜欢。他显然在尽量使他那粗野的相貌增添一种轻蔑而厌倦的表情：一直眯着那一双本来就很小的乳灰色眼睛，皱着眉头，耷拉着嘴角，不自然地打着呵欠，而且摆出漫不经心、虽然不怎么地道的潇洒姿态，时而用手拢拢卷得雄赳赳的火红色鬓发，时而揪揪翘在厚厚的上嘴唇上的黄黄的髭须——总之，做作得令人作呕。他一看到在等他的那个年轻农家姑娘，就开始装模作样了：他慢慢地迈着方步走到她跟前，站了一会儿，扭动了几下肩膀，把两手插进大衣袋里，勉强赏给可怜的姑娘匆匆的、淡漠的一瞥，就坐到地上。

"怎么，"他依然看着旁边什么地方，摇晃着腿，打着呵欠，开口说，"你来这儿很久了吗？"

姑娘没能够立刻回答他。

"很久了，维克托·亚历山大勒奇。"她终于用勉强听得到的声音回答说。

"噢！（他脱下帽子，高傲地用手将了将那浓密的、卷得紧紧的、几乎从眉边开始的头发，威严地朝四周望了望，又小心地把帽子盖在他那宝贵的头上。）我竟完全忘记了。而且，你瞧，又在下雨（他又打了一个呵欠。）事情也多得很，不能件件事都照顾到，就这样主人还要骂呢。我们明天就要动身了……"

"明天吗？"姑娘说，并且用惊骇的目光盯着他。

"明天……好啦，好啦，好啦，别哭了，"他看到她浑身打起哆嗦而且慢慢低下头来，就连忙懊恼地接着说，"阿库丽娜，请你别哭吧。你知道，我受不了这个。（他皱起他那圆头鼻子。）要不然我马上就走了……你真傻，哭什么呀！"

"好，不哭，不哭了，"阿库丽娜急忙说，一面使劲儿吞着眼泪。"那么，您明天就走吗？"她多少停了一下之后，又这样说，"那什么时候才能跟您再见面呢，维克托·亚历山大勒奇？"

"咱们会见面的，会见面的。不是明年，就是以后。老爷大概是想到彼得堡去做官，"他漫不经心地并且有点儿用鼻音说，"也许，我们要到外国去。"

"您要忘记我了，维克托·亚历山大勒奇。"阿库丽娜伤心地说。

"不，怎么会呢？我不会忘记你的；只是你要懂道理，别稀里糊涂的，要听你父亲的话……我是不会忘记你的，决不会。"他泰然自若地伸了一个懒腰，又打了一个啊欠。

"别忘了我呀，维克托·亚历山大勒奇，"她又用恳求的声音说，"我真是爱您爱极了，简直是一切都为了您……维克托·亚历山大勒奇，您刚才说，我要听父亲的话……可是我怎么能听父亲的话呀……"

"为什么？"他仰面躺着，两手垫在头底下，这话仿佛是从胃里说出来的。

"怎么能听呀，维克托·亚历山大勒奇，您是知道的……"

她不说话了。维克托玩弄起他的钢表链。

"阿库丽娜，你不是一个傻姑娘，"他终于说起话来，"所以你不要说傻话。我是希望你好，你明白我的意思吗？当然，你不傻，可以说，不完全是乡下女子；你母亲也并不一直是乡下娘儿们。不过你总是没有受过教育，所以，别人对你说什么，你应该听从。"

"可是真可怕呀，维克托·亚历山大勒奇。"

"咦……别瞎说，亲爱的，有什么可怕的！你这是什么，"他向她移近些，又说，"花儿吗？"

"是花儿，"阿库丽娜闷闷不乐地说。"这是我采的艾菊，"她多少提了提精神，又说道，"牛犊很喜欢吃。还有，这是鬼针草，可以治瘰疬的。您再看，这是多么好看的花儿；这样好看的花儿我还从来没见过呢。还有，这是勿忘草，这是香堇菜……还有这个，这是我给您的，"她说着，从黄黄的艾菊下面拿出一小束用细草扎好的浅蓝色矢车菊，"您要吗？"

维克托懒洋洋地伸出一只手，接了花，漫不经心地闻了闻，就在手里转悠起来，一面带着若有所思的高傲神气朝天上望着。阿库丽娜看着他……在她那惆怅的目光中有那么多的倾慕、痴心和爱恋之情。她又怕他，又不敢哭，又要和他作别，又要最后一次好好地看看他；他却像皇上一样摊开胳膊和腿躺着，而且带着宽宏大量的忍耐和俯就态度接受她的膜拜。说实话，我一直怀着愤怒的心情注视着他那张红红的脸，那张脸上，透过装出来的轻蔑淡漠表情，露出一种满足和烦腻的自负之色。阿库丽娜此时此刻非常动情，她整个的心灵又信任又热情地向他打开，向他表示依恋，表示亲热，可是他……他把矢车菊扔在草地上，从大衣旁边的口袋里掏出一片镶铜边的圆玻璃，往眼睛上装；但是不论他怎样皱拢眉头、耸面颊甚至耸鼻子，想把玻璃片卡住，那玻璃片还是往外溜，落到他的手里。

"这是什么？"惊讶的阿库丽娜终于问道。

"单眼镜。"他神气活现地回答说。

"干什么用的？"

"戴了可以看得更清楚。"

"让我看看。"

维克托皱起眉头，但还是把玻璃片递给了她。

"别打破，当心。"

"放心吧，不会打破的。（她胆怯地把玻璃片按到一只眼睛上。）我一点也看不见呀。"她天真地说。

"你把眼睛，把那只眼睛眯起来嘛。"他用不满意的老师的口气说。（她把罩上玻璃片的那只眼睛眯了起来。）"不是那只，不是那只，傻东西，是另外一只！"维克托叫道，而且没有让她矫正错误，就把单眼镜从她手里夺了过去。

阿库丽娜脸红了红，微微笑了笑，就扭过脸去。

"可见，不是我们这些人用的。"她说。

"那当然！"

可怜的姑娘沉默了一会儿，深深地叹了一口气。

"唉，维克托·亚历山大勒奇，您走了，咱们怎么办呀？"她突然说。

维克托用衣襟擦了擦单眼镜，就又装到口袋里。

"是啊，是啊，"他终于说起话来，"的确，你开头会非常难受的。（他带着以上对下的神气拍了拍她的肩膀；她轻轻地从自己的肩膀上拉下他的手，羞涩地吻了吻。）哦，是啊，是啊，你的确是一个好姑娘，"他得意地笑了笑，又说下去，"可是有什么办法呢？你自己想想看！我跟老爷不能留在这儿呀；现在冬天快到了，在乡下过冬天，你也知道，那简直够受。在彼得堡那就不同了！在那儿，真是妙极了，像你这样的傻姑娘，是做梦也想不到的。那样的房子、街道、来往的人、学问——简直不得了！……（阿库丽娜像孩子一般微微张着嘴，如饥似渴地在用心听他说。）不过，"他在地上翻了个身，又说，"我一个劲儿对你说这些干什么呀？反正你不会懂。"

"为什么不说呀，维克托·亚历山大勒奇？我懂，我全懂。"

"瞧你什么样子！"

阿库丽娜低下了头。

"您以前跟我说话不是这样，维克托·亚历山大勒奇。"她说，并没有抬眼睛。

"以前？……以前呢！竟说这话！……以前呢！"他似乎很恼火地说。

他们两个都不作声了。

"不过，我该走了。"维克托说，已经用胳膊肘把身子撑起来。

"再等一会儿吧。"阿库丽娜用恳求的声音说。

"有什么等的？……我已经跟你告过别了。"

"等一会儿吧。"阿库丽娜又说一遍。

维克托又躺下了，而且吹起了口哨。阿库丽娜的眼睛一直没有离开他。我看得出，她渐渐激动起来：她的嘴唇哆嗦着，苍白的面颊有些红了……

"维克托·亚历山大勒奇，"她终于用断断续续的声音说起来，"您太不应该……您太不应该，维克托·亚历山大勒奇，真的！"

"有什么不应该的？"他皱起眉头问道，并且微微抬起头，把头转过来朝着她。

"太不应该了，维克托·亚历山大勒奇。至少在分别的时候对我说几句好话儿呀，哪怕对我这个无依无靠的苦命人说一句也好……"

"那我对你说什么呢？"

"我不知道；这您更清楚，维克托·亚历山大勒奇。您就要走了，总应该说句话呀……我怎么落得这种结果呀？"

"你真是多么怪呀？我又能怎样呢？"

"总应该说句话呀……"

"哼，你还是这一套。"他懊恼地说，并且站了起来。

"您别生气，维克托·亚历山大勒奇。"她勉强憋住眼泪，急忙说。

"我不生气，只是你太傻了……你想怎样呢？不就是我不能娶你吗？不就是不能吗？嗯，那你还想怎样呢？还想怎样？"他把脸伸出来，似乎是等候回答，并且张开手指头。

"我什么也……什么也不想，"她结结巴巴地回答说，并且好不容易壮着胆把一双打颤的手向他伸过去，"在分别的时候，哪怕说句话儿也好呀……"

她的眼泪像泉水一样流下来。

"瞧，老是这样，又哭起来了。"维克托冷冷地说，并且把帽子从后面往前拉了拉，压到眼睛上。

"我什么也不想，"她抽搭着，并且用两手捂住脸，又说下去，"可是今后叫我在家里怎么办，怎么办呀？我今后会怎么样，我这个苦命人会怎么样呢？他们会把我这个无依无靠的人嫁给一个我不喜欢的人……我的命好苦啊！"

"老是这样，老是这样。"维克托在原地倒换着两只脚，小声嘟哝说。

"哪怕你说一句话也好呀，哪怕就一句……就说，阿库丽娜，就说，我……"

突然她撕心裂肺地痛哭起来，说不下去了；她趴在草地上，伤心地哭了起来……她的整个身子不住地抽搐着，后脑勺一个劲地颤动着……压制了很久的痛楚终于像巨流一般涌了出来。维克托在她旁边站了一会儿，又站了一会儿，耸了耸肩膀，转过身去，就大踏步走了。

过了一会儿……她不哭了，抬起头，腾地站起来，回头看了看，惊愕得把两手一扎煞，就想追上去，可是她两腿发软，跪到了地上……我忍不住，就向她奔过去；可是她一看见我，不知从哪里来了一股劲儿，轻轻叫了一声，站起身来，跑进密林中，只剩下撒在地上的野花儿。

我站了一会儿，拾起那束矢车菊，走出树林，来到田野上。太阳低低地挂在淡白色的明亮的天上，阳光似乎也淡了，冷了：阳光不是在照射，而是扩散成均匀的、几乎含有水分的光波。到黄昏不过半个钟头了，可是晚霞刚刚出现。一阵一阵的风穿过黄黄的、干枯的庄稼茬地，迎着我急急地吹来；一片片卷曲的小小树叶忙不迭地迎风扬起，从旁边穿过大路，贴着林边飞去；树林像墙壁一般面对田野的一边，全部颤抖着，泛着细碎的闪光，清楚而不明亮；在红红的草上、草秆上、麦秸上，到处都闪烁和晃动着秋蜘蛛的无头无尽的丝。我站了下来……我惆怅起来；透过渐渐凋零的万物的虽然清爽却不愉快的微笑，似乎可以看到不远的冬天那可怕的凄凉悄悄逼近了。一只小心谨慎的乌鸦，用翅膀沉重而猛烈地划着空气，从我头顶上高高地飞过，又转过头来，朝我斜睨了一眼，就朝上飞去，断断续续地嘎嘎叫着，飞到树林那边去了；一大群鸽子从打谷场上迅速飞过来，突然像圆柱一般旋转了一阵子之后，就纷纷在田野上落下来——这是秋天的特征！有人赶着车从光秃秃的小丘后面经过，那空车轰隆轰隆地响着……

我回家了；但是可怜的阿库丽娜的形象很久都没有离开我的脑际；而且她的矢车菊，虽然早已枯萎了，但我至今还保存着……

树林与草原①

……于是他渐渐地巴不得转回去：
回到村子上，到幽静的花园里，
那儿一株株椴树高大又荫凉，
铃兰花散发着阵阵清香，
一丛丛爆竹柳排成行，
从岸边倒垂到水面上，
肥壮的地里生长着肥壮的橡树，
还有大麻和荨麻的气味儿……
回去，回去，到那辽阔的田野上，
那儿土地黑油油像丝绒一样，
那儿黑麦一望无际，
缓缓起伏，似轻柔的波浪。
从一朵朵透明的白云里倾泻下重重的金黄色阳光；
那是好地方……

——摘自待焚的诗篇

---

① 最初刊于《现代人》杂志1849年第2期。

我这些散记也许已经使读者感到厌倦了；赶快请读者放心，保证只限于已发表的一些片断，到此为止；但是在和读者告别的时候，不能不说几句关于打猎的话。

荷枪带狗去打猎，本身就是一件绝妙的事；就算您生来就不喜欢打猎，但您总是喜欢大自然的；因此，您不能不羡慕我们这些打猎的……那您就听我说说吧。

比如，您可知道，在春天里，黎明前乘车出猎何等惬意？您走到台阶上……黑灰色的天上有些地方还闪烁着星星；湿润的轻风有时会像细微的波浪一般飘过来；可以听见低沉而隐约的夜的絮语声；一棵棵笼罩在阴影中的树发出轻轻的响声。车毯铺好了，装茶炊的小箱子也放到了脚下。两匹拉套的马蜷缩着，打着响鼻，雄赳赳地倒换着四条腿；一对刚刚睡醒的白鹅静悄悄、慢腾腾地穿过大路。篱笆那边，花园里，更夫安静地在打鼾；每一个声音似乎都停在一动不动的空气中，停住不动。您坐上马车；几匹马一齐举步，马车隆隆响起来……您的马车走动了——马车过了教堂，下了坡，往右转弯——从堤上穿过……池塘上刚刚开始起雾。您觉得有点儿冷，就用大衣领子把脸遮住；渐渐打起瞌睡。马蹄踩到水洼里，发出很响的啪唧声；车夫吹起口哨。但这时您的马车已经走出四五俄里……天边渐渐红了；寒鸦渐渐醒来，很不灵活地在桦树林里来来回回地飞着；麻雀在黑乎乎的麦秸垛旁边叽叽喳喳叫着。空中越来越亮，道路更清楚了，天色越来越明净，云彩越来越白，田野越来越绿了。许多农舍里点起松明，松明发出红红的火光，可以听到大门里面那带有睡意的人语声。这时候朝霞燃烧起来；瞧吧，一条条金黄色光带伸向天空，山谷里升起一团团雾气；云雀嘹亮地歌唱着，黎明前的风吹动了——于是红红的太阳冉冉升起来。阳光像急流一般涌来；您的心像鸟儿一般跳跃起来。清新，悦目，可爱！四周都可以看得很远。瞧，那片树林过去是一个村子；再远些是另一个村子，那村子里有一座白色教堂，那山坡上有一片不大的桦树林；再过去是一片沼地，那就是您要去的地方……快点儿，马呀，快点儿！大步往前跑吧！……只有三俄里，不会再多了。太阳很快升起来；天上一点儿云彩也没有了……天气将是极好的。一群牲口出了村子，迎着您走来。您爬上山坡……又是一片什么样的景象！一条河蜿蜒伸展有十来俄里，透过朝雾可以隐隐看到蓝蓝的河水；河那边是一片片翠绿的草地；草地过去是一道道慢坡的山冈；远处有凤头麦鸡咯咯叫着在沼地上空盘旋；透过散布在空气中的带水分的阳光，远方的景物清清楚楚地显露出来……不像夏天那样。胸膛呼吸得多么舒畅，四肢动作多么带劲儿，一个人沉浸在春天清新的气息中，浑身多么矫健！……

啊，夏天的七月的早晨！除了打猎的人，谁又能体会到黎明时漫步在灌木丛中有多么愉快？您的足迹在露珠晶莹、发了白的草地上留下的是绿色的印子。您用手拨开湿漉漉的灌木丛，夜里蕴积的暖气会向您直扑过来；整个空气中充满野蒿清新的苦味儿、荞麦和三叶草的甜味儿；远处是一片橡树林，在阳光下亮闪闪的，红红的；这时还是凉爽的，但是已经感觉出渐渐要热起来了。闻着太多的香气，头脑晕晕乎乎的。灌木丛没有尽头……只是远处有黄黄的、已经成熟的黑麦，几块像长带似的红红的荞麦地。瞧，一辆大车轧轧响起来；一个汉子缓步走来，不等太阳升上来，就把马拴到树荫下……您同他打过招呼，就走开去……您后面响起镰刀丁当声。太阳越升越高。草地很快就干了。天已经热起来。过了一个钟头，又一个钟头……天边渐渐暗起来；一动不动的空气热烘烘的。

"大哥，这儿什么地方可以弄点儿水喝？"您问割草的人。

"那边山沟里有一口水井。"

您穿过缠着蔓草的密密丛丛的榛树棵子，走到沟底。果然，就在断崖下面有一股泉水；橡树棵子把它那掌形枝叶贪婪地伸展到水面上；老大的银色水泡不断地颤动着从水底往上冒，水底长满细小的、柔软的青苔。您一下子趴到地上，喝足了水，但是懒得再动了。您在凉荫里，呼吸着芬芳的湿气；您太舒服了，可是您对面的灌木丛在阳光下热得烫人，而且好像发了黄。不过，这是什么？风突然吹来，急急地吹过；四周的空气颤动起来；这不是雷声吗？您从山沟里走出来……天边那铅一般的一片是什么？是暑气越来越浓了？还是乌云涌上来？……哦，您瞧，一道微弱的闪电划过……啊，原来是大雷雨要来了！周围依然是明亮的阳光，还是可以打猎的。可是乌云涌上来了，那乌云前面的边儿像衣袖一般渐渐伸展开来，像穹隆似的压了过来。青草，灌木丛，周围的一切，一下子就变暗了……快跑！那边好像有一座干草棚……快跑！您跑到了，进去了……雨多么大呀！闪电多么亮呀！有的地方雨水透过草棚的顶滴到芳香的干草上……可是，您瞧，太阳又出来了。大雷雨过去了；您走了出来。我的天呀，周围多么鲜亮，空气多么清新、湿润，草莓和蘑菇的香味多么浓呀！……

　　哦，您瞧，黄昏来临了。晚霞像火一样燃烧起来，映红了半边天。太阳就要落山了。近处的空气不知为什么格外清澈，像玻璃一样；远处弥漫着柔和的、看来似乎很温暖的雾气；红红的落日余晖和露水一起落到不久前还洒满淡金色阳光的林中空地上；一株株大树、一丛丛树棵子、一个个干草垛投射出长长的阴影……太阳落山了；一颗星在落日的火海里燃烧起来，不停地颤抖着。瞧，那火海渐渐白了；天空渐渐蓝了；一个个阴影渐渐隐去，暮霭渐渐在空中弥漫开来。该回家了，回到您过夜的村子里的小屋里去了。您背起枪，不顾疲劳，快步往回走……这时夜色渐渐浓了；20步之外已经什么也看不见了；狗在黑暗中隐隐发白。瞧，在一丛丛黑黑的灌木上方，天边模模糊糊地亮了……这是什么？是失火吗？……不，这是月亮要升上来了。下面，往右边看，村子里的灯火已经亮了……这不是，您过夜的小屋终于到了。您从小小的窗户里可以看到铺了白桌布的桌子、点着的蜡烛、饭菜……

　　要么您吩咐套上竞走马车，到树林里去打松鸡。乘车走在狭窄的路上，看着两边像墙一般的高高的黑麦，那是很愉快的。麦穗轻轻地打着您的脸，矢车菊不时挂住您的腿，鹌鹑在周围叫着，马懒洋洋地小步跑着。树林到了。又阴凉又宁静。一株株挺拔的白杨树高高地在您头顶上絮絮低语着；白桦树那长长的、耷拉下来的树枝轻轻晃动着；一株强壮的橡树站在美丽的椴树旁边，像一名卫士。您的马车在绿草如茵、阴影斑驳的小路上走着；老大的黄苍蝇一动不动地停在金黄色的空气中，又突然飞了开去；小虫儿成群成群地飞舞盘旋着，在阴影里亮闪闪的，在阳光中黑乎乎的；鸟儿安静地歌唱着。知更鸟亮开金嗓子，那声音带有天真而絮叨的欢乐意味儿，和铃兰的香气十分协调。再往前，再往前，往树林深处去……树林一下子没有声音了……心中顿时感到说不出的宁静；而且周围的一切都带有睡意，静悄悄的。可是，瞧，一阵风吹来了，树梢哗哗响起来，好像下落的波浪。有些地方，穿过褐色落叶，长出高高的青草；一个个蘑菇各自戴着自己的帽子站着。一只雪兔突然跳出来，狗高声叫着急忙追上去……

就是这片树林，在深秋，山鹬飞来的时候，有多么美好呀！山鹬不待在树林深处，找山鹬必须贴着林边走。没有风，也没有太阳，没有亮光，没有阴影，没有动作，没有声音；柔和的空气中弥漫着秋天的气息，像葡萄酒气味；远处黄黄的田野上笼罩着薄雾。透过光秃秃的褐色枝丛，可以看到宁静而发白的、一动不动的天空；椴树上有些地方还挂着最后几片金色的叶子。脚下潮湿的土地带有弹性；高高的干枯的野草一动也不动；长长的蛛丝在苍白的草上亮闪闪的。胸腔平静地呼吸着，心中却涌起一股奇怪的惆怅感。您贴着林边走着，注视着狗，这时却有许多可爱的形象，许多可爱的脸，有死去的，也有活着的，来到您的脑际，早已沉睡的印象突然苏醒过来；想象力像鸟儿一般展翅飞翔起来，一切都清楚地出现在眼前，并且活动起来。心有时突然颤抖起来，跳动起来，一心想往前奔，有时会沉入往事中，一个劲儿地沉。整个一生就会像画卷似的轻快地展开来；一个人会看透自己过去的一切，看透自己的全部感情、全部本领和自己的整个心灵。周围什么也不干扰他——不论太阳，不论风，不论响声……

而在清晨严寒、白天有点儿冷的晴朗的秋日里，白桦树像神话中的树一般，金光闪闪，在淡蓝色的天空中炫耀着优美的身姿。这时候低低的太阳已经没有暖意，然而却比夏天的太阳更加明亮。小片的白杨树林是透亮的，似乎觉得落光了树叶是轻松愉快的。洼地里还有白白的霜，轻风徐徐吹动，驱赶着打了皱的落叶——这时候河里欢快地翻腾着青青的波浪，有节奏地冲击着悠闲的鸭子和鹅；远处的水磨轧轧响着，那水磨被柳树遮住一半；一群鸽子在水磨上空迅速地盘旋着，在明亮的空气中闪耀着斑斓的色彩……

夏天有雾的日子也是很好的，虽然打猎的人并不喜欢这样的日子。在这样的日子无法打猎，有时鸟儿就从您的脚下飞起来，一转眼就消失在白茫茫的、动也不动的雾中。然而周围多么宁静，真是静极了！什么都醒来了，什么都静默无声。您从树旁走过，树动也不动，一副悠闲自在的神气。透过均匀地散布在空中的薄雾，您看到前面有黑郁郁的、长长的一大片。您以为那是远处的树林；等您渐渐走近了，树林却变成长在田塍上的高高的一排野蒿。在您的头顶上，您的周围——到处都是雾……可是，瞧，风轻轻吹动了——一小块淡蓝色的天透过越来越稀、似乎在冒烟的雾气模模糊糊显露出来，金黄的阳光一下子闯进来，像长长的流水似的倾泻下来，照射着田野，钻进树林——可是一会儿一切又被罩住了。这种搏斗要持续很久。但是当光明终于胜利，已经晒热的最后一股股雾气时而摇摇滚滚，像桌布似的铺开，时而缭绕上升，渐渐消失在蓝蓝的、散发着柔和的光辉的高空中的时候，这一天会渐渐变得多么壮丽，多么晴朗呀……

比如，您要到远离庄园的田野上，到草原上去。您坐马车在乡村土路上走了十来俄里，终于上了大道。您的马车和无数大车交错，经过一家家客店，客店大门敞开着，有水井，檐下有嗡嗡响的茶炊，过了一个村庄，又是一个村庄，穿过一望无际的原野，擦过一片片碧绿的大麻地，您的马车要走很久很久。喜鹊从一棵柳树飞到另一棵柳树上；娘儿们手里拿着长长的草耙，在田野上慢慢走着；行路人穿着破旧的土布褂子，背着行囊，迈着疲惫的步子艰难地行进着；地主家的沉甸甸的轿式马车，套着六匹高大而疲劳不堪的马，迎面飞奔过来。从车窗里露出车垫的角儿，而在车后脚镫上，一名穿外套的仆人侧身坐在一个口袋上，手抓着绳子，泥巴一直溅到眉毛。您来到小小的县城，一座座歪歪斜斜的木屋，看不见头尾的栅栏，没有人的石头店房，深沟上的古桥……再往前走，再往前走！……来到了草原地带。您站在坡上望去——好一派风光！一座座圆圆的、低低的丘冈，一直到顶都翻耕和播种了的，像一道道巨浪在翻腾；一条条灌木丛生的冲沟蜿蜒在一座座丘冈之间；一片片小小的树枝，像一个个椭圆形小岛；村庄与村庄有一条条小路相连；有白白的礼拜堂；柳丛掩映中有一条亮闪闪的小河，有四个地方筑有堤坝；远处田野上有一群大鸨一个挨一个站着；一座古老的地主家的房子，连同棚舍、果园和打谷场，紧靠着一口不大的池塘。不过，您的马车还要往前走，往前走。丘冈越来越小，几乎看不到有什么树了。终于到了，瞧，那不是——无边无际、望也望不尽的大草原！

在冬日里，就踩着高高的雪堆追逐兔子，呼吸寒冷刺骨的空气，柔软的雪那耀眼而细碎的光芒使您不由得眯起眼睛，欣赏着红红的树林之上那天空的碧色！……到了早春的日子，这时候周围一切都亮闪闪，冰雪开始消融了，透过融雪的浓重的水气，可以闻到温暖的土地气息。在雪融尽了的地方，在斜射的阳光下，云雀悠然自得地歌唱着，流水欢乐地喧闹着，咆哮着，从这条山沟涌向另一条山沟……

不过，该结束了。正好我说到春天，春天里容易别离，春天里，就是幸福的人也很想到远方去……再见吧，我的读者，祝您永远称心如意。

文学和生活回忆录

张捷/译

普列特尼约夫家的文学晚会①

1837年初,当我还是圣彼得堡大学(语文系)三年级学生的时候,接到了俄罗斯文学教授彼得·亚历山大罗维奇·普列特尼约夫②请我去参加文学晚会的邀请。在这之前不久,我像旧时常说的那样,把我的缪斯的首批成果之——用五音步抑扬格写的名叫《斯捷诺》的幻想剧交给他审阅。在后来的一次讲课中,彼得·亚历山大罗维奇以他通常的宽厚分析了这篇完全不像样子的作品,其中幼稚而笨拙地表现出了对拜伦的《曼弗雷德》的盲目的模仿。他走出大学的大楼到了外面,看见我后便把我叫到身边,慈父般地数落了我几句,不过他又说,我这人有点东西!这句话使我鼓起勇气把几首诗送给他看,他从中选了两首,一年后将其发表在从普希金那里接过来的《现代人》杂志上。第二首诗的标题不记得了,但是记得第一首歌颂"老橡树",它是这样开头的:

年迈的森林之王——老橡树

---

① 初次发表于《俄国文献》1869年第10期,几乎同时刊印于《屠格涅夫文集》第1卷(1869年11月出版)。此文于1868年开始构思,1869年写成。文中把一些事情发生的时间弄混了。屠格涅夫上三年级的时间应为1836年,这一年他把《斯捷诺》送给普列特尼约夫审阅。他不可能在"1837年初"同时见到普希金和柯尔卓夫,因为1837年柯尔卓夫没有到彼得堡来,屠格涅夫见到他大概在1838年春。

② 普列特尼约夫(1792~1865),俄国作家、教授。

在水面上弯下了蓬松的头颅……①

这是我在报刊上发表的第一篇作品,当然没有署名。

走进彼得·亚历山大罗维奇家的前厅,我碰到一个中等身材的人,这时他已穿好大衣和戴上帽子,在与主人告别时用洪亮的嗓音大声说道:"是的!是的!我们的大臣们可真行!没啥说的!"说着笑了起来,出了大门。我只来得及看清他雪白的牙齿和生动灵活的眼睛。当我后来知道这就是那位至今我一直未能见面的普希金时,我是多么地懊恼啊!我是多么抱怨自己反应迟钝啊!在那个时代,普希金对我以及我的许多同龄人来说,是类似半神半人的人物。我们确实崇拜他。大家知道,最近对权威的崇拜受到嘲笑、责备,有时几乎遭到咒骂。承认崇拜意味着给自己永远打上庸俗的人的烙印。但是我要对我们的那些严厉的年轻法官们说,应该先讲清"权威"一词的意义。权威同权威是不同的。我记得在我们(我讲的是大学的同学)当中谁也不曾想到去崇拜一个人,只是因为这个人富有或者有权有势,或者因为他职位高;这些东西对我们没有吸引力,恰恰相反……就连智者伟人也不能使我们折服;我们需要的是领袖;因而在我们心中,非常自由的思想、几乎是共和派的信念与对那些我们认为是导师和领袖的人的热烈爱戴相安无事地共存。我还要这样说:这样的热情,甚至有时显得过分,是年轻人的心所固有的;一个抽象的思想,不管它是如何美好和崇高,如果它不通过活的人——通过导师体现出来,它未必能使年轻人的心燃烧起来。现在的一代人和那时的一代人之间的全部区别可能在于我们并不羞于承认有偶像和进行崇拜,相反,却为此而感到自豪。有自己独立的意见无疑是一件可敬的有益的事;如果没有取得这种独立性,谁也不能称为一个名副其实的人;但是问题正好在于应当努力取得这种独立性,应当像争取世界上的几乎所有好东西一样去争取得到它,而在卓越的领袖的旗帜下开始进行这种争取工作最为方便。不过也应考虑到现在的年轻人有另一些观念和另一些观点;譬如说,如果我们当中有人忽然想要求别人"尊重"年轻一代,我

---

① 这首诗题为《傍晚》,发表在《现代人》1838 年第 1 期上。这里引的是第 2 节的头两句。

们大概会嘲笑他——我们甚至会感到受了侮辱；我们会这么想："这对老头子是很好的，而我们需要的只是自由发展的天地——并且这个天地我们也要自己去争得。"这里谁对谁错——是从前的人还是现在的人，我不打算下结论；实际上青年的要求都是无私的和正当的，其目的还是那些，不过名称有所改变。也许当现代青年作为公民更加成熟，当他们的任务更加困难时，他们确实需要得到尊重。

普希金我总共只见到一次，这是在他去世前几天，在恩格尔加尔特大厅①举行的早晨音乐会上。他站在门旁，倚着门框，两手交叉放在宽阔的胸前，带着不满的样子不时看着四周。我记得他的黝黑的、不大的脸庞，他像非洲人那样的嘴唇，露出的洁白的大牙，下垂的连鬓胡子，高高的前额下深色的怒气冲冲的、几乎没有眉毛的眼睛，还有卷曲的头发……他也朝我瞥了一眼；我不礼貌地盯住他，这想必给他留下了不愉快的印象；他似乎恼火地耸耸肩膀——总的来说他情绪不好——便退到了一旁。几天后，我看见他躺在棺材里，不由得低声重复着以下的诗句：

> 他一动不动地躺着……他前额上
> 显现出的慵倦的安详有些古怪……②

下面言归正传。

彼得·亚历山大罗维奇把我带进客厅，把我介绍给他的（第一个）妻子，这是一位已不年轻的太太，面容憔悴，沉默寡言。除她之外，房间里坐着七个或八个人……所有这些人现在都已作古，在当时在场的所有人当中，只有我一个人还活着。确实，从那时起已过去了30余年……但是当时在客人中有年轻人。

请看这些客人是些什么人：

---

① 恩格尔加尔特（1785～1837），富翁，19世纪30年代在彼得堡涅瓦大街盖了一幢大楼，在其中的大厅里经常举行音乐会和舞会。

② 引自普希金的《叶夫盖尼·奥涅金》第6章第32节。

首先是著名的斯科别列夫[1]，《克列姆涅夫》的作者，后任圣彼得堡要塞司令，当时的所有彼得堡居民都记得这个人物，记得他那指甲修得光光的手指和他的一张机灵的、无精打采的、布满皱纹的、简直就像大兵那样的脸以及大兵般的、但不很质朴的举止——一句话，是个老滑头。其次是《疯人院》的作者沃耶依科夫[2]，一个瘸腿的、似乎像是被弄成残废的、一半被毁坏的人，举止像古时的小官吏，长着一张浮肿的黄脸，黑色的小眼睛露出不和善的目光；再其次是一个穿着宪兵制服的副官，这是一个长着一头浅色头发、体格结实的男子，瞳孔呈多种颜色，即有着所谓的丑角瞳孔，脸上带着谄媚的和刺激人的表情，他叫弗拉季斯拉夫列夫[3]，是当时著名文集《朝霞》的出版者（流传着这样的说法，这本文集在某种程度上是规定必须订购的）。接着是一位身材瘦高的、戴眼镜的先生，他长着一个小脑袋，动作局促不安，说话带有鼻音，像唱歌一样，外表有点像德国血统的五等文官——这是翻译家和诗人卡尔戈弗[4]；还有一位交通部门的军官，脸上带有病态，脸色阴郁，长着带有讥讽表情的厚嘴唇和凌乱的连鬓胡子（这在当时已被认为是某种追求自由主义心理的表现）——这是《浮士德》的译者古别尔[5]；再就是一个瘦瘦的、体形不匀称的人，样子像害痨病的人一样，嘴上和目光中显出游移不定的微笑，窄窄的前额很漂亮，惹人喜欢，这是格列比翁卡[6]，波列沃依[7]的敌人（他刚刚写了一篇类似童话的东西攻击波列沃依，其中地里的螽斯[8]扮演了很不体面的角色）；他是许多带有小俄罗斯色彩的中篇小说和幽默故事的作者，其中勉强地可以觉察到冒出一股独特的暖流；最后

---

[1] 斯科别列夫（1778～1849），俄国步兵上将、作家。
[2] 沃耶依科夫（1778～1839），俄国讽刺诗人、批评家和记者。
[3] 弗拉季斯拉夫列夫（1807～1856），当时供职于第三厅总部，小说家。
[4] 卡尔戈弗（1796～1841），后为敖德萨学区督学。
[5] 古别尔（1814～1847），俄国诗人和翻译家。
[6] 格列比翁卡（1812～1848），许多"风俗特写"和中篇小说的作者。
[7] 波列沃依（1796～1846），俄国作家、记者和历史学家。
[8] "地里的螽斯"原文为"кузнечик полевой"，其中"полевой"一词与波列沃依的姓相同，因此"地里的螽斯"影射波列沃依。

是我们最善良的和永远不会忘记的奥多耶夫斯基①公爵。这个人物没有必要的描述，因为谁都记得他的优雅的仪表，亲切而神秘莫测的目光，孩子般可爱的笑容和温厚的庄重……房间里还有一个人。他身穿下摆很长的、双排扣的常礼服和短短的西装背心，露出浅蓝色的细表链，系着打成花结的领带——他坐在角落里，小心地蜷起双腿，不时地咳嗽几声，急忙把手举到唇边。这个人腼腆地看看四周，注意地听着；他的目光中闪烁着不寻常的智慧，但是他的面孔是最普通的、俄罗斯人的面孔——就像在仆人和小市民中的那些有文化的自学成才者那里经常可以看到的面孔一样。值得注意的是，这些面孔与应该预料到的情况相反，很少表现出坚强有力的特点，几乎总是带着顺从温厚和忧郁地若有所思的痕迹……这是诗人柯尔卓夫②。

　　我现在不能确切地回想起那个晚上谈话的内容，但是谈话既不特别热烈，所提出的问题也没有特别大的深度和广度。时而谈到文学，时而谈到上流社会和有关公务的新闻——仅此而已。有两次谈话带有军事的和爱国主义的色彩，这大概是由于有三个穿军服的人在场的缘故。当时已是一个安分守己的时代。政府制服了一切并使之服从自己，尤其是在彼得堡更是如此。可是那个时代将成为我们精神成长的历史中的一个值得记忆的时代……从那时起已过了30余年，但是我们还仍然生活在那时开始发生的事情的影响下和幻影中；我们还没有做出任何有相同意义的事情。也就是说，当时刚过去的一年（1836年）春天首次上演了《钦差大臣》，几个星期后，在1837年2月或3月上演了《为沙皇献出生命》③。普希金还健在，正是年富力强的时候，他想必还能从事活动很多年……曾盛传着这样的流言蜚语，说他保存着几部非常好的作品没有拿出来发表。这些流言促使一些文学爱好者们——不过他们人数很有限——订阅《现代人》杂志；说句实话，当时读者的注意力并不集中在普希金身上……马尔林斯基④仍然

---

① 奥多耶夫斯基（1803～1869），俄国枢密官，作家。
② 柯尔卓夫（1808～1842），俄国诗人。
③ 格林卡的歌剧，革命后改名为《伊万·苏萨宁》。它上演于1836年旧历11月27日。
④ 马尔林斯基（真姓别斯图热夫，1797～1837），俄国作家。

被公认为读者最喜爱的作家,勃拉姆别乌斯男爵①主宰着文坛,他的《撒旦受觐》被奉为完美的顶峰,几乎是伏尔泰式的天才的产物,而《读者文库》的批评栏则是机智和鉴赏力高的典范;人们满怀希望和敬意注视着库科尔尼克②,虽然认为《至高无上的神之手》无法与《托尔夸托·塔索》相比,而别涅季克托夫③的作品则传颂一时。顺便提一下,在我所讲的这次晚会上格列比翁卡根据主人的请求,朗诵了别涅季克托夫的近作之一。再说一遍,当时就精神状态来说人们安分守己,而从外表来看则夸夸其谈,谈话都迎合当时占统治地位的调子;但是确实有一些有才能的、才气横溢的人,他们留下了深深的痕迹。现在我们眼前看到的是一种相反的事实;总的水平大大提高了;但是有才华的人却比以前少见,而且大为逊色。

第一个离开的是沃耶依科夫;他还没有来得及跨出房间的门槛,卡尔戈弗就开始用他那因激动而变得断断续续的嗓音朗诵攻击他的讽刺短诗了……自称为"理想主义诗人和主要是幻想家"的卡尔戈弗忘不了《疯人院》里针对他的、确实很厉害的四行诗。斯科别列夫在说完他的储备不多的俏皮话后,不久也告退了。古别尔开始抱怨书报检查。这是当时有关文学的谈话中经常谈到的一个题目……可是怎么能不这样呢!关于"自由精神"、关于"冒牌预言家"等等的笑话大家都听过了;但是现在的人当中未必有谁能够想象得出当时的报刊时时处处遭到怎么样的奴役④。一个文学家——不管他是谁——不能不感觉到自己像一个走私者一样。话题转到了正在国外的果戈理身上,但是别林斯基当时刚刚开始走上批评家的道路——还没有人试图向俄国读者说明果戈理作品的意义,而《读者文库》的预言者认为他的作品只是下流的小俄罗斯故事。记得当时只有弗拉季斯拉夫列夫用称赞的

---

① 勃拉姆别乌斯男爵(先科夫斯基的笔名,1800~1858),俄国新闻工作者、语文学家,《读书文库》的创办人。

② 库科尔尼克(1809~1868),俄国剧作家、小说家。

③ 别涅季克托夫(1807~1873),俄国诗人。

④ 检查官的乱涂乱改达到随心所欲、像开玩笑的程度:我长期保存着一份校样,在它上面,书刊检查员克(拉索夫斯基)勾掉了"这个姑娘像花一样"这句话,把它改成这样(仍用同一种红墨水!):"这个少女像一朵盛开的玫瑰花。"——作者注

口气引用了《钦差大臣》中的这样一句话:"太放肆是不行的!"在说话时一只手做了一个好像捉住一只苍蝇似的动作;现在我仿佛还看到浅蓝色的翻袖口里的那只手在空中一挥,以及大家相互交换的意味深长的目光。主人说了几句关于茹科夫斯基[1]的话,说到他翻译的《温迪娜》,这小说大约在那时出了带有托尔斯泰[2]伯爵画的插图(如果我没有记错的话)的豪华本;他还提到另一个茹科夫斯基[3],一个蹩脚的诗人,不久前以"别尔涅特"的笔名吵吵嚷嚷地在《读者文库》发表作品;提到了拉斯托普钦娜[4]伯爵夫人,甚至还三言两语地谈到克列舍夫[5]先生,因为他们都写诗,而当时写诗还被认为是一件重要的事。普列特尼约夫开始请柯尔卓夫朗诵他最近写的"沉思"[6](似乎是让读《神圣和平》);柯尔卓夫异乎寻常地发窘,显出不知所措的样子,普列特尼约夫见了没有再坚持要他读。再重复一次,我们的整个谈话都带有谦逊恭顺的色彩;它发生在已故的阿波隆·格里戈里耶夫[7]称之为太古时代的那个时候。整个社会还记得在这之前大约12年它的最著名的代表受到的打击[8];后来,尤其是在 1855 年以后开始觉醒的一切,当时甚至没有开始萌动,只在某些年轻而有头脑的人心中——深深地,然而是模糊地——出现。作为一种社会力量的生动表现(它与社会力量的其他同等重要和更为重要的表现相联系)的文学当时并不存在,正如不存在报刊,不存在公开性,不存在个人自由一样;而存在着文字创作,并且存在着我们后来已见不到的从事文字创作的工匠。

在夜里 11 点多,我几乎等所有的人走后与柯尔卓夫一起到了前厅,提出把他送回家——因为我有雪橇。他同意了,途中他不时咳嗽

---

[1] 瓦西里·安德烈耶维奇·茹科夫斯基(1783~1852),俄国著名诗人。所译《温迪娜》是德国作家福克(1777~1843)的小说。

[2] 托尔斯泰(1783~1873),俄国模型刻制家和雕塑家,曾任美术学院副院长、院长。

[3] 指阿列克谢·基里洛维奇·茹科夫斯基(1810~1864),俄国诗人。

[4] 拉斯托普钦娜(1811~1858),俄国女诗人。

[5] 克列舍夫(1824~1859),俄国诗人和翻译家。

[6] 一种写社会政治题材的诗。

[7] 格里戈里耶夫(1822~1864),诗人、文学批评家。

[8] 指 1826 年对十二月党人的镇压。

着，用破外套裹住自己的身子。我问他为什么不愿朗诵自己的"沉思"……他懊恼地回答道："我怎么能这样做，亚历山大·谢尔盖耶维奇刚出去，我就朗诵起来！哪能这样！"柯尔卓夫崇敬普希金。我自己便觉得提的问题不合适；确实，这个外表这样谦恭的羞怯的人怎么能在角落里大声朗诵起来。

> 世界之父是永恒，
> 永恒之子是力量；
> 力量之灵魂是生活——
> 世界上生活在沸腾……

在他所住的胡同的拐角上，他下了雪橇，匆忙扣上雪橇上的车毯，一直不断地咳嗽着，紧裹着外套，消失在彼得堡一月之夜寒冷的雾气中。此后我再也没有碰见他。

下面就普列特尼约夫本人讲几句。他作为俄罗斯文学教授，知识并不渊博；他的学问不大，可是他真诚地热爱"自己的科目"，具有一种不大敢表现出来，但很纯真、敏锐的鉴赏力，说话简单明了，不无热情。主要的是，他善于把自己的满腔同情和好感传给听课的人——善于引起他们的兴趣。他不把任何过于强烈的感情强加给学生，不向学生灌输任何类似格拉诺夫斯基在他们身上激发出来的激情那样的东西；而且也没有这样做的借口——这样做不恰当。……他也很谦逊；但是他受人爱戴。同时，他作为一个与一批杰出的文学家有联系的人，作为普希金、茹科夫斯基、巴拉丁斯基[①]、果戈理等人的朋友，作为普希金把《叶夫盖尼·奥涅金》献给他的人，在我们眼中享有盛誉。我们大家都能背诵这样的诗句："无意取悦高傲的世人"[②]等。

确实，对普列特尼约夫来说，诗人所画的画像很合适；这不是献

[①] 巴拉丁斯基（1800～1844），俄国诗人。
[②] 普希金给普列特尼约夫的献诗的第一句，见《叶夫盖尼·奥涅金》卷首。

诗里常用的一般的恭维话。了解普列特尼约夫的人，不能不承认他的

> ……美好的心灵，
> 它充满神圣的理想，
> 充满生动、清新的诗情，
> 充满高尚的思绪和纯朴。

他也属于如今一去不复返的时代：这是旧时代的导师，是文学家，学问不大，却有他自己独特的聪明才干。他待人接物、说话和动作的文静，并不妨碍他成为一个敏锐的，甚至精明的人，但是这种精明从来不达到有心计和狡猾的程度，而且形成的环境也使他不必耍手腕，因为他希望得到的东西似乎都能慢慢地，但确定不移地到他手中来；他在告别人生时可以说，他充分享受到了生活的乐趣，而且比充分享受到更好——正好适度。这种享受比其他任何享受更可靠，无怪乎古希腊人说，神赐予人的最好、最珍贵的礼物是分寸感。古希腊罗马精神的这个方面在他身上表现了出来——他特别赞同这个方面，其他方面对他来说是关闭着的。他不具备任何所谓的"创作"才能，他自己也很清楚这一点；当需要对他个人作出分析时，他的主要特性——清醒的头脑——不能不起作用。有一次他向我抱怨说："我的作品缺乏色彩，一切都是灰色的，因此甚至不能准确地表达出我所见的和我在其中生活的东西。"要成为一个批评家——一个进行教育和否定的人，他缺少精力、激情和顽强性，直截了当地说，缺少勇气。他生来就不是一个战士。根据他的嫌脏和爱清洁的天性，战斗的烟尘和他在战斗者行列里可能遇到的危险本身在同等程度上都是不愉快的。同时，他在社会上的地位以及他同宫廷的联系，如同他的天性一样，也拉大了距离，使他不能起类似的作用，即作为战士的批评家的作用。活跃的自我剖析、真诚的同情、坚定不移的友情和对诗歌的心悦诚服的崇拜——这就是普列特尼约夫的全部特点。他的特点充分表现在他为数不多的作品中，这些作品是用标准的语言写的——不过语言稍微有点苍白。

他对自己的家庭照顾得很好，并从第二个妻子和孩子们身上得到了真正的幸福所需的一切。我曾两次在国外遇见他：健康情况不佳迫使他离开彼得堡和辞去校长的职务；最后一次我是在巴黎看见他的，这是在他逝世前不久。他毫无怨言地，甚至愉快地忍受着他那很厉害的难以忍受的病痛。他对我说："我知道我很快就要死了，除了感谢命运外，没有任何想法；我活得够长的了，见过和经受过许多好的事情，认识许多很好的人，还需要什么呢？该走了！"后来我听说，他死的时候内心是平静、顺从的。

我喜欢和他交谈。直到晚年，他几乎仍像孩子那样对一切感到新鲜，如同在年轻时一样，见到美的东西就为之动容；就在那时也没有这样陶醉过。他一刻不离自己一生珍贵的回忆；他把它们藏在心中，为它们而感到自豪，一片真情，令人感动。讲述普希金、茹科夫斯基等人的事，对他来说是一种快乐。他心中对祖国文学，对祖国语言，对语言的音响本身的爱没有冷却；他的原始的纯俄罗斯族的出身也在这一点上显示出来。大家都知道，他生于神职人员家庭。我认为他的温和，也许还有他的处世秘诀，是由他的这种出身造成的。他像过去一样，非常注意地听我们的新作家们读他们的作品，他所作的评判并不都是深刻的，但是几乎任何时候都是正确的；他的评价尽管语气温和，总是与他在诗歌和艺术方面从不违背的原则一致的。他在国外期间学生中发生的"事件"[①]使他很痛心——痛心的程度比了解他的性格的我所估计的要大；他为自己"可怜的"大学而悲伤，于是他的指责不仅只落到年轻人头上……

这样的人现在已经很少能够碰到；这不是因为他们有某种超凡脱俗的东西，而是因为时代变了。我想，读者不会因为我让他们把注意力集中在其中之一——一位可敬的和善良的老式文学家——身上而责备我的吧。

1868 年

[①] 1861 年彼得堡大学的学潮。

回忆别林斯基[1]

我与维·格·别林斯基的结识，始于彼得堡，时间是1843年夏天[2]；但是我知道他的名字要早得多。他的首批批评文章在《杂谈报》和《望远镜》上登出（1836～1839）后，彼得堡有人开始传说他是一个爱吵吵嚷嚷和性情急躁的人，他不在任何事情面前退缩，总是向"一切"发起进攻——当然，是向文学界的一切。另一种批评，即报刊上的批评，当时是不可能见到的。许多人，甚至在青年中间，都指责他，认为他过于大胆和走得太远；自古以来彼得堡和莫斯科的对立，使得涅瓦河畔的读者们对刚升起的莫斯科新星的不信任感更为强烈。同时，他的平民出身（父亲是医生，祖父是教会助祭）触犯了我国文学中自亚历山大一世时代，自"阿尔扎马斯"[3]时代以来就已形成的贵族精神。在当时的那个黑暗的、地下活动的时代，流言蜚语在所有的议论中——在文学问题的议论和其他议论中——起着很大作用……大家知道，直到今天，流言蜚语也没有完全失去作用；只有在完全的公开性和自由之光的照耀下，它才会消失。当时关于别林斯基

---

[1] 初次发表于《欧洲导报》1869年第4期。写这篇回忆的意图大概产生于1867年，然而应把1860年《莫斯科通报》第3期发表的《我与别林斯基的会见》一文看作是写回忆别林斯基的初次尝试。《回忆别林斯基》不仅追忆了20年前的往事，而且也对俄国19世纪60年代中期的社会论争和文学论争做出了反应。这篇回忆发表后，曾引起不同反响和热烈的争论。屠格涅夫在把这篇回忆收入后来出版的文集时，做了某些补充和删节。

[2] 屠格涅夫认识别林斯基应在1843年2月。

[3] 1815年至1818年存在于彼得堡的文学小组。

也立刻编造了一系列传说。有人说,他是一个没有毕业的公费生,因为有贪淫好色行为(别林斯基居然贪淫好色!)而被当时的督学戈洛赫瓦斯托夫赶出了学校;有人又说,他的外表也很可怕;说他是一个无耻之徒,是纳杰日金①豢养的用来咬他的敌人的叭喇狗;有人固执地、似乎含有责备的意思,叫他"别伦斯基"②。不错,也可听到一些对他有利的话;记得当时几乎是独一无二的大型杂志的出版者说他是一只长着利爪的小鸟,是一个可以聘用的朝气蓬勃的人——众所周知,后来就这样做了,使得这家杂志风行一时,也使得出版者本人得到很大好处。至于说到我,那么我与作为作家的别林斯基是通过以下方式结识的。

别涅季克托夫的诗于1836年汇集起来出了一本小小的诗集,卷首页少不了有一个小花饰(这些仿佛就在我眼前),这些诗出版后,整个社会、所有的文学家和批评家、所有青年都赞叹不已。我也不比别人差,同样陶醉于这些诗,许多诗能够背诵,赞赏《悬岩》、《群山》,甚至喜欢《女骑手》中"以美丽而结实的姿势而自豪"的"骑在牡马上的玛蒂尔达"。一天早晨,一个同学到我这里,愤怒地告诉我,说他在贝朗热糖果店看到一本登有别林斯基文章的《望远镜》,说这个"爱品头论足的人"竟敢动手打我们大家的偶像别涅季克托夫。我马上去糖果店,从头至尾读了整篇文章,当然,也极其愤怒。但是——真是怪事!——无论是在读文章时还是在读完后,使我感到惊讶,甚至恼火的是,我心中在有些看法上不由得同意这个"爱品头论足的人",认为他的论据是有说服力的……无法反驳的。我为这种已是完全突如其来的印象而感到羞愧,我努力想把我这个内心的声音压下去;在朋友的圈子里我更加不客气地谈到别林斯基本人和他的文章……但是在内心深处有一个声音继续低声地对我说,他是对的……过了一段时间,我已不读别涅季克托夫的作品了。现在谁不知道,当时别林斯基所发表的那些曾被认为是大胆、新颖的意见,开始为所有

---

① 纳杰日金(1804~1856),俄国批评家、学者。曾主编《杂谈报》和《望远镜》。
② 这是别林斯基的原姓,在入大学时的出生证明上改为别林斯基。

人所接受，成为老生常谈——成为英国人所说的"陈词滥调"①？在这个判决下面，如同在同一法官宣布的其他许多判决下面一样，后代都签了字。从那时起，别林斯基的名字在我的记忆中已经留下了，但是我们的结识却开始得晚些。

在我上面提到过的篇幅不大的叙事诗《帕拉莎》发表后，在离开彼得堡的当天我到别林斯基那里去了一趟（我知道他住的地方，但是没有拜访过他，只在熟人家里见过他两次），通报姓名后，给他家里的人留下一本。我在农村大约待了两个月，在收到《祖国纪事》的5月号后，读了杂志上别林斯基评论我的叙事诗的长文。他是那么充满好意地谈到我，那么热烈地称赞我，我记得当时我更多的是感到难为情，而不是感到高兴。我简直"不能相信"，因此在莫斯科，当已故的基列耶夫斯基②走到我跟前向我表示祝贺时，我急忙否认这是自己的作品，说《帕拉莎》的作者不是我。回到彼得堡后，我自然去找别林斯基，于是我们结识了。不久他到莫斯科去结婚，从那里回来后，住在林学院的别墅里。我也在帕尔戈洛沃租了别墅，直到秋天到来前几乎每天都去拜访别林斯基。我真诚地和深深地敬爱他；他也非常赏识我。

下面描述一下他的外表。他的那张大家熟悉的、几乎是独一无二的石印肖像③，会使人对他产生误解。画家在画他的特点时，认为应当露一手，美化一下，因此给整个头部添上某种颐指气使的表情，某种军人式的，几乎是将军式的动作，姿势很不自然，这完全与实际情况不符，也与别林斯基的性格和习惯不一致。他是一个中等身材的人，初看起来相当不漂亮，甚至显得体形不匀称，瘦削，胸部凹陷，垂头丧气。一边的肩胛骨明显地比另一边突出。任何人，即使不是医生，也会马上发现他身上痨病的所有主要症状，看到这种严重的疾病

---

① 原文为英文。
② 基列耶夫斯基（1806～1856），俄国斯拉夫派批评家和政论家。
③ 指画家戈尔布诺夫（1822～1893）1843年所作的肖像。

的所谓特征而感到吃惊，而且他几乎老是咳嗽。他的脸庞不大，红里透白，鼻子不端正，好像压扁了一样，嘴稍微有点歪，尤其是张开的时候，牙齿又细又密；浓密的浅色头发一绺绺地垂到虽然低平但白净、好看的前额上。我没有见过比别林斯基的那双眼睛更好看的眼睛：蓝莹莹的，瞳孔深处闪出金色的火花；这双通常睫毛下垂、半开半闭的眼睛，在精神振奋时张得大大的，闪闪发亮；在快乐时目光里显现一种亲切善良和无忧无虑、怡然自得的表情。别林斯基的嗓音不高，有些嘶哑，但是听起来很舒服；他说起话来带有特殊的重音和送气声，"坚持己见、情绪激动和话语急速"[1]。他笑得像孩子一样，出自内心。他喜欢在房间里踱来踱去，用他漂亮小手的手指敲着装有俄国烟草的烟壶。他常常戴着一顶暖便帽，穿着一件旧浣熊皮大衣和一双后跟磨坏了的套鞋，迈着匆忙的、不均匀的步伐从墙边经过，带着神经质的人所固有的胆怯和严肃望望四周，如果谁只见过他上街的这种样子，谁就不能对他有一个正确的看法，我在某种程度上理解一个外省人的说法，当人们把别林斯基指给他看时他惊叫道："我只在树林里见过这样的狼，而且还是被狗追捕的狼！"别林斯基在陌生人中间、在街上很容易显得胆怯和局促不安。在家里时他通常穿一件灰色棉上衣，很注意整洁。他的谈吐、举止和动作使人想起他的出身；他的整个气派是纯俄罗斯的，莫斯科的；无怪乎在他的血管里流着很纯的血——他出身于多少世纪以来外国血统无法渗入的俄罗斯神职人员阶层。

别林斯基是一个（这种情况在我们这里很少见到）真正热情、真诚的人，他能够一心一意地去进行追求，但是特别忠于真理，容易激动，却不过于自尊，能够做到无私地爱和恨。不假思索地评论他的人，往往为他的"放肆"而生气，为他的"粗暴"而愤怒，写告密信告他，散布流言蜚语诽谤他，这些人如果知道这个无耻之徒的心灵纯洁得达到羞答答的程度，宽容得达到温柔的程度，正直得达到舍己助人的程度，如果了解到这个人几乎过着僧侣那样的生活，滴酒不沾，

---

[1] 涅克拉索夫的诗句，引自他的《纪念一个朋友》(1853)。

那么他们大概会感到惊讶。在这后一方面，他不像当时的莫斯科人。人们想象不出别林斯基对人对己是如何的诚实，他只是为了他认为是真理的东西，只是为了他自己的原则而感觉，而行动，而生存。现举一例为证。在我认识他之后不久，他又开始为一些问题所困扰，这些问题因未得到解决或只得到片面的解决而使人们，尤其是年轻人不得安宁，这就是：关于人生的意义，关于人彼此之间和人与神之间的关系，关于世界的起源，关于灵魂的不朽等等哲理问题。别林斯基不懂任何一种外语（就连读法文书也感到非常吃力），而且在俄文书中没有找到能满足他的求知欲的任何东西，于是他不得不找朋友们交谈，听他们的高谈阔论，询问他们；他以他那渴望真理的心灵的全部狂热来做这些事。就是用这种方法，他还在莫斯科时就领会了当时在有头脑的年轻人当中风靡一时的黑格尔哲学的主要结论，甚至掌握了它的术语。当然，并不是没有发生过误解，有时甚至是可笑的误解，因为给别林斯基传授知识的朋友们，在向他讲西方科学的全部要点和精华时，常常自己不甚理解和理解得很肤浅；而且歌德这样说过：

    Ein guter Mann in seinem dunklen Drange
    Ist sich des rechten Weges wohl bewusst…①

  而别林斯基正是"ein guter Mann"，是一个诚实而正直的人。而且在这些情况下，他天生的本能往往能帮他的忙，这些下面再说。总之，当我认识别林斯基的时候，怀疑正在折磨他。我经常听到这句话，自己也不止一次地用过，但是它实际上只有对别林斯基完全适用。怀疑正在折磨着他，使他夜不成寐，不思饮食，纠缠着他，使他痛苦和焦急不安；他不让自己忘怀，也不知疲倦；他日日夜夜地绞尽脑汁解决他给自己提出的问题。有时我一到他那里，消瘦和疾病缠身的他（当时他得了肺炎，这病差一点把他带入了坟墓）马上从沙发上起来，不停地咳嗽着，脉搏达到每分钟 100 次，脸颊带着不均匀的潮红，用勉强听得见的声音开始进行前一天中断的谈话。他的真诚感动

---

  ① 引自《浮士德》（《天上序曲》）："善人虽受模糊的冲动驱使，总会意识到正确的道路。"

了我，他的热情传给了我，谈话的重要内容吸引着我；但是谈了两三个钟头，我便感到吃力了，年轻人的轻浮占了上风，我希望休息一下，我想到要散步、吃饭，别林斯基的妻子也恳求她的丈夫和我哪怕稍微等一会儿，暂时停止这些辩论，提醒他医生的嘱咐……但是要让别林斯基听话是不容易的。有一次他责备我说："我们还没有解决上帝存在的问题，而您就想吃饭了！"我承认，写上这几句话后，在想到这些话会使我的某些读者的脸上出现微笑时，我差一点把它们勾掉了……但是亲耳听见别林斯基说这几句话的人，将不会发笑；但是如果说在想起这种诚实，这种不怕有人讥笑的精神时嘴角可能出现微笑的话，那么这也许是感动的微笑，惊奇的微笑……

只有在得到当时他感到满意的结果时，别林斯基才会安下心来，丢开关于那些根本问题的思考，回到日常的劳动和工作中来。他很乐意跟我谈话，因为我不久前从柏林回来，在那里我曾用两个学期的时间研究黑格尔哲学，能告诉他最新最近的结论。我们当时还相信哲学的和形而上学的结论的现实性和重要性，虽然他和我都完全不是哲学家，也不具有抽象的、纯粹的、照德国人的方式思维的能力……可是我们当时在哲学里寻找世界上除了纯思维之外的一切。

别林斯基的知识并不广博，他知道得很少，这里没有任何奇怪之处，就连论敌也不责备他不勤奋，不责备他懒惰。但是从小伴随他的贫穷、不好的教育、倒霉的环境和很早染上的疾病，后来为糊口而不得不紧张工作的生活——所有这一切加在一起，妨碍别林斯基得到正确的知识，尽管譬如说他扎扎实实地研究了俄罗斯文学、俄罗斯历史。但是我还要进一步说：正是这种知识不足在这种情况下是一种特有的特征，几乎是一种必然性。别林斯基是我敢于称为中心人物的人；他整个身心都紧靠着自己人民的核心，既从好的方面又从坏的方面完全体现了人民。有学问的人，我不说"有教养的人"——这是另一个问题——这样的人靠自己的学问在40年代就不能成为中心人物。他不完全适合于他要施加影响的人们，他和他们有各不相同的利益，将不会很协调，双方大概也不会有相互的理解。在社会批评和审美批评方面，在批评的自我意识方面（我觉得我的意见普遍适用，不过这一次我只限于讲这一个方面），同时代人的领袖们当然应当站得比他们高，具有比较正常的脑袋，比较清晰的目光，比较紧张的性格；但是在这些领袖和他们的追随者之间不应该有一条鸿沟。"追随者"这一个词，已要求能够朝同一方向前进，有紧密的联系。领袖能够在他打动、发动和推向前进的人们当中激起愤怒和使他们感到懊丧；他们可以咒骂他，但是他们应当任何时候都理解他。是的，他应当站得比他们高，但也应站得离他们近；他应当不只是应当分摊他们的品格和特性，也应分摊他们的缺点：他因此而能更深刻和更痛切地感觉到这些缺点。先科夫斯基不消说无可比拟地比别林斯基有学问，而且比他的大部分俄国同时代人有学问，而他留下什么痕迹呢？人们将会对我说，他的活动之所以毫无成果而且有害，不是因为他有学问，而是因为他没有信念，他对我们来说是外人，不理解我们，不同情我们。我不打算和这种说法争论，但是我觉得，他的怀疑主义本身，他的独出心裁和过分挑剔，他的轻蔑的嘲笑挖苦，学究气，冷漠，他的所有特点的产生，部分是由于他作为一个学者和专家，其目的和感情与社会大众不一样。先科夫斯基不仅有学问，而且机智，顽皮，表现出色；年轻的官吏和军官，尤其在外省，十分赞赏他；但是广大读者所需要的不是这些，而是所需要的东西，即批评的和社会的嗅觉和鉴赏力，对时代的迫切需要的理解，而主要的是热情，对无知的小兄弟的爱——这在他那里连一点影子都没有。他给自己的读者解闷取乐，暗中却把他们作为不学无术的人加以蔑视；他们也拿他解闷，一点儿也不相信他。我大胆地希望，人们不会认为我想为无知辩护，认为我似乎想宣扬无知，我只是指出我们意识发展中的常见事实。可以理解，某个莱辛①为了成为自己的一代人的领袖，完全成为自己的民族的代表，应当成为一个几乎是通晓一切的人；他身上反映出了德国，包含着德国的声音和思想，他是德国的中心人物。别林斯基在一定程度上无愧于俄国的莱辛的称号，他所起的作用就其意义和影响来说，确实与那位伟大的德国批评家所起的作用相似，他可以没有大量科学知识的储备而成为他已成为的那种人。他把老皮特（查塔

---

① 莱辛（1279～1781），德国思想家、文学批评家和作家。

姆勋爵）和他的儿子小皮特①混淆起来——这有什么！"我们大家都马马虎虎／随便学过点什么……"②对那些他需要实行的事来说，他了解得相当多。如果他在实际上不感到无知的痛苦，那么他的那种随时随地为教育奔走呼号的热情和激情又是从何而来的呢？那个德国人力图纠正自己人民的知识短缺，通过思考确定短缺的害处；而这个俄国人自己本身还将长时间地患这种毛病。

别林斯基无疑具备一个伟大批评家的主要品质；如果说在科学和知识方面他需要向朋友借用，对他们的话深信不疑的话，那么在批评方面他无人可以询问；相反，别人都听他的话，倡议经常由他提出。他的审美嗅觉几乎是绝对正确的；他的目光能看清深处的东西，从来不变得模糊不清。别林斯基不为表面现象和环境所迷惑，不屈从于任何影响和潮流；他能立刻分清美与丑、真与假，并无比勇敢地做出自己的评判——毫无保留地，毫不缩减地，热情而有力地，带着全部急切的自信说出自己的看法。目击过就连才智卓越的人也会犯的批评上的错误的人（值得哪怕回想一下普希金的错误，他居然认为波戈金③先生的《市政官夫人玛尔法》中有"某种莎士比亚的东西"），不能不对别林斯基的中肯的意见、正确无误的鉴赏力和本能，对他善于"理解言外之意"的本领肃然起敬。我就不说那些他在其中给予我国文学从前的活动家们以应有地位的文章了，也不说那些确定尚健在的作家所起作用的文章了，那些文章总结了他们的活动，而所做的总结如同上面说过的那样，为后代所接受和确认④；我要说的是在出现新的有才华的人、新的中长篇小说和诗歌的时候，没有任何人比别林斯基更早地和更好地做出正确的评价，说出真正的、具有决定意义的话。莱蒙托夫、果戈理、冈察洛夫——难道不是他首先注意到了他们，说明了他们创作的意义吗？除他们之外还有多少人！顺便说一下，当你读了他给一篇年度概评所作的脚注，不能不情不自禁地为他所作的评判

---

① 老皮特（1708~1778）和他的儿子小皮特（1759~1806）均为英国政治家。
② 引自普希金的《叶夫盖尼·奥涅金》第1章第5节。
③ 波戈金（1800~1875），历史学家、作家和批评家。
④ 参看他的评论马尔林斯基、巴拉丁斯基、扎戈斯金等人的文章。——作者注

而感到惊讶,在这个脚注中,他单凭发表在《文学报》上的没有署名的《商人卡拉什尼科夫之歌》,就预言作者有远大的前程①。这样的特点,在别林斯基的著作里不断可以碰到。1846年《祖国纪事》刊登了格里戈罗维奇②的题为《乡村》的中篇小说,从时间上说,这是使我国文学接近人民生活的首次尝试,是我国最早的"乡村故事"之一。这篇小说用有些矫揉造作的语言写成,而且不无感伤情调;但是那种努力再现农民生活的愿望是毋庸置疑的。已故的伊·伊·巴纳耶夫③心地和善,但极其轻浮,往往只看到浮在表面的东西,他抓住《乡村》中某些可笑的字句,为有机会挖苦人而感到很高兴,开始嘲笑起整篇小说来,甚至在朋友家里朗读某些他认为最可笑的段落。而别林斯基读了格里戈罗维奇先生的中篇小说后,不仅认为它写得很出色,而且立即确定了它的意义,对我国文学不久后出现的那个运动和那个转折做了预言,这时巴纳耶夫是多么惊奇,而他的那些哈哈大笑的朋友们又是多么困惑不解啊!

巴纳耶夫只有一条路——继续朗读《乡村》的片断,但应以赞赏的态度来读——他就是这样做的。

顺便说一下,这里不能不提到一家大型杂志的出版者④不止一次受到的捉弄,此人虽具有实际的才干,但天生缺乏审美能力。例如,别林斯基的圈子里的一个人给他拿来了一首新诗,事先对这首诗的主要内容是什么,为什么要朗读它一字不提,就开始读起来。开头用讽刺语气读,出版者从这语气中断定人们想要让他了解的是一篇乏味或荒谬的东西,便开始嘲笑它,耸耸肩膀;于是读诗的人略微改变语气,把讽刺的语气改为严肃、庄重、热情的语气;出版者认为他体会错了,没有正确理解,便开始含混地表示赞同,摇头晃脑起来,有时

---

① 这里所说的脚注,并不加在别林斯基的一篇年度概评上,而加在他评论别尔涅特的长诗《叶莲娜》的书评上,而莱蒙托夫的长诗《商人卡拉什尼科夫之歌》首次发表于《俄国残疾人》的文学增刊(1838年第18期)。

② 格里戈罗维奇(1822~1899),俄国作家。

③ 巴纳耶夫(1812~1862),作家,曾与涅克拉索夫一起合编《现代人》。

④ 指克拉耶夫斯基(1810~1889),俄国新闻工作者,曾主办《俄国残疾人报》的文学附刊、《祖国纪事》、《彼得堡新闻》、《呼声报》。

甚至喊道:"不坏!很好!"这时读诗的人又用讽刺的语气读,又让出版者跟着自己跑;然后他重新饱含热情地读,出版者再一次地连声夸奖……如果这首诗很长,那么这种类似手一捏就改变表情的橡皮脑袋的游戏可以来回做几次。最后倒霉的出版者真不知该怎么办了,在他那富于表情的脸上已经既做不出赞同的表情,也做不出谴责的表情。别林斯基不那么沉得住气,他自己不喜欢干这种事;而且他过于诚实——甚至为了开玩笑也决不骗人,但是当人们把捉弄人的详细情况讲给他听时,他往往连眼泪也笑出来了。

作为批评家的别林斯基的另一个优点,是他理解当前的任务是什么,什么问题要求立即解决,"当务之急"表现在哪里。常言道,来得不是时候的客人比鞑靼人更坏,不正当其时宣告的真理比谎言更坏,不合时宜地提出问题只会造成混乱和起妨碍作用。别林斯基永远不会让自己犯有才华的杜勃罗留波夫所犯的错误,譬如说,他不会去辱骂加富尔①、帕默斯顿②,不会辱骂整个议会制是一种不完备的,因而是不对头的政体。甚至在认为加富尔应该受到责备的情况下,他也会理解这样的攻击(在我们俄国,在1862年)是完全不合时宜的;他会理解,这样做帮助了哪一派人,什么人会因此而拍手称快!别林斯基非常清楚地认识到,在他进行活动的环境里,他不应越出纯文学批评的范围。第一,在当时的政治条件、生活条件和实行书刊检查的条件下,要采取另一种活动方式实在太困难了,就是这样他在威胁和告密的风暴面前也只是勉强地坚持住了,这场风暴是由于他否定我国的伪古典主义权威而引起的;第二,他十分清楚地看到和懂得,在每一个民族的发展中文学时代往往先于其他时代,不经历这个时代并且超越它,就不能前进,从否定欺骗和谎言的意义上说,文学批评应该先分析文学现象——他个人的使命正在于此。他的政治见解和社会观点是很有力的和明确而不含糊的,但是它们停留在本能的好恶的范围内。再说一遍,别林斯基知道,要运用和实行它们是连想都不用

---

① 加富尔(1810~1861),意大利王国第一任首相。
② 帕默斯顿(1784~1865),曾任英国外交大臣和首相。

想的，即使有这样做的可能，他本身也没有足够的学识，甚至没有这样做所需要的气质；他也知道这一点，因此根据他对自己的作用的实际理解，自己限制了自己的活动范围，把它压缩在一定的界限之内。可是作为文学批评家，他正是英国人所说的"the right man on the right place"，即"正在其位的真正的人"，对于他的继承者就不能这样说了。不过他们的任务要困难复杂得多。别林斯基在去世前不久就开始感觉到，迈出新的一步，走出那个狭隘圈子的时候已经来到了；政治经济问题应当取代审美问题和文学问题；但是他已把自己排除在外了，而是注意了他认为是他的继承人的另一个人——诗人迈科夫[1]的弟弟瓦·尼·迈科夫[2]；可惜的是，这个有才华的年轻人在他刚开始自己的活动时就死了，而且死的情形完全像不久前丧生的大有希望的年轻人德·伊·皮萨列夫[3]一样。[4]

皮萨列夫的名字使我想起了以下的事。1867年春，在我途经彼得堡时，他曾屈尊来看望我。在这之前我未曾与他谋面，但曾饶有兴趣地读过他的文章，虽然这些文章的许多论点及其整个倾向我是不能同意的。特别使我感到愤慨的，是他的那几篇论普希金的文章。在谈话中，我坦率地对他说了我的看法。一见皮萨列夫，我就觉得他是一个诚实、聪明的人，对他不仅可以讲真话，而且应当讲真话。我便开口说道："可是您诋毁普希金的一首最感人的诗（他给最后提到的、应该尚健在的皇村学校同学的寄语："不幸的朋友啊"等等[5]），您硬说诗人劝朋友简单地借酒浇愁。您的审美感也太灵敏了。您不能严肃地说这一点——这一点您是故意说的，有目的的。现在让我们来看一看，这目的是否证明您是正确的。我理解夸张，不反对讽刺，但应是真实情况的夸张，有道理的、方向正确的讽刺。倘若现在我们的年轻

---

[1] 阿波隆·尼古拉耶维奇·迈科夫（1821～1897），俄国诗人。

[2] 瓦列里安·尼古拉耶维奇·迈科夫（1823～1847），批评家。屠格涅夫的说法与事实并不完全相符。别林斯基曾在一些问题上与他进行过论战。

[3] 皮萨列夫（1840～1868），俄国批评家。

[4] 瓦·尼·迈科夫是在彼得堡附近的彼得戈夫洗海水澡时心脏病发作去世的，年仅24岁。皮萨列夫是在里加附近杜别尔纳（现名杜贝尔塔）淹死的，年仅28岁。

[5] 指普希金的《十月十九日》一诗末尾遥寄恰达耶夫的一段。

人像在诗集盛行的幸福时代那样只写诗而不干别的,那么我就会理解您的愤愤不平的谴责和您的嘲笑,大概甚至还会为您的做法辩护,我就会想:话虽说得不公平,但有好处!可是,请问,您是在向谁开火?完全是用大炮轰麻雀!我们总共只剩下三四个人,而且都是50岁上下的老头子,只有他们还在练习写诗,值得对他们发火吗?难道没有成千上万的其他迫切问题需要由您去引起读者的注意吗?您作为一个报刊撰稿人有责任比大家更早地感觉到紧要的、必需的、刻不容缓的事情。在1866年居然还向做诗的人发起进攻!您这一套该进古董店了,太陈旧了!别林斯基就永远不会陷入这样的窘境!"我不知道皮萨列夫有什么想法,但是他什么也没有说。大概他不同意我的意见。

当然,别林斯基对自己的时代、自己的使命的理解并没有妨碍他把内心的信念贯穿于他的文章的每一句话,而且他在批评领域的充满否定精神的活动,完全符合他如果生活在政治开明的社会里就一定会选中的角色。他感觉到什么,他想些什么,这些只有他自己一个人,还有他的某些朋友才知道;但是他做的事情,他发表的东西都始终不渝地和牢牢地植根于文学的土壤,并只在它上面活动。只有在一封著名的信[1]中,这种

　　……在夜的黑暗里
　　用眼泪和忧愁培育起来的[2]

激情才迸发出来——它像莱蒙托夫所说的那团火一样。

我请读者允许我在这里引一段1859年我在一次人数不多的集会上关于普希金的讲演。为了描绘出30年代和40年代的时代面貌,我应当提到果戈理的讽刺、莱蒙托夫的抗议,然后也得提别林斯基的批评的意义。我一提到别林斯基的名字,就引起了大部分听众的愤慨。

---

[1] 指《给果戈理的一封信》。
[2] 引自莱蒙托夫的长诗《童僧》第3节。

这一段话是这样的。(我需要从稍远的地方说起,但非这样做不可。)

"然而当我们的伟大艺术家(普希金)不再理睬庸俗之辈,尽可能地接近人民之后,他便构思珍藏在他心头的作品,这时有一些形象从他心头掠过,研究这些形象会使我们不由得产生这样的想法,认为只有他一个人能赐予我们人民的戏剧和人民的史诗——他这样做,说明我们的社会和我国的文学正在发生即使不算是伟大的,那也是具有重要意义的事情。在当时欧洲生活(从1830年到1840年)的特殊的偶然事件和特殊情况的影响下,我们逐步形成了一种当然是正确的,不过在那时恐怕显得太早的看法,即认为我们不仅是一个伟大的民族,而且我们是一个伟大的、完全掌握了自己的、极其稳固的国家,我们的艺术和诗歌一定会成为这种伟大和力量的当之无愧的宣告者。在与这种观点传播的同时,也许是由它引起的,出现了一批人物,这些人无疑是有才华的,但是在他们的才华上带有浮夸、虚有其表的印记,这是与那种伟大的、但纯粹虚有其表的力量相适应的,他们就是这一力量引起的反响。这些人出现在诗歌界、绘画界、报章杂志界,甚至出现在戏剧舞台上。是否需要列举他们的名字呢?每个人都记得他们,只要回想一下当沉默的普希金周围一片死寂时,谁曾获得掌声,谁曾受到欢迎就行了。①这个我们斗胆称之为假雄伟派的派别入侵社会生活并不久,虽然它在文学界和艺术界以外的各界至今仍有所反映,这可能是较少受到分析批判的缘故。这次入侵延续的时间不长——但是当时沸沸扬扬,多么热闹!当时这个流派的影响散布得多么广!它的某些活动家曾天真地认为自己是天才。尽管如此,甚至在它表面上红极一时的时候,其中仍可感觉出某种不真实的、没有生气的东西——它没有使任何一个有灵活头脑和独立见解的人完全折服。这个流派的作品充满着达到自夸程度的自信,是赞扬俄国的,可是不管怎么样,就其实质来说没有一点俄国的气味:这只是那些不了解自己祖国的爱国者匆匆忙忙和随随便便地搭起来的大型布景。所有这一切曾轰动一时,自吹自擂,所有这一切曾自认为是能为伟大国家和伟

---

① 我当时未敢一一列举这些人的名字,现在大概每个读者都说得出来,他们是:马尔林斯基、库科尔尼克、扎戈斯金、别涅季克托夫、勃留洛夫、卡拉特金等。——作者注

大民族增添光彩的东西,可是衰落的时刻临近了。但是衰落的原因并不在于普希金最后的几篇具有高度艺术性的作品。即使这些作品在诗人生前发表,我们怀疑当时晕头转向、头脑发昏的读者未必能认清它们的价值。它们不能为论战的目的服务;它们能够取得而且已经取得了胜利,是由于自己本身的美,是由于这种美和力量与假雄伟派幻影的丑和无力形成了对照;但是在最初,正是为了揭露这个幻影的全部空虚,需要另一些手段,需要另一种更为敏锐的力量——拜伦式抒情[①](它曾在我国一度出现过,但很肤浅和轻浮)的力量,批评和幽默的力量。这些力量立刻出现了。在艺术领域,果戈理开始说话,在他之后有莱蒙托夫;在批评和思想领域则有别林斯基。

"……在上次谈话中我曾说到我国未来的文学史家对普希金的出现将会做出的评价;但是毫无疑问,我国的麦考利[②]们(如果我们注定有麦考利那样的人的话)将会注意到这样的时刻,当时在自我吹嘘的和被过分吹嘘的、似乎官气十足的巨人面前,一方面,出现了骠骑兵军官、上流社会的雄狮,从他嘴里人们第一次听到他们从前未听到过的无情的斥责,还有那愚昧无知的小俄罗斯的教师和他的可怕的喜剧[③]剧本卷首有这样的题词:'脸歪莫怪镜子';另一方面,出现了一个同样愚昧无知的、未完成学业的大学生[④],他居然敢于宣布我们还没有文学,罗蒙诺索夫[⑤]不是诗人,不仅赫拉斯科夫[⑥]和彼得罗夫[⑦],而且杰尔查文[⑧]和德米特里耶夫[⑨]不能充当我们的榜样,最新的伟大人物什么也没有干成。在这三位未必相互认识的活动家的共同努力下,不仅我们称之为假雄伟派的文学流派垮台了,而且其他许多过时

---

① 屠格涅夫大概指的是科兹洛夫等拜伦的模仿者。
② 麦考利(1800~1899),英国政治家、政论家、历史学家。
③ 指《钦差大臣》。
④ 指别林斯基。他在《文学的幻想》中提出了"我们还没有文学"的思想。
⑤ 罗蒙诺索夫(1711~1765),俄国学者和诗人。
⑥ 赫拉斯科夫(1733~1807),俄国诗人。
⑦ 彼得罗夫(1736~1799),俄国诗人、翻译家。
⑧ 杰尔查文(1743~1816),俄国诗人。
⑨ 德米特里耶夫(1760~1837),俄国诗人。

的和徒有其名的东西也都成为一片瓦砾。胜负很快就决定了。与此同时，普希金本人的影响也缩小和减退了，虽然这位诗人的名字对三位革新者来说是那么的珍贵，他们是那么衷心地爱戴他。他们自觉不自觉地为其服务的理想（众所周知，果戈理完全避开和不承认它），像故意与他们作对似的，不能与普希金的理想并存。事物本身的力量比任何个人的力量更强大，正如我们共同的东西强于我们个人的意向一样。纯诗歌的时代如同假雄伟派的空话的时代一样也过去了；批评、论战、讽刺的时代来到了。如果回想一下冯维辛①、诺维科夫②，那么我们可以不用'来到'一词而用'回归'一词。所有留心观察各个民族的生活的人，都知道前进的历史车轮有类似的'回转'。因突然意识到自己缺点而震惊的社会，预感到将来会有更痛苦的失望——这果然成为事实③——便转而贪婪地倾听新的意见，只接受符合它新的需要的东西。库科尔尼克的《托尔夸多·塔索》《神之手》④像肥皂泡似的消失了；但是《青铜骑士》也不能与《外套》同时受到赞赏。"

接着有一段详细评述果戈理和莱蒙托夫的话，这段话的结尾是这样的：

"独立的、批判和抗议的人起来反对谎言，反对庸俗——而当时社会的哪个阶层不充满庸俗呢？——反对那种没有正当权利要求人们服从的冒充的共同利益和不合理合法的东西……"接下去我又说：

"我现在请你们允许我谈一谈第三个人，我知道这个人的名字你们听起来会觉得不大悦耳的。我要谈的是别林斯基。提起这个名字，就会回想起某些狂热，但是我敢于这样认为，也会回想起伟大的功绩。他的话至今仍有生命力，正是在现在，全俄国都在贪婪地读着他的书⑤，我们不能设想，俄国这样敬爱他是完全不对的。我提起他，

---

① 冯维辛（1745~1792），俄国作家。
② 诺维科夫（1744~1818），俄国社会活动家，作家。
③ 我发表这些讲演时离1856年《巴黎和约》（即克里木战争失败后俄国同英法等国签订的和约。——译者）还不到三年。——作者注
④ 即《神之手拯救了祖国》。
⑤ 当时刚刚出版了他的全集的头几卷。——作者注

不是因为我和他有私人交情，我希望你们注意他的活动的原则。这个原则的名字叫理想主义，别林斯基是最好意义上的理想主义者。他身上保持着那个存在于30年代初而至今遗迹犹存的莫斯科小组①的传统。对这个受到德国哲学思想巨大影响的小组（德国哲学界与莫斯科之间的经常联系引人注目），历史学家值得做专门的研究。这就是别林斯基的那些他一直到死都没有放弃的观点，他为之服务的理想的来源。为了这个理想，他宣布普希金的作品具有艺术意义，指出其中缺乏社会因素；为了这个理想，他既欢迎莱蒙托夫的抗议，又欢迎果戈理的讽刺；为了这个理想，他打倒旧的权威，打倒我们的所谓有名望的人物，对这些人，他既不可能也不乐意用历史的观点看他们一眼……"

也许某些读者会因为我用了"理想主义者"一词而感到奇怪，不知我为什么认为需要用这个词来形容别林斯基。对于这一点我得指出：第一，在1859年许多事情不可能如实地说出来；第二，当时有一大批人觉得别林斯基的名字是与愤世嫉俗者、粗俗的唯物主义者等的概念联系在一起的，在他们面前宣布别林斯基是"理想主义者"，我承认我感到很痛快。再说，这个称呼对他来说也很合适。别林斯基在同等程度上既是理想主义者，又是否定者；他为了理想而进行否定。这个理想的性质是非常明确的和单一的，虽然过去以至今天有各种不同的名称：科学、进步、人道、文明——还有西欧文化。说话冠冕堂皇但不怀好意的人甚至用这样的词：革命。问题不在于称呼，在于实质，而实质是那样地清楚和无可怀疑，以至于不必多费口舌，因为这里不可能产生误解。别林斯基竭尽全力为这个理想服务；就他全部感情和全部活动来说，他是属于"西欧派"——他们的论敌就是这样称呼他们的——阵营的。他之所以是西欧派不只是因为承认西欧科学、西欧艺术、西欧社会制度的优越性，而且是因为深信俄国必须吸收西欧所创造的一切，来增强自己的实力和扩大自己的影响。他相信我们除了走彼得大帝指出的道路外别无他途，而当时斯拉夫派都对彼

---

① 这里指的是斯坦凯维奇小组。

得大帝发出不堪入耳的咒骂。①在考虑到种族、历史、气候的特点的条件下接受西欧生活的成果并将其运用于我们的生活——同时又对这些成果采取自由选择的、批判的态度——照他的理解，这样做的结果我们最后能够有自己的独特性，他对独特性的重视，远远超过通常人们的推测。别林斯基完全是一个俄国人，甚至是一个爱国者——当然和米·尼·扎戈斯金②不一样；祖国的幸福及其伟大和光荣在他的心里激起巨大的强烈的反响。是的，别林斯基热爱俄国，但是他也热爱文化和自由，把他心目中的这些最高利益融为一体，是他的活动的全部目的，是他追求的目标。说他一知半解，只是由于卑躬屈节和盲目地过谦而崇拜西欧，这说明根本不了解他；再说，一知半解的人通常并没有过谦的毛病。别林斯基之所以以崇敬的心情怀念彼得大帝并且毫不犹豫地认为他是我国的救星，还因为他在阿列克谢·米哈依洛维奇③在位时的我国旧的社会制度和国家制度中已发现了无可怀疑的没落征兆，因此不能相信我们的机体能像西欧那样得到正确的和正常的发展。彼得大帝的做法确实是暴力行为，是现代被称为政变的东西；但是多亏一系列这样的由上而下的暴力措施，我们才被推进到欧洲各民族的大家庭。采取类似的措施，至今尚有其必要性。为了证明这个意见的正确性，可以列举几个最近的例子。我们已在这个大家庭里占有什么样的地位——历史将会做出说明；但是毫无疑问，我们至今在走而且应该走（当然斯拉夫派先生们是不会同意的），应该走一条与在一定程度上得到合理发展的西欧各民族有所不同的道路。

别林斯基的西欧派观点丝毫没有削弱他对所有俄国的东西的理解力和鉴别力，没有改变他全身迸发出来的俄罗斯特点，他的每篇文章均可作为证据。④是的，他比任何人都敏锐地感觉到俄罗斯的本质。

---

① 别林斯基常在朋友们中间朗读普希金的弟弟列夫·普希金的诗《彼得大帝》，在读到以下几行时带有一种特殊的感情，其中把这位改革家描写成用他那只巨大的手，拖着一代又一代惊讶的人前进。——作者注

② 扎戈斯金（1799～1852），俄国小说家。

③ 阿列克谢·米哈依洛维奇（1629～1676），俄国沙皇，彼得一世的父亲。

④ 参看他论普希金、果戈理、柯尔卓夫的文章，尤其是论民歌和壮士歌的文章。尽管当时语文学和考古学资料贫乏和不足，这些文章所显示的对人民精神和民间创作的深刻而真切的理解，仍使读者惊叹不止。——作者注

他不承认我国的那些假古典主义派、假平民派的权威并打倒他们，与此同时他善于比任何人更敏锐地发现和更恰如其分地评价我国文学作品中真正独特的和具有独创性的东西，并告诉别人。任何人的听觉都不如他灵敏；任何人都不能比他更真切地感觉到我们的语言的和谐悦耳和美；他一见富有诗意的修饰语和优美的短语就立刻叹赏不绝，听他用朴素而有点单调的，但是热情而诚挚的语调朗读普希金的某首诗和莱蒙托夫的《童僧》是一种真正的享受。散文作品，尤其是他所喜爱的果戈理的作品，他读得较差些；而且他的嗓音很快变得微弱了。

作为批评家的别林斯基还有一个优点，这就是他任何时候都像英国人所说的那样"认真"①；他不轻率地对待自己研究的对象、读者和自己；后来非常流行的冷嘲热讽的做法，他一定会当作不光彩的轻佻和怯懦而加以反对。大家都知道，喜欢冷嘲热讽的人往往自己不大清楚他取笑和讽刺的是什么；在任何情况下，他都可以利用这个幌子来掩饰自己的观点的不坚定和不明确。一个人在吹口哨，哈哈大笑……你猜一下，领会一下他的话：他的用意是什么？也许他嘲笑的正是应该嘲笑的事，也许他是对自己的笑"咧嘴"。有人会对我说，常有这样的时候，对真理只能进行暗示，用嘲笑的口气说出它来比较容易……但是难道别林斯基生活在可以把一切都毫不隐瞒地说出来的时代吗？而他不采取冷嘲热讽的方法，不求助于"惯用的"口哨声②，不进行讥笑。那种"口哨声"在某一部分读者中引起的赞同的笑声，与伴随先科夫斯基的不道德行为的笑声相去不远……在两种情况下都突出对粗野取乐和出洋相的爱好，遗憾的是，这种爱好为俄罗斯人所固有，不应对它采取放纵态度。无知产生的大笑，与其凶狠一样，几乎都是令人讨厌和有害的。不过别林斯基曾说自己不擅长于开玩笑，他的讽刺分量很重，不够灵活；它立刻变成击中要害的冷嘲。他在谈话以及握笔写文章时，并不显得才思敏捷、妙语连珠，他不具

---

① 原文为英文。
② 这里影射《现代人》杂志的讽刺附刊《口哨》。

备法国人所说的才智①，也不玩弄高明的雄辩术使人折服；但是他身上有一股令人倾倒的巨大力量，这种力量往往为诚实的和坚定不移的思想所拥有，而且用独特的方式表现出来，最后吸引住人。尽管完全缺乏通常称之为口才的东西，尽管明显地不会和不愿意"装潢门面"和夸夸其谈，但是别林斯基是最善于雄辩的俄国人之一，如果把"雄辩"一词理解为一种说服力，譬如像雅典人在伯里克利②身上看到的那种力量（他们说，他的每篇演说都在每个听众的心中留下一根刺）的话。

大家知道，别林斯基并不崇尚为艺术而艺术的原则；从他整个思维方式来看，也只能是这样。我记得有一次他带着多么可笑的愤慨在我面前攻击普希金（当然是已故的普希金），为的是他的《诗人和群氓》中有这样两句诗：

……陶罐对你们更珍贵：
你们可以拿它给自己烧煮食物！

"当然啰，"别林斯基眼睛闪闪发亮，来回地从房间的一角跑到另一角，反复地说："当然更珍贵。我用它不光是给我自己一个人，我给我全家，给别的穷人烧煮食物，在欣赏一尊雕像——哪怕它是菲迪亚斯③的阿波罗神像——之前，我的权利和义务是喂饱我自己家里的人和我自己，不管任何表示愤怒的公子哥儿和蹩脚诗人怎么说！"但是别林斯基是个聪明人，他富有健全的理智，不会否定艺术，不仅理解艺术的重要性和意义，而且理解它的必然性和不可或缺的必要性。别林斯基认为艺术是人的个性的根本表现之一，是日常经验告诉我们的自然规律之一。他不认为艺术只是为了艺术，正如他不认为活着只是为了活着一样；难怪他是一个理想主义者。一切都应当为一个原则服务，艺术与科学一样，也应如此，不过采取的是它本身特殊

---

① 原文为法文。
② 伯里克利（约公元前495～前429），雅典政治家。
③ 菲迪亚斯（活动于约公元前490～前430），古希腊雕塑家。

的、专有的方式。把艺术说成是对自然的模仿的这种真正幼稚的,同时又不新鲜的、老调重弹的解释,不会遭到他的反驳,也不会受到他的重视;而证明真正的苹果胜过画出的苹果的论据之所以对他不起作用,仅仅是因为只要我们问一下吃饱肚子的人,这个有名的论据就会失去任何力量。我再说一遍,对别林斯基来说,艺术像科学、社会、国家一样,是人类活动的一个合法领域……可是他对艺术也像对人类的所有活动一样,要求真实,要求达到实际存在的、符合生活的真实。不过在艺术领域,他自己觉得只有在诗歌和文学方面能轻松自如地发言。他不懂绘画,音乐也不大能引起他的共鸣。他本人清楚地了解自己的缺点,也不向他无法进入的地方硬闯。果戈理论伊万诺夫[1]和勃留洛夫[2]的文章可作为前车之鉴,说明一个人闯入不是自己的领域时,会胡诌出多么荒唐的谎言,会表现出多么不自然的和虚假的激情。《恶魔罗贝尔》[3]中群魔的合唱是别林斯基记熟的唯一的乐曲:在他情绪特别好的时候,他就用低音哼哼这个群魔合唱曲的曲调。鲁比尼[4]的歌声使他大为倾倒;但他在其中看重的不是音乐的完美,而是奔放的热情和紧张的表情。一切紧张的、戏剧性的东西都能深深打动他的心,点燃起他的热情。他的那些论莫恰洛夫[5]、谢普金[6]以及一般谈论戏剧的文章都充满着热情;真应该看一看,他一想起莫恰洛夫在《哈姆雷特》中的表演,想起后者在悲剧的一个场面又喜又恨,当着犯罪的国王气喘吁吁地说道:

让那中箭的母鹿……[7]

这时他会有什么样的感受。

---

[1] 伊万诺夫(1806~1858),俄国画家。
[2] 勃留洛夫(1799~1852),俄国画家。
[3] 《恶魔罗贝尔》是德国作曲家梅耶贝尔(1791~1864)的歌剧。
[4] 鲁比尼(1794~1854),意大利歌唱家。
[5] 莫恰洛夫(1800~1848),俄国名演员。
[6] 谢普金(1788~1863),俄国名演员。
[7] 引自《哈姆雷特》第3幕。

曾有这样一个原因，它有时使得别林斯基避免谈论戏剧和戏剧文学，尤其是对不大熟悉的人，这个原因是：他怕别人对他提起他过去在莫斯科写的、曾刊登在《观察家》上的喜剧《50岁的叔叔》。这个喜剧确实写得很差，它属于最坏的一类——即流着眼泪说教和过分好心地劝善的一类；其中刻画了一个和善的叔叔，他爱上了自己的侄女，后来为了年轻的情敌而牺牲了自己的爱情。这一切写得十分冗长，用的是生硬死板的语言……别林斯基没有任何"创作"才能。这个喜剧以及一篇论闵采尔①的文章是别林斯基的一个怕人触及的伤疤，当着他的面提到它们，就意味着侮辱他，伤他的心。他尤其不能原谅自己写出那篇论闵采尔的文章；他认为他的喜剧是审美上的、文学上的错误，而那篇文章的错误的性质要严重得多。关于闵采尔的文章，他是在一时急不可耐，非常希望从不可实现的理想领域转到某种实际的、现实的东西上来的情况下写的，就好像当时存在的、可能具有现实意义的东西能够满足一个严肃认真的人的要求似的！可怜的别林斯基当然不了解闵采尔是一个什么样的人物，便从纯先验的、抽象的观点来看待他……在这种情况下，实际知识的不足跟他开了一个恶毒的玩笑……还有一篇关于鲍罗金诺战役②周年纪念的文章。有一次我刚要同他谈起这篇文章……他用两只手捂住耳朵，低弯着腰，左右摇摆地在房间里走动起来。不过他害这种狭隘爱国主义的病的时间并不长。一般说来，别林斯基的好文章都是在他的活动的开头和将要结束前写的；中间有一段时间，大约两年光景，他脑袋里装满了黑格尔哲学而没有消化，便狂热地到处乱塞黑格尔哲学的公理，它的论点和术语，它的所谓口号。当时无数喜欢用的词句和用语，简直使人眼花缭乱！真想不到别林斯基也顺应了当时的风气！但是这股浪潮很快退走了，留下的只是很好的种子，于是别林斯基的俄罗斯语言，这种非常好的、清新健康的语言，又重新表现出它的全部雄劲和质朴。可以说，别林斯基的文章是即兴之作；他往往在一个月的最后几天写这些文章，这时他站在高高的写字台前，在一张张对开的纸上写，用的是

---

① 闵采尔（1798～1873），德国作家、批评家和文学史家。别林斯基论闵采尔的文章的题目为《闵采尔——歌德的批评者》，写于1840年。

② 指1812年俄法两国军队在莫斯科附近的鲍罗金诺的会战。

粗大滚圆的字体，不加涂改。他没有时间锤炼字句，斟酌和推敲每一句话，因此不由自主地使得文字有些冗长；但是他远没有达到絮叨不休的地步。应该承认，这种现象在已故的皮萨列夫开了头之后，便在各种杂志的批评栏里扎下了根。他的文章仍然是文学作品，没有变成无精打采的闲聊，没有变成连篇累牍的变相的老生常谈——尽管话说得很热情，但总有点学生习作的味道。

大家都知道，别林斯基参加工作的那家杂志的很会算计的出版者给他压上了多么重的担子。什么作品他都得进行评论——像梦书啦，烹饪指南啦，数学书啦，而他对这些东西简直一点也不懂！而当杂志于每月一日按时出版后，他就有几天休息时间，这时他是多么高兴啊！他尽情享受闲逸的乐趣，与朋友们谈话，有时还玩玩赌几戈比输赢的纸牌。他不大会玩，但是玩的时候或喜或愁，他都老老实实地表现出来，充满着热情，他不管做什么事情，都是这样。记得有一次我和他玩牌，不赌钱，而是随便玩玩；他赢了，便得意洋洋……但是突然陷入了窘境，缺一张四。别林斯基的脸色变得比秋夜还要阴沉，他像被判处死刑那样低下了头。他脸上痛苦和绝望的表情是那么真诚，我终于忍不住大声说道，这实在太不像话了，要是这样难过，那最好以后不再玩牌了！他皱眉蹙额地看了我一眼，低声回答道："现在全完了，我只是在玩这一手红方块牌前才算是活着！"在这一瞬间，我敢担保，他确实对他所说的话深信不疑。

我经常午饭后到他那里去谈心。他的住所在丰坦卡河边一座楼房的底层，离阿尼奇科夫桥不远，住的房间给人以不愉快的印象，相当潮湿。我不能不再重复一遍：当时正是一个严峻的时代；现在的年轻人不会体验到那种事情了。请读者自己想一想：早晨也许把校样退还给你，那上面用红墨水画满一道道要改的记号，涂改得不成样子，好像沾满鲜血一样；也许你甚至需要到书刊检查员那里去一趟，在做一番徒劳无益的和有损尊严的解释和辩白后，还得听他的武断的、经常是充满讥讽的判决……到了外面，你会碰上布尔加林[①]先生或他

[①] 布尔加林（1789～1859），俄国作家。

的朋友格列奇①先生；一个将军，甚至不是长官，而只是一般有将军衔的人，粗暴地打断你的话，或者更坏，鼓励你……请想一想你周围的情况吧：贪污盛行，农奴制安如磐石，兵营占有首要地位，没有法院，谣传要关闭大学，不久后学生定额缩减到 300 人，出国已成为不可能，订购不到有益的书籍，一片乌云经常笼罩在所谓的学术部门和文学部门上空，还有偷偷摸摸的和遍布各地的告密；在青年之间既无共同的联系，也无共同的兴趣爱好，人人自危，逆来顺受，简直毫无希望！在这种情况下你来到别林斯基的住所，接着来了第二个、第三个朋友，打开话匣子，心里就觉得轻松些；谈话的题目大多带有违禁（就当时来说）的性质，但是没有进行真正的政治辩论，谁都清楚地看到，这样做是无益的。我们的谈话一般带有哲学和文学的、批评和美学的色彩，好像还涉及社会问题，不过很少讨论历史。有时谈话很有意思，甚至很深刻；有时则显得有点肤浅和缺乏分量。别林斯基尽管生性严肃并且确实高人一头，但是有时他的举止像一个孩子：在听到他特别喜欢的话，譬如乔治·桑②或皮·勒鲁③——当时他正走红，人们在秘密（！）通信中叫他红头发彼得④——书中的某一段落时，便马上请求别人把这段话抄给他，并把它很好地保存起来。但是这一切与他很相称：在这里也表现出他是一个活生生的俄罗斯人。有时一件无关紧要的小事使他耿耿于怀。有一次，他整整六个月口袋里揣着歌德的《西风集》(*Westöstlicher Divan*)，事情的起因是这样的。有一次我从中引了 "Lebt man denn, wenn andre leben？"（"别人活着时，你能否也活着？"）这一行诗。他在名噪一时的歌德诗歌译者 A. H. C.⑤ 面前重复了这一行诗，来谴责歌德的利己主义；那位译者怀疑引文的准确性，说别林斯基过于轻信，并取笑了几句。于是他便向我要了那本《西风集》，随时带在身边，以便碰见 C. 时回敬一下……但是使别林斯基深感伤心的是，他没能再碰见那位译者。在他一生的最后两

---

① 格列奇（1787~1867），俄国作家，曾与布尔加林合编《祖国之子》和《北方蜜蜂》。
② 乔治·桑（1804~1876），法国女作家。
③ 勒鲁（1797~1871），法国哲学家和经济学家。
④ 勒鲁，法文为"Leroux"，其中"roux"意为红，因此这样称呼他。
⑤ 指亚·尼·斯特鲁戈夫希科夫（1808~1878）。

年，由于受到愈来愈重的病情的影响，他变得非常神经过敏，渐渐地得了忧郁症。

在四个冬天里——从1843年到1846年——我常和别林斯基见面，而在1847年1月前，在我出国久住和《现代人》杂志已创办起来、即从已故的彼·亚·普列特尼约夫那里买过来之前，我们的来往特别经常。创办这家杂志的经过，有许多值得记取的教训……但是如实叙述它还比较困难，因为这样做势必旧事重提，引起争吵。只要说这样一点就够了：别林斯基被逐步地、非常巧妙地排挤出了这家杂志，而这家杂志其实是为他创办的，用他的名义约请撰稿人，在一年之内不断刊登了别林斯基为出版一个大型文集①而征集来的像样的文章。别林斯基为了《现代人》而断绝了与《祖国纪事》的联系，结果他在这家新杂志里没有得到他有充分权利得到的主人的地位，仍像在从前的那家杂志里一样，是一个局外的撰稿人和雇员。我手头有别林斯基在这个时期写的几封有趣的信，读者在下面将会读到一些不大的片断。至于说到我自己，那么应该说，他第一次对我的文学活动表示欢迎后，很快——这是完全对的——对它冷淡下来了；他确实不应该鼓励我去写我当时十分迷恋的抒情诗和长诗。不过不久后我自己也意识到没有任何必要继续干这种无谓的事，产生了完全放弃文学的想法；只是由于当时我找不到稿子填补《现代人》第一期杂俎栏的伊·伊·巴纳耶夫的请求，我才留给他一篇题为《霍尔和卡里内奇》的特写。（摘自《猎人笔记》的字样，是伊·伊·巴纳耶夫想出来和加上去的，目的在于使读者不要苛求。）这篇特写一炮打响后，我便又写了其他各篇，这样我就回到文学上来了。但是读者从别林斯基的那几封信可以看出，尽管他对我的散文作品更为满意，然而没有对我寄以特别的希望。别林斯基总是抱着热烈的同情，温和宽厚地鼓励他认为有才能的初学写作者，在他们迈出最初几步时支持他们，但是他对他们进一步的尝试却要求十分严格，毫不留情地指出他们的缺点，以同样客观公正的态度指摘和夸奖他们。因此最初他有时达到了充满

---

① 别林斯基曾想要出版大型文集《鳄鱼》。

温情的地步，他那种兴奋的样子很可笑，几乎令人感动，几乎滑稽可笑。当他得到陀思妥耶夫斯基先生的《穷人》时，他简直高兴极了。"是的，"他自豪地说，好像他自己建立了伟大的功勋一样，"是的，老兄，您听我说！鸟儿不大，"说到这里用手在离地面差不多一俄尺的地方比划着，"鸟儿不大，而爪子尖得很！"不久后，我碰见了陀思妥耶夫斯基先生，发现他是一个高于中等身材的人，至少比别林斯基本人要高，这时我是多么惊奇啊！但是在对新出现的有才能的人产生慈父般的温情时，别林斯基对待他们就像对待儿子，对待自己的"小宝贝"似的。1843年夏天，当我认识他时，他就是这样爱护涅克拉索夫的，他到处推荐他，帮助他在社会上站稳脚跟……

别林斯基也像一切有一颗炽热的心的人，一切热情奔放的人一样，在相当大的程度上不容异见。尤其是在气愤时，他不承认论敌的意见有一星半点道理，并且愤怒地不加理睬，他在自己的意见不对而放弃它们时，也同样是怒冲冲的。但是他可以被"打动"，有一次我对他这样说，他听了后笑了很久，真理对他来说太珍贵了，他不能固执到底。只有对莫斯科的一派人，对斯拉夫派，他一生都是抱敌视态度的：他们与他热爱和相信的一切实在太背道而驰了。一般说来，别林斯基善于憎恨——他是一个善于憎恨的人——他极其鄙视应该鄙视的东西。莱布尼茨[①]曾在一个地方说过，他几乎什么也不鄙视（je ne méprise presque rien）。这对一个一直生活在内心自我观察的高空的哲学家来说可以理解并值得称赞；可是我们这种人，在地面上行走的普通人，无力升到淡泊宁静的高度，法杰依·布尔加林之流在我们心中引起的鄙视的感情，证明和加强着我们的道德意识和我们的良心。别林斯基别无任何用意地承认自己的失误：他没有一点庸俗的虚荣心。"嘿，我又胡说八道了！"他经常微笑着说，这是他的一个多大的优点啊！别林斯基对自己和自己的能力评价并不高。他的谦虚不是假装的，是出自内心的；不过"谦虚"一词用在这里并不合适，因为他虽然自认为是这样一个平凡的人，但他并不因此而感到高兴；可是"生来如此，要变也变不了！"因此对他来说，没有任何东西比他捍卫的

[①] 莱布尼茨（1646～1716），德国数学家，唯心主义哲学家。

事业，比他维护和实行的思想更重要和更崇高的了：谁要是碰一碰，他可以气得发疯——于是落到他手里的人就活该倒霉了！这时，他也有了胆量——像跟他的身体和神经故意作对似的，出现一种不顾一切的勇敢，这时他准备牺牲一切！这样容易动怒的人，却又不太感觉到个人所受的委屈……不像他这样的人，无论是在以前还是在后来我都没有碰到过。

1847年夏天，别林斯基第一次，也是最后一次到了外国。我和他一起在西里西亚的一个小镇萨尔茨布龙住了几个星期，那里的矿泉水据说能治疗痨病……矿泉水给他带来的益处并不大。在萨尔茨布龙，他读了果戈理著名的《与友人书简》之后很生气，一怒之下给果戈理写了一封信[①]……后来我在巴黎遇见他。他在那里进了医院，请一位名叫蒂拉·德·马尔莫尔的痨病专家给他看病。许多人认为此人是一个骗子，可是他把别林斯基的病完全治好了。咳嗽停止了，脸色变得红润了……过于急忙地回彼得堡，使得前功尽弃[②]。真是怪事！他在国外闷得难受，一心想回俄国。他确实是一个俄罗斯人，离开俄国，像鱼离开水一样，就活不下去。我记得，在巴黎他第一次见到协和广场就马上问我："这是世界上最漂亮的广场之一，是不是？"听到我做出肯定的回答后又大声说道："好极了，我这就知道了，放到一边吧，不再说了！"接着便谈起果戈理来。我告诉他，在法国革命时断头台就设在这个广场上，路易十六是在这里被斩首的；他朝四周看了看说了声"啊！"又回想起《塔拉斯·布尔巴》中奥斯塔普被处死刑的场面来。别林斯基的历史知识太贫乏，曾经发生过欧洲生活中的大事的地方都不能引起他的特别的兴趣；他不懂外语，因此无法了解那里的人；而无谓的好奇、看热闹、逛马路又不合他的性格。上面已经说过，音乐和绘画不大能感动他；而对我们的许多同胞产生强烈影响的东西，又使他这个有纯洁的、近乎禁欲主义的精神的人感到愤

[①] 即著名的《给果戈理的一封信》。

[②] 有一个说明别林斯基富有风趣的例子。离开巴黎时，友人给他请了一位向导，那人应该陪送他到柏林；但是在最后一刻出了差错，别林斯基独自一人上路了。后来他给巴黎的一个朋友写信说："请设想一下我的处境，在比利时边境人家查问我，我什么也听不懂，只管一股劲儿地眨巴眼睛。幸好海关头儿想必认为我傻里傻气像个圣徒，便放行了。"——作者注

慨。再说他总共只能再活几个月了……他已经累了，变得冷漠了……

我不知道要不要讲一讲别林斯基对妇女的关系问题。他本人几乎从来不涉及这个微妙的问题。他一般不乐意多谈自己和自己的过去。我多次想要把他引到这个话题上来，但他总是设法躲开它；他仿佛觉得难为情，仿佛不懂，认为既然有那么多更加重要和更加有益的事情可谈，何必再提个人的琐事！即便他涉及自己的过去，那也几乎总是用诙谐的语气来谈。例如他曾对我讲过他被赶出大学后的情况，那时他无以为生，便开始为了25卢布纸币翻译保尔·德·科克①的小说，你想，他在翻译中出了多少纰漏！显然，他曾经历过可怕的穷困，但是他不像有这种艰苦经历的人经常做的那样，在朋友当中津津有味地加以渲染和描述。别林斯基有自尊的美德，他不会去做这样的事情，也许这是因为他有很强的自豪感……自豪感和虚荣心是两种截然不同的东西。

按照别林斯基的看法，他的外表是无论如何也不能讨女人喜欢的，他完完全全相信这一点，当然，这种想法使得他与妇女交往中显得更加胆怯和腼腆。我有根据推测，别林斯基虽然有一颗热烈而敏感的心，虽然他有依恋心和非常热情，虽然他毕竟是他所处时代的头等人物之一，但他从未被妇女爱过。他不是因为有热烈的爱情而结婚的。年轻时他爱过一位小姐，特维尔的地主巴——宁的女儿；此人感情丰富，但是她爱另一个人，而且很快就去世了②。在别林斯基的一生中，也有过一段他与一个平民出身的姑娘之间的相当奇怪而又结局悲惨的恋爱史；我还记得他断断续续地、心情沉重地讲这件事的情况……这件事给我留下了深刻的印象……然而最后也毫无结果。他的心在默默无言中静静地燃成灰烬；他可以借用一位诗人的话发出呼喊：

天啊！但愿这团烈火

---

① 科克（1793~1871），法国作家。
② 别林斯基爱上的是亚历山德拉·巴枯宁娜（1816~1882），这里说的"很快就去世了"的是她的姐姐柳鲍芙（1811~1838）。

哪怕能纵情地燃烧一次……
我就不再受折磨，不再受煎熬，
发出光辉，然后熄灭！①

但是人的幻想往往不会实现，惋惜也没有用处，谁要是没有抽到好签，那就和这无用的签打发日子吧，而且不要对任何人说起。

然而在这里我不能不哪怕简单地提一下别林斯基对一般妇女，尤其是俄罗斯妇女的看法，提一下他对妇女的地位、她们的前途、她们的不可剥夺的权利、她们所受教育的不足，一句话，他对现在称之为妇女问题的东西的高尚而又诚实的看法。尊重妇女，承认她们的自由，承认她们在家庭里和社会上所起的作用——这些都在他涉及这个问题的所有地方表现出来，不过他不用那种现在非常流行的吵吵嚷嚷的挑衅口吻。

不止一次地可以听到这样的话：某某人死得正是时候，正合适……但是这话用到别林斯基身上无疑比用到任何别人身上都恰当。是的！他死得正合适，正是时候！去世前（别林斯基于1848年5月逝世），他还来得及亲眼看到他藏在内心的珍爱的希望的胜利，没有看到它的完全破灭……假如他还活着的话，他会受多大的罪啊！谁都知道，警察每天都打听他的健康状况，打听他临死前的情形……死亡使得他避免了严重的考验。何况他的身体已经不行了……还要拖延、挨时间干什么？

A struggle more，and I am free！②

这说得都对；不过活人总想活着的事情，想起我们当中被死神带到"没有一个人回来过"③的那个无人知晓的地方去的人，就抑制不住惋惜之情。我有时不由得给自己提出问题，不由得想象起来：别林

---

① 引自丘特切夫的诗《仿佛在炽热的灰烬上面……》。

② 挣扎一下，我就解脱了！（拜伦）——作者注

③ 引自莎士比亚的《哈姆雷特》第3幕第1场。

斯基要是见到现在的皇上①实行的伟大改革——解放农民、实行公开审判等，他会说些什么，会有什么感想？他看到这些行之有效的创举会多么的高兴！但是他没有活到这一天……他也没有活到那些能让他内心感到欣喜的事情出现的一天：他没有看到他死后我国文学中产生的许多好的东西。要是他看到列·尼·托尔斯泰的艺术才能、奥斯特罗夫斯基②的力量、皮谢姆斯基③的幽默、萨尔蒂科夫④的讽刺、列舍特尼科夫⑤的冷峻的真实，他会多么高兴啊！发出这些幼芽的种子有许多是他播下的，他理所当然地应该亲眼看着它们发芽，除了他又有谁该这样做呢？……但是，看来他没有这个福分……

在我的这篇关于别林斯基的回忆录的末尾，我打算公布与他很接近的一位太太⑥的信，我曾请求这位太太把他去世的详情写信告诉我（我当时正在外国，在巴黎），同时还要发表别林斯基给我的来信的某些段落。

下面就是这位太太的来信（1848年6月23日）：

"你想知道别林斯基的某些情况……但是我笨嘴拙舌，恐怕讲不好，而且关于一个在最后的时日里完全被肉体的痛苦折磨得极端虚弱的人，几乎没有什么可说的。我无法用言语向您形容，看着这个可怜的受难者慢慢地毁灭，我是多么地难受，多么地痛心。他从巴黎回来时，精神和身体都很好，我们大家，甚至包括大夫在内，全都开始对他的康复抱有希望。他在我们这里度过了几个早晨和晚上，不停地、生动地、精神百倍地谈论着，大家高兴地发现，他又是从前的、还相当健康的别林斯基了。但是很奇怪，从他回国之日起，他的脾气就发生了异乎寻常的变化；他变得比从前温顺和善，比从前要宽容得多，

---

① 指亚历山大二世。
② 奥斯特罗夫斯基（1823～1886），俄国剧作家。
③ 皮谢姆斯基（1820～1881），俄国小说家和剧作家。
④ 萨尔蒂科夫，即萨尔蒂科夫·谢德林（1826～1889），俄国作家。
⑤ 列舍特尼科夫（1841～1871），俄国作家。
⑥ 指别林斯基和屠格涅夫的朋友丘特切夫（不是诗人丘特切夫）的妻子丘特切娃（1822～1887）。

甚至在家庭生活中他也变得好像换了一个人，他是那样平静地，看来不经过斗争就容忍了从前使他焦急不安的一切。他身体健康的状态持续的时间不长，他在彼得堡很快就感冒了，从此他的病情一天比一天变得更加无望，每一次见到他，我们都发现他变得很厉害，并且觉得，他已经瘦得不能再瘦了，但是再次见到他时，发现他变得更厉害了。我最后一次到他那里去，是在他去世前的一个星期。我们看见他在安乐椅上半躺着，他的脸完全像死人一样，但是眼睛很大，并且闪闪发光；他的每次呼吸都像呻吟一样，见到我们时说：'我要死了，真的要死了。'不过这两句话他不是用深信不疑的语气说的，倒像是在说这话时希望别人反驳他。用不着对您说，当时我们在他那里度过的是多么痛苦的两个钟头；他自然已不能说话，甚至对他讲那些他从前极为关注的事情①，也已引不起他的兴趣，无法使他打起精神来了。他在去世前三四天才卧床不起，看来在他神志还清醒的时候，他还抱有希望；在去世前一天，他开始变得语无伦次，然而还认出了那天从莫斯科赶来的格拉诺夫斯基。在临死前，他不停地说了两个钟头，仿佛是在对俄罗斯人民讲话，并不时告诉妻子，要她把所说的一切牢牢记住，把这些话转告给应该转告的人；但是这长篇的讲话已经一点也讲不明白了。后来他突然住口不说了，经过半个钟头临死前的痛苦挣扎，便逝世了。可怜的妻子……一刻也没有离开过他，从头到尾一个人侍候他，帮他翻身，扶他从床上起来。这个女人……确实应该受到大家的尊敬；整个冬天，她都那么努力，那么耐心，那么毫无怨言地服侍生病的丈夫……"

下面是别林斯基给我的来信的片断：

圣彼得堡，1847年3月3日
"……在您准备动身时，我预先就知道您走后我会失去什么，但是当您离开后，我发现我失去的东西比预计的要多……您走后，我处于一种对一切都很冷漠、没有个人欲望和要求的寂寞无聊之中，这种

---

① 着重点是信上原有的。——作者注

情况，在我一生中还没有过。11点就躺下了，有时甚至10点就上床了，在12点前入睡，七八点或者将近9点起床，整个白天，尤其是整个晚上（从午后起）打瞌睡——这就是我的生活！

"××××①接到凯——尔②的一封骂人的信，但没有给×××××③看。后者什么也不知道，但是可能猜到了，还照他的那一套做。他在跟我解释时表现很不好，干咳着，说话结结巴巴，说他无论如何不能同意做我希望做的事，似乎这是为我好，有些原因他马上就可对我说明，有些原因他不能对我说。我回答道，我不想知道任何原因，便谈了我的条件。他高兴起来了，现在见到我时向我伸出两只手——看来对我十分满意！您根据我这封信的语气可以清楚地看出，我没有发火，也没有夸大。我曾经喜欢过他，非常喜欢，以至于现在我还时而可怜他，时而很恼火——因为他，不是因为自己。内心里同一个人决裂我是感到很痛苦的，此外就没有什么了。我生来不大会因为别人不公正地对待我而恨他；我倒是会因为观点不同或是因为有一些于我个人无损的缺点和毛病而恨一个人。我现在还很看重×××××；不过在我眼里，这是一个将会有钱、将要发财的人，而我也知道他是怎么做的。现在已经先拿我开刀了。这事就说到这里为止，不再多说了。

"……告诉您一个消息：我可能到西里西亚去。鲍④为我筹集了2500纸卢布。我开头断然拒绝了，您想，我走后拿什么养家呢，而去请求在我离职期间照常给我发薪，我又不愿意。但是在与×××××进行那次谈话后，我便想，讲客气是愚蠢的……他很高兴，答应一切照办，只要我……我给鲍写了一封信，现在这件事将在收到他的回信后再做决定。

"您的《卡拉塔叶夫》写得很好，虽然它远不如《霍尔和卡里内奇》……

"……我觉得在您身上，纯粹的创作才能也许没有，也许很少，

---

① 指巴纳耶夫。
② 指凯特切尔（1806~1886），俄国诗人和翻译家。
③ 指涅克拉索夫。
④ 指鲍特金（1811~1869），俄国批评家和政论家。

您的才能与达里①属于同一类。这是您真正的归属。就拿《叶尔莫莱和磨坊主妇》来说吧，不是什么了不起的东西，小玩艺，可是不错，因为写得很有头脑，切合实际，有思想。而在《好决斗的人》中，我相信您有创造。找到自己的道路，认清自己的位置——对一个人来说这就是一切，这对他来说意味着实现了自我。如果我没有看错的话，我以为您天赋的才能在于观察实际的现象，通过想象把它们表达出来，但不是光凭想象……希望您看在真主面上，不要发表不上不下的东西，既不能说不好，又不能说很好的东西。这对您的声誉的整体性（请原谅我用了一个拗口的词，因为没有想出更好的来）极其有害。而《霍尔》使得您有希望在将来成为一个优秀作家。

"……果戈理受到社会舆论的严厉惩罚和所有刊物的咒骂；甚至他的朋友，莫斯科的斯拉夫派也不再理睬了，即使不是不理他，那也是不理他的那本令人憎恶的书②了。

"我的妻子和我家里所有的人，包括您的教子③在内，都向您问候……"

圣彼得堡，1847 年 3 月 13 日

"……告诉您，我几乎改变了我对×××××的某些行为的原因的看法。我现在觉得，他那样做是问心无愧的，是有客观根据的，而他尚未成熟到能理解其他更高一层的东西的程度，他不能做到这一点，是由于他是在肮脏的务实的环境中长大的，从来不是我们这样的理想主义者和浪漫主义者。我从他身上看到，这种理想主义和浪漫主义是令人厌恶的，但是如果苦口的良药能够治一个人的病，即使在治好他的绝症后使他的机体染上了已不是绝症的病——那么这对他来说又有什么关系？这里主要的不是它令人厌恶，而是它能治病……

"我的西里西亚之行已经决定。这全靠鲍特金帮忙。他弄到了钱，花了很大气力帮我办成了这件事。不，我从来没有像他为我操心那样为自己操心过，将来也永远不会这样做。为了这件事，他给我、

---

① 达里（1801~1872），俄国作家、语言学家，《俄语详解词典》的编纂者。
② 指果戈理的《与友人书简选》。
③ 我是他的儿子的教父。——作者注

给安——夫①、给赫——岑②和他的兄弟写过多少封信，同这个人和那个人谈过多少次话，作过多少次解释！不久前他收到了安——夫的信，并把它转寄给我。安——夫给我400法郎。您知道，这个人虽然生活有保障，但不是富翁，您根据自己的经验也知道，在国外，无论什么时候400法郎至少不是搁在那里用不着的钱。但是这还不算什么——我任何时候都估计到他会这样做的，而使我感动，使我心里非常过意不去的是：为了我他竟改变了自己的旅行计划，不去希腊和君士坦丁堡了——而要到西里西亚去！我对您说，这样一来，甚至使人感到难为情，如果我不知道、不深深地感觉到我是那么热烈地和深情地爱着安——夫，我会觉得这次旅行是不愉快和索然无味的了。我想乘头一班轮船启程……"

圣彼得堡，1847年4月12日

"我现在给您写几句，我亲爱的屠。您在第二封信里曾对我儿子身体健康表示高兴，可是在接到这封信后不久，他就死了。这事把我折磨得疲惫不堪。我不是在生活，而是在慢慢地死去。还是讲正事吧。我已买好了去斯德丁的轮船的船票，5月4日开船……"

5月9日我在斯德丁与别林斯基见面，我是在那里迎接他的。有人从圣彼得堡给我来信说，他那个才三个月的儿子的死，给了他非言语所能形容的打击。在这之后不到一年，他也相继去世了。

从那时起，已经过去了20多年——现在我召唤出了他的英魂……我不知道我在多大程度上向读者说明了他的形象的主要特点；但是他与我待在一起，出现在我记忆中，我已心满意足了……

他是一个堂堂男子！③

1868年

---

① 指安年科夫（1812～1887），俄国批评家和政论家。
② 指赫尔岑。
③ 引自《哈姆雷特》第1幕第2场。

第一个补充

我接到了阿·德·加拉霍夫①就这篇关于别林斯基的文章（大家知道，它发表在《欧洲导报》上）所写的一封信。我摘出信中的一段发表在这里。这位可敬的学者在文学史和批评方面发表的意见受到应有尊重和有一定的权威性，他信中所说的话在某种程度上对我的观点作了补充：

"……至于说到文学见解或事实方面的错误，我一个也没有看到。我只能指出一个我认为不够确切的地方。您说，别林斯基把艺术看作是人的活动的一个合情合理的特殊领域，并不推崇为艺术而艺术的理论，并引他对普希金的《群氓》的意见作为证明。我觉得情况不完全是这样，至少在时间上有出入。别林斯基的意见是在您认识他的时候发表的。在这之前（1843年之前），他就同时给《杂谈报》和《望远镜》、《观察家》和《祖国纪事》撰稿了。从他在这些报刊（尤其是《观察家》上发表的）某些批评文章可以看出，他承认'艺术的目的是艺术本身'这一著名公式的正确性。他对闵采尔发起猛烈攻击（在《祖国纪事》上），不正是因为闵采尔在其《德国文学史》中使艺术的目的服从文学领域之外的目的，要求它为政治、社会以及其他方面服务，并从这个观点出发批评歌德而赞扬席勒吗？我记得有一次我上他那里去，他以真诚的热情给我看黑格尔和歌德的画像，把他们看作是纯思想和纯艺术的最高代表。"

接着，阿·德·加拉霍夫为了增加自己的话的分量，从不久前出版的亚·斯坦凯维奇的《季·尼·格拉诺夫斯基》一书中引了一段话（第114～115页）：

"显而易见，我应作一些说明。我认识别林斯基的时候，他的观点同我所说的完全一样：他在这之前不久改变了观点。他身上政治的特点开始再一次强烈地表现出来了。"

---

① 加拉霍夫（1807～1892），俄国文史学家。

第二个补充

  亚·尼·佩平[①]在其撰写的那部著名的别林斯基传记中，反驳了我对别林斯基性格中称之为非政治因素的看法，认为他的"克制"是对当时的特殊环境的一种避免不了的让步。我乐意同意这位可敬的学者的意见，因为佩平先生对我们的伟大批评家的性格的这个方面的评价很可能比我正确，我认为有责任向读者说明这一点。我提到的那团"火"，尽管不是任何时候都能冒出来，但是从来没有在他心里熄灭过。

1879 年 9 月，巴黎

[①] 佩平（1833～1904），俄国文学史家。

果戈理[1]

（茹科夫斯基，克雷洛夫，莱蒙托夫，扎戈斯金）

我是由已故的米哈依尔·谢苗诺维奇·谢普金带去见果戈理的。我记得我们去拜访的那一天是1851年10月20日。当时果戈理住在莫斯科尼基塔街塔雷津公寓托尔斯泰[2]伯爵家。我们在下午一时到达，他立刻接待了我们。他住的房间在前室附近靠右首的地方。我们进了门，就看见果戈理手里拿着笔站在高写字台的前面。他身穿深色大衣、绿色天鹅绒背心和褐色裤子。在那天之前的一个星期，我曾在剧院上演《钦差大臣》时在那里见过他；他坐在二楼包厢里，紧挨着门边，伸出脖子，带着神经质的焦急不安，从两位健壮的太太的肩膀上不时向台上张望，这两位太太正好成为挡住好奇的观众视线的屏障。把他指给我看的是与我坐在一起的ф[3]。我很快转过头来看他，他大概发现了这个动作，于是朝后面的角落里挪了挪。他从1841年以来发生了很大变化，这使我大为惊讶。当时我曾在阿夫多季娅·彼

---

[1] 初次刊印于1869年出版的《屠格涅夫文集》第1卷。此文构思于1868年，大约于1869年7～8月间写成。

[2] 亚历山大·彼得罗维奇·托尔斯泰（1801～1873），果戈理的朋友，曾任东正教最高会议检察官，对果戈理的思想发展有过不小的影响。

[3] 指费奥克季斯托夫（1829～1898），俄国文学家、新闻工作者和历史学家。

得罗夫娜·叶——娜①家见过他两三次。那时他看起来像一个矮小结实的小俄罗斯人；如今使人觉得是一个饱经生活折磨的枯瘦而疲惫不堪的人。在他脸部的经常是诚挚的表情中，掺杂着一种内心的痛苦和忧虑，一种忧愁和不安。

他一见我和谢普金，便愉快地迎了上来，握了握我的手，说道："我们早就该认识了。"我们坐了下来。我同他并排坐在一张宽大的沙发上，米哈依尔·谢苗诺维奇坐在他旁边的安乐椅上。我便更加仔细地观察他的面貌。他的浅色头发像通常哥萨克的头发一样，从鬓角上一直披下来，还保持着青春的色泽，但是已明显地变得稀疏了；他那缓缓向上倾斜的、平整白净的前额，还像从前一样使人感到富有智慧；一双褐色的不大的眼睛有时闪现出愉快的表情——是愉快而不是嘲笑，但是总的说来目光令人觉得是疲惫的。尖尖的大鼻子给果戈理的面貌增添了某种狡黠的、狐狸般的东西；他那修剪过的胡子底下的浮肿柔软的嘴唇也给人以不好的印象；嘴唇的模糊的轮廓表现出——至少我觉得是这样——他的性格的不好的一面：当他说话的时候，嘴唇就讨厌地张开，露出一排难看的牙齿；小小的下巴颏深埋在黑色天鹅绒的宽阔领结里。果戈理的仪表和动作不像大学教授，而像中小学教员，使人想起外省的男女中学教师。望着他，不由得会想道："你是一个多么聪明、古怪和病态的人啊！"记得我和米哈依尔·谢苗诺维奇到他那里去，是去见一个精神有点失常的非凡的天才人物的……全莫斯科的人都对他有这样的看法。米哈依尔·谢苗诺维奇警告我，说不要对他谈起《死魂灵》的续篇，也就是说，不要谈起他花了那么多时间和精力的第二部，大家知道，他在去世前把它焚毁了；说他不喜欢这个话题。关于《与友人书简选》我自己也不会主动提到它，因为没有任何好话可说。不过，我也不准备进行任何谈话，我只是渴望见到这个人，他的作品我几乎全部能背诵出来。对现在的年轻人甚至很难说明白当时他的吸引力之大，而今天就没有一个众望所归的人物。

---

① 指叶拉金娜（1789～1877），她家的文学沙龙非常出名。

谢普金事先就对我说，果戈理不大健谈；实际情况并不如此。果戈理话说得很多，兴致很好，他从容不迫地、清清楚楚地吐出每一个字，这不仅不觉得不自然，相反，给他的话语增添了某种令人愉快的分量和感染力。他说话时非重读"O"仍发"O"音，我没有发觉有大俄罗斯人听起来不大悦耳的其他特点。一切都很谐和、流畅，听起来津津有味，很恰当。他开头给我的那种疲惫、病态、神经质的焦躁的印象消失了。他谈到文学的意义和作家的使命，谈到应该如何对待自己的作品，发表了几条关于创作过程本身，关于（如果可以这样说的话）写作生理学的透彻正确的意见；而这一切都是用形象的、独特的语言说的，就我所能观察到的情况来看，他事先并没有做任何准备，而"名流"们往往都是那样做的。他谈到书报检查制度，几乎用的是颂扬的语气，几乎赞同它，把它说成是帮助作家提高技能、增强保护自己作品的能力、锻炼自己的耐心以及发扬其他许多基督教的和世俗的美德的手段，只有在这时，我觉得他说的是事先准备好的话。同时，用这种方式来证明书刊检查的必要性，岂不意味着提倡、并且几乎是赞扬奴性十足的狡诈和刁滑作风吗？我还能接受一位意大利诗人的下列诗句："我们是奴隶……是这样；不过是永远处于愤怒中的奴隶。"①但是对洋洋自得的奴隶般的顺从和欺诈则不能容忍！最好不谈这些。在果戈理的这些谰言和议论中，那些身居高位的大人物的影响太明显了，他的《与友人书简选》大部分是献给他们的；这种腐朽平淡的气味，都来自那里。总之，我很快感觉到，在果戈理和我的世界观之间，有着一道鸿沟。我们憎恨的不是同一个东西，喜爱的也不是同一个东西；但是在那个时刻，在我眼里这一切没有什么重要性。当时在我面前的是一位伟大的诗人，一位伟大的艺术家，甚至在不同意他的意见的时候，我也以崇敬的心情望着他，听着他的话。

果戈理大概知道我与别林斯基、与伊斯坎德尔②的关系；关于别林斯基、关于别林斯基给他的信，他一字未提，好像这个名字会灼痛他的嘴唇似的。但是那时，刚刚发表了——在一个国外的刊物上——

---

① 原文为意大利文。

② 即赫尔岑。

伊斯坎德尔的文章①，作者在文章里就声名狼藉的《与友人书简选》责备果戈理背离昔日的信念。果戈理自己谈起这篇文章。从他死后发表的信件中（假如出版者能删掉其中的三分之二或者至少删掉所有写给上流社会的太太们的信，那么对果戈理来说将是做了一件多么大的好事啊……这是傲慢和奉承巴结、伪善和虚荣、预言家的口气和食客的腔调的混合物，在文学里再没有比这更可厌的东西了！）我们得知，他的《书简选》的完全失败，给他的心灵造成了无法治愈的创伤，而这次失败是当时舆论界的少数令人快慰的表现之一，不能不对此表示欢迎。我和已故的米·谢·谢普金曾经亲眼看到——在我们拜访他的那一天——这个创伤是多么疼痛。果戈理开始用突然变了的、急促的声音对我们说，他不能理解，为什么某些人在他从前的作品中看出有某种反对派立场，看出有某种他后来背弃了的东西；他说，他从来都遵循同样的宗教原则和保守的原则，为了证明这一点，他打算向我们提出他的一本早已出版的书中的某些段落……说完这几句话，果戈理几乎像年轻人一样敏捷地从沙发上一跃而起，跑到隔壁的房间去。米哈依尔·谢苗诺维奇只是扬了扬眉毛，伸出了食指……他低声对我说："从来没有见过他这种样子。"……

果戈理手里拿着一本《小品集》回来了，便从充满这个集子的幼稚而词藻华丽、空洞得令人厌烦的文章中挑出几段，开始念了起来。记得讲的是实行严格的制度和绝对服从当局等等必要性②。果戈理强调说："您们瞧，我从前也一直是这样想的，发表的看法也跟现在一样！……为什么要责备我叛变、变节……为什么要这样对待我？"说这话的竟是曾经上演过的剧本当中最富于否定精神的喜剧《钦差大臣》的作者！我和谢普金没有说话。果戈理最后把书扔到桌上，重新谈起艺术和戏剧；他说，他对《钦差大臣》的演员们的表演很不满意，因为他们"把握不住声调"，他还说，他准备把整个剧本从头至尾对他们朗诵一遍。谢普金抓住了这句话，马上同他谈妥了在何时何

---

① 指赫尔岑的《论俄国革命思想的发展》一文，此文于1851年以小册子的形式用法语在巴黎出版。

② 大概读的是果戈理的《论通史教学》一文的片断。

地朗诵。有一位年老的太太来看果戈理,她给果戈理带来了一块露出一小部分的圣饼。我们便走了。

　　大约过了两天[1],果戈理便在他居住的那座房子的一个大厅里朗诵《钦差大臣》。我恳求允许我出席这次朗诵会。听众之中有已故的舍维廖夫[2]教授以及——如果我没有记错的话——波戈金等人。使我大为惊讶的是,远不是所有参加《钦差大臣》演出的男演员都应果戈理的邀请出席了;他们觉得不痛快,因为这仿佛是想要开导他们!女演员同样一个也没有来。根据我的观察,对他的提议的这种冷淡的和微弱的反应使果戈理很伤心……大家知道,他是很少屈尊参加此类活动的。他的脸带有一种忧郁而冷淡的表情,眼睛用怀疑的目光警觉地注视着。那一天他看起来完全像一个病人。他开始朗读后,便逐渐变得活跃起来,双颊泛起淡淡的红晕,眼睛睁得大大的,变得明亮起来。果戈理朗读得很出色……我当时是第一次、也是最后一次听他朗读。狄更斯朗诵得也很出色,可以说,他是在表演他的小说,他的朗诵是戏剧性的,几乎是演出式的;他一个人能顶几个一流演员,能够叫你时而笑,时而哭。相反,果戈理使我感到惊讶的是他那非常朴实和稳重的样子,他的一种矜持的,同时又是质朴的真诚,仿佛对他来说,这里有没有听众,他们想些什么都无所谓。看样子果戈理关心的只是如何深入体会对他本人来说是新的主题,如何更正确地把自己的感受表达出来。效果异乎寻常,尤其是在读到滑稽幽默的地方的时候;叫人听了不能不发笑,不能不发出善良的、健康的笑声;而那位给人带来快乐的人继续朗读着,并不理会大家的欢笑,好像内心对此感到奇怪似的,愈来愈专心致志地朗读,只不过有时在嘴唇上和眼睛旁边若隐若现地露出一个大师调皮的微笑。当果戈理读到县长关于两只耗子的著名台词(在剧本一开头)"出来了,闹了一阵,又跑回去啦!"时,他的语气是多么困惑和多么惊奇啊!他甚至慢慢地向我们环视了一下,好像要我们解释一下这件奇怪的事情似的。我这时

---

[1] 根据达尼列夫斯基的特写《与果戈理的结识》,朗诵是在1851年11月5日进行的。
[2] 舍维廖夫(1806~1864),莫斯科大学文学教授。

才知道，通常《钦差大臣》在舞台上演出时，那种尽快逗观众发笑的做法是根本不对的、肤浅的。我坐在那里，心里有一种非常愉快和深受感动的感觉，这对我来说是真正的盛宴和佳节。可惜的是，它没有延续多久。果戈理还没有来得及读完第一幕的一半，门突然嘎吱一声开了，一个年纪还很轻，但已非常惹人厌烦的文学家①匆匆地微笑着和点点头，快步穿过整个房间，并且不向任何人打个招呼，急忙在角落里找个座位坐下。果戈理停住了，他抬起手使劲打了打铃，怒冲冲地对进来的看门人说："我不是叫你不要放任何人进来吗！"年轻的文学家在椅子上稍微动了动，不过一点也不发窘。果戈理喝了点水，重新开始朗读；但这已完全不是刚才的样子了。他急于念完，念得声音又低又不清楚，许多词没有念完，有时他漏掉整个整个的句子，这时只挥挥手。年轻文学家的突然到来破坏了他的情绪，显然他的神经经不住任何微小的刺激。只有在赫列斯塔科夫撒谎的那个著名场面，果戈理的精神才重新振作起来，他提高了嗓门；他想要给扮演赫列斯塔科夫的演员示范，应当如何表演这确实是很难的段落。我觉得这个段落经过果戈理的朗诵显得自然而逼真。赫列斯塔科夫被他所处的奇怪的地位，被他周围的人以及自己的轻佻和机灵弄得得意忘形了；他知道他在撒谎并且相信自己的谎言：这是一种类似陶醉、急中生智和胡编的快乐的东西，这不是简单的谎言，不是简单的夸口。他自己本人也被"卷进去"了。"请愿的人在前厅里像一窝蜂似的吵吵嚷嚷，三万五千名信使在驰骋，而那些傻瓜们竖起耳朵听着，我是交际界的一个多么机敏、多么调皮的年轻人啊！"果戈理朗读的赫列斯塔科夫的独白给人的印象就是这样。但是总的说来，那天《钦差大臣》的朗读——如同果戈理自己所说的那样——只不过是一种暗示，一个草图；一切都是由那个不请自来的文学家造成的，此人如此不懂礼貌，大家走后他居然还留在脸色苍白、疲惫无力的果戈理那里，跟着他钻进了他的书房。我在前室同果戈理告别，此后就再也没有见过他；但是他这个人还注定要对我的一生产生重大的影响。

---

① 指的是达尼列夫斯基（1829～1890），俄国小说家，屠格涅夫对他的创作持否定态度。

翌年，即1852年的2月底，上午我正在贵族会议大厅参加不久就停止活动的访贫协会的一次会议，突然发现伊·伊·巴纳耶夫急匆匆地从这个人身边跑到那个人身边，显然是在告诉他们之中的每一个人一个意外的和不愉快的消息，因为每个人的脸上立刻露出惊讶和悲痛的表情。巴纳耶夫最后也跑到我身边，带着微笑，用冷淡的声调说："你知道吗，果戈理在莫斯科去世了。是的，是的……把所有文稿烧了，就死了。"说完，继续向前跑去。毫无疑问，巴纳耶夫作为一个文学家，对这样的损失内心是悲痛的，何况他有一颗善良的心，但是他第一个把这个令人震惊的新闻告诉别人（冷淡的声调用来更充分地显示他的高傲），又使他很高兴，这种高兴、这种乐趣压倒了他心中任何其他的感情。在彼得堡，关于果戈理患病的风言风语已流传了好几天，但是谁也没有料到会有这样的结局。我根据听到这个消息后的最初的感触，写了以下一篇不大的文章：

彼得堡来信[①]

果戈理死了！哪个俄罗斯人的心灵不受这句话所震撼呢？他死了。我们的损失是这样的严重，是这样的突如其来，以至于我们还不愿意相信这是事实。正当我们还可指望他最后会打破长期的沉默，不辜负我们的耐心期待和给我们带来好消息的时候，却传来了这个噩耗！是的，他死了，他的死现在使我们有权利，有这痛苦的权利称这个人为伟大的人；这个人的名字标志着我国文学史上的一个时代；我们把这个人当作我们的一种光荣而引以自豪！他死了，像他的极其高尚的前辈一样，正在年富力强时倒下了，没有完成已开始的事业……他的去世造成的损失，重新引起了由那些难忘的损失产生的悲痛，如同新的伤口引起旧的伤口的疼痛一样。现在不是谈论他的全部功绩的时候，这里也不是谈论他的功绩的地方，这是未来的批评家们的事；应当相信，批评家们会理解自己的任务，用后代评判像他那样的人所用的公正的、然而是充满敬爱的评语来评价他；但是现在顾不上这

[①] 发表于《莫斯科新闻》1852年3月13日，第32号，第328～329页。——作者注

样做，我们只想对我们感觉到的那种弥漫在我们周围各处的巨大悲痛做出反应；我们想要做的事不是评价他，而是痛哭一场；我们现在无法平心静气地谈论果戈理……泪水沾湿的眼睛看不清最亲爱的、最熟悉的形象……在莫斯科安葬他的那一天，我们真想从这里向它伸出手去——与它共同哀悼。我们不能最后一次看一看他的已无生气的脸，但是我们要向他遥致告别的敬礼——并且恭恭敬敬地对着他的新坟表示我们的悲痛和我们的热爱，因为我们不能像莫斯科人那样，向它投上一把故乡的泥土！想到他的遗体将安息在莫斯科，我们便有一种悲伤而又满意的感觉。是的，就让他在那里，在俄罗斯的心脏安息吧，他是那么深刻地了解和那么热爱俄罗斯。他爱俄罗斯爱得那么热烈，只有轻浮的或近视的人们才感觉不出他所说的每句话里所包含的爱的火焰！但是一想到他的天才结出的最后的、最成熟的果实已经无可挽回地毁坏时，我们便会感到说不出的难过——我们正坐立不安地听着关于它已被毁掉的可怕流言的传播……

少数人会觉得我们的话过于夸大或者甚至认为完全不得当，对这些人，大概不必理睬……死亡具有净化和调和的力量，诬蔑和嫉妒，敌视和误会——所有这一切在最普通的坟墓前都会停息；它们在果戈理坟前不会表现出来。不管历史最后给他以什么样的地位，我们都深信，谁也不会拒绝就在现在跟着我们说这样的话：

让他安息吧，他的一生将永志不忘，他的英名将永垂不朽！

屠……夫①

我把这篇文章寄给彼得堡的一家刊物②；但是正好在这时候，

---

① 这篇文章（当时有人非常正确地说过，没有一个富商的死会在杂志上引起比这更热烈的反响）使我想起了以下一件事：一位地位很高的太太——在彼得堡——认为，我因这篇文章受到的惩罚是冤枉的——至少过于严厉，过于残酷……一句话，她热烈地为我鸣不平。有一个人对她说："可是您不知道，他在自己的文章里称果戈理为伟大人物！"——"不可能！"——"我向您担保。"——"啊！既然如此，我什么也不说了：je regrette' mais je comprends qu'on ait dû sévir.（我感到惋惜，但是我懂得是应该进行严厉惩罚的。）——作者注

② 应为报纸，指《彼得堡新闻》。

书报检查从某时起变得极为严格了……此类"渐强"①出现得相当经常，而且——从旁观者看来——是无缘无故的，如同瘟疫流行时死亡率的增加一样。我的文章在寄走后的数天内没有发表出来。我在街上遇到报纸发行人时便问他：这会是什么意思？他隐晦地回答我说："瞧这气候，连想都不用想。"我说："可是那文章是最没有问题的呀。"发行人反驳说："没有问题也好，有问题也好，问题不在这里；果戈理的名字根本不让提。扎克列夫斯基②披着安德烈勋章绶带出席了葬礼：在这里这样的事是不容许的。"不久后，我接到一个朋友从莫斯科的来信，信中充满着责备的话。他激动地写道："怎么！果戈理死了，彼得堡哪怕有一家杂志对此做出反应也好！这种沉默是可耻的！"我在回信中对我的朋友解释了——我承认我的用词相当激烈——这种沉默的原因，为了证明这点，我把被禁的文章作为材料附上。他立即把文章呈交当时的莫斯科区督学纳齐莫夫③将军审阅，并从将军那里得到了在《莫斯科新闻》上发表它的许可。这是3月中旬的事，而到4月16日，我就以不听话和违反书报检查规则的罪名在区警察分局监禁一个月（头24个小时我是在牢房里度过的，曾同一位非常有礼貌和有教养的警察士官谈过话，他向我叙述了他在夏园的散步和"鸟儿的气味"），然后被遣送到农村居住④。我完全无意责备当时的政府；圣彼得堡区督学、现在已过世的穆辛·普希金⑤——出于我所不知道的意图——把整个事情说成是我公然不服从命令；他毫不犹豫地向上级报告说，他曾亲自召见我，亲手把检查委员会禁止发表我的文章的禁令交给我（按照当时的政令，一个检查官的禁令不能妨碍我把文章交给另一个检查官去评判），而穆辛·普希金先生我连见都没有见过，没有和他进行过任何解释。政府是不可能怀疑一个高级官员、一个它所委任的人有这种歪曲事情真相的行为的！但是一切

---

① 原文为意大利文。
② 扎克列夫斯基（1783～1865），1848至1859年间任莫斯科军事总督。
③ 纳齐莫夫（1802～1874），1849至1855年曾任莫斯科区督学兼莫斯科书报检查委员会主席。
④ 屠格涅夫于1852年5月18（30）日被遣送到斯帕斯科耶-卢托维诺沃居住。
⑤ 穆辛·普希金（1795～1862），彼得堡区督学兼书报检查委员会主席。

都向好的方向发展；我的被捕以及后来在农村居住，给我带来了确实无疑的好处，这使我接触到了俄国生活中的一些方面，在通常的情况下，这些方面大概会被我所忽视。

在写完前面的那一行时我才回想起，我与果戈理的第一次见面要比开头所说的早得多。确切地说，1835年当时他在彼得堡大学讲授（！）历史的时候，我曾是听他讲课的学生之一。说老实话，这教书的方式是很奇特的。第一，果戈理在三次讲课中一定会缺席两次；第二，即使他在讲台上出现，他也不是正常地说话，而是低声说些不连贯的东西，给我们看一些描绘巴勒斯坦和其他东方国家的风景的钢板画，而且动不动就发窘。我们大家都深信（并且我们不见得是错的），他对历史一无所知①，我们的教授果戈理·雅诺夫斯基先生（在课程表上是这样称呼他的）与那位作为《狄康卡近乡夜话》的作者已为我们所知的作家果戈理毫无共同之点。他在所教课程举行毕业考试时，像害牙痛一样包着一块头巾，完全哭丧着脸坐在那里，一言不发。伊·彼·舒尔金②教授替他考问学生们。他那瘦瘦的、长着一个大鼻子的面貌，他所系的那块黑色丝巾的像耳朵一样高高翘起的两角，至今犹历历在目。毫无疑问，他自己清楚地知道自己所处地位的可笑和尴尬，便在那一年辞职了。然而这并不妨碍他感慨地说道："我在得不到公认的情况下走上讲台，同时在得不到公认的情况下走下讲台！"他天生就是为了做他的同时代人的导师的，只不过不是通过讲课的方式。

在前面的（第一个）片断里，我提到了与普希金的会见，顺便也想说几句关于我所见过的其他已故的文学名人的话。先从茹科夫斯基开始。他在1812年③之后不久住在别列夫县自己村子里时，曾几次到我的母亲——当时尚未出嫁——在姆岑斯克的领地④来看她；甚

---

① 屠格涅夫的这个看法是不对的，果戈理喜爱和熟悉历史，只不过他缺乏讲课的才能。
② 舒尔金（1795～1869），彼得堡大学历史教授。
③ 卫国战争之年。
④ 即奥廖尔省姆岑斯克县的斯帕斯科耶-卢托维诺沃村。

至流传下来这样的传说，说他在家里演出的一出剧里扮演过魔法师的角色，我也似乎在父母家的仓库里见过他戴过的那顶缀着金星的高帽。但是从那时起，许多年过去了，大概他偶然地和匆匆地认识的这个乡下姑娘已在他记忆中消失了。在我们家迁居彼得堡的那一年（当时我才16岁），我的母亲突然想要让瓦西里·安德烈耶维奇①想起她来。她在他的命名日前绣了一个很漂亮的天鹅绒枕头，并派我把它送到冬宫里去给他②。我需要作自我介绍，说明是谁的儿子，然后呈上礼物。但是当我置身于巨大的、在这之前未见过的宫殿里时，当我穿过长长的石头的走廊登上石头的阶梯，不时碰到也像石头似的一动不动的卫兵时，当我最后找到了茹科夫斯基的住所，来到一个身高三俄尺，穿着所有缝口都有金银边饰，边饰上绣有老鹰的红制服的仆人面前时，我是那样地战战兢兢，感到那样的胆怯，以至于我走到穿红制服的仆人领我去的书房，看见诗人本人那张沉思而亲切、庄重而有些惊讶的脸从又长又高的写字台后面望着我时，尽管我做出最大的努力，但是说不出一句话来，如同常说的那样，舌头粘在喉咙上了。我羞得浑身发烧，几乎含着眼泪一动不动地站在门槛旁，只是伸出像托着行洗礼时的婴孩一样托着那个倒霉枕头的双手，把礼物递过去，我现在还记得，在那枕头上面绣着一个穿中世纪衣服，肩上有一只鹦鹉的姑娘。我的窘态大概在茹科夫斯基善良的心中引起了怜悯，他走到我跟前，轻轻地接过我手中的枕头，请我坐下，宽厚地与我说起话来。我最后终于向他说明了事情的前因后果，说完便尽快地急忙跑走了。

在当时，茹科夫斯基作为一个诗人，已在我眼里失去了他原先的意义；但是我仍然为我们的那次虽说是不顺当的会见感到高兴。回到家后，我以一种特殊的感情回想起他的微笑，他的亲切的声音，他的缓慢的和令人愉快的动作。茹科夫斯基的画像几乎都很相像；他的面貌不是属于难于捉摸的和经常变化的那一种。我们的父辈们把这位

---

① 茹科夫斯基的名字和父名。

② 当时茹科夫斯基任皇太子、后来的沙皇亚历山大二世的教师，住在皇宫里。

"俄国军营里的歌手"①想象为羸弱多病的青年，到1834年，在他身上这种样子当然连一点痕迹也没有了；他成为一个威严的，几乎是富态的人。他的脸稍稍有点浮肿，呈乳白色，没有皱纹，神态安详；他的头向前倾，仿佛在倾听和思考似的；纤细稀疏的头发一绺一绺地朝着几乎完全光秃的头顶上梳；在他那深色的、像中国人那样眼角翘起的眼睛的深沉目光里，闪现出温和和慈善，而在相当肥大、但轮廓端正的嘴唇上，经常有一种勉强看得出来的，然而是真诚的微笑，流露出好意和亲热。他的半东方的血统（大家知道，他的母亲是土耳其人②）在他整个面貌中显示出来。

几个星期后，我们家的老朋友、出色的典型人物沃因·伊万诺维奇·古巴廖夫再一次带领我去见茹科夫斯基。古巴廖夫是奥廖尔省克罗梅县的一个不甚富裕的地主，他在还很年轻的时候，曾与茹科夫斯基、勃卢多夫③、乌瓦罗夫关系非常密切；他在他们的小组里是法国哲学、怀疑主义、百科全书派和唯理论的代表，总之，是18世纪的代表。古巴廖夫法语讲得非常好，熟读伏尔泰的著作，把伏尔泰放在至高无上的地位；其他的著作家的作品他大概没有读过；他的才智纯粹是法国式的，还得赶紧补充一句，是革命前的。至今我还记得他那几乎是接连不断的、响亮的和冷冷的笑声，他的放肆的，有些玩世不恭的议论和行为。光是他的外表，就使他注定要过孤独的、独立的生活。这是一个其貌不扬的胖人，脑袋很大，长着一脸麻子，带有长年居住外省所留下的印记；但他仍旧完全是一个"人物"，虽然身着小贵族的寒酸的上衣，在家时穿着一双擦上油的皮靴，但是保持着悠闲自得的态度，甚至优雅的举止。我不知道他为什么没有像他的朋友那样飞黄腾达，取得功名利禄。大概是因为他缺乏应有的坚持不懈精神，没有去追求功名的缘故，因为功名心是与他从自己的榜样伏尔泰那里学来的半冷漠、半嘲弄人的享乐主义不大相容的；而他不认为

---

① 茹科夫斯基曾写过一首题为《俄国军营里的歌手》的诗。
② 茹科夫斯基是他父亲和女管家、土耳其人萨尔哈的儿子。
③ 勃卢多夫（1785～1864），俄国政治活动家。

自己有文学才能，命运女神又不对他微笑——于是他就隐退了，消失了，成为一个孤苦伶仃的人。但是考察一下这个僵硬的伏尔泰主义者在青年时代如何与自己的朋友、未来的"抒情叙事诗作者"和席勒作品的译者①交往是很有意思的！简直想不出还有更加矛盾的事情；但是生活本身不是别的，正是不断克服的矛盾。

茹科夫斯基——在彼得堡——想起了自己的老朋友，没有忘记用什么可以使他高兴，他送给古巴廖夫一部新的、装帧精美的《伏尔泰全集》。据说，在古巴廖夫去世前不久——而他活得很长——邻居们看见他坐在那半倒塌的茅屋里的一张简陋的桌子旁，桌上放着他的著名朋友送给他的书。他小心翼翼地翻动着心爱的书的金边书页，在大草原的穷乡僻壤里，像在青年时代那样真诚地以书中的连珠的妙语自娱，想当年腓特烈大帝②在无忧宫③和叶卡捷琳娜二世④在皇村曾用它们来解闷。对他来说，另一种智慧、另一种诗歌和另一种哲学是不存在的。当然，这并不妨碍他在脖子上挂着一大堆神像和护身香囊，并听从一个不识字的女管家的支使……矛盾的逻辑！

在这之后，我和茹科夫斯基再也没有见过面。

克雷洛夫我只见过一次——这是在一个官衔很高，但碌碌无能的彼得堡文学家⑤的晚会上。他在两扇窗户之间一动不动地坐了三个多小时，居然一句话也没有说！他身穿一件宽大的旧燕尾服，围着白围巾，饰有流苏的靴子紧裹着他的肥大的脚。他用双手撑在膝盖上，甚至没有转动他那巨大沉重而傲慢的脑袋，只有眼睛不时在下垂的眉毛下转动一下。弄不清楚他在干什么，是在听别人说话和默默记在心里，还是只不过就这样坐着和"存在"着？在那张宽大的、无疑是俄罗斯人的脸上，既没有睡意，也没有专注的神情，有的只是巨大的智慧，还有根深蒂固的慵困，有时某种调皮的东西想要表现出来，

---

① 指茹科夫斯基。
② 腓特烈大帝（1712～1786），即腓特烈二世，普鲁士国王。
③ 无忧宫（Sans-Souci），腓特烈二世的行宫，在波茨坦。
④ 叶卡捷琳娜二世（1729～1796），俄国女皇。
⑤ 可能指的是卡尔戈弗。

却又不能——或者是不想——冲破这老年人的整个脂肪层……主人最后请他吃晚饭。"为你做了洋姜乳猪,伊万·安德烈耶维奇①。"主人匆匆忙忙地说道,好像在履行一次不可回避的义务。克雷洛夫朝他看了一眼,用的是又像是亲切,又像是嘲弄的目光……"真的一定要吃乳猪?"他心里似乎这样说,于是笨重地站起来,笨重地两脚蹭着地走,来到餐桌旁自己的座位上坐下。

莱蒙托夫我也总共只见过两次:一次是在彼得堡的一位贵妇人沙——卡娅公爵夫人②家里,另一次是几天后在贵族俱乐部举行的1839年除夕假面舞会上。我很少参加上流社会的晚会,并且还不习惯,因此在沙——卡娅公爵夫人家里我躲在角落里,从那里远远地观察这位一举成名的诗人。他在沙发前的一张低矮的凳子上坐下,而坐在沙发上的是一个身穿黑色衣服的浅头发的女人,这是当时首都的美女之一穆·普伯爵夫人③——这是一个真正非常可爱的女人,可惜很早就去世了。莱蒙托夫身上穿着骠骑兵团的禁卫军制服,他没有取下军刀,也没有脱手套,弯下腰,皱起眉头,忧郁地不时瞧瞧伯爵夫人。伯爵夫人很少和他说话,她更多地答理坐在莱蒙托夫身旁,也是骠骑兵的舒——夫伯爵④。莱蒙托夫的外表有一种不祥的、悲剧性的东西,他的黝黑的脸,他的那双目光呆滞的深色的大眼睛使人感到有一种阴暗而凶恶的力量,流露出深沉的鄙视和激情。他的沉重的目光与他几乎是孩子般的娇嫩的和鼓出的嘴唇的表情出奇地不协调。他身材矮壮,罗圈腿,在拱起来的宽肩膀上长着一个大脑袋,他的整个身形使人产生一种不愉快的感觉;但是任何人马上会意识到他所固有的巨大力量。大家知道,他在某种程度上在毕巧林⑤的形象中描绘了自己本人。"他在笑的时候他的眼睛并不笑"⑥等等——这些描写确实能

---

① 克雷洛夫的名字和父名。
② 指沙霍夫卡娅公爵夫人。究竟具体指哪一位,已无法考证。
③ 指穆辛娜·普希金娜(1810~1846)。莱蒙托夫曾写诗献给她。
④ 指舒瓦洛夫伯爵(1816~1876),莱蒙托夫在骠骑兵团的同事。
⑤ 莱蒙托夫的《当代英雄》中的主人公。
⑥ 见《当代英雄》,第280页。《莱蒙托夫文集》,1860年出版。——作者注

应用到他身上。记得舒——夫伯爵和他的女交谈者不知为什么笑了起来，而且笑了很久；莱蒙托夫也笑了，但是同时带着某种令人难受的惊讶打量着他们俩。尽管如此，我仍然觉得，舒——夫伯爵作为一个同事他是敬爱的，他对伯爵夫人也怀有一种友好的感情。毫无疑问，他顺应那时的风气，故意模仿拜伦的作风，并且掺杂上另一些更坏的花样和怪癖。他为此付出的代价太大了！莱蒙托夫内心里大概感到很苦闷；命运把他推进到一个狭小的环境里，使他喘不过气来。在贵族俱乐部的舞会上，他不得安宁，人们不断地纠缠他，拉他跳舞；戴着假面的人一个接一个前来，而他几乎没有离开座位，默默地听着他们的尖叫，用阴暗的眼睛依次望着他们。我当时觉得，我在他脸上捉摸到了诗兴大发时的优美表情。也许他脑子里出现了这样的诗句：

每当多时来早已不再畏缩的纤手
不断带着那种城市女郎放荡不羁的大胆
碰到我那冰冷的两手的时候①……

下面再就一位已故的文学家顺便说两句，虽然他属于"小神"②之列，无论如何不能与上面所说的几位相提并论——我要说的就是米·尼·扎戈斯金。他是我的父亲的密友，30 年代，在我们居住莫斯科期间，他几乎每天都到我们家来。他的《尤里·米洛斯拉夫斯基》③是我一生中第一部给我以强烈印象的文学作品。这部著名的小说是我在某位魏登哈默尔先生所办的寄宿学校里求学时发表的④；我们的俄语教师——他又是我们的学监——在课间休息时对我的同学们讲了小说的内容。我们是多么贪婪地听着他讲米洛斯拉夫斯基的仆人基尔沙、阿列克谢和强盗奥姆利亚什的奇遇啊！但是奇怪得很！我觉得《尤里·米洛斯拉夫斯基》是一部完美的神奇作品，而对它的作者米·尼·扎戈斯金却相当冷淡。要对这个事实作出解释并不难：米哈

---

① 引自莱蒙托夫的《常常，我被包围在红红绿绿的人群中》（1840）一诗。
② 原文为拉丁文。
③ 此书又名《1612 年的俄国人》，出版于 1829 年。
④ 此处不确切。扎戈斯金的小说发表时，屠格涅夫已在另一所寄宿学校上学。

依尔·尼古拉耶维奇①给人的印象不仅不能加强他的小说所引起的崇敬和欣喜的感情,相反还会减弱它。扎戈斯金身上没有表现出任何雄伟的、任何命中注定的、任何能激发年轻人的想象的东西;说实话,他甚至是相当可笑的,而他少有的温厚又不能得到我应有的重视:这个品质在轻浮的青年的眼里是没有意义的。扎戈斯金的形象本身,他的奇怪的、好像被压扁的脑袋,四方形的脸,老是戴着的眼镜后面鼓出的眼珠,近视的和呆滞的目光,当他惊讶时或者甚至只是在平常说话时眉毛、嘴唇、鼻子的异常的搐动,突如其来的感叹,手的挥动,把他短短的下巴分成两半的深深的凹陷——他身上的这一切我都觉得是古怪的、笨拙的、可笑的。再加上他有三个也是相当可笑的地方:第一,他把自己想象成非凡的大力士②;第二,他深信,没有一个女人能经得住他的诱惑;最后(这出现在一个如此热心的爱国者身上是特别奇怪的)他对法语有一种倒霉的爱好,他毫不留情地歪曲它,不断地乱用数和性,结果他在我们家里甚至得到了"冠词先生"③的外号。尽管如此,是不能不爱米哈依尔·尼古拉耶维奇的,因为他有一颗金子般的心,他的性格朴实直爽,这也表现在他的作品中,使人惊叹不已。

我和他的最后一次会面是很凄惨的。许多年后,在他去世前不久,我在莫斯科拜访了他。他已经不出他的书房了,抱怨四肢经常酸痛。他没有变瘦,但是他那仍然丰满的双颊蒙上了一层死白色,使得它具有一种更加忧郁的样子。眉毛仍像过去上下舞动,眼睛瞪得大大的,这些动作使人情不自禁地产生的滑稽可笑之感,更加强了这位可怜的作家的整个形象所引起的怜悯,他显然是快要垮了。我和他谈起

---

① 扎戈斯金的名字和父名。

② 关于他的体力的传说,甚至传到了国外。在德国的一次公开朗诵会上,我惊讶地听到一首抒情叙事诗,其中描写大力士拉波来到莫斯科维亚(西欧人对俄国的称呼。——译者)的首都,在一家剧院里表演,向所有的人挑战并战胜了他们;突然,观众中站出了一个人,他忍受不了同胞们遭到的耻辱,这是 der russische Dichter; stehet auf der Zagoskin !(一个俄国作家;站出了扎戈斯金!——译者)(重音放在"金"字上)——他与拉波搏斗,打败了他,谦虚而自尊地离去了。——作者注

③ 原文为法文。

他的文学活动，谈起彼得堡的小组里开始重新重视他的功绩，为他说公道话；提到了《尤里·米洛斯拉夫斯基》作为富于人民性的书所具有的意义……米哈依尔·尼古拉耶维奇的脸色变得愉快起来了。他对我说："谢谢，谢谢，而我已认为我已被忘记了，认为现在的青年把我踩进烂泥里，还在我身上压上一根大木头呢。"（米哈依尔·尼古拉耶维奇没有同我讲法语，而在讲俄语时喜欢用一些有力的表达方法。）"谢谢。"他重复说，说这话时有些激动，深情地握了握我的手，好像是因为我人们才不把他忘记似的。记得当时我脑海里出现了关于所谓的文学名人的相当痛苦的想法，我内心里几乎要责备扎戈斯金意志薄弱了。我想，这人高兴的是什么呢？但是，为什么他不能高兴呢？他听到我说他还没有完全死亡……要知道对一个人来说没有比死亡更痛苦的了。另一个文学名人大概可能落得连这种微不足道的喜悦也没有得到的地步，在轻率的赞扬时期之后将会是同样不经思考就进行辱骂的时期，然后是无言的遗忘。……而我们之中有谁享有不被遗忘的权利，享有非要让自己的需要、自己的操心事和自己的愿望的后代记住我们的名字的权利呢？

不过我能在善良的米哈依尔·尼古拉耶维奇的生活结束之前，完全偶然地给他带来一份快乐（尽管是瞬间的快乐），仍然感到高兴。

阿尔巴诺和弗拉斯卡蒂之行

（关于亚·安·伊万诺夫的回忆）

  1857年10月的某一天，一辆雇来的马车在罗马到阿尔巴诺①的公路上悄悄地走着，窗上的玻璃颠得叮当响。
  在赶车人的座位上坐着一个脸色阴郁，留着一大把络腮胡子的马车夫，从所有特征看来，这是一个臭名昭著的胆小鬼和好色的人；马车里坐着三个俄国的"老外"：已故的画家伊万诺夫、瓦·彼·鲍特金②和我。不过"老外"这个称呼只能用到鲍特金和我身上。伊万诺夫——从法康尔饭店到希腊咖啡馆人们都称呼他"亚历山大先生"——根据衣着和习惯，早已成为罗马本地人。
  这一天天气好极了——这天气确实是无法用笔墨描绘的，大家知道，在克洛德·洛兰③之后没有一个风景画家能画得出罗马的自然景色，作家们也处于无能为力的状态（只要回想一下果戈理的《罗马》等就行了）。因此我只想说，空气是清澈的和柔和的，阳光灿烂，但不灼人，微风吹进马车上敞开的窗户，抚摩着我们的已不年轻的脸，我们坐在马车里，发现周围有一种秋天的节日般的气氛，同时心中也

---

① 意大利城市，在罗马西南20公里。
② 他现在也不在人世了。——作者注
③ 洛兰（1600～1682），法国风景画家，从早年起就在罗马生活和学习。

有一种秋天的节日般的感觉。

在前一天，我们和伊万诺夫一起曾去过梵蒂冈。他的兴致很好，不怕生人，也不腼腼腆腆，很爱说话，并且说得很多。他对我们讲了他详尽地和认真地研究过的意大利绘画的各种不同流派。他的所有议论是很有道理的，充满着对"先前的大师们"的尊重。他敬仰拉斐尔①。大家知道，过去奥韦尔贝克②曾对伊万诺夫产生过巨大影响，这位画家曾让他透彻了解拉斐尔；但是当奥韦尔贝克继续向前走，走向佩鲁吉诺③时，伊万诺夫停步了，俄国人的健全理智使他在那个人为的、禁欲主义的、象征的世界面前停住，而那位德国画家却在其中沉没了；可是理想主义者伊万诺夫在奥韦尔贝克眼里永远成为粗俗的现实主义者。伊万诺夫对现在我们艺术家们的倾向深感遗憾（他们之中的一个人④居然在我面前称拉斐尔为庸碌之辈），并对我们讲了关于勃留洛夫和果戈理的一些事情，他总是称呼果戈理为瓦西里·尼古拉耶维奇⑤。从他关于我们的这位伟大作家的敬重的，然而是谨慎的反应中可以得出结论，他曾特别认真地研究过果戈理。而果戈理虽然赞扬伊万诺夫的《基督显灵》，但丝毫也不懂他的创作，因为同一个果戈理非常欣赏《庞贝的末日》⑥；而在同一时间内喜欢这两幅画，意味着不懂得绘画。伊万诺夫以特别同情的语气提到人们同声谴责果戈理的《书简选》给这位作家产生的可怕印象；在谈到这件事，还有谈到1848年的革命时，伊万诺夫简直浑身颤抖起来。也许这时他想到，"我的画大概也会遭到这样的痛骂"，而他不知为什么认为1848年差一点取胜的原则意味着任何艺术的结束和破坏。

话题转到他的画上。我们当时并未见到他的画，他打算把他的画室开放两三天，几个星期后他就这样做了。他说这幅画还远没有完

---

① 拉斐尔（1483～1520），意大利文艺复兴时期画家、建筑师。
② 奥韦尔贝克（1789～1869），德国画家，为拿撒勒画派的创立者。
③ 佩鲁吉诺（1446～1524），意大利画家，拉斐尔的先辈和导师。
④ 屠格涅夫指的是画家索罗金（1821～1892）。
⑤ 这是果戈理的名字和父名。伊万诺夫是在大约1838年在罗马认识果戈理的，并且一直与他保持友好关系，直到果戈理去世。
⑥ 勃留洛夫的画。

成,讲了他到德国去找一位著名学者①的过程的有趣的细节,因为这位学者的观点与他想要在这幅画里表达的思想相符合。他曾想把这位学者请到罗马来,让他判断一下这幅画是否完全符合上述观点。

据伊万诺夫说,施特劳斯大概把他当成了一个疯子,尤其是因为谈话时施特劳斯用的是拉丁语,伊万诺夫则用意大利语,因为伊万诺夫不懂德语;同时应当指出,伊万诺夫不大懂拉丁语,而施特劳斯不大懂意大利语。当我和鲍特金开始对他解释,即使施特劳斯同意来到罗马,或者更确切地说,即使让他来到那里,他也仍然判断不了伊万诺夫是否达到了自己的目的,是否表达出了他的思维方式,因为要做到这点还需要有对绘画的特殊理解,而施特劳斯未必有这种理解能力,他可能看不出自己的观点的具体体现,或者相反,在没有得到体现的地方看到它的体现。我现在还清楚地记得我们这样说时伊万诺夫的那种天真的、几乎是令人感动的惊讶表情。

"是这样,是这样。"伊万诺夫重复说,和善地咧开嘴,说话时 с、з 的音发成 ш、ж,眨着眼睛,"这很有意思(这是他的一个喜欢用的字眼)。这一点我没有想到。"

他长时间地离群索居,只有一个经久不变的想法,这一点在伊万诺夫身上留下了特殊的痕迹;他身上有一种神秘的和幼稚的、明哲的和可笑的东西,在同一时间里什么都有;有某种纯洁而真诚的和隐秘的、甚至狡黠的东西。初看起来,他整个人似乎充满着某种不信任,某种时而是严厉的、时而是谄媚的畏葸;但是当他与您处熟后——这种情况出现得相当快——他的软心肠就会展示出来。他听到最平常的俏皮话会突然哈哈大笑,会因最通常的情况而惊讶得说不出话来,听到每一句稍微有点尖锐的话就害怕(记得有一次他听到我们之中的一个人说某位著名的俄国女作家很笨,他甚至蹦跳了一下)——突然他能说出有道理的和经过深思熟虑的话,这些话证明他的出色的头脑在进行紧张的工作。可惜的是,他像我国的大部分画家一样,所受的教育过于肤浅。

他力图用埋头工作来弥补这个缺点。他很熟悉古代世界,他透彻

---

① 指大卫·施特劳斯,《耶稣传》的作者。——作者注

研究了亚述人的文物古迹（这是他将来绘画时所需要的）；研究了圣经，尤其是福音书，能一字不漏地背诵。比较起来他不大乐意说话而更乐意听别人说，尽管如此，与他交谈是一种真正的享受，因为他认真地和踏踏实实地追求真理的愿望是那么的强烈。我们举行晚会时，他总是第一个来到，每当争论一开始，他就紧张地和急不可耐地追踪着每个人的思想的展开。在当时住在罗马的俄国人当中有一个善良的和不算笨的人，但是头脑糊里糊涂，说话颠三倒四；伊万诺夫不理睬他比我们所有人都要晚。他对文学和政治不感兴趣，他感兴趣的只是与艺术、与道德、与哲学有关的问题。有一次某人给他拿来了一本画得很成功的漫画，伊万诺夫仔细看这些漫画看了很久，突然抬起头来说："基督从来不笑。"到处人们都高兴地接待他；他有一个宽阔、白皙的前额，一双疲惫善良的眼睛，像孩子一样细嫩的双颊，尖尖的鼻子，形状滑稽可笑，但又讨人喜欢的嘴——他的脸部的这种样子能在每个人心中引起情不自禁的同情和好感。他的个子不高，矮壮，肩膀宽阔；他的整个样子——从尖胡子到胖胖的、手指很短的手和灵巧的、小腿肚子很粗的腿——都有俄罗斯的特点，他的步态是俄罗斯人的步态。他没有过分的自尊心，但是对自己的劳动评价很高，无怪乎他投入了自己的全部力量，并把自己的全部希望寄托在它上面。

　　我们的马车夫把车停在一个下等的小饭馆旁边，以便让马休息一会儿，自己喝上一"福利埃塔"①的酒。我们也下了车，要了干酪和面包。干酪很次，面包没有烤熟，是酸的，但是这顿简单的早餐我们吃得很高兴，因为清楚地感觉到一种随时都有的美，在罗马的空气中似乎任何时候都弥漫着这种感觉，尤其是在金秋的日子里。饭馆主人的女儿，一个黑眼睛、皮肤黝黑的小姑娘，身穿一件五颜六色的粗布衣服，光着脚丫，从自己家的石头门槛上平静地，甚至是高傲地望着我们；而她的父亲，一个40岁上下身材魁梧的男子，一个肩膀上披着磨破的天鹅绒上衣，矜持地笑笑，闪动着黑色大眼睛，坐在半明半暗的饭馆的一张很不像样子的桌子旁，注意地听着我们的车夫对时令不好、对外国游客少等等的抱怨。伊万诺夫突然感到不安和急不可

---

① 意大利量器，相当于半公升左右。

耐，没有让他长篇大论地说。我们继续上路了。

谈话再一次涉及梵蒂冈。

"明天又得到那里去，"鲍特金说，"请您像昨天那样，从那里回来后到我们这里来吃午饭。"（我和鲍特金每天在英格兰大饭店吃包饭。）

"吃午饭？"伊万诺夫反问道，突然脸色变得煞白。"吃午饭！"他重复了一句，"不，十分感谢；我昨天差一点完了。"

我们以为他这是说笑话，暗指他前一天吃得过多的事（一般说来他吃得非常多，胃口很好），于是便开始劝他。

"不，不，"他坚持说，脸色愈来愈白，变得局促不安起来，"我不来，那里会把我毒死的"。

"怎么会毒死？"

"是的，会毒死我的，会下毒药。"伊万诺夫脸上出现一种奇怪的表情，他的眼睛四处乱看……

我和鲍特金交换了一下眼色，我们两人心中出现了一种不由自主的恐惧感。

"您这是怎么啦，亲爱的亚历山大·安德烈耶维奇[①]，在吃包饭时怎么会给您下毒药？要知道得给整道菜放毒药。再说有谁需要害死我们呢？"

"显然有这样一些人，他们要我的命。至于说到整道菜……他会给我的盘子里放毒药的。"

"这个他是谁？"

"侍役，服务员。"

"侍役？"

"是的，被收买的。你们还不了解意大利人；这是可怕的民族，做这种事做得十分利落。从燕尾服的衣襟下取出一小撮毒药，就这样一撒……谁也发现不了！不管我到哪里去，到处有人要毒死我。这里只有一个老实的侍役，在法尔康饭店，在楼下的房间里……这个人暂时还可以信赖。"

[①] 伊万诺夫的名字和父名。

我想要反驳，但是鲍特金暗暗地用膝盖顶了我一下。

"那么我建议您这样，亚历山大·安德烈耶维奇，"鲍特金开言道，"您明天若无其事地到我们这里来吃午饭，我们每次在把菜往盘子里装的时候，把您的盘子换过来……"

伊万诺夫同意这样做，他的脸变得不大苍白了，双唇也停止颤动，目光也变得平静了。我们后来知道，他在每次吃得过饱后便跑回家去，服催吐剂，喝牛奶……

可怜的隐居者！20年的孤独生活产生了不良的后果。

半个小时后，我们已到了阿尔巴诺。伊万诺夫突然活跃起来，跑去雇到弗拉斯卡蒂①去的马。从不同的小巷里，给我们牵来三匹鞍子很不好的、疲惫无力的驽马。与马主人进行了长时间的讨价还价，在这时候我为有机会看到伊万诺夫的那股不可动摇的固执劲儿而感到惊讶，最后我们终于谈妥了价钱，于是跨上每个人的驽骅难得②，朝弗拉斯卡蒂的方向出发。道路沿着所谓的"长廊"向山上延伸，一旁是一整列常绿的橡树。每一株橡树已有几百岁，当年克洛德·洛兰和普桑③已能欣赏它们的英姿，其中力与美的融合，在我所见过的任何一株别的树中都未曾有过。这些橡树，还有伞形的五针松、柏树和橄榄树，出奇地彼此相配称；它们组成罗马郊区大自然中占主要地位的特别和谐的和弦的一部分。下面是蓝色的、弥漫着一层薄薄的雾气的圆圆的阿尔巴诺湖，而在四周，在山的坡面上和谷地里，在近处和远处，覆盖着一层透明的神奇的颜色……但是我许诺不进行详细的描写。我们愈来愈往上走，经过亲切的、明亮的（一点不错，是明亮的）树林，沿着翠绿的、仿佛是夏天的草地，最后来到一个被称为教皇的山峰的小镇，它像鸟窝一样，紧贴在陡峭的山峰上。

我们在一个照伦巴第人的风格建筑的、正面带有涡形装饰的教堂对面不大的广场上下了马，在一口水面泛着银光的井边稍坐片刻，在半已坍塌的圆柱上有着教皇的徽章和拉丁文的题词。从广场到四

---

① 意大利城市，在罗马东南17公里处。

② 堂·吉诃德的坐骑的名字。

③ 普桑（1594～1665），法国画家。

面八方延伸着像阶梯一样的拥挤的、弯弯曲曲的和陡峭的街道。衣衫褴褛的男孩立即跑过来看我们，索取通常的施舍——几个保罗银币；某些地方伸出妇女的，大部分是老太婆的脑袋，传来了明显的喉音很重的说话声；在远处，在狭窄的通道中间，像幻影一样，出现了一个穿阿尔巴诺衣衫的齐整的美女，她在石墙落下的几乎是黑色的阴影中站了一会儿后，悄悄地转过身，消失不见了。驮着重物的驴子从旁边走过，它的钉着铁掌的脚小心翼翼地踩着马路上的大石块，啪嗒啪嗒地走着，背上的篓筐发出咯吱咯吱的声音；紧跟在它后面的一个脸色阴沉的男子，像一个执政官一样，神气十足地走着，他身上披着一件蓝色的脏兮兮的，遮住了他下半边脸的外套，头上戴着一顶破旧的高帽，大概他在任何人面前也没有脱过它。伊万诺夫从口袋里掏出一块干硬的面包，身子靠在井边上开始吃起来，一只手拿住马的缰绳，不时地把面包在冷水里浸一浸。他脸上的任何不安的痕迹都消失了，它流露出了艺术家的宁静的愉快的感觉。在这个时刻，世界上的一切他都不需要，在这个画家们喜爱的小镇的广场上，在这个背后有灰紫色的山峰直插蓝天的阴暗的教堂面前，我觉得他自己本人就是值得由画家来描绘的对象。可怜的伊万诺夫！他应该在那里生活许多年……而死亡已在等候着他。

我们重新骑上马，继续往前走，这时已是在下山了。伊万诺夫渐渐变得健谈起来，他对我们讲了罗马的各种可笑的笑话，自己像孩子似的笑着。一个22岁的漂亮男子反剪着双手，在两个骑马的宪兵的押送下朝我们迎面走来。

"他干了什么事？"伊万诺夫问其中的一个。

"拿刀子捅人——ha dato una coltellata（拿刀子捅人）。"一个宪兵冷淡地回答道。

我朝年轻人看了一眼，他微微一笑，这时露出了他的白色大牙，并向我友好地点点头。这里一个农妇站在低矮的院墙后面（她的一只山羊爬上了院墙），也微微一笑，向我们露出了闪闪发亮的牙齿，先朝他看了一眼，然后朝我们看了看，又笑了起来。

"幸福的民族！"伊万诺夫说。

我们到达弗拉斯卡蒂时，天色已相当晚了。铁路上的最后一列火车在三刻钟之后开，我们只到邻近有一个漂亮的花园的别墅跑了一趟，我忘记了它的名称。在阿尔巴诺之行的前几天，我们和伊万诺夫曾因去参观埃斯特别墅到蒂沃利①去过一次，没有能够充分地欣赏这座几乎是巨大雄伟壮丽的别墅中最出色的别墅，这不是那种使丘特切夫②写出他的美妙的诗篇的别墅，而是这样的别墅：您一看到它，您的想象中就会出现美第奇家族③和法尔内塞家族④的主教和王子，出现阿里奥斯托⑤的长诗和《十日谈》，保罗·韦罗内塞⑥的画及其柔软、华丽和光彩，漫不经心地听着捷奥尔巴琴和长笛的吹奏的浅色头发的美女颈上的珍珠项链，孔雀和侏儒，大理石雕像和镀金的天花板上的奥林匹斯山上的男女诸神，岩洞、细长如山羊腿的森林之神和喷泉。在弗拉斯卡蒂我急急忙忙跑遍了整个别墅，从下面看了看它，便沿着它的人工花园的接连不断的台阶往下走。记得那里特别使我们感到惊讶的是晚霞的景象。落日的极其华丽的余晖，像一道血红色的急流喷薄而出，涌入了高处带有轻飘飘的，仿佛向上飞起的圆柱的穿廊末端四方形的窗户。

后来有一段时间我仍然觉得，仿佛在我的脸上以及在我的同伴们的脸上保留着火一样的晚霞的灼热的反光。

在火车的车厢里，一对新婚夫妇与我们坐在一起，于是在我们面前重新闪现出那些乌黑发亮的、沉甸甸的头发，那些闪闪发光的眼睛和牙齿——所有这些特点在近处看来显得稍大一些，但都带有雄伟、美丽和某种奇特的优雅的无法模仿的印记。

"应当让你们看看马里亚尼娜（著名的女模特儿）。"伊万诺夫突然低声地说……后来他让我们去看了她。

不久我们回到了永恒的城市⑦的怀抱。我们徒步沿着它的已变暗

---

① 罗马东北的意大利古城。那里的埃斯特别墅建于1549年。
② 丘特切夫（1803～1873），俄国诗人。
③ 美第奇家族是中世纪佛罗伦萨的大家族。
④ 意大利贵族世家，1545～1731年统治帕尔马公国领地。
⑤ 阿里奥斯托（1474～1553），意大利诗人，代表作为《疯狂的罗兰》。
⑥ 韦罗内塞（1528～1588），意大利著名画家和色彩大师。
⑦ 指罗马。

的街道走去。伊万诺夫把我们送到西班牙广场。我们心中带着这愉快地度过一天的印象分手了。

大约七个月后,在七月间的一个不知是炎热的还是寒冷的潮湿日子里,我在彼得堡的冬宫广场,在不断刮起的、成为我们北国首都的一大特点的黏糊糊的尘土中,碰到了伊万诺夫。他忧心忡忡地回答了我的问候,他刚从埃尔米塔日[①]出来,海风卷着他的制服式礼服的后襟,他眯缝起眼睛,用两个手指抓住自己的帽子。他的画已运到了彼得堡,开始引起不利的议论。几天后我去了乡下,过了大约两个星期传来了他去世的消息……我回想起了那种近乎迷信的恐惧,他总是带着这种恐惧谈到彼得堡和即将开始的彼得堡之行。

我现在无意详细分析伊万诺夫那幅著名的画的优缺点,别的人已这样做了,大概还有人会做得比我好得多。我只想说几句话,谈一谈我对他的才华的看法以及我对他的创作的意义的理解。已故的阿·斯·霍米亚科夫[②]在《俄国座谈》上发表了一篇文章,这篇文章如同他所写的所有东西一样,写得引人入胜,但是对它我不能表示同意。照他的看法,伊万诺夫是一位充满宗教感情、直接来自俄国生活深处的纯粹的和有才能的艺术家。他出现在无宗教信仰和艺术普遍衰落的时代,便从他那温顺的和信教的心灵的深处发掘出基督教教义的新的体现,从而奠定了俄国绘画本身和整个绘画的复兴的基础。这样的观点看起来既是令人快慰的,逻辑上也是合理的,但是遗憾的是,它同真实情况很少相符。伊万诺夫就其所有的意向来说始终是一个俄罗斯人,这是无可争辩的;但是他是他自己的、即我们的过渡时期的俄罗斯人。他像我们大家一样,还没有进入他向往的乐土,他远远地预见了它,他预先感觉到了它,但是他没有到达它的边界就死了。他不属于和谐的和独特的创造者和艺术家之列(这样的人在我们俄罗斯还没有)。他的才华,他的绘画的才华本身,在他身上是软弱无力的和不稳固的,每一个想要仔细地和公正地看一看他的作品的人都会相

---

① 彼得堡的美术历史文化博物馆。
② 霍米亚科夫(1804~1860),俄国作家。

信这一点。在他的作品里什么都有，有惊人的勤奋，有对理想的踏踏实实的追求，有深思熟虑——总之，什么都有，只缺一样需要的东西，即巨大的创造力、自由的灵感。对伊万诺夫来说，构成完备的才能的各个部分不够齐全这个致命的规律起着作用，这个规律至今还压迫着整个俄国艺术。如果他有勃留洛夫的才华，或者勃留洛夫有伊万诺夫的灵魂和心灵，我们将会看到什么样的奇迹！但是结果是，他们之中的一个人能够表达想要表达的一切，可是没有什么可说的；而另一个人能够说出很多东西，可是他的舌头发僵。一个人能作空洞而夸张的、有感染力的画，但是没有诗意和内容；另一个人努力表现深刻地抓住的新的、生动的思想，而艺术上却完成得不均衡、不准确、不生动。一个人，如果可以这样说的话，真实地向我们描绘谎言；另一个人则错误地，即不充分地和不正确地描绘真实。据说伊万诺夫临摹观景殿的阿波罗的头部和他在巴勒莫①发现的拜占庭基督的头部临摹了30多次，逐步使它们接近起来，最后画出了他的施洗者约翰……真正的艺术家不是这样创作的！同时，如果要从两个流派中选择其中的一个，那么在暂时还没有出现真正领袖的时候，最好跟伊万诺夫走，这真好一千倍！思想被赋予了特殊的力量，尤其是当一个人像伊万诺夫那样无私地、不惜牺牲自己为思想服务时，这思想甚至在艺术上完成得不够好时，也能通体发亮和闪闪发光。世界上还没有过完全白白地做出的牺牲。有人可能会进行反驳，说伊万诺夫徒劳无益地去抓他力所不能及的事情，他们可能会指出他的画的最初的草图，其中内容并不那么深刻，却画得很自然和很生动。不错，他可能追求过达不到的东西，在这之中当然有其不正常之处，甚至有某种悲剧性的东西；但是如果这种追求出自纯洁的动机，那么它尽管没有完全成功，尽管没有达到目的，仍然能带来很大益处。一个年轻人如果受勃留洛夫的影响，作为一个艺术家他很可能因此就被毁了（这种例子我们曾经见过多少！）；相反，一个年轻人如果理解和爱上了贯穿于伊万诺夫创作中的内在之光，只要大自然赋予他才能，他可能得到发展，前程远大。伊万诺夫这个劳动者和受难者，在半道上跌倒了，他精疲力

---

① 意大利古城。

竭，没有得到应有的评价，但是他是朝着真理走的，他的未来的继承者，那个"尚不为人们所知的幸运儿"将沿着他首先开辟的道路走。

我预见到还会有不同意见。人们可能会说：在有伟大的、毫无疑问的、所向无敌的典范时，干吗要研究伊万诺夫这位不完备的、说不清楚的大师？但是，第一，伊万诺夫作为有独特性格的俄罗斯人，会使年轻的俄罗斯人有一种亲近感，会对他们的心灵产生强烈作用，因为他对年轻人来说更可理解、更为亲切；第二，这位理想主义者和思想家的伟大功绩就在于他指出了典范，引导人们学习典范，进行呼唤和触动，自己不满足，也不让别人轻易满足；在于他迫使自己的学生们给自己提出很高的和困难的任务，而不满足于熟练地完成某些缩图和运用其他技术手法，勃留洛夫的追随者却为这些东西感到自豪。从这个观点看，伊万诺夫的缺点本身比许多平庸的美更为有益。

这里不是考察伊万诺夫的思想本身是什么的问题的地方；但是我在结束我的短文之前一定要表示一下我的愿望，即希望他留下关于耶稣生平的画册能够问世。这个画册目前在他兄弟手里。在这些出色的画中，更清楚地表现出指导伊万诺夫的思想；在其中他不受画笔的限制，而他没有完全把画笔掌握好，尤其是在他生命即将结束时，当时紧张的和不停的劳动使得眼睛过于劳累，他的视力开始不行了。在他的画里，大家知道，基督的形象画得比所有其他的形象都成功；特别值得注意的是属于瓦·彼·鲍特金的草图上的这个形象……这幅草图的照片，对所有崇敬正直的、善良的、不幸的俄国艺术家亚历山大·伊万诺夫的人来说，将会是一份真正的礼物。

戴灰色眼镜的人

（1848年的回忆片断）

  1847年至1848年的整个冬天，我是在巴黎度过的。我的住宅位于王宫①附近，我几乎每天都上那里去喝咖啡和读报。那时王宫还不是现在那样的荒废的处所，虽然它出名的日子早已过去了，这种显赫的和特殊的名声使得我们的1814和1815年的老兵们一碰到巴黎回来的人就问："王宫在干些什么呢？"有一次——这是在1848年2月初的事——我坐在咖啡圆厅（La Rotonde）周围棚子里的一张小桌子旁。一个身材很高的人，黑头发里刚出现白发，瘦削而青筋暴露，鹰钩鼻子上架着一副镜架已生锈、镜片呈烟灰色的眼镜，走出了咖啡圆厅，朝四周环视了一下，发现棚子里所有位子都坐着人后，走到我身边，请求我允许他坐到我的桌子旁。我自然同意了。戴灰色眼镜的人不是坐下，而是倒在椅子上，把自己的旧大礼帽往后脑勺一推，把两只瘦骨嶙峋的手撑在一根多疖子的手杖上，要了一杯咖啡，没有接过递给他的报纸，只轻蔑地耸了耸肩膀。我们交谈了几句，说了一些无关紧要的话；记得他自言自语地喊叫了一两次："多么可恶的……可恶的时代！"匆匆地喝完咖啡，不久就走了；但是他给我留下的印象

---

  ① 王宫（Palais-Royal），巴黎的宫殿，在那里的建筑物里有剧院、饭馆、赌场、咖啡馆和商店等。

没有马上消失。这无疑是一个从法国南方来的法国人——普罗旺斯人或加斯科涅人；他满是皱纹的黝黑的脸，塌陷下去的双颊，没有牙齿的嘴，低沉的、好像有些嘶哑的声音，还有那穿破的、油污的、好像不是给他缝制的衣服本身——所有这一切说明他过的是不安的、漂泊的生活。我想："这是一个经验丰富、饱经风霜和失败的人，他不仅现在'低三下四'，他大概一辈子都是在贫困和仰人鼻息中度过的；他的脸部表情、每个动作以及匆忙的和漫不经心的步态中表现出不知是情不自禁的还是自觉的优越感，这是从何而来的呢？穷人是温顺的，不是这样走路的。"尤其使我感到惊奇的是他的那双眼珠略带黄色的深褐色眼睛；他时而把眼睛睁得大大的，一动不动的和呆滞的目光向前直视，时而奇怪地把它们缩得小小的，稍稍竖起蓬松的眉毛，斜眼从眼镜边上侧视……这时一种恶意嘲笑的表情显现在他脸上的每一个部位上。不过，那一天我没有多想他，因为整个巴黎都在关心即将举行的有利于改革的宴会①，于是我开始读报。

　　第二天，我又到王宫去喝咖啡，又碰见了昨天的那位先生。他如同见了熟人一样先向我问候。他微微一笑，已不请求我允许——好像他知道与他见面会使我感到愉快一样——就坐到我的桌子旁，虽然其他的桌子上都没有人，坐下后马上说起话来，一点也不客气和感到拘谨。

　　几个短暂的瞬间过去了……

　　"您可是外国人？俄国人？"他突然问道，用勺子慢慢搅动着杯子里的咖啡。

　　"我是外国人，这一点您可以根据我的口音猜出来；但是您为什么认为我是俄国人？"

　　"为什么？您刚才说'请原谅'——就这样，拖长声音说'请原谅'。只有俄国人这样拖长声音说话。不过不这样我也知道您是俄国人。"

　　我想要请他解释一下……但是他又说道：

---

① 当时反对路易·菲利普的运动采取"宴会"的形式，其组织者是以巴罗为首的温和的共和主义者。

"您在这个时候到这里来,做得很对。对旅游者来说这是一个很有意思的时候。您将会看到……大事('de grandes choses')。"

"我会看到什么呢?"

"您瞧着。现在是 2 月初……过不了一个月,法国将成为共和国。"

"共和国?"

"是的。但是且慢高兴……如果这使您感到高兴的话。到年底,波拿巴家族将会控制(他使用了一个有力得多的字眼)这个法国①。"

当他提到很快就会出现共和国时,我当然对他的话一点也不信,我想:"这个人想使我大吃一惊,因为在他眼里我是一个没有经验的野蛮人……"但是波拿巴家族!在当时,在路易·菲利普②在位时,谁也没有想到波拿巴家族,至少谁也没有谈论他们。我是否碰上了一个骗子?或者碰上了一个在咖啡馆和旅馆游逛,到处找外国人,最后往往向他们借钱的无赖?然而不是,他的派头不像……还有那不拘礼节的随便的举止和他发表奇谈怪论时用的冷漠的语气……

"您大概认为国王不会同意进行任何改革?"我在沉默一会儿后问道,"反对派的要求似乎不高……"

"是的,是的,是的!(Connu,connu……)"他漫不经心地说,"扩大选举权,重用有才能的人等等。空话,空话,空话③。既不会有宴会,国王也不会让步,基佐④也不愿意。不过,"他大概发现他给我的印象并不太好,便补充说道:"让政治见鬼去吧!干政治很快乐,只看人家干是愚蠢的。当大狗在……享受生活乐趣时,小狗是这样做的。小狗只能狂吠和尖叫。让我们谈别的事情吧。"

我不记得我们开始交谈什么……

"您当然经常看戏吧?"他又突然问我道,我已发现他常常突然

---

① 法国于 1848 年 2 月 25 日宣布为共和国,同年 12 月 10 日路易-拿破仑·波拿巴当选为总统,三年后,他发动政变后称帝。

② 路易·菲利普(1773~1850),1830 年为法国国王,1848 年二月革命中被推翻,逃亡英国。

③ 引自莎士比亚的《哈姆雷特》第 2 幕第 2 场。

④ 基佐(1887~1874),法国政治活动家,历史学家。1847~1848 年为法国首相。

发问，这使得我推测他根本不听别人对他说的话。"据说你们所有俄国人都非常喜欢看戏。"

"经常看。"

"您大概很欣赏我们的演员吧？"

"是的，喜欢有的演员……尤其是法兰西剧院的……"

"我们的所有演员，"他打断我的话说道，"都被文雅害了。这个守旧的传统是祸害！他们大家都好像去掉内脏和冻硬了一样。在你们俄国，冬天市场上就有这样的鱼。我们的演员没有一个会在舞台上像圆规似地劈开两腿，陶然心醉地翻着眼说'我爱您'。一切都为了文雅！真正的演员只有在意大利才能找到。我住在意大利时……顺便问一句，您对炮弹国王①赐给自己的臣民们的宪法有什么看法？他不会很快免除臣民这一恩典的……不会很快！瞧……当我住在那不勒斯时，在那里的民间艺术剧院里有好样的……好极了！而且任何一个意大利人都是演员。他们的天性如此……而我们只是谈论天然性。甚至在我们王宫剧院里没有一个人能与任何一个街头的传道者较量……'以炼狱的至圣的灵魂发誓！'②"他突然用抑扬顿挫的鼻音大声说，根据我的判断，很像是纯粹的意大利口音。

我笑了起来，他也无声地笑了起来，大大地张开嘴，从眼镜的边上斜视着。

"然而……拉歇尔③……"我刚开始要说……

"拉歇尔，"他重复了一下，"是的，这很有力量。是现在掌握了整个世界的所有钱袋和很快就要掌握所有其他东西的犹太人的力量和精华。谁手中有钱袋，谁就有女人；而谁有女人，谁就有男人（Qui a la poche, a la femme et qui a la femme, a l'homme.）是的，拉歇尔！和梅耶贝尔④一样，他一直用《先知》来威吓和戏弄我们。让他那样

---

① 指斐迪南二世（1810～1859），西西里国王，实行高压政策。1848 年爆发西西里人民起义，斐迪南二世派兵镇压，该岛主要城市几乎被夷为平地，故有"炮弹国王"之称。这里的说法有些不确切，1848 年 2 月斐迪南二世还没有这个绰号。

② 原文为意大利文。

③ 拉歇尔（1821～1858），法国经典悲剧女演员。

④ 梅耶贝尔（1791～1864），德国作曲家。他的歌剧《先知》的首演是在 1849 年 4 月 26 日。

吧……不，不让……机灵的人；一句话，犹太人……艺术大师，不过不是在音乐方面。可是拉歇尔最近变坏了……都是你们外国的先生们不好。意大利有一个女演员……她叫里斯托里①。听说她嫁给了一位侯爵，离开了舞台；很漂亮，只不过有点矫揉造作。"

"您在意大利住了很长时间吗？"我问。

"是的，住过一阵。我哪里没有住过！"

"您好像去过俄国？"

"您也喜欢音乐吗？"他不回答我的问题，说道，"您常去看歌剧吗？"

"我喜欢音乐。"

"喜欢？嗯！喜欢？可以理解：您是斯拉夫人，而所有斯拉夫人都是音乐迷。这是最次的艺术。它对人不起作用时，会感到无聊；对人起作用时，则很有害。"

"有害？为什么有害？"

"它像过热的盆浴那样有害。您可问大夫。"

"原来如此！对别的艺术您的意见如何？"

"艺术只有一种：这就是雕塑。它冷漠、恬淡、庄严，使人产生关于不朽和永恒的思想——或者也可以说是幻想。"

"绘画呢？"

"绘画？血、肉体、色彩很多……罪孽不小。人们居然画裸体女人！塑像从来不是裸体的。干吗要挑逗人？不这样人们也都是有过错的，有罪的；所有的人全身都充满着罪恶。"

"毫无例外吗？所有的人都充满着？"

"所有的人！您，我，就连这个为别人的孩子，也可能是为自己的孩子买洋娃娃的脸色和善的胖子也有罪。每个人一生中都有刑事罪——谁也没有权利说，在令人厌恶的被告席上没有他的位子。"

"这点您知道得更清楚。"我脱口而出地说。

"正是这样：这点我更清楚。'请相信有经验的罗贝尔'②。"

---

① 里斯托里（1822～1906），著名悲剧女演员。

② 原文为拉丁文。出自古罗马诗人维吉尔的《埃涅阿斯纪》，后于中世纪与创办索邦学院（巴黎大学本部）的罗贝尔·索邦联系起来。

"那么文学呢？您对文学的意见如何？"我继续考问道。我想："既然你想欺骗我，我为什么不取笑取笑你呢？你在引用拉丁文时出了错，谁也没有叫你这样做。"

陌生人冷淡地笑了笑，好像知道了我的想法一样。

"文学不是艺术，"他漫不经心地说，"文学首先应当给人解闷，而给人解闷的只有传记文学。"

"您那么喜欢传记？"

"您对我的话理解得不对。我指的是作者向读者讲述自己本人的情况，把自己摆出来给人看——好像是为了开玩笑的作品。人们不可能真正知道任何别的东西……就这样也是不可能的！这就说明，为什么蒙田①是最伟大的作家。没有另一个这样的人。"

"他有极端利己主义者的名声。"我说。

"是的，他的力量就在于此。只有他一人有完全成为利己主义者——和笑柄——的足够勇气。因此他能使我开心。读一两页他的书……我就笑他，也笑自己……就完了！"

"那么诗人呢？"

"诗人搞词的音乐，词语的音乐。而您是知道我对音乐的意见的。"

"那么应该读些什么？譬如说，老百姓应该读些什么？您是否认为老百姓不必读书？"

（我注意到陌生人一个手指戴的戒指上有纹章；尽管他一副穷酸样，衣衫褴褛，但是我觉得他应该持贵族的意见，也许他自己就出身来说是贵族。）

"相反，"他回答道，"老百姓应该读书；但是他们读什么——这完全是无关紧要的。听说你们的农夫一直读同一本书。(《威尼斯人法兰齐尔》②——我脑子里闪了一下）读完一本，再买一本。这样做得好。这使得他们把自己看得很重要，不让他们胡思乱想。而经常去教

---

① 蒙田（1533～1592），法国思想家、作家。著有《随笔集》《旅行日记》等，其中叙述了自己的思想变化和自己的某些经历。

② 指《关于勇敢的骑士威尼斯人法兰齐尔和美丽的公主伦齐维娜的故事》，在18世纪曾很流行。

堂的人根本不需要读书。"

"您认为宗教有这样大的意义？"

陌生人从眼镜边上白了我一眼。

"我不大相信上帝，先生，但是宗教是重要的事。为宗教服务……神甫几乎是最好的称号。神甫们是好样的；只有他们懂得了权力的本质：谦逊地统治，高傲地服从——这就是全部奥秘。权力……权力……拥有权力——世界上没有另一种幸福！"

我对我们谈话的突然跳跃已开始习惯了，只是努力跟上我的奇怪的交谈者的思路。而他则相反，看他说话的样子，似乎他如此自信地讲出的所有这些道理都是按照顺序和合乎逻辑地一个接一个地出现的，虽然您同时可以感觉到，您同意不同意他的看法，对他来说是完全无所谓的。

"如果您那么喜欢权力，"我说，"并那么看重神职人员，为什么自己不走这条路，去成为一个神甫呢？"

"您指出这一点是对的，先生，但是我有更高的追求。我自己想创立宗教。我在美国居留期间……做过这种尝试。不过不只我一个人有这种意图。那里人们普遍都这样做。"

"您也去过美国吗？"

"我在那里住了两年。您可能注意到了——我从那里带来了嚼烟草的坏习惯。不抽烟，不闻鼻烟……却嚼烟草。请原谅！（他朝旁边吐了一口唾沫）因此是这么回事：我想创立宗教并且已经想好了很不坏的传说。只不过为了它能被接受，应当做一个受难者，流血……没有这水泥，基础是打不起来的。不像在战场上：那里让别人流血要有利得多，而要自己流血……不！我不想这样做。顺从的奴仆！"

他沉默了一会儿。

"您刚才说我喜欢权力，"他又开口道，"这您说的是事实。譬如说，我相信我还将成为国王。"

"国王？"

"是的，国王……在某个荒无人烟的岛上。"

"没有臣民的……国王？"

"臣民总是会有的。你们俄国有句俗话：'有洗衣盆就好'等等。

人的本性是服从。人们会漂洋过海特地到我的岛上来，只是为了服从统治者。这是对的。"

"你是一个疯子！"我暗自想。

"您是否因此就认为法国人会服从波拿巴家族？"我大声问道。

"正是由于这个原因，先生。"

"可是，且慢，"我大声说，"要知道法国人现在也有国王、统治者。这么说来，您所说的人们的需要，服从的需要已得到满足了。"

我的交谈者摇摇头。

"问题就在于我们目前的国王路易·菲利普完全不感到自己是国王和统治者。不过我们说过不愿意谈政治。"

"您更喜欢哲学？"我说。

他用美国人的方式把咀嚼的烟草远远吐到一边。

"啊！您乐意讽刺人？怎么？我也不反对哲学，尤其是因为我的哲学很简单，完全不像德国哲学，不过我对它完全不了解，但是像恨所有德国人那样恨它。"陌生人的眼睛突然明亮起来："我恨他们，因为我是爱国者。其实您作为一个俄国人，不是也应该恨他们吗？"

"对不起……我……"

"如果不是，那对你们来说更坏。您等着瞧吧——他们会让你们知道他们的厉害的。我恨他们，我怕他们，"他放低声音补充说，"我最美好的回忆之一是我曾打过他们，朝这些德国人开过枪！"

"您开过枪？这是在哪里？"

"又是在意大利。我参加过……不对，别忙。我们好像谈的是哲学。我荣幸地告诉您，我的整个哲学如下：人生有两大不幸——生和死。第二个不幸较小……它可以是自愿的。"

"而生活本身呢？"

"嗯！嗯！这不能一下子确定。但是请注意，生活中也只有两样好东西，也就是促成生……或死，即促成上面说过的两种不幸之一。西班牙人常说：'在战场上、在打猎时和在爱情中'。"

我凑巧知道这个谚语。

"您忘记了第二行，"我说，"为了一次快乐便有上千的痛苦。"

"好极了！这就是我的哲学的正确性的证据。不过，"他很快从椅子上站起来说，"我们聊得过多的了。再见！"

"等一等……等一等！"我喊道，"我和您交谈了将近一个钟头，而我还不知道我荣幸地和谁……"

"您想知道我的名字吗？您知道它干什么？可是我没有问您的名字。我同样没有问您住在哪里，也不认为有必要告诉您我住在哪里，住在哪个贫民窟。我们在这里碰上了——这就很好。看来您喜欢我的谈话？"他以嘲笑的表情眯起眼睛，"我讨您的喜欢吗？"

我感到有些讨厌。这位先生实在太不讲礼貌了。

"我对您感兴趣，先生，"我故意慢条斯理地一字一句地说，"但是并不喜欢您。"

"而我对您不感兴趣，却喜欢您。看来，对你我这样的关系来说，这就足够了。如果您愿意的话，请叫我……哪怕叫我**弗朗索瓦先生**。因为几乎所有俄国人都叫伊万。我曾在你们的一个省里，在你们的一位将军那里很不愉快地当过家庭教师，有机会验证过这一点。这位将军很蠢，这个省份也很穷！就此告别了，**伊万先生**！"

他转过身，走了。

"再见，**弗朗索瓦先生**！"我在他身后喊了一声。

"这是什么？"我在回家时问自己，"真是一个怪物！他是在戏弄我，想出各种无稽之谈，还是真正深信他所说的？他是干什么的？在做什么事？过去的情况如何？他是谁？是失意的文学家、政论家、中小学教师、破产的工业家、穷贵族，还是退休的演员？现在他想要得到什么？为什么他正好选择我作为自己信得过的人？"

我给自己提出了所有这些问题……当然未能解答它们。但是我的好奇心被触动了，于是第二天我不无某种激动地前去王宫。然而这一次我等那怪人却白等了；可是过一天他又来到咖啡圆厅的棚子下。

"啊！伊万先生！"他一见我就喊道，"您好。瞧，命运又一次让我们相逢了。您近况如何？"

"还过得去，谢谢。您怎么样，弗朗索瓦先生？"

"我也还过得去，过得去。不过昨天差一点死了……心脏痉挛……散发出死亡的气味……气味难闻极了！但是这不重要。听我说，让我们到花园里去坐，要不这里人太多。现在每当有人从一旁看着我，或者有人坐在我后面，坐在我背后，我就受不了。而且天气又好极了。"

我们便去花园，在那里坐下。记得当时他需要付两个苏①的座位费，他从口袋里取出一个很小的扁扁的旧钱夹子，在里面掏了很长时间——钱夹子里的钱未必比两个苏多很多。我等着他重新开始他的奇谈怪论……但是结果却不是这样。他开始向我详细询问俄国的各种重要人物。我尽我所能回答他；但是他一直想知道更多的细节，更多的生平事迹。原来他知道许多我没有料想到的事。这个人的知识很丰富。

谈话逐渐转到政治上。在当时人们思想都很振奋的情况下，政治是很难避而不谈的。弗朗索瓦先生顺便地，好像不甚乐意地提了一下基佐和梯也尔②。谈到前者时说，法国是多么的不幸，它只有一个意志坚强的人，而且此人生不逢时；谈到后者时表示惋惜，说他的作用已结束了，在很长时间内不会东山再起。

"哪能呢，他的作用刚刚开始！"我大声说，"他在议会里发表多么出色的演说③！"

"现在将出现另一些人，"他喃喃地说，"而所有这些演说只是瞎嚷嚷而已。此外什么也不是。一个人坐在船里划船，对瀑布说话……而瀑布将立刻把他和船一起翻过来。是这样，不过您不相信我的话。"

"既然如此，"我接着说，"您莫非认为奥迪隆·巴罗④……"这时弗朗索瓦先生目不转睛地看着我，仰面哈哈大笑起来。

"嘣，嘣，嘣，"他说，模仿咖啡圆厅里端咖啡的侍役的动作，"这就是整个奥迪隆·巴罗……嘣，嘣！"

"是的！"我不无恼火地说，"照您说，我们正处于共和国的前

---

① 法国货币单位，相当于五生丁。

② 梯也尔（1797～1877），法国政治家、新闻记者和历史学家。1836年和1840年曾任总理和外交大臣，1848年二月革命后重返议会。

③ 梯也尔曾于1848年1月21日在议会的演说中批评国家的财政政策，同情意大利争取独立的斗争。

④ 巴罗（1791～1873），法国七月王朝期间温和的共和主义者。

夜。是不是这些新人是社会主义者？"

弗朗索瓦先生摆出有点得意洋洋的姿势。

"社会主义是在我们法国诞生的，先生，而且将在法国死亡，如果说还没有死亡的话。或者它会被打死，用两种方法打死它：或者用嘲笑——孔西德朗①先生不会不受惩罚地宣传人会长出顶端有眼睛的尾巴②的……或者用这样的方法，"他举起双手，好像在用火枪瞄准。"伏尔泰常说，法国人的头脑不是史诗的头脑③；而我敢于肯定地说，我们的头脑不是社会主义的头脑。"

"国外对你们并不那么看。"

"如果这样，所有你们这些国外的先生们是在第一百次证明你们不理解我们。现在社会主义要求有创造力，它将随着这种创造力到意大利人，到德国人那里去……大概也到你们那里去。而法国人是发明者（他几乎发明了一切）……但不是创造者。法国人像剑一抖，锋利，狭长，它能刺进事物的本质，进行发明、发现……而要创造，应当是宽阔的、浑圆的。"

"像英国人或您心爱的德国人那样。"我不无讥笑地插了一句。

但是弗朗索瓦先生没有注意我的挖苦话。

"社会主义！社会主义！"他接着说，"这不是法国的原则。我们有完全不同的原则。我们的原则有两个，两块基石：革命和守旧。罗伯斯庇尔④和普律多默先生⑤——这是我们的民族英雄。"

"真的吗？那么军事因素呢？您把它放到哪里去了？"

"我们完全不是军事的民族。这使您感到惊奇吗？我们是勇敢的、非常勇敢的民族；尚武的，但不是军事的……谢天谢地，我们的价值比这要大。"

---

① 孔西德朗（1808～1893），法国社会主义者。傅立叶逝世后，被公认为傅立叶空想社会主义运动的领袖。

② 屠格涅夫认为这是傅立叶的话，实际上傅立叶只说过将来最遥远的行星上的居民将会长出尾巴作为补充的器官。屠格涅夫自己也认为这是批评傅立叶的人的有意渲染。

③ 这不是伏尔泰本人的话，伏尔泰曾在《史诗评论》中引用过这句话。

④ 罗伯斯庇尔（1750～1794），法国革命家。

⑤ 普律多默先生是法国作家和漫画家莫尼埃（1805～1877）创造的自鸣得意的法国中产阶级的典型。

他用嘴唇做咀嚼的动作。

"是的，是这样。尽管如此，倘若没有我们法国人，也就不会有欧洲。"

"但是会有美国。"

"不。因为美国也是欧洲，只不过翻过来罢了。美国人没有那些用来支撑欧洲国家大厦的基础中的任何一个……可是结果却是一样。所有与人有关的东西全是一样的。您记得士官对新兵的教导：'向右向后转是与向左向后转完全一样的；只不过方向完全相反，美国也是这样：与欧洲一样，只不过是向左向后转。"

"倘若法国是罗马，"弗朗索瓦先生在短时间的沉默后说，"这时出现喀提林①倒正是时候！现在，很快，很快您就能看到这一点，先生，我们马路上的石块（他放低了声音），就在这里，很近，在我们旁边某个地方的石块又会洒上鲜血！但是我们不会有喀提林，也不会有恺撒；有的仍将是普律多默和罗伯斯庇尔。顺便说一句，您是否同意我这样的看法：莎士比亚没有写《喀提林》是多么地可惜！"

"您仍然对莎士比亚评价很高而不管他是一个诗人吗？"

"是的，他是一个生逢其时的人，而且有才华。他善于同时看到白与黑，这是很少见的；他既不赞成白，也不赞成黑——这尤其少见。他还写了一部很好的作品——《科利奥兰诺斯》！这是他最好的剧本！"

我立刻想起了我对弗朗索瓦先生的贵族出身的猜测。

"您这样喜欢《科利奥兰诺斯》也许是因为莎士比亚在这个悲剧中对老百姓、对平民非常不尊重，几乎是采取蔑视的态度，是吗？"

"不，"弗朗索瓦先生反驳道，"我不蔑视平民；我一般说来不蔑视老百姓。蔑视他人应当从蔑视自己开始……我有时有这样的事……当我没有东西吃的时候。"他放低声音、闷闷不乐地皱起眉头加了一句，"蔑视老百姓？这从何说起？老百姓如同土地一样。愿意的话，就耕种它……它给我粮食吃；愿意的话，也可以让它休闲。它负载

---

① 喀提林（约公元前108～前62），罗马共和国末期的贵族，密谋反对贵族共和国的组织者。

我，我压在它上面。确实有时它突然像浑身湿透的卷毛狗一样使劲一抖，把我们建在它上面的一切——我们的纸糊的房子抖翻掉。但是这种情况，这种地震实际上很少发生。另一方面，我非常清楚地知道，它最后会把我吞没掉……老百姓也会把我吞没掉。这是没有办法的事。要蔑视老百姓吗？要蔑视只可以蔑视那种在另一种情况下应该尊重的东西。而在这里这两种感情都是谈不上的。这里应当善于利用。善于利用一切——这就是应该做的事。"

"请问，您善于利用吗？"

弗朗索瓦先生叹了一口气。

"不，不善于。"

"真的？"

"告诉您，不善于。您这样看着我，大概在想：'你预言法国很快将出现变革……这时你就可以浑水摸鱼了。'但是狗鱼并不在浑水里捕鱼吃。我甚至不是狗鱼！"

他在椅子上急剧地转过身来，并用拳头在椅背上敲了一下。

"不！我什么也不会利用，不然我就不会以这种样子出现在您面前了！"他用一只手迅速地指了自己的全身，"也许我根本不会同您认识……对此我会感到非常可惜。"他不自然地笑了笑，加了一句，"我就不会住在我现在住的阁楼上，就不可能早晨起来，望一眼巴黎的无数屋顶和烟囱，重复朱古达①的感叹：'**出卖灵魂的城市！**②'嗯。是的，我自己会变得像这座城市那样，而不处在现在的地位，就不会有这贫穷和寒苦……"

"瞧他就要向我借钱了。"我心里想。但是他停止说话，脑袋耷拉在胸前，开始用手杖在沙地上画。然后他又深深地叹了一口气，摘下眼镜，从后面的口袋里掏出一块方格的旧手绢，把它卷成一卷，高举起手，用手绢把前额擦了一两次。

"是的，"他最后用勉强能够听到的声音说，"生活是可悲的事，可悲的事是生活，我的先生。有一点使我感到安慰，即我不久将会死

---

① 朱古达（约公元前160～前104），努米底亚国王。

② 原文为拉丁文。传说这话（"啊！出卖灵魂的城市，只要一有买主，它就会陷落。"）出自努米底亚国王朱古达之口。

去，而且一定是横死。（"您不当国王了吗？"我差一点脱口而出，但是我忍住了。）是的，是横死。您瞧这个。（他把拿眼镜的那只左手手掌向上举到我眼前，并且不放下手绢，把右手的食指放到左手上……两只手都不干净。）您看见这条横贯生命线的线了吗？"

"您是手相术士？"

"您看见这条线吗？"他固执地再问一遍，"可见我说得对。您预先就可知道，先生，如果您处于最不该回想起我的地位还仍能想起我的话，那么您就可知道：我死了。"

他又低下头，把拿手绢的手放到膝盖上；另一只拿眼镜的手像鞭子那样悬着。我利用弗朗索瓦先生垂下眼睛——不让自己发窘——的机会，更加注意地看了他一眼。我突然觉得他是那样的老态龙钟，从他那弓背塌肩的样子，从他那穿着补过的靴子的扁平的脚的姿势可以看出他是那样的疲劳，他是那样痛苦地咬紧牙关，他的没有刮过的面颊是那样深深地凹陷下去，他的细细的脖子是那样软弱无力地弯着，一绺白发是那样凄凉地挂在布满皱纹的前额上……"你是一个不幸的、可怜的人，"我马上低声地断定说，"在你从事的所有大大小小的事业中，在家庭生活和任何其他事情中你都是不幸的。如果你结过婚，那么一定是妻子欺骗了你和抛弃了你；如果你有孩子，那么你看不见他们和不认识他们……"

一声俄语的高声叫喊打断了我的沉思：有人在叫我。我扭过头，在离我两步远的地方看见了大家都认识的亚·伊·赫（尔岑），他当时住在巴黎①。我站起身，走到他跟前。

"你跟谁坐在一起？"他开言道，丝毫不降低自己洪亮的嗓门，"这是什么人物？"

"怎么？"

"这大概是密探。一定是密探。"

"莫非你认识他？"

"完全不认识，但只要一看就知。完全是他们那种样子。你怎么乐意和他交往。小心点！"

---

① 1848 年 2 月赫尔岑并不在巴黎。他于 1847 年 12 月去意大利，1848 年 5 月才回到巴黎。

我对亚·伊·赫（尔岑）什么话也没有说。因为我知道，尽管他有出色的和敏锐的智慧，他的理解人（尤其是在初交时）的能力却很差；因为我清楚地记得，在他的殷勤好客的餐桌旁有时曾有过不体面的人物，这些人用两三句同情的话博得他的信任和好感，后来却发现是真正的……奸细，他自己在札记里就曾讲过这样的事——因为这样，我不认为他的警告特别重要，对他友好的关怀表示感谢后，便回到弗朗索瓦先生身边。他仍旧一动不动地低着头坐着。

"我曾想对您说，"我刚在他旁边坐下他就开始说，"你们俄国的先生们有一种坏习惯。你们在大街上，在别人、在法国人面前相互之间大声地用俄语说话，好像你们相信谁也听不懂一样。这是不谨慎的。譬如说，你的朋友所说的话我都听懂了。"

我情不自禁地脸红起来。

"请不要以为……"我说，"当然……我的朋友……"

"我知道他，"弗郎索瓦先生打断我的话说，"他是一个机智敏锐的人……但是'**人不会没有错误的**'[①]（显然，弗朗索瓦先生喜欢炫耀一下拉丁文）。根据我的外表，可以推测我……什么都行。但是请问：即使我就是您的朋友称呼我的那种人，那么盯您的梢对我有什么好处？"

"当然……当然……您说得对。"弗朗索瓦先生忧郁地不时看看我。"您是在将军家当家庭教师时学会俄语的？"我问得相当不合时宜，但是我想要快点消除亚·伊·赫（尔岑）有点冒失的言论不能不产生的不愉快的印象。

弗朗索瓦先生脸上的表情变得愉快起来；他甚至咧开嘴笑，拍了拍我的膝盖，好像想要让我感觉到他理解和看重我的意图，戴上眼镜，拾起他无意中丢掉的手杖。

"不，"他说，"我学会的时间要更早些。我是在从美国、从得克萨斯经加利福尼亚到西伯利亚后学会的……我也在那里——在你们的西伯利亚呆过！我曾出现过什么样的奇迹！"

"请举个例子。"

[①] 原文为拉丁文。

"我不打算谈西伯利亚……有许多原因。担心使您难过或使您觉得受了侮辱。沉默的最好,"他用蹩脚的俄语加了一句,"嘿,嘿。请听我说,有一次在得克萨斯我发生了什么事。"

于是弗朗索瓦先生以他前所未有的详尽程度,讲述了他冬天在得克萨斯漫游时的一段经历。有一天晚上很晚的时候他闯进了一个墨西哥移民的地堡里,夜里醒来时看见地堡主人手里拿着一把刀——坐在他睡觉的床铺上;这个身材很高、力大如牛、喝得烂醉的人对他说,他要把他宰了,原因是弗朗索瓦的面貌很像他的一个最凶恶的敌人。这个墨西哥人说:"你给我证明一下,我不应该让自己高兴高兴,像宰一头骟猪一样把你的血全都放了,因为我可以完全不受惩罚地做这些事,世界上谁也不会知道你发生的事,因为世界上任何人都不关心你的事。喂,说吧!……谢天谢地,我们时间有的是。""于是我,"弗朗索瓦先生接着说,"整个夜晚一直到早晨,躺在举着的刀子下面,被迫向这个喝醉酒的野兽证明——时而引用《圣经》里的话(对他这个天主教徒来说,这能起作用),时而按照一般的议论说明,我的死给他带来的快乐并不很大,不值得为它弄脏手……'应当把我的尸体埋了,哪怕为了卫生也应这样做;这都是麻烦事……'我甚至被迫讲童话,被迫唱歌……'同我一起唱!'他吼道。'**小姑娘!**……'①我跟着他唱……而锋利的刀,这把鬼刀子,在离我的喉咙一寸的地方悬着。最后墨西哥人把他那头发蓬乱的龌龊的头枕在我的胸脯上,在我旁边睡着了。"

整个故事弗朗索瓦先生是低声对我叙说的,说得很慢,似乎像要睡着了似的,突然他睁大眼睛,停住不说了。

"后来您是怎样处置他的?"我问道,"是怎样处置那个墨西哥人的?"

"我……使他以后再也不能开这样愚蠢的玩笑。"

"这是怎么回事?"

"从他手里拿过刀子……是的,干完这件事后,就继续上路。我还有一些其他的奇遇……愈来愈多的事都是由于那些该死的人。"他

---

① 原文为西班牙文。

用手指着一个路过的穿着朴素的中年妇女加了一句。

"由于谁?"

"由于这些……女人,"他解释自己的想法道,"啊,这些女人,女人!她们折断您的翅膀,她们毒化您的最好的血液。不过我该走了。我大概已使您讨厌了,而我不想使任何人讨厌。尤其不想使我不需要的人厌烦。"

他高傲地伸直自己的身躯,站起来,朝我稍微点一下头,无拘无束地挥动手杖,走了。

应当承认,我对这整个关于墨西哥人的故事并不相信,它甚至损害了弗朗索瓦先生在我眼里的形象。我又一次想到,这是在愚弄我。但是目的何在呢?"怪人!怪人!"我重复说道。然而尽管亚·伊·赫(尔岑)那么说,我仍然不相信他是密探。使我感到惊讶的是,经过王宫的许许多多人当中怎么没有一个人和他说话,认出他来?不错,他曾对其中的某些人眨眨眼睛……或者这也是我的感觉?

我忘了说,弗朗索瓦先生身上从来没有酒味,不过他也许是没有钱买酒喝。但不是这样:他给人的印象一般都是清醒的。

无论是第二天还是随后的几天,他都没有来,于是我逐渐地把弗朗索瓦先生忘记了。

在2月24日之前不久我去了比利时,法国发生政变的消息我是在布鲁塞尔听到的。记得在整整一天的时间里,谁也没有收到巴黎的来信和杂志;居民们聚集在大街上和广场上,大家都在不安地等待着。2月26日早晨六点钟,我还躺在旅馆房间里的床上(虽然已经醒了),突然外面的门一下子打开,有人大喊了一声:"法国已成为共和国!"我不相信自己的耳朵,从床上一跃而起,跑出房间。旅馆里的一个侍役沿着走廊跑着,依次打开左右两边的门,向每个房间发出令人吃惊的叫喊。半个钟头后,我已穿好衣服,收拾好自己的东西,当天就坐火车去巴黎。边境上的铁轨被撬掉了,我的旅伴们和我乘雇来的马车好容易到了杜埃,傍晚抵达蓬图瓦兹……巴黎附近的铁轨也被撬掉了。这里不是叙述我在这次旅行中所见所闻和感受到的一切的地方。记得在一个车站上,一个火车头拉着一节头等车厢呼啸而过，在这特快列车里坐着共和国的"特别委员"安东尼·图勒①；与他同行的人摇着三色旗，叫喊着；车站的职员默默无言地和惊讶地目送着这位身材高大的委员，他半个身子伸出窗外，高高地举起手……1793年和1794年不由自主地在记忆中复活了。记得在尚未到蓬图瓦兹的地方，我们的列车与另一列对面开来的列车相撞……有人受伤，但是谁也没有注意这件事，每个人立刻出现的是同一个想法：火车能否继续往前开？当我们的列车再次刚一开动，大家就马上像原先那样兴奋地谈论起来，只有一个白头发的老头除外，他从杜埃起就躲在车厢的角落里，不停地低声说道："一切都完了！一切都完了！"我还记得，与我同车厢的还有著名的戈尔东太太②；她突然开始宣扬依靠"亲王"的必要性，说只有"亲王"才能拯救一切……开头谁也不明白她的话；当她说出路易·拿破仑的名字时，大家都把她当作疯子，不再理睬她。然而弗朗索瓦先生所说的关于波拿巴家族的话在我脑子里闪了一下……他的第一个预言毕竟实现了。

　　我也不打算详谈我在进入巴黎、看见到处都是三色标志，看见武装工人正在清理街垒的石块等等时的感受。我到巴黎后的第一天整个地都是在迷迷糊糊之中度过的。第二天，我像通常一样，前去王宫，向侍役"公民"要一杯咖啡，虽然在那里没有看见弗朗索瓦先生，然而我可以确认，他关于王宫周围街道的石块将洒满鲜血的预感已得到证实，大家知道，作为二月革命标志的几乎是唯一的战斗，是在这个建筑物和罗浮宫之间的广场上发生的。在这之后的几天，我也没有碰上弗朗索瓦先生。我第一次看见他是在3月17日，即在一大批工人前往市政厅向政府表示反对所谓的"熊皮帽"（被解散的国民自卫军的掷弹兵和特技骑手）的示威游行。他挥着手，迈着大步走在队伍中间，不知是在唱歌还是在叫喊；他腰间束一条红围巾，帽子上别着红色标志。我们的目光碰到了一起，但是他没有做出认出我的样子，虽然有意地把整个脸转向我，好像是说："瞧，是的，这是我！"接着大大张开黑洞洞的嘴，喊得更加起劲了。另一次是在剧院里看见他

---

① 图勒（1807～1871），法国政治活动家，1848年任立宪会议成员。

② 埃莱奥诺·玛丽·戈尔东（1808～1849），法国女歌手，从1831年起成为路易·拿破仑的最积极的密探之一。

的。拉歇尔用她的低沉阴郁的声音唱着《马赛曲》；他坐在池座里，坐在喝彩捧场的人通常坐的地方。他在剧院里没有叫喊，没有鼓掌，而是两手交叉放在胸前，闷闷不乐地注视着女歌手，这时她裹在一面她抓住的红旗里，号召公民们"拿起武器"，"去杀死魔鬼"！我不能十分确切地说，5月15日我是否在从玛大肋纳教堂旁边经过、去攻打议会的人群中见过他，但是在队伍前列闪过一个与他相像的人影，并且我在一片"波兰万岁！"的叫喊声中几乎听到了他的声音——他的特殊的、低沉的和很响的声音。

可是在6月初，即在6月4日，弗朗索瓦先生就在那个王宫咖啡厅里突然出现在我面前。他向我鞠了一躬，甚至向我伸出手（以前没有这样做过），但是没有在我桌旁坐下，好像是为自己身上完全穿破的衣服和头上的旧帽感到不好意思一样；此外，他的心情——至少我觉得是这样——是焦急不安的，神经质的。他的脸消瘦了，嘴唇和面颊不时地上下颤动；眼镜后面红肿的眼睛勉强才看得出来，他不断地用整个巴掌扶正眼镜，把它推到鼻梁上。我这一次已能弄清以前怀疑的事：他的眼镜配的是普通的玻璃，实际上他根本不需要戴眼镜，因此他经常从眼镜边上看人。眼镜对他来说是类似面具的东西。焦急不安、无处栖身和忍饥挨饿的流浪汉的特殊的不安从他整个人身上表现出来。这个神秘莫测的人的几乎像是乞丐的外表，使我困惑莫解。如果他确实是密探，那么他为什么这样贫穷？如果他不是密探，那么他究竟是什么人？如何理解他的行为？

我同他谈起他的预言……

"是的……是的……"他心慌意乱地嘟囔道，"这都是过去的事了——l'histoire ancienne。您难道还不打算回你们俄国吗？您还将留在这里？"

"为什么我不能留在这里？"

"嗯。这是您的事。可是我们很快就要和你们打仗了。"

"和我们？"

"是的，和你们，和俄国人。我们很快就需要扬名，扬名国外！和俄国打仗是不可避免的！"

"和俄国打？为什么不和德国打？"

"先和俄国打。不过这都是未来的事。您还年轻……能看得见。而共和国……（他挥了一下手）完了！完了！①"

"国家工厂！国家工厂！"他突然兴奋地喊道，"您去过那里吗？见过它们吗？见过那里人们用手推车把土从一个地方运到另一个地方去吗？一切将从这里开始。将要流多少血！血！血流成河！这是什么样的状况！什么都预见到——却什么也做不成！！一无所有！一无所有！想把什么都抱住（他大大地伸开双手，两只破袖子晃荡着……然而食指上的戒指是好的……）——却什么也抓不住！（他握紧拳头）甚至抓不住一块面包！明天的选举还是相当重要的。"他急忙接过一个话头，好像为了不让自己停留在所表达的感情上。弗朗索瓦先生逐个地向我列举了他认为巴黎人一定会投赞成票的议员的名字，对我说了他们之中每个人将得到的票数（整数）。在弗朗索瓦先生列举的名字当中有科西迪埃的名字，他把他放在第一位。②

"尽管有那5月15日的事件还是那样？"我问道。

"您可能认为我这样说是因为他曾经当过警察局长？"弗朗索瓦先生苦笑着反驳说，但马上打起精神，又开始谈选举。路易·拿破仑也在名单之内。"他将是最后几名，在末尾（à la queue），"弗朗索瓦先生说，"但是这也就够了。在上楼梯时，应当先跨过最后的几级，才能登上第一级。"

当天晚上，我在亚·伊·赫（尔岑）家讲了所有这些名字和票数；第二天，当弗朗索瓦先生的预言再次一字不差地实现时，我清楚地记得赫（尔岑）的那种惊讶的样子。他不止一次地问我："你是从哪里得知这一切的？"我说了我取得资料的来源。"啊！这个杂种！"赫（尔岑）大声说道。

现在回过头来讲我们在咖啡厅的谈话。大约在那个时候，挂在人们嘴上的名字当中经常出现蒲鲁东③的名字。我提到了他。根据弗朗

---

① 原文为法文。

② 科西迪埃（1808～1861），曾任警察局长。1848年5月18日因被指控对5月15日的"骚乱"采取放任态度而辞职。他在选举中得票最多——共得147400票；路易·拿破仑得84420票，蒲鲁东得77094票。

③ 蒲鲁东（1809～1865），法国思想家，无政府主义的创始人之一。

索瓦先生的意见，他也在当选者名单之中，不过是最后一名，顺便说一下，这一点也被证实了。但是弗朗索瓦先生对他以及对拉马丁①和赖德律·洛兰②不予重视。他对所有这些人物的态度是轻慢的——对拉马丁带有某种惋惜，对蒲鲁东这个"穿木鞋的诡辩家"（ce sophiste en sabots）则带有仇视的成分。他直截了当地称赖德律·洛兰为"**这个大傻瓜赖德律**"③，并且总是回过头来谈国家工厂。不过我们的整个谈话的时间不长，不超过一刻钟。弗朗索瓦先生一直没有坐下，老是四面张望，好像在等待什么人。这时我回想起了他的红色标志，便说：

"因为我仍然觉得您是共和主义者。"

"我是什么共和主义者！"他打断我的话，"您这是从何说起？这对杂货商人（pour les épiciers）是好的。他们还相信1789年的原则④，相信博爱、进步，而我……"

但这时弗朗索瓦先生突然停住不说了，朝旁边看了一眼。我也回头一看。一个身穿工装、留着长长的白胡子的老头在向他做手势。他向老头做了一个同样的手势，于是没有再说话，就向他跑过去，两个人走了。

在咖啡厅见面后，我再见弗朗索瓦先生的次数总共才三次。一次远远地，在卢森堡花园，他和一个穿戴寒酸的年轻姑娘并排站着；她流着眼泪哀求他什么，紧紧握住手，并把手往嘴唇上送……而他阴郁地推托着，不耐烦地跺着脚，突然用胳膊肘推开她，把帽子拉得遮住前额，走开了。姑娘像一个淫荡的女人一样，朝另一边跑去。我们的第二次见面比较重要，时间是在6月13日，即协和广场上第一次出现一大群波拿巴主义分子的那一天，拉马丁曾在议会的讲坛上指出这件事，不久常备部队把他们驱散了。在杜伊勒里花园围墙的一个角上

---

① 拉马丁（1790～1869），法国诗人和政治家，1848年二月革命后成为临时政府实际上的首脑。

② 赖德律·洛兰（1807～1874），法国律师和政治家。曾为《改革报》的领导人，1848年二月革命后，曾任临时政府成员。

③ 原文为法文。

④ 即法国大革命的原则。

我看见一个穿江湖郎中的花花绿绿衣服的人站在一辆双轮手推车上，正在散发小册子。我拿了一本：其中包含着吹捧路易·拿破仑的传记。这个布列塔尼人长着一头蓬松的长头发，我过去曾在城外的林荫道和广场上见过：他曾卖过牙酏剂和治风湿病的油膏——各种包治百病的东西等等。当我翻阅拿来的小册子时，有人轻轻地碰了一下我的肩膀。是弗朗索瓦先生！他张开整个没有牙的嘴笑着，带着讽刺的神情从眼镜边上不时瞧瞧我。

"开始了！就在这个时候开始了！"他说，奇怪地在原地替换着左右脚站着，并且不时地搓搓手，"就在这个时候！瞧，他就是传播者，宣告者！您喜欢他吗？"

"这个长头发的江湖郎中？"我大声说，"这个小丑？您这是在嘲笑我！"

"是的，是的，江湖郎中！"弗朗索瓦先生说，"就应该是这样。特别长的头发，手上戴着手镯，身上穿着缀有金黄色发光小片的毛衣……就需要这样！做广告！演戏！开头人们见了会觉得奇怪……后来就会喜欢！我说什么——说会喜欢？会相信……相信！请您记住，真正的事情现在才开始……而当殷红（红）海（la Mer rouge）过去后……"

这时人群从协和广场涌过来，人们杂乱无章地跑离士兵的刺刀，把我们冲散了。

我最后一次见到——也是远远地——弗朗索瓦先生是在 6 月的可怕日子里。他身穿外省来的国民自卫队员制服，朝前斜提着枪——我就不用言语来形容他脸上的那种冷淡和残酷无情的表情了。

从那时起，我再也没有遇见过弗朗索瓦先生。1850 年初，我曾到一个俄国教堂参加一个熟人的婚礼——突然，天晓得为什么——好像有什么东西推了我一下，我便开始想弗朗索瓦先生。我这时想到，他已不在人世了，因为他的别的预言都已实现了，所以在这一点上他也可能成为预言家。不过几年后我才根据确实的消息确认他已死了。事情的经过是这样的：在一个商店里，我看到一位妇女，经过短时间的犹豫之后我肯定这是那个在卢森堡花园在弗朗索瓦先生面前痛哭流涕的姑娘。我大胆地向她提起这个场面。开头她显露出莫名其妙的样子，但是当她明白过来是怎么回事后，非常激动，脸色发白又发红，请求我不要再继续往下问。

"至少请您告诉我，这位先生是否死了？"

那妇女聚精会神地看了我一眼。

"他死了，他应该那样死……他是一个凶恶的人。不过，"她加了一句，"也是一个非常……非常不幸的人。"我再也没有从她那里问出什么来，实际上，弗朗索瓦先生究竟是什么人——对我来说仍然是一个谜。

有这样一些海鸟，它们只有在暴风雨到来时才出现。英国人把它们称为**海燕**①。它们在昏暗的空中，紧贴着奔腾咆哮的浪峰低飞，而一当晴天来到，它们就消失了。

---

① 原文为英文。

我们的人派来的![1]

(1848年6月巴黎发生的一件事)

……1848年著名的六月事件的第四天到来了,这些日子将用鲜血写进法国的史册。

当时我住在和平大街和意大利林荫道拐角处的一座目前已不存在的房子里。从6月初开始,已可闻到火药味,每个人都感觉到,决定性的冲突是不可避免的;而在刚解散的国家工厂的议员们会见临时政府成员马里[2]时,马里在向他们讲话时冒失地用了"奴隶"(esclaves)一词,议员们认为这是责备和欺负。在这次会见后,全部问题就在于:离那不可避免的、无法阻止的冲突的发生还有几个钟头(而不是几天)?"Est-ce pour aujourd'hui?"("莫非就在今天?")每天早晨熟人们见面时都说这句话。

"Ça a commencé!"("开始了!")6月23日(星期五)早晨洗衣女工送来内衣时对我说。根据她的话,在离圣德尼门不远的林荫道上建筑了一个很大的街垒。我立即上那里去。

开头没有看到任何特殊的东西。开门的咖啡馆和商店的门前还是那些人群,马车和公共马车还那样行驶,人们脸上的表情好像

---

[1] 初次发表于《星期》1874年第12期(3月24日)。作者说,这篇特写是以真人真事为基础的,它力图再现1848年6月巴黎起义时的情况和气氛,并塑造了一个巴黎无产者的生动形象。

[2] 马里(1795~1870),当时任临时政府社会工作部长。

愉快了些并且——怪得很！——高兴了些……就是这些。但是我愈往前走，林荫道的面貌就改变得愈大。碰到的马车愈来愈少，公共马车完全不见了；商店、甚至还有咖啡馆正在匆匆忙忙地关门，或者已经关门了；街上行人少得多了。可是在所有的房子里，窗户从上到下全都打开；在这些窗户里以及在门槛上，挤着许多人，大多是妇女、儿童、女佣人、保姆，这许多人都在说笑，没有叫喊，而在彼此一呼一应，朝四面张望，挥着手——好像准备看热闹；这整个人群似乎有一种无忧无虑的、快乐的好奇心。不同颜色的绦带，三角头巾，包发帽，白色的、粉红色的、天蓝色的衣服在夏天明亮的阳光下混合在一起，显得五光十色，在夏天的微风吹拂下飘荡起来，窸窣作响，如同到处都栽种的"自由树"——杨树——的叶子一样。"难道在这里，在此时此刻，过五分钟，过十分钟就要发生战斗和流血吗？"我想，"不可能！这是在演喜剧……悲剧还不用去想……暂时是这样。"

在前面，一条不平整的街垒线歪歪曲曲地横贯整个林荫道，街垒高约四俄尺。在街垒的正中，一面不大的红旗的不祥的尖角微微地左右飘动着，周围是别的绣着金线的三色旗。在堆积的灰色石块的顶上可以看到几个工人。我再走近些。街垒跟前相当空旷，五十来个人——不会再多——在马路上来回走着。（当时林荫道还没有铺碎石路面）工人们与过来看热闹的人相视而笑；一个腰间束着士兵武装带的人递给他们一个打开塞子的瓶子和倒了半杯酒的杯子，好像请他们过来喝一杯那样；他旁边另一个背着双筒火枪的人拖长声音喊道："国家工厂万岁！民主的和社会的共和国万岁！"在他附近站着一个身材很高、穿着花条衣服的黑头发女人，她也束着武装带，别着手枪；她一个人没有笑，好像在沉思一样，两只暗色大眼睛直视自己的前方。我穿过马路向左拐，并和像我一样的五六个无所事事的人一起，靠在笔直的林荫道开始拐弯的地方的一座房子的墙上，这房子曾经是——现在还是——橡皮手套工厂。这座房子窗户上的软百叶已经拉上了。虽然前几天一直料想和预感到事情会发生重大的转折，我仍然还是不相信。

这时耳边的鼓声愈来愈大，愈来愈近。从早晨起，各条街道上都响起了敲三下的特殊的鼓声（集合鼓），这是国民自卫军集合的鼓声。接着从林荫道左边，在离街垒200步处，出现了民军的队伍，它像一条长长的黑色蚯蚓，慢慢地一起一伏地蠕动着；尖细的刺刀在队伍上空闪闪发光，几个军官骑着马走在队伍前头。队伍到了林荫道的对面，占满了整个林荫道，转过来正面对着街垒，停下了，不断地从后面向前靠，变得愈来愈密集。虽然有这么多的人来到，四周却明显地变得更加安静了，说话的声音放低了，笑声变得少了，短促了，好像所有的声音都蒙上一层烟雾似的。在国民自卫军和街垒之间突然出现一个巨大的无人的空间，空间上空飘过两三小团微微翻卷的灰尘，一只黑色花斑的小狗挪动它那细细的腿左顾右盼地在那里来回走。突然不知在哪里，不知是在前面还是后面，上面还是下面，清晰地响起了一个短促的、干硬的声音，它更像是铁条沉重地落在地上的声音而不像射击声，在这声音之后，紧接着立刻出现了奇怪的、死一般的寂静。一切都在这样屏住气息等待着——似乎觉得空气都紧张起来……突然，就在我头顶有什么东西发出极其猛烈的炸裂声和轰鸣声——宛如一块巨大的粗麻布一下子裂开一样……这是武装起义者从他们占据的橡皮手套工厂顶层的窗户向外齐射。我旁边的游手好闲的人和我——我们立即沿着林荫道边的房子飞奔过去（记得我还来得及看到在前面的空地上一个四肢着地的人、落在地上的带红绒球的帽子以及在尘土里转圈的黑色花斑的小狗），跑到一条不大的胡同后马上拐了进去。约有20个其他的看热闹的人加入了我们的队伍，其中一个大约20岁的年轻人脚掌被子弹打穿了。在林荫道上，在我们后面，枪声不断。我们穿过一条街——如果没有记错的话——到了棋盘街。在它的一头可以看到低矮的街垒，一个大约12岁的男孩在街垒顶上蹦跳，装腔作势地挥舞着土耳其军刀；一个胖胖的国民自卫军人脸色煞白，磕磕绊绊地从一旁跑过，不停地呻吟着……鲜红的血从他制服的袖子上直往地上滴。

　　悲剧开始了——其严重性已无可怀疑了，虽然甚至在那个时候未必有人猜想得到它会达到什么样的规模。

　　我没有在街垒的这一边或那一边战斗。我回家了。

整整一天是在非言语所能形容的不安中过去的。天气很热，很闷……我没有离开挤满各种人的意大利林荫道。流传着最难以置信的消息，这些消息不断地为另一些更加离奇的消息所代替。入夜时，有一点已是确实无疑的了：差不多半个巴黎已在武装起义者的控制之下。到处都出现街垒——尤其是在塞纳河的对岸；军队占领了战略据点，正在准备进行一场生死搏斗。第二天，从清早起，林荫道的样子以及没有被武装起义者占领的巴黎的整个外貌，好像随着魔杖一挥那样，都改变了。发布了巴黎军队的长官卡芬雅克①的命令，禁止街上任何人来往和车辆行驶。巴黎和外省的国民自卫军在人行道上排好队，守卫着他们驻扎的房子；正规军、国民别动队（garde mobile）正在战斗；外国人、妇女、儿童、病人在各家各户坐着，这些房子的窗户应当全部大大敞开，以防设埋伏。街上突然变得一片死寂，仅仅时而有邮车或医生的马车驶过，它们不断地被哨兵拦住，给他们出示通行证；或者有炮队通过，它发出难听的隆隆声，前往战斗地点；经过的还有一队士兵，还有一个副官或传令官骑着马过去。可怕的、痛苦的时候来到了，没有经历过的人不会对它有确切的理解。法国人当然感到惊心动魄：他们可能认为他们的祖国、整个社会正在遭到破坏和毁灭；但是一个注定要身不由己地袖手旁观的外国人的忧愁，如果说不比他们的愤怒、他们的绝望更加可怕的话，那也一定更加使人难受。天气炎热，无法出门，灼热的阳光毫无阻碍地射进敞开的窗户，亮得耀眼；干任何事，读书，写字，都不可能……炮声一分钟五次、十次地传来；有时听得见枪声和乱哄哄的厮杀声……大街上空空如也；马路上火热的石块变成了黄色，火热的空气在阳光下流动；沿着人行道站着一长排国民自卫军，他们的脸惊恐不安，身躯一动不动——没有一点平常的生活的声音！四周都很宽阔、空旷——而你却觉得像在坟墓里或在监狱里那样拥挤。从 12 点起可看到新的场面：出现了抬着伤员和死者的担架……抬过去了一个白头发的人，他的脸白得像他脑袋底下的枕头——这是受了致命伤的

---

① 卡芬雅克（1802～1857），法国将军，1848 年 6 月他指挥军队镇压工人，被称为"六月屠夫"。

议员夏尔波内①……人们在他面前默默无言地脱下帽子,但是他已看不见对他的哀悼的表示了:他的眼睛是闭着的。看,一群俘虏走过来了,他们由国民别动队押着,还都是年轻的小伙子,几乎是孩子;开头他们并不受信赖,但是他们战斗得像狮子一样勇敢……有的人用刺刀挑着被打死的同伴的血污的帽子,或者挑着妇女们从窗户里扔给他们的花。"共和国万岁!"国民自卫军从林荫道两边高喊着,有些惊恐地、沮丧地拖长最后一个音节。"国民别动队万岁!"俘虏们眼皮也不抬地走着,像绵羊似的相互紧偎着:队伍不整齐,脸色阴沉,许多人衣衫褴褛,不戴帽子,有的人的手被捆着。而排炮声没有停息,沉重的、单调的轰隆声就在高空响着,它同煤烟和暑热的焦煳味一起悬挂在城市的上空……傍晚,从我四层楼的房间里可以听到某种新的声音;伴随这轰隆声的,还有另一些清晰的、近得多的、短促的和似乎像是扇形的排枪声……听说这是在射击区政府(mairies)里的武装起义者。

时间就这样几个钟头几个钟头地过去……甚至夜里也无法睡觉。你想要到林荫道上去,哪怕只到第一条街,以便打听点消息,或者只不过是为了凉爽凉爽……马上就会把你拦住,问你:你是谁?从哪里来?住在哪里?干吗穿着制服?而当知道你是外国人后,便用怀疑的目光打量你,叫你回家去。有一次一个外省的国民自卫军人(他们是最卖力的)一定要逮捕我,因为我穿着早晨穿的上衣。"您穿上它是为了更便于与暴动者勾结(pactiser)!"他像发狂似的喊道,"谁知道您,您也许是俄国间谍,您口袋里有黄金,它是用来煽动闹事(pour fomenter nos troubles)的!"我建议他检查我的口袋……但是这惹得他更加生气。当时所有这些头脑发热、被弄得糊里糊涂、张皇失措的人在相信许多荒诞的无稽之谈的同时,仿佛到处都看到俄国黄金和俄国间谍……

再说一遍:那个时候是可怕的,令人难受的!

在这种可说是受折磨的状态中过了三天;第四天(6月26日)

---

① 夏尔波内(1797~1848),立宪会议议员。

到来了。消息从战斗地点传到我们这里相当快，它沿着人行道一个人接一个人地传过来。例如我们已经知道先贤祠已被占领了，塞纳河的整个左岸已在军队控制之下，布勒阿①将军被武装起义者枪决，大主教阿夫尔②受了致命伤，只有圣安东尼的郊区尚在坚持。记得我们读过卡芬雅克的传单，他最后一次想唤起甚至在最冷酷无情的心里也不会消失的爱国感情……传令官，一个骠骑兵军官，突然沿着林荫道飞驰而过，把右手的手指弯成一个像苹果那么大的圆圈，喊道："瞧，他们用这样大的子弹向你们射击！……"

在我居住的那座房子里，在上同一楼梯的房间里住着著名的德国诗人黑（尔韦格）③，我同他认识；我常到他那里去，为的是哪怕能解解闷……摆脱不愉快的念头，摆脱折磨人的无所作为的苦闷和孤独感。

6月26日早晨我就坐在他那里，他刚吃过早饭……突然侍役惊慌不安地进来。

"怎么回事？"

"黑（尔韦格）先生，工装打听您！"

"工装？什么样的工装？"

"一个穿工装的人，一个工人，一个老头打听黑（尔韦格）公民（le citoyen）。您见他吗？"

黑（尔韦格）同我交换了一下眼色。

"请他进来。"他终于说。

侍役走了，他像自言自语似的重复道："穿工装的……人！！"他非常害怕。曾几何时，在二月事件④发生后不久，工装被认为是最时髦、最体面和最安全的服装。曾几何时，我在观看法兰西剧院的一次为老百姓组织的免费演出时，亲眼看到所谓的上流社会的最讲

---

① 布勒阿（1790～1848），法国将军，曾枪决80名投降的起义者，他于1848年6月25日被起义者打死。

② 阿尔夫（1793～1848），巴黎大主教，曾试图劝起义者放下武器，1848年6月25日双方发生枪战时，中了国民自卫军的流弹身亡。

③ 黑尔韦格（1817～1875），德国诗人，1843年侨居法国，1848年4月曾率领法国和德国工人支援德国革命，失败后不再积极参加革命活动。

④ 指1848年2月推翻七月王朝，建立第二共和国的革命。

究穿戴打扮的人都穿着白色的和蓝色的工装，从工装里露出他们的浆得很硬的领子。但是另一个时代有另一种风尚；在六月战斗的时代工装在巴黎成为受歧视的标志，成为犯罪的印记，引起恐惧感和仇视。

侍役回来了，默不作声地和战战兢兢地给跟在他后面的一个人让路，此人确实穿着破烂的和油污的工装。这个人的裤子和鞋也很脏，并打着补丁，脖子上缠着一块红布，而头上则是一头……黑白相间的、蓬乱的、一直垂到眉毛的头发。头发下面突出一个长长的鹰钩鼻子，还有一双老年人红肿的和无神的小眼睛。凹陷的双颊，满脸的皱纹，深得像一条沟的、扭歪的嘴，未刮的胡子，红色的、肮脏的手，长期超负荷的重压造成的特殊的驼背……毫无疑问，站在我们面前的是无数饥饿和愚昧的工人当中的一个，在文明社会的下层，这样的人是很多的。

"这里哪一位是黑（尔韦格）公民？"他用嘶哑的声音问道。

"我是黑（尔韦格）。"德国诗人不无某种困窘地回答道。

"您是在等待您的儿子和他的保姆从柏林来吧？"

"是的，是这样……您怎么知道的？他应当在大前天出发……但是我认为……"

"您的孩子昨天到了；但是因为圣德尼的火车站在我们的人手里（侍役听到这句话差一点吓得跳了起来），无法把他送到这里来，因此把他交给了我们的一个妇女，瞧，这张纸上写着他的地址，而我们的人叫我到您这里来告诉您，让您不要担心。保姆也同他在一起；住的房子很好，两个人都有吃的。没有危险。等一切结束，您就把他接回来——根据纸上的地址。再见，公民。"

老头说完便朝门外走。

"等一等，等一等！"黑（尔韦格）大声喊叫起来，"别走！"

老头停住脚步，但是脸没有朝我们转过来。

"难道说，"黑（尔韦格）接着说，"您到这里来只是为了告诉我儿子的消息，安慰我这个您不认识的人吗？"

老头抬起了低垂的头。

"是的。我是我们的人派来的。"

"只是为了这个?"

"是的。"

黑(尔韦格)抬起双手轻轻一拍。

"但是哪能呢……我……我简直不知道说什么好。我感到惊讶的是,您是怎么到了这里的!在每个十字路口大概都拦住您了吧?"

"是的。"

"盘问您上哪里去,干什么?"

"是的。一直检查我的手,看有没有留下火药的痕迹。碰到了一个军官……他扬言要枪毙我。"

黑(尔韦格)惊讶得说不出话来,侍役也睁大了眼睛。"这真太难以置信了!"[1]他翕动变白的嘴唇不由自主地低声说。

"再见了,公民。"老头清晰地说,似乎下决心要走了。黑(尔韦格)扑过去,拦住了他。

"等一等……等一等……请允许我向您表示感谢……"

他开始在自己的口袋里摸索。

老头用他宽阔的、手指没有伸直的手把他推开。

"别费心,公民,钱我不能要。"

"那么至少让我请您吃一顿早餐……喝一杯酒……吃点什么……"

"这我倒可以同意,"老头在稍稍沉默了一会儿后说,"我差不多一天没有吃东西了。"

黑(尔韦格)立刻叫侍役去取早餐,并请客人稍稍坐一会儿。老头沉重地坐到椅子上,把两个手掌放在膝盖上,低下头……

黑(尔韦格)开始向他打听各种事情……但是老头回答时显得不大乐意,用的是忧郁的声调:可以看得出,他太疲乏了——可是既不激动,也不感到恐惧——对一切不再关心了。而且与"资产者"谈话也不合他的口味。然而在吃早餐时他变得比较活跃起来,开头他贪婪地吃喝着,后来逐渐开始说话了。

"我们在二月,"他说,"答应临时政府说,我们将等待三个月;这三个月过去了,还是那么贫困,甚至更加厉害。临时政府欺骗了

---

[1] 原文为法文。

我们：许诺得很多，但是什么诺言也没有履行。没有为工人做任何事情。我们把自己的钱吃光了，没有任何工作，事情停顿了。这就是所谓的共和国！于是我们就下定决心，反正没有活路！"

"但是，对不起，"黑（尔韦格）说，"你们能期待这次不明智的起义给你们什么好处呢？"

"反正没有活路。"老头重复说。他仔细地擦了擦嘴唇，叠好餐巾，道过谢，站了起来。

"您要走吗？"黑（尔韦格）大声问道。

"是的。我应当回我们的人那里去。我留在这里干什么！"

"可是在回去的路上您一定会被扣留的，可能真的会把您枪毙的！"

"可能。这有什么？人活着，应该自己给家里人找面包吃，可是怎么找它呢？！要是我被打死了，我们的人是不会不管孤儿的。再见，公民！"

"至少请您告诉我您的名字！我希望知道那个为我做了这么多事的人叫什么名字！"

"我的名字您完全不需要知道。说实话，我所做的事并不是我为您做的，而是我们的人命令我做的。再见！"

就这样，老头在侍役的陪同下走了。

就在那一天，起义已被完全镇压下去了。黑（尔韦格）等道路一通，就按照留给他的地址找到了收留他的儿子的那个妇女。她的丈夫和儿子被俘了，另一个儿子牺牲在街垒上，侄儿被枪毙了。她也坚决不收钱，但是指着在房间里跑来跑去的两个小女孩——她那被打死的儿子的女儿——说：

"如果什么时候我需要为这两个女孩要求点什么，希望您的孩子会想起她们。"

给黑（尔韦格）报信的老头的命运如何，不得而知。对他的行为，对他做这件事时的那种不自觉的、几乎是壮丽的朴实，不能不使人惊叹。显然，他头脑里根本没有想过他做了一件不平常的事，没有想过他进行了自我牺牲。但是也不能不对那些派他来的人的做法感到惊讶，他们在那么激烈的战斗的高潮中，能够想起他们不认识的"资产者"的内心的不安，并且设法安慰他。像他们那样的人，在 22 年之后却居然焚烧巴黎和枪毙人质①；但是一个人哪怕稍微了解人的心灵，就不会因这些矛盾而感到困惑不解。

---

① 指 1871 年巴黎公社社员为掩护自己撤退而放火和为了报复凡尔赛军队的暴行枪毙一批人质的事。有人根据这两点谴责公社的活动家们"野蛮"，屠格涅夫显然赞同这种看法。

特罗普曼的处决①

一

今年（1870年）1月，我在巴黎的一位好朋友的餐桌上，接到了著名作家和巴黎统计学专家马·迪康的完全出乎意外的邀请，请我去观看处死特罗普曼②的场面，而且不只是观看如何处死他，我还被列入少数特许探监的人之中。特罗普曼所犯的可怕罪行至今还没有被忘记；但是在那时候，他和他将要被处死这件事引起了整个巴黎的注意，人们关心的程度与关心不久前成立假装拥护议会制的、由奥利维埃领导的部③或维克多·努瓦尔被杀案一样（如果说不是更大的话），努瓦尔死于那个后来令人惊讶地被宣判无罪的皮·波拿巴亲王之手④。在照相馆、纸店的所有窗户上都可以看到一排排的照片，照片上的那个前额很大、长着暗色的小眼睛、嘴唇虚肿的年轻人就是

---

① 初次发表于《欧洲导报》1870年第6期。1870年1月7（19）日，巴黎处决了杀人犯特罗普曼。法国作家迪康（1822～1894）邀请屠格涅夫观看行刑前的准备过程和罪犯被斩首的场面。此文详尽地描写了作者所见的情况和他的感受。

② 特罗普曼是一个21岁的机械师，为了金钱残酷杀害了坎克一家，此案曾在社会上引起强烈反响。后特罗普曼被判处死刑，上了断头台。

③ 1869年新历12月28日，拿破仑三世批准成立以奥利维埃为首的部，此人曾是帝制的反对者，这时已改变立场，虽然形式上他是议会的代表，实际上是皇帝的走卒。

④ 努瓦尔（1848～1870），法国新闻记者，为皮埃尔·波拿巴（拿破仑三世之弟吕西安·拿破仑之子）所杀，可是法庭宣判凶手无罪。努瓦尔的葬礼成为一次反对帝国的群众示威。

"著名的"庞坦①的凶手（l'illustre assassin de Pantin），几千个工人已经一连几天聚集在罗克特监狱附近等待着，想知道是否最后筑起了断头台，直到后半夜才散去。马·迪康的建议使我感到很突然，我没有多考虑就同意了；我既已答应于晚 11 时到达约会地点——在欧仁亲王②林荫道上的欧仁亲王塑像旁，就不想收回诺言了。不该有的羞耻心不让我这样做……要是人们以为我胆怯了呢？为惩罚自己——也为了让别人吸取教训——我现在打算把我看到的一切都说出来，打算在回忆时再次体验一下那一夜的沉重的感受。也许不只是读者的好奇心将得到满足；也许他们能从我讲述的事情中得到某种益处。

二

在欧仁亲王塑像旁已有一小群人在等待我和迪康了。他们之中有保安警察的著名首脑（chef de la police de sûreté）克洛德先生，迪康把我向他作了介绍。其余的人像我一样，是得到特许的参观者、新闻记者、新闻栏编辑等等。迪康告诉我说，我们大概得在看守长，即监狱长家里度过一夜，睡不了觉。冬天判处死刑的人在早晨七点处决，但是应当在半夜前到达刑场，否则大概就会挤不进去。从欧仁亲王塑像旁到罗克特监狱不会超过半俄里，但是我暂时还没有看见异乎寻常的事。林荫道上的人比平常稍多一些，只可以发现一点：几乎所有的人都朝一个方向走，而有的人，尤其是妇女，在小步跑着，同时所有的咖啡馆和小酒馆灯火通明，这种情况在离巴黎很远的街区是不多见的，特别是在这样晚的时候。夜里没有下雾，可是天色昏暗，无雨却很潮湿，无寒气却很冷——这是真正的巴黎一月之夜。克洛德先生说该走了，于是我们出发了。他一直保持着一个能干的人的平静和无拘无束的态度，在这样的人心中，类似的事件已引不起任何感觉，他只有一个愿望——赶快摆脱这不愉快的义务。克洛德先生 50 岁左右，中等身材，矮壮，肩膀宽阔，圆脑袋剃得光光的，脸盘很小，几乎是

---

① 巴黎附近的小镇，特罗普曼犯罪的地点。
② 欧仁·博阿尔内（1781~1824），拿破仑的妻子约瑟芬与前夫生的儿子。

微型的。只有前额、下巴和后脑勺引人注目地宽阔；他的枯燥而平稳的声音，他的灰白色的眼睛，短短的、结实的手指，肌肉发达的腿，他的所有不慌不忙的，但很坚定的动作，表现出了一种毫不动摇的毅力。听说他是本行的行家和能手，所有坏蛋和凶手都非常怕他。政治犯不归他管。他的副手 Ж 先生也很受迪康的称赞，他的样子像一个软心肠的、几乎充满温情的人，举止更为文雅。除了这两位先生，也许还有迪康本人之外，我们大家——或者这只是我的感觉？——都有些不自在，似乎感到很不好意思，虽然我们都像去打猎一样，精神抖擞地一个跟着一个出发了。

我们离监狱愈近，我们周围的人便愈多，虽然真正的人群还没有形成。没有喊叫声，甚至没有过分大声的说话声，可以看出，"戏"还没有开场。一些流浪儿已在周围转悠，他们把手插进裤兜里，把帽子往鼻子上一拉，用一种摇摇摆摆的和蹭着地的特殊步子走来走去，这种步子只有在巴黎能够看到，它往往在刹那间为最迅速的奔跑和猴子似的跳跃所代替。

"瞧，他来了……他来了……这就是他！"我们周围的几个人喊道。

"您知道吗？"迪康突然对我说，"把您当成本地的刽子手了。"

"很好的开头！"我想。巴黎的刽子手，我在那个夜里认识的巴黎的一个人物像我一样头发花白，身材也和我一样。

这时眼前出现了一块长长的、不甚宽阔的空地，它的两边是两座军营式的建筑物，很脏，建筑式样粗俗，这块空地是罗克特广场。左边是羁押少年犯的监狱（prison des jeunes détenus），右边是已判决犯人的拘留所（maison de dépôt pour les condamnés），即罗克特监狱。

三

这个广场上横着站着四排士兵，在较远的地方——离这四排士兵约 200 步处，也站着四排士兵。平常是不站士兵的，但是这一次政府考虑到特罗普曼的"名声"以及努瓦尔被杀后人们的思想情绪，认为只动用警力还不够，需要采取一些紧急措施。罗克特监狱的大门正好对着站满士兵的空地中央。几名警士在大门前慢慢地来回走动，一个年轻的、相当胖的军官戴着一顶华丽的绣花帽子（原来这是警察分局局长，相当于警察区段长）正要粗鲁地呵责我们这一群人，这马上使我想起自己国内过去的时代；但是在认出是"自己人"后，他放心了。在采取了极其有力的预防措施后，稍稍打开门放我们进去，我们到了大门旁边的一个小小的警卫室；在经过初步的检查和询问后，有人带领我们穿过两个里院（一个大，一个小）来到看守长家。这位看守长身体强壮，身材很高，上髭灰白，留着西班牙式的短尖胡子，长着一张法国步兵军官的典型的脸、一个鹰钩鼻子和一双一动不动的凶狠的眼睛，头顶很小，他亲热而和善地接待了我们；但是甚至不以他的意志为转移，他的每一个动作和每一句话不能不使人马上注意到，这是一个"稳重的人"（un gaillard solide），盲目效忠的奴仆，他会毫不犹豫地去执行自己主人的任何命令。顺便说一下，他已用事实证明了自己的忠诚：在12月2日的政变①之夜他率领自己的营占领了《箴言报》印刷厂②。他作为一个名副其实的讲究礼貌的人，把整个住宅供我们使用。他的住宅在主楼二层，有四个家具齐全的房间；在其中的两个房间里，各有一个壁炉在烧着。一只脚被弄脱臼的小狗，眼睛里流露出悲伤的表情，似乎它也感觉到自己是囚徒，摇着小尾巴，一瘸一拐地从一块地毯走到另一块地毯上。我们——我指的是客人——有七八个人，某些人（萨尔杜③、阿尔贝·沃尔夫④）的脸因见过照片，我是认识的，但是我不想跟任何人说话。我们大家坐在厅里的椅子上（迪康和克洛德先生一起走了）。自然而然地特罗普曼成为谈话的题目和所有想法的唯一的中心。看守长告诉我们说，特罗普曼晚上九点就睡着了，睡得很香；他似乎猜着了他请求赦免的结果；他恳求看守长对他说实话；他仍然一口咬定他有同谋，可是不愿说出他们的姓名；他大概在决定性的时刻会胆怯，不过吃饭胃口很好，而书籍则不读等等，等等。至于说到我们，那么我们之中的某些人谈论着应不应该相信这个有着撒谎恶习的罪犯的话，一而再地讲他杀人的细

---

① 1851年12月2日，路易·拿破仑发动政变，推翻了共和政府，一年后称帝。
② 《箴言报》从1797年到1865年为法国历届政府的机关报。
③ 萨尔杜（1831～1908），法国剧作家。
④ 沃尔夫（1838～1891），《费加罗报》杂文作者。

节，问颅相相士对特罗普曼的颅骨会有什么看法，提出关于死刑的问题……但是在讲这一切时都无精打采，讲得很呆板，用的是一些现成的话，这使得说话的人也不乐意继续往下说了。谈论别人的事情觉得不好意思……也无法谈；无法谈只是由于对死亡、对注定要死亡的人的尊重。我们大家都有一种令人难受的和慢悠悠的，是的，是慢悠悠的不安；无聊倒是谁也没有感到无聊，但是这种苦闷的感觉比无聊坏一百倍！大家预先就有这样的感觉，似乎这一夜不会有尽头！至于说到我，那么我只感觉到一点，即感到我无权置身于我所在的地方，任何心理学的和哲学的考虑都不能用来为我辩解。克洛德先生回来了，对我们说，那个有名的茹德从他手里逃脱了，如果茹德还活着，他没有失去抓到他的希望。但是突然传来了车轮的沉重的滚动声，过了一些时候人们前来告诉我们说，断头台运来了。我们大家都跑到了外面——仿佛非常高兴似的！

四

在大门跟前停着一辆笨重的有篷载货马车，驾着的三匹马排成一纵行；另一辆不大的和低矮的双轮马车样子像一个长方形的箱子，套着一匹马，稍稍靠边一点。（我们后来得知，这辆马车是用来在行刑后马上收尸并把尸体运往墓地的。）在两辆马车附近可以看到几个穿短工装的工人，一个戴圆帽、系白领带、肩上披着一件薄大衣的高个子在低声下命令……那是刽子手。所有头头——看守长、克洛德先生、警察分局局长等人——已经围着他，向他问好。"啊！英德里克先生！晚上好，英德里克先生！"——可以听到这样的问候声。（他的真名为海顿赖希，是阿尔萨斯人。）我们这一群人也到了他跟前，他霎时间成为我们的中心。人们在对他的态度中显示出了某种紧张的，然而带着尊重的亲热，好像是说："我们不嫌弃您，您毕竟是一个重要人物。"我们之中有的人大概是为了显得大方，甚至握了他的手。（他的手很漂亮，引人注目的白净。）我想起了普希金的《波尔塔瓦》中的诗句：

刽子手……

摆弄着白净的手①……

英德里克先生举止朴实、随和并彬彬有礼，不无古朴的庄重。他似乎觉得，在这个夜晚，他在我们眼里是仅次于特罗普曼的第二号人物，好比是他的首相。工人们打开马车的篷子，从中取出了断头台的所有部件，他们应当在这里，在离大门15步远处把它搭起来。两盏马灯在离地面不远的地方一前一后地来回晃动，它的明亮的、一圈圈的灯光照着马路上铺的经过琢磨的石块。我看了看表……才十二点半！天色变得更加昏暗，气候更加寒冷了。人已经相当多，在监狱门前空地边上的几排士兵后面，开始响起长时间乱哄哄的喧哗声。我走到士兵们跟前，他们一动不动地站着，位置稍稍移动了一下，原先整齐的队形被破坏了。他们的脸除了无聊，除了冷漠的和耐心忍受的无聊外，毫无别的表情；而我在士兵的军帽下边和制服上面，在警士的三角制帽下边和上衣上面看到的那些脸，工人和工作人员的脸，也几乎是同样的表情，只不过掺和着某种模糊的冷笑而已。在前面，从沉重地挪动着和挤过来的人群中传来了这样的声音："喂，特罗普曼！喂，朗贝尔！不必上那里去！"还有叫喊声和吹口哨声；可以清楚地听到为争位置而发生的争吵以及像蛇一样爬过的下流的歌声；突然出现了刺耳的笑声，其他的人马上跟着笑起来，后来这笑声为响亮的哈哈大笑声所湮没。"真正的事情"还没有开始，既听不到大家意料中的反王朝的呼喊，也听不到非常熟悉的《马赛曲》此起彼伏的威严歌声。我回到了慢慢地搭起来的断头台旁边。一位卷发的和黑脸膛的先生，戴着一顶灰色的软帽，大概是律师，正站在旁边高谈阔论，用单独伸出食指的右手用力而单调地上下指点着，紧张得甚至膝盖也弯曲了。他开始向两三位与他并排站着的、大衣扣子全都扣上的先生证明，特罗普曼不是杀人犯，而是躁狂者。

"躁狂者！我向你们证明这一点！请好好听我讲道理！"②他强调说，

---

① 引自《波尔塔瓦》第二章。引文不准确，应为"……刽子手，……时而用两只白净的手，拿起沉重的板斧在玩弄。"

② 原文为法文。

"他那样做并不是出于杀人的愿望,而是由于骄傲,我乐意把它称为过分的骄傲!请好好听我讲道理!"①穿大衣的先生们"好好听他讲道理",但是从他们的面部表情来看,他们未必被他说服了;而坐在断头台上的工人甚至公然地用鄙视的目光不时看看他。我回到了看守长的住宅。

五

我们的几个"同伴"已经又聚集在那里,殷勤好客的看守长请他们喝热红酒。又开始谈论特罗普曼是否继续在睡觉,他应该有什么感觉,虽然他的囚室离大街很远,人群的喧闹声会不会传到他那里,等等。看守长给我们看了一大摞写给特罗普曼的信,根据他的说法,特罗普曼不愿意读这些信。大部分信件原来是开平淡无奇的玩笑和愚弄人的,但是也有严肃的信,信中恳求他忏悔和承认一切;一位卫斯理教派的牧师给他寄来了20页神学的道理;还有女士们的短简:其中的一些夹带着花——雏菊、蜡菊。看守长对我们说,特罗普曼曾试图向监狱的药剂师要毒药,给他写了一封有关此事的信,药剂师当然马上把这封信交给了主管机关。我觉得,我们可敬的主人无法很好地弄清楚,我们干吗要关心特罗普曼这个——在他看来——凶狠的和可恶的野兽,他几乎认为我们的好奇是上流社会人士、非军人、"花尾棒鸡"②的游手好闲所产生的。我们交谈了一会儿,便开始散了,各人到各人要去的地方去了。在整个夜里,用法国人常说的话来说,我们像有罪的灵魂(comme des âmes en peine)一样四处游荡;进到房间里,在厅里的椅子上坐成一排,打听特罗普曼的情况,不时看表,打呵欠,重新下楼到院子里,到外面,再回来,重新坐下……当时有的人讲有伤大雅的笑话,互相交谈个人的小事,稍稍议论一下政治、戏剧和努瓦尔的被杀;有的人想要开玩笑,说俏皮话;但是这些事他们做得很不好,引起了某种不愉快的、马上中断的笑声,某种假装的

---

① 原文为法文。
② 旧时军界对文职人员的贬称。

赞许。我在第一个房间里找到一个很小的沙发，随随便便地在上面躺下，努力想要入睡，自然没有睡着，甚至没有打一会儿盹。人群的喧闹声愈来愈大，愈来愈不停息和间断。快到早晨三点钟时，根据克洛德先生所说（他经常进房间来，在椅子上坐下，马上就睡着了，后来被他的下属叫去，又不见了），已经聚集了两万五千多人。使我感到惊奇的是，这嘈杂声很像远处拍岸海浪的声音：有着同样的特别长的、瓦格纳式的渐强，但不是不断地升高，而是带有巨大的抑扬顿挫和有节拍的摆动。妇女和儿童的尖叫声，如同很细的飞沫一样，在这巨大的轰鸣声上面升起；在这轰鸣声中表现出一种粗暴的自发力量，刹那间全场静了下来，好像陷入了沉思，平静了，接着又重新喧哗起来，声音愈来愈大，膨胀起来，眼看就要砸下来，好像想把一切都砸掉；过了一会儿，重新往后退，平静下来，接着声音又大起来——就这样无尽无休地来回重复着……这喧闹声表明什么呢？我想……焦急心情，快乐，愤恨？……不！它不是任何单独的、任何属于人的感情的反应……这只不过是自发力量的喧闹声和吵嚷声。

六

快到早晨三点钟时，我可能已是第十次到外面去了。断头台已经搭好。在昏暗的天空中可以模糊地看到断头台的两根彼此相距四分之三俄尺的柱子，两根柱子之间有一道连接它们的斧刃的斜线，其形状与其说可怕，不如说奇怪。我不知为什么想象这两根柱子彼此相距应远得多，可是它们相距很近，这使得整个机器有一种令人生畏的严整性——像天鹅一样带着全神贯注的神情长长地伸出的脖子的严整性。用柳条编的暗红色的车身很大，形状像皮箱一样，它使人产生厌恶感。我知道，通常刽子手往那里扔未冷却的、还在抽搐的尸体和头颅……在这之前不久到达的骑马的保安警察（garde municipale）在监狱的正面排成半圈；马不时打着响鼻，嚼着马嚼子，晃动着脑袋；每匹马前腿之间的马路上有大滴大滴的白沫。骑手们显得闷闷不乐，他们用熊皮帽遮住眼睛，打着瞌睡。横贯广场和挡住人群的士兵队伍撤到了更远的地方，因此监狱前面的空地已经不是200步宽，而是整整300步宽了。我走到其中的一排士兵跟前，长时间地望着挤在他们后面的人群，人们自发地、却毫无意义地叫喊着。我记得一个大约20岁的年轻工人的样子：他低下头，带着得意的微笑站着，好像是在想有趣的事情，突然他抬起头，张开嘴，拖长声音喊着，喊声没有词，然后他的脑袋又低下来，他又得意地笑了。这个人发生了什么事？他干吗要让自己度过这痛苦的不眠之夜，几乎一动不动地站八个钟头？我没有听清各个人的话，只有时从不停的嘈杂声中听到一个做投机买卖的小贩的刺耳的喊叫声，他正在出售关于特罗普曼，关于他的生平、关于判处他死刑的情况，甚至关于他的"最后的话"的小册子……或者听到远处某个地方有人又争论起来，不成体统地哈哈大笑，听到妇女们的尖叫……这一次我听到了《马赛曲》，但是唱它的只有五六个人，而且唱得断断续续。《马赛曲》一般要有几千人唱才像样子。"**打倒皮埃尔·波拿巴！**"①一个声音洪亮的人高喊一声……"噢……噢……啊……啊……"在他周围的人喧闹起来。一个地方的喊声突然带有波尔卡舞的整齐节拍，按照著名的"**点灯火！**"②的调子三个音节一组有节奏地高喊。人群散发出难闻的气味和酸酸的水气：所有这些人喝了大量的酒；这里有许多喝醉酒的人，无怪乎小酒馆像一个个红点在画面的背景上闪闪发亮。夜色由昏暗变为漆黑，天空完全阴沉了，变成了黑色。在稀疏的、像模糊的幻影一样挺立的树上，看得出有一小群一小群人：这是流浪儿爬到了树上，吹着口哨，像鸟儿似地坐在树枝中间叽叽喳喳叫。他们之中的一个从树上掉了下来，听说摔死了，折断了脊梁骨，但是只引起一阵笑声，而且笑声延续的时间并不长。

在回到住宅的路上经过断头台时，我看见台上刽子手被一小批好奇的人围着；他在给他们"示范"或演示：把安在铰链上立着的一块用来固定罪犯的木板放倒，木板倒下时一头正好落在两根柱子之间的半圆孔里；再放下斧头，它沉重地和平稳地急速落下，发出低沉的和急促的喀嚓声等。我没有去看演示，也就是说没有到断头台上去：我

---

① 原文为法文。

② 原文为法文。1827年法国人民为要求改善街道的照明有节奏地呼喊的口号，后作为表示某种要求的口号来使用。

的一种从未有过的有罪的感觉，一种隐隐约约的羞耻的感觉在我心里不断加强……也许应该说，这种感觉使我觉得只有监狱大门前套在马车上的、安安静静地嚼着喂料袋里的燕麦的马是我们之中唯一没有过错的生物。

我又躺到沙发上，又开始倾听海潮般的喧闹声……

七

通常人们都说，等待时的最后一个钟头总比第一个，尤其是比第二个、第三个钟头过得快，而情况恰恰相反……这一次也是这样。当我们大家得知已到了6点钟，离行刑的时刻总共只剩下一个钟头时，都感到惊奇。正好过半个钟头，即6点半，我们就应去特罗普曼的囚室。我不知道别人有什么感觉，但是我心里开始有一种紧迫感。出现了新的人物：个子很小、长着一头白发和一张瘦脸的神甫，穿着一件黑色的长上衣，佩着荣誉勋位勋章的绶带，戴着一顶宽边帽，在眼前一闪而过。看守长给我们安排了类似早餐的东西，点心在客厅的圆桌上，出现了大盘的巧克力……我甚至没有到桌子跟前去，虽然殷勤好客的主人劝我吃点东西以增加体力，"因为早晨的空气可能对身体有害"。我觉得在这个时刻进食是……可厌的。得了吧，还吃吃喝喝！"我没有权利！"从这一夜一开始我就上百次地对自己说。"他还在睡吗？"我们当中的一个人一面吃着巧克力，一面问。（所有的人谈到特罗普曼时都不叫他的名字，因为不可能有另一个他。）"还在睡。"看守长回答道。"居然听不见这可怕的喧闹声？"（喧闹声确实变得异常大，开始带有粗声粗气地乱喊的特点；这可怕的合唱已不是渐强而是在得意扬扬地和兴高采烈地轰鸣。）"他的囚室三面都是墙。"看守长解释道。他显然让克洛德先生扮演主角，后者看了看表说："6点20分，到时候了！"我们大家大概内心都颤动了一下，然而都若无其事地戴上帽子，大声说着话跟着我们的带头人走了。"今天您在哪里吃午饭？"一个新闻栏编辑大声地问，但是这使人觉得很不自然。

八

  我们来到监狱里的大院子里；在这里左边的角落里，在半闭着的门前，像点名似地点了人数；然后把我们带进一个狭窄的、很高的、空荡荡的房间，房间中央立着一条皮凳。这里"打扮被判决的犯人"（la toilette du condamné）——迪康低声对我说。我们不是所有的人都进去了：把看守长、克洛德先生和神甫算在内，我们一共进去了十个人。我们在这个房间里呆了两三分钟（这时办了某种书面的手续），在这短暂的时间里，那种认为我们没有任何权利做现在做的事的想法，那种认为我们假装庄重的样子来观看处死与我们相似的人，是在演出一出不道德的和令人厌恶的蹩脚喜剧的想法，最后一次在我脑子里闪动了一下；当我们又迈步跟在克洛德先生的后面，沿着两盏小灯的微弱灯光照亮的宽阔石头长廊往前走时，我已经什么别的感觉也没有了，只觉得马上……马上……此刻……此刻就要……我们匆忙上了楼梯，来到另一条走廊里，过了那条走廊，沿着狭窄的螺旋形楼梯往下走，来到一扇铁门前……在这里！

  看守小心地打开锁。门轻轻地开了，我们大家轻轻地、默不作声地进了一个相当宽敞的房间，这房间的墙是黄色的，有一个高高的、有栅栏的窗户，里面放着一张被子弄皱了的床，床上没有任何人躺着……一盏夜明灯的均匀的光相当清楚地照出所有这些东西。

  我在别的人后面站了一会儿，记得不由得眯起眼睛，然而马上就在我斜对面的地方看见一张长着黑头发和黑眼睛的年轻人的脸，这张脸左右晃动着，用巨大的、瞪得圆圆的眼睛打量着我们。这是特罗普曼。他在我们来到前醒了。他站在桌子前，刚刚伏在桌子上写好了给母亲的告别信（顺便说一句，它没有重要内容）。克洛德先生脱下帽子，走到他跟前。

  "特罗普曼！"他用他那冷冰冰的和不高的，然而是不容反驳的嗓音说："我们前来通知您，您请求赦免的上诉被驳回了，您赎罪的时刻到了。"

  特罗普曼把两只眼睛朝向了他，但是其中"巨大的"目光已消失了；他平静地、几乎是睡眼惺忪地望着，一言不发。

"我的孩子！"神甫用低沉的声音喊了一声，从另一边走到他跟前，"**勇敢些！**"①

特罗普曼像看克洛德先生那样，朝他看了一眼。

"我曾以为他会胆怯！"克洛德先生用自信的语气对我们说，"现在，当他经受住了第一次打击（le premier choc）后，我可以为他担保。（教师为了讨好学生，有时往往事先就称他为'好样的'。）"

"噢，我不怕！（Oh！je n'ai pas peur！）"特罗普曼又一次对着克洛德先生说，"我不怕！"

他的嗓音是年轻人的好听的男中音，说话的声音完全是平静的。神甫从口袋里取出一个不大的壶。

"您是否想喝点酒，我的孩子？"

"谢谢……不需要。"特罗普曼很有礼貌地微微鞠躬，回答说。

克洛德先生又对他说：

"您是否继续断定您没有犯给您定的罪？"

"我没有杀人！（Je n'ai pas frappé！）"

"然而……"看守长插进来说。

"我没有杀人！"

（大家知道，最近特罗普曼翻了供，他说，他确实把坎克一家带到了杀人现场，然而是他的同谋把他们杀死的，甚至说他手上的伤口是由于他想保护一个孩子造成的。不过他在审讯过程中满口谎言，在他之前只有少数罪犯才这样做。）

"您也继续断定您有同谋吗？"

"有。"

"您能否讲出他们的名字？"

"不能……也不愿意，不愿意。"特罗普曼的声音提高了，他的脸霎时间涨得通红，使人觉得他马上就要生气了……

"那么好吧……好吧……"克洛德先生说，似乎想要让人们知道，他问他也只是为了完成必不可少的手续，现在要做的是另一件事……

---

① 原文为法文。

需要让特罗普曼脱衣服。

两个看守走到他跟前，动手脱他身上的囚犯的紧身衣（camisole de force），它类似用蓝色厚麻布做的工装，身后有皮带和扣环，两只长袖子的袖口被拴住，袖子末端的结实的细绳子从大腿附近与腰部相连。特罗普曼在离我两步远的地方侧身站着，没有任何东西妨碍我看清他的脸。他的嘴如同漏斗一样向前和朝上突出，形状像野兽的嘴，稍微有点肿，使人看了很不舒服，嘴里露出排成扇形的、难看的和稀稀拉拉的牙齿，如果不是这张嘴，他的脸可说是漂亮的：深颜色的头发很浓密，略呈波浪形，眉毛很长，凸出的眼睛富有表情，前额宽阔白净，端正的鼻子稍稍隆起，下巴上长着一卷卷很浅的黑色茸毛……您如果不是在监狱里，不是在这种情况下遇见这个人，他大概会给您好的印象。在工厂的青年、在社会教育机关受教育的人当中，可以碰到几百个这样的人。特罗普曼中等身材，像少年一样瘦削而挺秀。我觉得他像一个成年的孩子，其实他还不到20岁。他的脸色是完全自然的、健康的，带点粉红色，在我们进门时脸色没有发白……毫无疑问，他确实睡了一整夜。他没有抬起眼睛，像一个小心地走很长山路的人那样，呼吸均匀而深沉。他甩了一两次头发，好像要甩开纠缠不休的念头似的，仰起头，很快地向上看了一眼，发出勉强可以察觉的叹息。除了这些几乎是刹那间的动作之外，他身上甚至没有露出一点激动或不安的样子，更不必说恐惧了。我们大家的脸色无疑比他更加苍白，心里更加焦急不安。当看守把他的手从囚服的拴着的袖子里抽出来后，他带着满意的微笑在胸前把囚服托住，让看守解后面的扣环；在给小孩脱衣服时，小孩往往这样做。然后他自己脱下衬衣，换上另一件干净的，仔细扣好领扣……看着这个光着身子的人的这些毫不拘束的、自由的动作，看到监狱黄颜色墙壁的背景上的光光的四肢，心里有一种奇怪的感觉……

然后他弯下腰，穿上皮鞋，使劲地用后跟和鞋底跺地板和墙，好使脚更好地和更严实地进到鞋里去。所有这些事他都是随随便便地做的，做得很麻利，几乎很高兴——好像有人来叫他去游玩一样。他没有说话，我们也没有说话，只相互交换眼色，由于惊奇不由自主地耸耸肩膀。他的动作的朴实使我们大为惊讶，这种朴实——如同生命的任何完全平静的和自然的表现一样——达到了优美的程度。我们的同行者之一后来在这一天偶然与我相遇时对我说,当我们待在特罗普曼的囚室里时,他一直觉得我们不是在 1870 年,而是在 1794 年;我们不是一般的公民,而是雅各宾党人,我们押去执行死刑的不是一个粗野的杀人犯,而是一个正统的侯爵——**一个前贵族,一个穿红后跟鞋的贵族,先生**,①通常可以看出,被判死刑的人在向他宣布判决后,或者完全失去了知觉,好像预先死了和解体了一样,或者炫耀自己,充好汉,或者陷于绝望,痛哭流涕,浑身发抖,乞求宽恕……特罗普曼不属于这三类人中的任何一类人,因此甚至使得克洛德先生本人困惑莫解。顺便说一句,倘若特罗普曼开始大喊大叫和痛哭流涕,我的神经一定会受不了,我会跑掉。但是看到这种平静,这种朴实和似乎像是谦恭的态度,我心中的所有感情——对这个残忍的杀人犯,对这个掐断喊着"妈妈!妈妈!"②的孩子的喉咙的恶棍的厌恶以及对这个很快就要被死亡吞没的人的怜悯——都消失了,被湮没在一个东西,即惊奇的感情之中。是什么支撑着特罗普曼?是他虽不炫耀自己,但仍然在观众面前"出场"给我们做最后一次表演这一点吗?是天生的勇敢无畏吗?是克洛德先生的话激起的自尊心吗?是需要把斗争坚持到底的倔强吗?还是另一种没有猜出来的感情?……这是一个已被他带到坟墓里去了的秘密。有的人至今仍然相信特罗普曼精神不完全正常。(我上面提到过的戴白帽的律师就这样认为,不过我没有再见到他。)杀死坎克全家这一行为的无目的性,或者几乎可以说是它的荒谬性,在某种程度上可作为这种看法的证明。

九

现在他穿好了皮鞋,伸直了腰,全身抖动一下说:穿好了!重新又给他穿上了囚服。克洛德先生请我们所有的人都出去,让特罗普曼和神甫两个留下来。我们在走廊里还没有等两分钟,他那笔直地和

---

① 原文均为法文。

② 同上。

大胆地抬起头的不大的身躯又出现在我们面前。他的宗教感情淡薄，他大概在宽恕他的罪行的神甫面前进行忏悔时，只是把它当作一种单纯的仪式来对待。我们一群人簇拥着特罗普曼慢慢地上了一刻钟前我们下来时经过的狭窄的螺旋形楼梯，隐没在一团漆黑里……因为楼梯上的灯灭了。这是一个可怕的时刻。我们大家急速往上走，可以听得到我们的脚敲打楼梯木板的急速的和刺耳的声音，我们拥挤着，肩碰着肩，我们之中的一个人帽子掉了，有人在后面恶狠狠地喊道："**该死的！**①点蜡烛！照一照亮！"在这里，在我们中间，在深沉的黑暗中，有着我们的牺牲品，我们的猎物……这个不幸的人……在相互推着挤着的我们中间，谁是他呢？他会不会突然想要利用黑暗——十分迅速地和横下一条心——跑走……到哪里去？哪里都行，到监狱远处的角落里，在那里哪怕一头撞在墙上！至少是自己把自己结果掉的……

　　我不知道别人是否有这些"担心"……但是这些担心原来是不必要的。我们一群人簇拥着一个不很高大的人上了楼梯来到走廊里。显然，特罗普曼命该死在断头台上——我们一队人开始向它前进。

十

　　这个队伍的行进可以称之为赶路。特罗普曼用急促的、矫健的、几乎是蹦跳着的步子走在我们前面，他显然走得很快，我们大家也跟着他急急忙忙地走。有的人甚至从左右两边跑到前头去，想再一次看看他的脸。我们就这样跑过走廊，沿着另一个楼梯往下走——特罗普曼下楼梯时两级两级地跳着走——很快经过另一条走廊，又跨过几级楼梯，最后来到只放着一条凳子的高房间，这个房间我已经提到过了，是"打扮被判决犯人"的地方。我们从一扇门进去。而从我们对面的门里出来了一个人，他迈着庄重的步子，系着白领带，穿着一身黑衣服，与外交官或新教的牧师一模一样——这是刽子手；在他后面进来了一个穿着黑色上衣的矮胖小老头，这是他的第一助手、本市的刽子手鲍韦。小老头手里拿着一个不大的皮包。特罗普曼在凳子旁停

---

① 原文为法文。

住，大家都站在他的周围。刽子手和他的助手小老头站在右边；神甫也在右边，稍靠前一些；看守长和克洛德先生则站在左边。小老头用钥匙打开皮包的锁，拿出几条带有长短不等的扣环的生牛皮白皮带，费力地跪倒在特罗普曼的后面，动手捆他的腿。特罗普曼无意中踩了一根皮带的一头，小老头想把它抻出来，喃喃地说了两次"对不起，先生！"最后碰了碰特罗普曼的小腿肚子。特罗普曼马上转过身来，像平常一样有礼貌地鞠了一躬，抬起脚，放开了皮带。这时神甫低声地用法语读着一本小书上的祈祷文。过来了另外两个助手，迅速地脱下特罗普曼的囚服，把他的双手往后一背，十字交叉地捆了起来，并用皮带捆住他的全身。总刽子手时而用手指头指指这里，指指那里，下着命令。这时发现皮带上没有打上用来扣上扣针的足够数量的小孔，大概打孔的料想犯人是一个敦实的人。小老头开头在皮包里找了一阵，后来把自己的口袋挨个儿摸了一遍，在仔细地摸了一阵之后，最后从一个口袋里取出一个不大的弯弯的锥子，就用这个锥子用力地在皮带上钻孔，他的笨拙的、由于痛风而肿起来的手指不大听他的使唤，而且皮带很厚，是新的。他钻了一个孔，试了试……扣针进不去，需要再钻。神甫大概猜到了事情不顺手，放慢了读的速度，越过肩膀偷偷地看了一两眼，开始把读祈祷文的声音拖长，以便使小老头有时间做好他的事。我坦白承认，在这样做的整个过程中，我出了一身冷汗，最后这道工序终于结束了，所有的扣针都扣上了……开始了另一道工序，让特罗普曼在他面前的凳子上坐下，患痛风的小老头开始剪他的头发。他拿出一把不大的剪刀，噘着嘴唇，先用心把特罗普曼的衬衣领子剪掉，这件衬衣是他刚刚换上的，事先做到能让领子容易扯下来。但是麻布很粗，有很多皱褶，不是很快的剪子不容易剪动。总刽子手看了一眼，很不满意，因为开口不够大。他用手一指，患痛风的小老头又动手剪，剪下了一块相当大的麻布。脊背的上部露出来了，出现了肩胛骨。特罗普曼的这两块骨头微微地动了动，因为房间里很冷。接着小老头动手剪头发，他的肥胖的左手摁住特罗普曼的脑袋（特罗普曼立刻顺从地低下了头），用右手开始剪起来。一绺绺暗红色的粗硬的头发顺着肩膀往下滑，落到地上，一绺头发掉到我的靴子旁。特罗普曼一直那样顺从地低下头，神甫把念祈祷文的声音拉得更长。我一直无法把目光从这两只曾经沾满无辜者的鲜血，如今无力地叠放着的手上移开，尤其是无法从这个年轻人的细细的脖子上移开……在想象里不由自主地在脖子上划了一道横切线……我想，在这里，再过几分钟，十普特的斧子就要砸碎颈椎骨，切断肌肉和血管……而那身躯似乎没有料到会这样……它仍平滑、白净、健康……

我不由自主地给自己提出了这样的问题：在这时刻这个顺从地低下的脑袋在想什么？它是否像常说的那样，咬紧牙关，紧紧抓住一个想法："我决不屈服？"这脑袋里是否像旋风一样出现过去的各种各样的，大概都是无关紧要的回忆？是否呈现出被杀的坎克的家庭成员之一临死前的特殊惨状？或者这个脑袋不过是努力不去想任何事情，只是对自己反复地说："这没有什么，这没啥，我们瞧吧……"它这样说是否要说到死亡落到它上面，无处可躲的时候？……

而小老头一直剪啊剪……被剪子咬住的头发响起吱吱的声音……最后这道工序也结束了。特罗普曼很快站起来，晃了晃脑袋……通常在这个时刻，那些还能说话的罪犯往往对监狱长提出最后的请求，谈到留下的债务或金钱，感谢看守，请求把遗书或一绺头发转交给亲属，向他们致以最后的问候……但是特罗普曼显然不是一般的犯人，他鄙视这样的"柔情"，没有说一句话；他默默地等待着。有人把一件短上衣披在他肩上——刽子手搀起他。

"听着，特罗普曼！（Voyons，Tropmann！）"在死一般的寂静中响起了克洛德先生的声音，"现在，一分钟之后，一切将要结束。您继续坚持认为（vous persistez）您有同谋吗？"

"是的，先生，继续坚持认为。"特罗普曼仍用好听的男中音坚定地回答道，身体微微向前倾，好像很有礼貌地在为他不能做另一种回答表示歉意，甚至感到遗憾。

"好！走！"①克洛德先生说，我们大家出发了，我们来到监狱的大院子。

---

① 原文为法文。

十一

  时间是差一分七点,但是天才蒙蒙亮,原来就有的昏暗的雾气弥漫着整个天空,使得各种东西的轮廓变得模糊不清。我们刚跨出门槛,就听到四周人群的一刻不停的和声音高得无法忍受的喧闹声。我们这个队伍的人已变少了,我们之中的某些人落在了后面,这个队伍沿着院子的石砌甬道快步前进,我虽然与别的人走在一起,然而稍稍靠边。特罗普曼迈着小步很快地走着——捆住他的皮带妨碍着他,这时我觉得他是多么的小,几乎是一个小孩!突然两扇大门像张开大嘴一样慢慢地打开了,有着两根狭窄的黑柱子和一把扬起的斧头的断头台这个巨大的怪物,在等久了的人群兴高采烈的尖叫声中一下子在我们面前露了出来。我突然感到身上发冷,冷得想要呕吐,我觉得这冷气是从那两扇门侵入到我们院子里来的,我的两腿弯曲了。然而我再次朝特罗普曼看了一眼,他的身子突然往后倒,脑袋往后仰,膝盖弯了,好像有人在他胸部推了一下似的。"他要昏过去了!"在我旁边有人低声说了一句……但是他马上振作起来,迈开很稳的步子朝前走。我们当中想要看到他的脑袋如何滚下的人,从他身边跑过,到了外面……我没有这样做的勇气,极度紧张地在大门旁站住……

  我看到刽子手突然像一座黑塔似的出现在断头台的左边;我看到特罗普曼离开一小群留在下面的人,沿着梯级(有十级……整整的十级!)往上走;我看到他停住脚步,向后扭过头来;我听到他说:"Dites à monsieur Claude……"[①]我看到他在上面出现,左右的两个人像蜘蛛扑向苍蝇那样扑向他,他突然头朝前倒下,他的脚掌猛地一蹬……

  这时我转过头去,开始等待,而土地在脚下浮动起来……我觉得我等的时间相当长[②]。我来得及发现,在特罗普曼出现时,人们的喧

---

  ① 我没有听清这句话的结尾。他的整句话是"Dites à m-r Claude, que je persiste",大意是:我继续坚持认为我有同谋。特罗普曼不愿使自己失去这最后的快乐,最后的乐趣:给他的法官们和公众的头脑里留下怀疑和责备的毒刺。——作者注

  ② 实际上,从特罗普曼的一只脚踏上断头台的第一级台阶的那个时刻起,到把他的尸体扔到准备好的车厢的那个时刻止,只有20秒钟。——作者注

闹声似乎卷成一团,全场死一般地寂静……我面前站着一个哨兵,这是一个红脸男子……我来得及注意到,他带着无言的困惑和恐惧望着我……我甚至来得及这样想,这个士兵也许出生在偏僻农村的一个温顺和善的家庭,现在他要看到的是什么!最后传来了像是木头敲木头的轻轻的声音——这是颈圈上半部分落下的声音,颈圈上有一个纵向的开口让斧刃通过,它套住罪犯的脖子,让他的头动不了……然后听到不知什么东西低沉地咆哮一声,滚了下来,只听得扑通一声……好像一个巨大的动物咳出痰来一样……我无法找出另一个更为确切的比喻。一切都变得模糊起来了……

有人搀扶住我……我看了一眼:这是克洛德先生的助手Ж先生……后来我得知,我的朋友马·迪康曾委托他照看我。

"您的脸色很苍白……要喝点水吗?"他微笑着说。但是我对他表示感谢,回到监狱的院子,它对我来说成了躲开大门外的恐怖场面的避难所。

十二

我们一群人在大门旁边的警卫室集合,以便与看守长告别,并等待人群散去。我也到了那里,得知特罗普曼躺上木板后,突然一下子把头往旁边一伸,结果它没有落到半圆形的孔里,于是刽子手只好抓住头发把头往孔里拉,这时他把一个刽子手——总刽子手本人——的手指咬了一口;行刑后,尸体被扔进带篷的马车马上运走了,这时有两个人利用不可避免地出现的骚动的最初时刻,挤进士兵的队伍,爬到断头台下,开始把自己的头巾浸到从板缝里流下来的血里……

但是我像在做梦一样听所有这些话,我觉得自己非常疲乏——而且不是我一个人如此。所有的人都觉得累,虽然大家看来都像卸下肩上的重担一样变得轻松了。但是我们之中没有任何人,绝对没有任何人意识到自己出席了公众实行公正裁判的活动,每个人都努力不去想它,似乎想要摆脱自己对这次杀人的责任一样……

我和迪康向看守长告别后,便回家了。男人、妇女、儿童的人流像一条河一样,它的不好看的和浑浊的波浪从我们旁边奔腾而过。几乎所有的人都没有说话，只有穿工装的工人有时交谈几句："你上哪里去？""你上哪里？"等等。还有流浪儿吹着口哨来欢迎坐车经过的"轻佻女人"。人们的脸色是多么疲惫、阴郁和无精打采啊！那无聊、疲乏、不满、懊丧、萎靡不振的和无缘无故的懊丧的表情是多么明显啊！不过我看到的喝醉酒的人并不多，或者他们已被弄走了，或者他们自己安静下来了。日常生活又在重新把所有这些人纳入到自己当中来——他们几个钟头脱离它的轨道究竟是为了什么？是为了得到什么样的感受？想到这里沉积的东西就觉得可怕。

我们在走到离监狱大约200步时，找到了一辆出租马车，坐了上去，走了。

路上我和迪康谈论我们之所见以及在这之前不久他（在我已引用过的那一期《两大陆评论》①上）说过如此有分量，如此有道理的话的事情。我们谈论这种中世纪的处置方法的不必要和无意义，由于它，罪犯的濒死状态延续了半个钟头（从6点28分到7点），谈论所有这些穿衣、脱衣、剪发、带着沿楼梯和走廊走的做法的不成体统……所有这一切是根据什么理由进行的？怎么能容许这种令人愤慨的陈规陋习存在？而死刑本身——它能证明本身是有理的吗？我们看到这样的场面给了人们以什么样的印象，而且这种似乎是有教育意义的场面本身也完全没有为人们所看见。在到来的人们当中，未必有千分之一的人，不超过50人或60人，能在清晨的昏暗中，从150步之外，透过军队的队列和马的臀部看到一点什么。而其余的人呢？他们能从这个许多人喝醉酒的、不眠的、无所事事的、道德败坏的夜晚得到哪怕一点点微小的好处吗？我想起那个年轻的、无意义地叫喊的工人，他的脸我曾经观察了几分钟，难道他今天开始干活时能比以前更恨各种恶习和游手好闲吗？最后还有我，我得到了什么？得到的是在看见这个善于显示自己蔑视死亡的杀人犯、精神上的畸形儿时的一种不由自主的惊奇的感觉。难道立法者会希望给人产生这样的印象吗？在这些以经验为根据的反证面前，还能谈什么"道德目标"呢？

但是我不想热衷于发议论，因为这会使我离题太远。而且谁不知

---

① 原文为法文。

道，死刑问题是一个迫切地、刻不容缓地需要解决的问题：现在人类正在努力设法解决这个问题。如果我的叙述能给赞成废除死刑或者至少废除公开执行死刑的做法的人提供一些论据的话，那么我将会感到满意，并且会原谅自己的这种不合适的好奇心。

1870 年，魏玛

贝加兹

猎人经常喜欢夸耀自己的狗，夸大它们的品质：这也是一种间接的自我夸奖。但是毫无疑问，狗像人一样，在它们之中有聪明的和笨的，有多才多艺的和碌碌无能的，甚至可以碰到天才，碰到怪物[①]，它们"体力和智力"方面的才能、性格和气质的多样性，不次于人身上发现的多样性。可以说——而且不会有特别的牵强之处——狗由于长期的，在历史时期中更加密切地与人生活在一起，它在好坏两个方面都受了人的感染。它自己的正常的心理无疑被破坏了和改变了，如同它的外表被破坏和改变了一样。狗变得更加近乎病态的敏感，更加神经质，它的寿命缩短了；但是它变得更加文明，感受力更强，更加机灵；它的视野扩大了。羡慕，妒忌，结交朋友的能力，不顾一切的勇敢，达到忘我程度的忠诚，可耻的胆怯和变化无常，疑心、记仇、和善、狡诈和直率——所有这些品质有时以惊人的力量在受过人的教育的狗身上表现出来，它比马更加配称为布封所说的"人的最高尚的成果"[②]。

不过议论已经发得够多的了，下面我讲事实。

我像任何"有瘾的"猎人一样，曾养过许多狗，有不好的，也

[①] 1871年春，我在伦敦的一个马戏院里看见一只狗，它能扮演"小丑"、丑角的角色；它无疑具有幽默感。——作者注

[②] 布封（1707～1788），法国博物学家，以关于自然史的著作闻名于世。他在这部著作中曾说过："马是人的最高尚的成果"。

有好的和非常出色的，我甚至碰到过一只名副其实的疯狗，它从造纸厂的四层楼跳进烘干室的天窗而送了命；但是我曾有过的最好的狗，无疑是那只毛很长，黑色带黄斑，名叫贝加兹的公狗，这是我在卡尔斯鲁厄近郊花 120 盾①——约合 80 银卢布——从一个猎人兼看守（Jagdhüter）手里买来的。后来曾几次有人向我提出用 1000 法郎买它。贝加兹（它至今还活着，虽然今年年初几乎突然地失去了嗅觉，耳朵也聋了，瞎了一只眼睛，完全变得不像样子了）曾是一只身上的毛带有波纹，大脑袋出奇地漂亮，长着两只褐色大眼睛，相貌异常聪明和高傲的大狗。它不完全是纯种狗：是英国塞特犬和德国牧羊犬的混血儿；它的尾巴很粗，前爪过于肥厚，后爪有点细弱。它力气很大，是一个最有名的打架好手：它大概曾经要了几条狗的命，猫就更不必提了。现从它在打猎时的缺点说起——缺点不多，花不了多少时间就可全都列举出来。它怕热——在近处没有水时，就陷入人们说到狗时常说的那种状态，即开始"张嘴喘气"；它有些笨重，寻找猎物的动作较慢，但是因为它的嗅觉令人难以置信的好——这种情况我从来没有碰到过和见过——它仍然能够比任何别的狗更快和更经常地找到猎物。它的伺伏令人惊讶，它任何时候——任何时候！——都没有出过错。"既然贝加兹伺伏着，就是说，有野禽野兽，"——这在我们的所有打猎的同伴之间已成为公认的公理。无论是兔子还是其他的野兽，它一步也不去追；但是由于它没有受过正确的、严格的、英国式的训练，它一听见枪声就不等命令扑过去捡打死的猎物——这是重要的缺点！它根据鸟飞的姿势能立刻看出这鸟受了伤，如果它朝鸟看了一眼就去追，用一种特殊的姿势抬起头，那么这是一个可靠的标志，表明它将把鸟找到并衔回来。如果它的力量和本领得到充分的发挥，那么任何被击中的野禽都不能从它那里逃走：它是一只所能想象到的再好不过的"衔回猎物的猎犬"（retriever）。很难计算出它找到过多少只几乎充满着德国所有的森林，藏在刺李丛中的野鸡，多少只逃离它们落下的地方差不多半俄里的山鹬，多少只兔子、野山羊和狐狸。有时把它带到两个、三个、四个钟头前打伤的野禽野兽留下痕

---

① 盾是荷兰、德国、奥地利旧时的货币。

迹的地方，只要提高嗓门地对它说一句："such，verloren！"（"找，不见了！"）它就马上飞奔过去，先朝一边，然后朝另一边，在发现踪迹后，拼命地追去……过了一分钟，再过一分钟……被它咬住的兔子或野山羊在叫了——或者它衔着猎物跑回来了。有一次，在围猎兔子时，贝加兹干了这样一件令人惊讶的事，如果没有整整十个人可以作证的话，我未必敢讲它。林中的猎场到头了，所有猎人聚集在林边的一块空地上。"我就在这里击伤了一只兔子。"我的一个同伴对我说，并向我提出了一个平常的请求：让贝加兹去找。应当指出，除了我的这只被称为**"著名的贝加兹"**[①]的猎狗外，没有让一只狗参加这次围猎。在这些场合，狗只会碍事，它们自己不喜欢安宁，也使它们的主人不得安宁，而它们的行动会使猎物有所防备，把它们吓跑。看守猎场的人把自己的狗用皮带拴住牵着。围猎刚一开始，刚响起叫喊声，我的贝加兹就变得像木偶一样，注视着密林，微微地竖起和放下耳朵，甚至连呼吸也停止了；猎物可能从它鼻子底下跑过去，而它稍稍动一动两肋或者舔一舔嘴唇，仅此而已。有一次一只兔子直接从它的爪上跑过去……贝加兹只做出不想咬它的样子。现在回头来讲那件事。我命令它："such，verloren！"它去了，过了一会儿我们听到被捉住的兔子在叫！树林里已闪现出我的狗的漂亮的身躯，它一直向我跑过来。（它不把猎物交给别的任何人。）突然，它在离我20步的地方停住了，把兔子放在地上，迅速往回走！我们大家迅速地彼此对看了一眼……"这是什么意思？"人们问我。"贝加兹干吗不把猎物衔到您跟前？它从来没有这样做过！"我不知道说什么好，因为自己什么也不明白。突然树林里又传来了兔子的叫声，贝加兹衔着另一只兔子又在密林里出现了！大家一齐大声地鼓掌欢迎它。只有猎人能够估量出，这只狗需要有多么灵敏的嗅觉、多么大的智慧和多么精确的计算，才能在嘴里衔着刚刚咬死的、身体尚温的兔子，在奔跑中，在快到主人跟前时闻出另一只受伤兔子的气味，并且弄清这气味正是另一只兔子散发出来的，而不是它嘴里叼着的那只！

　　另一次带它去寻找受伤的野山羊。打猎是在莱茵河边进行的。它

[①] 原文为法文。

跑到了岸边，冲向右边，然后冲向左边——大概认为野山羊虽没有再留下足迹，但没有能够跑掉，便扑通一声跳进水里。游过莱茵河的一条支流（大家知道，莱茵河在巴登大公国的一边分为许多支流），上了对面长满柳树丛的小岛，捉住了那里的山羊。

我还回想起黑林山山顶的冬猎。到处是很深的积雪，树木上挂了很厚的霜花，天空中充满浓雾，使各种东西的轮廓变得模糊不清。我旁边的人开了一枪；围猎结束后我走到他跟前，他对我说，他朝一只狐狸开了一枪，大概打伤了它，因为它摇了摇尾巴。我们让贝加兹去寻找，它立刻消失在我们周围的一片白茫茫的雾气中。过了五分钟，十分钟，一刻钟……贝加兹没有回来。显然，我身旁的人确实打中了狐狸，因为如果狐狸没有受伤，贝加兹没有猎物可找，它就马上回来了。最后从远处传来了低沉的犬吠声，这声音像从另一个世界传到我们这里来一样。我们立刻朝这犬吠声跑去，因为我们知道，当贝加兹无法把猎物衔回时，它总是发出吠叫声。我们按照它的低沉的、断断续续的叫声的指引朝前走，我们仿佛在梦中行走一样，几乎看不清脚该往哪里迈。我们上了山，然后下到谷地里，在没膝深的雪地上，在潮湿而寒冷的雾气里走，冰晶从我们触动的树枝上掉下来，纷纷落到我们身上……这是一种神话般的旅行。我们之中的每一个人在另一个人看来好像是幽灵，周围的一切都像是幻影。最后，在前面，看见在一块狭窄的谷地的底部有一团黑东西——这是贝加兹。它蹲着，低下脑袋，如同常说的那样，"神情严肃"；在它的鼻子跟前，在一个狭小的坑里，在两块花岗石之间躺着死狐狸。它是在死之前爬到那里的，贝加兹无法把它弄上来。因此它就用吠叫声通知我们。

它的右眼上方有一道没有长好的很深的伤口，这个伤口是狐狸给它造成的，它找到狐狸时，狐狸在中弹六个钟头之后还是活的，它就与狐狸进行了一场殊死的搏斗。

我还想起以下的一件事。我被邀到离巴登不远的城市奥芬堡去打猎。这次打猎是巴黎来的一批运动员组织的，那地方野禽野兽，尤其是野鸡很多。我自然带上了贝加兹。我们一共有15个人左右。许多人都有很好的猎犬，大都是英国的纯种狗。我们从一次围猎转向另一次围猎。在沿着森林的路上排成一排，我们左边是一片空旷的田地，在这田地的中央——在离我们 500 步的地方——有一小丛菊芋（topinambour）。突然我的贝加兹抬起头，迎着风抽动鼻子，迈开均匀的步子朝远处的一小丛干枯的和伸直的茎秆走去。我停住脚步，请猎人先生们跟我的狗走，因为"这里一定有什么东西"。这时别的狗都跑过来，开始在贝加兹附近转圈和来回走，嗅嗅土地，朝四面看看，但是什么也没有嗅出来；而贝加兹一点也不慌，继续好像在弦上走一样。"想必是一只兔子在地里躲藏起来了。"一个巴黎人对我说。但是我根据贝加兹的样子和它的整个神情看出，这不是兔子，便第二次请猎人先生们跟着贝加兹走。他们异口同声地回答我道："我们的狗什么也没有嗅出来，大概您的狗弄错了。"（在奥芬堡，当时人们还不知道贝加兹。）我没有说话，扳起枪机，跟着贝加兹朝前走，而它只偶尔越过肩膀回头朝我看看，最后来到菊芋丛前。猎人们虽然没有跟着我走，然而大家都站住了，远远地看着我。"要是什么也没有呢？"我想，"我和你，贝加兹，就丢脸了……"但是在这一瞬间十几只雄野鸡发出震耳欲聋的叫声飞上了天空，我非常高兴地打下了两只，这对我来说并不是常有的事，因为我的射击技术平平常常。"巴黎的先生们，请你们和你们的纯种狗看看吧！"我手里拿着打死的野鸡回到我的同伴那里……恭维话纷纷落到贝加兹和我头上。我的脸上大概出现了高兴的表情；而贝加兹却若无其事！甚至没有不好意思的样子。

  我可以毫不夸张地说，贝加兹常常能在一百步、两百步外嗅出山鹬。虽然它用快速的方法寻找猎物，可是办事却经过深思熟虑：不多不少是一个有经验的战略家！从来都不低下脑袋，从来都不仔细地去闻脚印，不丢人地嗤鼻作声和用鼻子去碰；它经常凭嗅觉行动，像法国人所说的那样，**以高的风格，大的派头**。[①] 我常常几乎不需要走动，只需要不时看看它就行。我觉得和那些还不了解贝加兹的人一起去打猎很开心，过不了半个钟头就可以听到大声的赞扬："真是一条好狗！这简直是能手！"

  我一开口它就明白我的意思，只要对它使个眼色就行了，这只

---

① 原文为法文。

狗非常聪明。有一次它落在我后面找不到我，于是从我过冬的卡尔斯鲁厄走了，四个钟头到了巴登-巴登我的旧住宅里——这还没有任何不平常之处；但是下面的一件事说明它是多么有头脑。在巴登-巴登附近，有一次出现了一条疯狗并咬了人，警察局马上下令：所有的狗都要毫无例外地戴上兜嘴。在德国，这样的命令都是非常认真地执行的，于是贝加兹也戴上了兜嘴。这使它极不愉快；它不断地抱怨，也就是说坐在我对面，时而吠叫，时而伸爪子给我……但是毫无办法，应当服从命令。有一次我的女房东到我的房间里对我说，前一天贝加兹利用一分钟的自由时间，把自己的兜嘴埋了起来！我不相信这一点，但是过了一会儿后，我的女房东又跑到我这里来，低声叫我快点跟她走。我来到台阶上——您猜我看到了什么？贝加兹衔着兜嘴悄悄地，好像踮起脚一样，从院子里过去，钻进棚子里，开始在角落里用爪子刨土，小心地把兜嘴埋进土里！毫无疑问，它以为这样就能永远摆脱它所痛恨的约束。

　　它像几乎所有的狗一样，非常不喜欢乞丐和衣衫破旧的人（儿童和妇女它从来不碰），而主要的是，它不允许任何人拿走任何东西。肩上扛着或手里拿着东西的样子就会引起它的怀疑，于是被怀疑的人的裤子就要倒霉了，而最后遭殃的是我的钱包！我曾经不得不花许多钱替它赔偿。有一次我听见我门前的小花园里有非常吓人的喧哗声，我走了出去，看见篱笆门外有一个穿得很差的人，裤子被咬破了，而门前的贝加兹却摆出胜利者的姿态。这个人伤心地告贝加兹的状，叫喊着……但是在街的对面干活的泥瓦匠高声笑着对我说，这个人从花园里的树上摘了一个苹果，才遭到贝加兹的进攻。

　　它的脾气——用不着隐瞒——很大，很暴躁，但是它对我特别有感情，达到了温情脉脉的程度。

　　贝加兹的母亲当年很出名，脾气同样也不好，甚至对主人也不亲热。它的兄弟姐妹也都很有才能，但是从它大量的后代中，甚至没有一只狗略微能和它相比。

　　去年（1870年）它虽然容易很快就累，但还是好好的；可是到了今年，突然一切都不行了。我怀疑它得了类似脑软化的毛病。甚至它的智力也丧失了，可是不能说它已很老了，它不过才九岁。看见这只真正的好狗变成了白痴感到很惋惜；在打猎时，它时而毫无意义地寻找，即夺下尾巴和低下脑袋照直往前跑，时而突然停住，紧张地和呆呆地望着我，好像是在问我：需要干什么？它出了什么事？尘世的荣华就是这样过去的！我还养着它，但是这已不是从前的贝加兹——这是一副可怜的骨头架子！我不无悲伤地与它分手。我心里想："别了，我的无可伦比的狗！我永远忘不了你，我已再不能得到这样的朋友了！"

并且现在我未必还会再去打猎。

1871 年 12 月，巴黎

海上失火记[1]

这是 1838 年 5 月的事。

我和其他许多乘客一起乘坐从彼得堡到吕贝克去的轮船。因为当时铁路还不太发达,所以所有的旅行者都选择海路。由于这个原因,他们之中的许多人随身带着自己的轻便马车,以便坐着它继续在德国、法国等地旅行。

我记得我们船上有 28 辆城市的轻便马车。我们乘客大约有 280 人,其中包括 20 来个孩子[2]。当时我还年轻,不晕船,对一切都感到很新鲜。船上有几位非常漂亮或长得不错的太太——可惜她们大部分都死了!

母亲第一次放我单独一个人出远门,我答应她一定做到行动慎

---

[1] 初次刊印于 1883 年出版的《屠格涅夫文集》第 1 卷。这篇特写所写的是屠格涅夫的一次亲身经历。他于 1838 年 5 月 15 (27) 日乘"尼古拉一世"号轮船自彼得堡起程去德国,轮船于 18 (30) 日的夜里起火。绝大部分乘客得救。关于此事,后来在彼得堡流传着一些不利于屠格涅夫的传说,说他在发生火灾时表现很不好。巴纳耶娃曾在她的回忆录里谈到,她曾听人说,在轮船起火后人们放下救生艇以便把妇女和儿童首先运走时,屠格涅夫却推开他们要抢先上救生艇,因而被船长训了一通。别人的回忆录里也提到屠格涅夫在轮船失火时的表现。后来有人将传说公布于众,作为屠格涅夫缺乏应有的勇敢精神的证明。屠格涅夫曾经给报刊写过辟谣信。尽管如此,年轻时代的这个经历对他来说仍然是痛苦的回忆,他想把它详细写出来。这个意图是在 1882 年夏天最后形成的。但是由于健康状况恶化,这个工作一直拖到 1883 年夏才完成。先由他用法语口授给维亚尔多,后又委托女作家卢卡宁娜译成俄文。在这之后不久(9 月 3 日)屠格涅夫就逝世了。

[2] 根据官方材料,船上有 132 名乘客和 32 名乘务员。

重，主要的是不玩牌……可是恰恰是这后一个诺言首先违背了。

那个晚上在公共舱里有一个大的集会，顺便说一句，有几个彼得堡闻名的赌徒在那里。他们每天晚上玩邦克①，那时比现在更为常见的金币在赌桌上发出震耳欲聋的响声。

这些先生中的一位见我站在一边，在不知道我为什么这样做的原因的情况下突然建议我参加。当我带着十九岁青年的天真向他解释我不玩牌的原因后，他哈哈大笑起来，并对自己的同伴喊道，他找到了宝贝：一个从未碰过牌的年轻人，这个年轻人由于这个原因命中注定有空前未有的巨大运气，有老实人的真正运气！……

我不知道后来事情是如何发生的，过了十分钟，我已坐在牌桌旁，手里拿着牌，赌博中已保证有我一份，我玩着，不顾一切地玩着。

应当承认，古老的谚语说得不错，钱像河水一样向我流来；在桌子上，在我的颤抖着的和冒汗的手两边，高高地堆着两小堆金币。引诱我玩牌的赌徒不停地怂恿我，鼓励我……说实话，我已认为我马上就要发财了！……

突然船舱的门大大打开，一位太太精神失常地闯了进来，用慌张的声音喊道："起火了！"马上倒在沙发上昏了过去。这使得大家一片惊慌，谁也没有留在原地；金币、银币、钞票滚动起来，滚向四面八方，大家都冲了出去。我们在这之前怎么没有发现烟已向舱里灌呢？这一点我完全不明白！梯子上烟雾腾腾，这里那里发出像燃烧的煤发出的暗红色的火光。在一眨眼之间，所有的人都到了甲板上。两根带着火光的巨大的烟柱，在烟囱两边沿着桅杆升起；开始出现最可怕的混乱，这状态一直没有中止。这种混乱难以想象，可以感觉到，一种自我保全的强烈感情控制了所有这些人，我就是第一个。我记得我抓住一个水手的手以母亲的名义答应给他一万卢布，如果他救了我的话。水手自然没有把我的话当真，抽出手走了；我自己也没有坚持，因为我知道我讲这些话缺乏健全的理智。不过，我在自己周围看到的一切之中，健全的理智也不多。在船舶失事或海上失火时，认为任何事都不能与它悲惨的一面相比，这完全是对的，不过滑

---

① 一种纸牌赌博。

稽可笑的场面除外。例如，一个富有的地主吓坏了，在地上爬，发狂似的叩着头；当放入煤舱的大量的水暂时制服了凶猛的火焰时，他全身站立起来，用雷鸣似的声音喊道："缺乏信仰的人！难道你们认为我们的上帝，俄罗斯的上帝会抛开我们不管吗？"但是就在这时，火焰更猛了，于是这个笃信上帝的可怜虫又四肢着地趴下，重新不停地叩头。一位目光阴郁而慌张的将军不停地喊道："需要派信使赶紧给皇上送信！当我们的军屯发生暴动时，就派信使给他送过信，是的，给他本人，这样做能救我们当中的几个人也好！"另一位手里拿着伞的老爷，突然使劲地扎放在这里行李中的一幅固定在画架上的画得很不好的油画像。他用伞的尖端在眼睛、鼻子、嘴和耳朵的位置上捅了五个洞。他在捅的同时喊道："现在这一切还有什么用？"他觉得这幅画已不属于他了！一位胖胖的先生泪流满面，样子像德国的啤酒酿造工人，他不停地用哭泣的声音尖叫着："船长！船长！……"船长忍耐不住，抓住他的衣领喊道："干什么？我是船长，您需要什么？"这时胖子绝望地朝他看了一眼，又开始呻吟起来："船长！"

然而就是这位船长救了我们大家的命。第一，是由于他在还可以接近机器的最后一刻，改变了我们的船的方向，我们的船正在一直朝吕贝克行驶，如不朝岸边急转弯，那么它在进入港口前一定会烧毁；第二，还由于他命令水手们拔出佩剑，见到有人想要碰一下剩下的两只小艇就无情地刺他们，因为所有其余的小艇由于想要把它们放入水中的乘客缺乏经验，都翻了。

水手大多是丹麦人，他们脸上的表情坚决而冷淡，刀刃上闪着火焰的几乎是血红的反光，使人不由得感到可怕。当时风相当大，它由于船上足足有三分之一的地方在着火而变得更加厉害。我应当承认，不管那时作为人类的一半的男人关于这一点是怎么想的，在这场合妇女比男人表现出了更大的勇敢。夜里出事时她们正躺在床上，一个个面如死灰（她们没有穿任何衣服，只披了被子），不管我那时多么不信神，但是我觉得她们是从天上下来的安琪儿，是来羞辱我们和给我们增添勇气的。但是也有表现出勇敢无畏的男人。我特别记得一

位 Д 先生①，他是前俄国驻哥本哈根公使；他脱掉靴子，取下领带，把常礼服的两只袖子系在胸前，坐在一根拉紧的粗缆绳上，摇动两条腿，安稳地抽着雪茄，带着讥笑和怜悯挨个儿看着我们每一个人。至于说到我，那么我在外面梯子上找到了避难所，坐在那里最后一个梯级上。我呆呆地望着在我头上翻腾、溅到我脸上的红色泡沫，对自己说："这就是19岁的我要死的地方！"因为我毫不动摇地决定，宁可淹死，也不愿被烧死。火焰在我头上弯成弧形，我能非常清楚地区分开它的吼叫和波浪的咆哮。

在离我不远的地方，在同一个梯子上坐着一个小老太婆，想必是到欧洲去旅行的某一家人的厨娘。她用双手遮住脸，好像在低声祷告——突然，她很快看我一眼，不知是她觉得她从我脸上看出了危害极大的决心，还是因为别的原因，一把抓住我的手，几乎用哀求的声音坚决地说："不，少爷，任何人在自己的一生中都不能随意行事，您也像大家一样不能想做什么就做什么。上帝吩咐的事，就让它实现吧——要知道这样做是杀死自己的行为，您到阴间会因此受惩罚的。"

我在那时之前并没有自杀的念头，但是这时由于一种类似自夸（这就我所处的情况来说是无法解释的）的东西，我两次或三次假装要实现她在我身上猜测的意图，而每一次这个可怜的老太婆都朝我扑过来，阻止她心目中的这一罪行的发生。最后我觉得很羞愧，便不再那么做了。确实，在死亡面前干吗还要装模作样呢？在这时刻我真的认为有死亡的危险，而且死亡是不可避免的。不过我没有足够时间来认识清楚这种奇怪的感情，也没有时间来赞赏这个可怜的女人的无利己主义的精神（现在会把它称作利他主义），因为在这时刻我们头上火焰的咆哮声成倍地加大了；然而正好在这时刻，像铜钟似的声音（这是我们的救星的声音）在我们头上响起来了："不幸的人们，你们在那里做什么？你们会没命的，跟我来！"于是老太婆和我，不知道谁在叫我们，也不知道可以往哪里走，却好像从弹簧上蹦起来一样，马上站了起来，穿过烟雾，跟着一个穿蓝上衣的水手往前奔，看

---

① 指达什科夫，1831年他曾任俄国驻哥本哈根使团一等秘书，后任代办。

见那水手在我们前面沿着绳梯往上爬。我不知道为了什么,也跟着他沿着绳梯爬;我想,如果他这时跳进水里或者做任何完全不平常的事,我也会盲目地跟着他做的。往上爬了两级或三级,水手往下跳,沉重地落在一辆马车的顶上,马车的大部已在燃烧。我跟他跳下去,并且听见老太婆也跟着我跳了下来;然后水手从第一辆马车跳到第二辆上,再跳到第三辆上,我一直跟在他后面——我们就这样到了船头。

几乎所有的乘客都聚集在这里。水手们在船长的监督下,把我们的两艘小艇中的一艘放到水里——幸好是最大的一艘。我从另一边的船舷看见岸边被大火映得通红的陡峭的悬岩,这些悬岩朝吕贝克的方向倾斜,离这些悬岩足足有两俄里。我不会游泳,我们搁浅(我们没有发现是怎么搁浅的)的地方大概水不深,但是浪很大。不过我一看见悬岩,我就充满了我已得救的信心,使我周围的人感到惊奇的是,我几次跳了起来,高喊"乌拉!"我不想走近人群挤着的地方,登上通向小艇的梯子——那里妇女、老人和儿童太多;而且自从我看见悬岩后,已不再着急了,因为我相信我已得救了。我惊奇地发现,几乎没有一个孩子表现出恐惧的样子,其中的几个孩子甚至在母亲的怀抱里睡着了。没有一个孩子遇难。

我在一批乘客当中看见了身材高大的将军,水从他的衣服上往下流,他靠着一条直立的长凳一动不动地站着,这长凳是他刚刚弄来的。有人告诉我,他在开头惊恐万状,粗暴地推开一个想要赶在他前面跳到头几只小船中的一只上去的妇女,而这些小船由于乘客们的过错后来都翻了。轮船上的一个职员抱住将军,使劲把他拉回到轮船上来,现在这个老兵为自己一时的胆怯而感到羞耻,他发誓要在船长之后,最后一个离开船。他身材很高,脸色苍白,前额上有一道出血的伤痕,他用伤心和顺从的目光望望四周,好像在请求宽恕。

这时我来到轮船的左舷附近,看到了我们的那只像玩具一样在波浪里跳动的小艇;小艇上的两个水手用手势请乘客们做一个冒险的动作,跳到那里去——但是这很不容易,因为"尼古拉一世"号是一艘战列舰,落到小艇上的动作要灵巧,才不会把小艇弄翻。最后我下了决心:我开头站到外面沿着轮船拉着的锚链上,已经准备要跳,这时一堆沉重的和柔软的东西落到我身上。一个妇女抱住我的脖子，一动不动地挂在我身上。我承认，我的第一个想法是把她的手从我头顶上甩开，用这种方法摆脱这堆东西，幸好我没有照这个想法去做。船震动了一下，我们两人差一点掉进海里，但是幸运的是，在我眼前晃动着一根不知从哪里拉过来的绳子，我用一只手狠狠地抓住这根绳子，皮肤被蹭得出了血……然后朝下一看，发现我和我身上的女人正好在小艇上方……愿上帝保佑！我往下滑……小船的每条缝都喀嚓喀嚓响了起来……"乌拉！"水手们喊道。我把我身上已昏厥的女人放在船底，马上脸朝轮船转过来，看见许多人，尤其是妇女，正非常激动地沿着船舷挤在一起。

"跳吧！"我伸出手喊道。在这时刻，我的大胆尝试的成功，我相信我已离开了火、处于安全之中的想法，给我增添了特别大的力量和勇气。我接住了敢于往我们在的小艇里跳的仅有的三个妇女，轻松得像在摘苹果时接苹果一样。需要指出，在这三位太太之中的每一位在从轮船上跳下来时，都尖叫着，到了下面后，昏了过去。一位先生大概吓傻了，把一个沉重的匣子扔下来，差一点砸死了这些不幸的妇女中的一位，这个匣子落到我们船上后砸碎了，原来这是相当贵重的梳妆匣。我不问自己是否有权支配这个匣子，马上把它送给了两个水手，这两人同样毫不客气地接受了这个礼物。我们马上在一片"快点回来！把船给我们划回来！"的喊叫声中竭尽全力地往岸边划。因此，当到达水深不超过一俄尺的地方时，就得下船。寒冷的小雨已下了将近一个钟头，对大火丝毫不起作用，但是它把我们淋得浑身湿透。

最后我们终于到了向往的岸上，它原来是一片宽阔的、又稀又黏的烂泥地，脚陷进去直到膝盖。

我们的船像那只较大的小艇一样很快离开了，开始在轮船和海岸之间来回走。乘客遇难的很少，总共只有八个人[①]：一个人掉进了煤舱；另一个淹死了，因为带上了自己所有的钱。后者的名字我刚刚知道，他在那一天的大部分时间里和我下棋来着，并且下得那样顽强，

[①] 根据报纸报道，只死了五个人。

以至于看我们下棋的 W 公爵①最后大声说道:"可以认为您下棋好像在进行一场生死搏斗!"

至于说到行李,那么它像轻便马车一样,全都完蛋了。

在轮船失事中得救的太太当中有一位 T 太太②,她长得很漂亮很可爱,但是被四个女儿和她们的保姆束缚住了;因此她被丢弃在岸上,光着脚,双肩几乎袒露着。我认为需要扮演献殷勤的男子的角色,结果使我献出了到那时我一直保存的常礼服、领带,甚至靴子;除此之外,我还跑到悬岩上面去雇车并让一个农民和套着两匹马的大车先来接她们,而那个农民不认为需要等我,拉着她们到吕贝克去了,结果我剩下一个人了,半裸着身体,浑身湿透,看着海上我们的轮船慢慢地烧光。我说的正是"烧光",因为我可能永远也不会相信,这样的"庞然大物"能够很快被消灭。现在这不过是海上一个不能移动的、熊熊燃烧的一个大斑点,它通过烟囱和桅杆的黑色轮廓显露出来——在它周围海鸥在吃力地和心平气和地来回飞翔——后来成为一股布满微小火星的灰烬,它像一条条宽阔的曲线,在变得比较平静的波浪上散布开。仅仅是这样?我想,我们的整个生活难道只是随风散开的一撮灰烬?

我这个战栗得上牙对不上下牙的哲学家运气不错,另一个马车夫带上了我。他要我付两个杜卡特③,于是把我裹在他的一件厚外套里,并给我唱了两首或三首我相当喜欢的梅克伦堡的歌。就这样,我在黎明时到达吕贝克,这里我碰见了我的难友,我们就出发去汉堡。那里我们得到了两万五千银卢布,这是当时正好路过柏林的尼古拉皇帝派自己的副官送来的。所有男人开会,共同决定把这笔钱交给太太们。我们之所以容易做到这一点,是由于当时来到德国的任何俄国人都能使用无限制的信贷。现在已不是那样了。

那个我曾代表母亲答应给他一笔数目特别大的救命钱的水手,前来要求我履行自己的诺言。但是因为我对他是否真要我给钱不完全有

---

① 指维亚泽姆斯基(1792～1878),俄国诗人和批评家。
② 根据某些材料,可能指的是丘特切夫的第一任妻子。
③ 一种金币。

把握，此外还因为他在救我方面根本什么事也没有做，所以我只给了他三马克银币，他收下了，并表示感谢。

　　至于说到那个非常关心拯救我的灵魂的可怜的老厨娘，我再也没有见过她，但是关于她大概可以说，不管她是烧死了还是淹死了，天堂里她的位置已经准备好了。

1883 年 6 月 17 日，于布热瓦尔

散文诗

沈念驹/译

致读者

  我的友好的读者,请不要一口气读完这些散文诗:也许,你开始觉得有点枯燥——那就把手中的书放下。但你要零星地读:今天读一篇,明天读另一篇——其中有的篇节,或许会在你心中唤起点什么来的。

第一部分[①]

乡　村

六月的最后一天，举目四顾一千俄里之内都是俄罗斯的大地——祖国的疆域。

整个天空抹上一派均匀的蓝色，只有一朵白云悬在天际，似动非动，似散非散。微风不兴，晴光和煦……空气就如刚挤下的奶汁那么新鲜！

云雀鸣声悠扬；吃得鼓起脖子的鸽子咕咕叫个不停；燕子默默地穿梭飞掠；马儿打着响鼻，嘴里不停地咀嚼；狗温顺地轻摇尾巴，不声不响地站着。

空气中散发着烟火味，青草味——淡淡的像松焦油的气息，又有点像水果味。大麻长势正旺，散发出浓重然而悦人的气息。

深深的峡谷，坡度却并不陡。爆竹柳排成数行分布在两边的坡上，它们的树冠像顶着一个个大脑袋，树干向下分裂成道道裂缝。一条湍急的溪水流经峡谷，水光潋滟，水底的小卵石看去似在瑟瑟颤

[①] 屠格涅夫的散文诗共83篇（在一般的选集或文集中都只收有82篇）。其中第一部分共51篇，最初以"暮年"为总标题发表于《欧洲导报》1882年第12期。不过，在当年发表的51篇散文诗中，并未包括《门槛》在内。第二部分共32篇，在作家生前未公开发表。以下各篇不再一一注明。

动。在远方，天地合一的尽头是一条蓝莹莹的大河。

　　峡谷里，一边排列着整洁的谷仓和门户紧闭的小栈房，另一边排列着五六间木板盖顶的松木小屋。每间小屋的顶上高高耸立着一根杆子，上面安着一个个椋鸟窝；每个门廊的上方钉着一头领鬃高竖的镌刻出来的铁马。凹凸不平的窗玻璃辉映出彩虹般的光彩。百叶窗装饰着画得不高明的插花水瓶。每间小屋前整整齐齐地摆着一张完好无损的小长凳。贴外墙的土炕上猫咪缩成一团躺着，敏锐的耳朵高度警戒着。高高的门槛里面，穿堂暗幽幽的，阴凉可人。

　　我铺开一件马衣躺在峡谷的边沿。周围到处是一堆堆新割的干草，清香醉人。会理家的屋主人在小屋前扬草：让干草再晒上一会儿，然后就送进草棚里贮藏起来。到那时候，在干草堆里睡觉才美呢！

　　孩子们钻进每一个草垛，只露出头发卷曲的小脑袋；凤头鸡在草堆里寻找蚊蚋和小虫吃；嘴唇发白的小狗在搅乱的草堆里打滚戏耍。

　　几个长着淡褐色卷发的年轻后生，穿着干干净净的衬衫，衬衫的下摆低低地束在腰间，脚着沉重的滚边靴子，胸口靠在卸了马的大车上，伶牙俐齿地你一言我一语说笑着。

　　一个圆脸的年轻女子从一扇窗户里探出头来笑着——不知是因为小伙子们的说笑，还是干草堆里孩子们的嬉闹。

　　另一个年轻女子正用一双健壮的手从井里吊起一只湿漉漉的大水桶……水桶抖动着、晃荡着，挂下一长串火红色的水滴。

　　年老的女主人站在我面前，她穿一件方格呢裙子，一双新的厚皮靴。

　　大空心珠穿的项链在她黝黑瘦小的脖子上绕了三圈；一块红点的黄头巾包着她的头，低低地盖在那双混浊的眼睛上。

　　然而那双老年人的眼睛却彬彬有礼地露着微笑：她那张皱纹交错的脸也堆满了微笑。看起来老人家已有七十开外年纪了……即使到今天也还看得出当年是一位绝色美人！

　　她叉开右手五根晒得黝黑的手指，握着一罐直接从地窖里取来的未脱脂冷牛奶，罐壁布满了小玻璃珠一般的小水珠。左手掌心里托着一大块余温犹存的面包，递给我："随便吃罢，外地来的客人！"

　　蓦然间一只公鸡啼叫起来，忙不迭地扑棱起翅膀；一头拴着的小牛也慢吞吞地应声哞叫起来。

"燕麦长得真不错哇！"是我车夫的声音。

哦，自由自在的俄罗斯乡间，多么惬意、安宁、富足！哦，多么宁静、舒心！

我不由得想道：现在我们干吗还要皇城①里圣索菲亚大堂圆顶上的十字架？还有我们这些城里人孜孜以求的一切？

1878年2月

---

① 皇城指君士坦丁堡，即今土耳其的伊斯坦布尔。城内圣索菲亚大堂原为拜占庭帝国东正教的宫廷教堂。1453年土耳其人入主后改为伊斯兰教清真寺。

对　话

　　阿尔卑斯山的群峰……崇山峻岭，起伏连绵……真是山中之山岭中之岭。

　　明朗的淡绿色天空默默无声地俯瞰群山。寒气逼人，凛冽难当；坚硬的积雪闪闪发光；冰封雪盖、日晒风吹的山崖上一块块威严的巨岩破雪而出。

　　两座庞然大物、两位巨人巍然耸立在天宇的两边：一座是少女峰，另一座是芬斯特拉峰。

　　少女峰对邻居说：

　　"有什么新闻说来听听？你比我看得清楚。下面有些什么？"

　　几千年过去——一眨眼的工夫。芬斯特拉峰发出隆隆轰鸣，做出回答：

　　"无边无际的白云遮住了大地……等一会儿吧！"

　　又是几千年过去——一眨眼的工夫。

　　"那么现在呢？"少女峰问。

　　"现在看见啦；下面看去什么都一个样：花花绿绿，支离破碎。蓝蓝的水，黑魆魆的森林；灰不溜丢的大堆大堆密密麻麻的石头。石堆附近还有小东西在蠕动，你知道吗，就是那些两只脚的东西，无论你我，他们都一次也未能玷污咱们的身体呢。"

　　"那是人？"

　　"对，是人。"

几千年过去——一眨眼的工夫。

"喂，现在那里怎么样？"少女峰问。

"小东西似乎不大看得到了，"芬斯特拉峰隆隆作响，"下面看起来清晰多了，水面缩小了，森林也变稀疏了。"

又过了几千年——一眨眼的工夫。

"你看见什么啦？"少女峰说。

"我们附近，就在跟前天气仿佛晴朗起来了，"芬斯特拉峰回答说，"不过在远处，谷地里还有些斑斑点点，还有东西在蠕动。"

"那么现在呢？"再过了几千年——一眨眼的工夫之后，少女峰问。

"现在好，"芬斯特拉峰回答道，"到处变得齐齐整整，往哪儿看都是白茫茫的一片……到处是我们的积雪，均匀平整的冰雪世界。什么都冻僵了。现在好，安安静静。"

"好，"少女峰说，"可是咱们俩唠叨得也够了，老头子。该打个盹儿了。"

"该打个盹儿了。"

两座大山沉入了梦乡。永远不会再说话的大地的上方，晴朗的碧色天空也沉入了梦乡。

1878 年 2 月

老婆子

我在广阔的田野上踽踽独行。

我骤然觉得背后跟着轻盈谨慎的脚步声……有人跟踪。

我转过身去——看见一个矮小佝偻的老婆子，浑身裹在灰蒙蒙的破布里。老婆子只有一张脸没裹住：一张布满皱纹的黄脸，尖尖的鼻子，嘴里没有牙齿。

我走到她跟前……她停下脚步。

"你是谁？你要什么？你是要饭的？等别人施舍吗？"

老婆子没有回答。我俯首看她，发现她眼睛上罩着一层半透明的白乎乎的膜，或者如有的鸟类那样盖着一层翳——它们靠这层翳保护眼睛免受过强光线的照射。

然而老婆子眼上的翳不会动，所以不会睁眼露出眼珠……由此我断定她是个瞎子。

"你要施舍吗？"我又问了一遍，"你为什么跟着我？"但是老婆子仍然一言不答，只是微微缩了缩身子。

我转身离开她，又继续走自己的路。

这时我又听到背后跟着那轻盈不紧不慢，仿佛偷偷逼近的脚步声。

"又是这个女人！"我不由想道，"她干吗缠着我不放？"但是我心里又想道："也许她因为双目失明迷了路，现在凭听觉跟着我的脚步走，好走出这地方到有人的去处。对，对，是这么回事。"

然而我的思绪渐渐被一种奇异的不安所左右：我开始感觉到老婆子不只是跟在我后面走，她还在为我指引方向，她推着我时而向右，时而向左，而我却在身不由主地服从她的指引。

不过我还是继续赶路……可是就在这时我前方的路上出现了一个黑洞洞的坑，并且渐渐变大……"墓穴！"我脑子里一闪，"原来她要推我到这里去！"

我猛地向后一转身……老婆子仍然在我面前……不过她的眼睛是亮的！她睁着一双恶狠狠、怪吓人的大眼睛……一双猛禽般的眼睛……盯着我看……我凑近她的脸，她的眼……还是包着，那层模糊不清的薄膜，那副表情呆滞的盲人的面容……

"啊！"我想……"这个老婆子就是我的命运。正是人逃脱不了的那种命运！"

"逃脱不了！逃脱不了！好荒唐的念头！……得试一试摆脱它。"于是我急忙向一旁朝另一个方向走去。

我走得很轻快……然而轻盈的脚步声依然故我……在我背后窸窣地响，近在身旁，不紧不慢……前方还是那黑洞洞的坑。

我又转身向另一个方向跑……那窸窣的脚步声还在背后，那咄咄逼人的黑点还在前方。

我如同一头被追捕的兔子没命地奔跑，不管跑向何方，见到的还是一模一样，丝毫不变！

"别跑了！"我想，"让我来蒙她一下。我哪儿也不去了！"猛然间一屁股坐到了地下。

老婆子在我背后站定，离我只两步远。我听不见她的声音，但是我感觉到她就在那里。

我突然发现：远方那个黑点在飘移，自动向我爬来！

天哪！我向背后转过头去……老婆子正直勾勾地盯着我——一丝冷笑将那张无牙的嘴扭歪了……

"你逃脱不了！"

1878年2月

狗

屋子里就我们俩：我的狗，还有我。外面狂风怒号，风雨大作，十分可怕。

狗坐在我跟前——正面望着我的眼睛。

我也望着它的眼。

它似乎想对我说点什么。它不会说话，它是无言的，它也不理解它自己——然而我却理解它。

我明白此时此刻无论在它心里，还是在我心里都有一个相同的感觉：即我们两者之间不存在任何差别。我们两者是一模一样的；我们每一个心里都有同样一团摇曳不定的小火在燃烧、发光。

死亡向那小火飞扑过来，扇动那只寒冷宽大的翅膀……

于是完结！

以后谁清楚我们每个心里究竟曾经燃烧过怎样的一团小火？

不，这不是动物，也不是人在彼此交换眼色……

这是两双相同的眼睛在相互凝视。

在每一双这样的眼睛里，无论动物的抑或人的，都有一个相同的生命在胆怯地向另一个贴近。

1878年2月

对　手

　　有一个人既是我的伙伴，又是对手；我们既不在学业上争长论短，也不在工作上互比高低，更不在情场上角逐争斗；然而无论哪一方面我们俩总说不到一起；每当两人相逢，彼此就会争个没完没了。

　　我们什么都争：艺术、宗教、科学、今生、来世——关于死后的人生争得尤其厉害。

　　他笃信宗教，是个热性子。一次他对我说：

　　"你什么东西都要嘲笑一番；但是假如我死在你前面，我就从那个世界到你面前显灵……咱们瞧瞧，到那时你还笑不笑得出？"

　　果然他先我而去，正当英年；然而多年以后我把他的许诺，他的威胁，统统抛在了脑后。

　　一天夜里我躺在床上，辗转难眠，也不想入睡。

　　房间里半暗不明，一片昏暗；我开始向灰蒙蒙的昏暗中凝望。

　　突然我觉得，仿佛在两扇窗户之间正站着我的对手——悄然无声、凄凄切切地自上而下点着头。

　　我并不惊恐，甚至不感到奇怪……但是轻轻抬起身子，用胳膊肘支着，开始更加专注地凝视这蓦然显现的影子。

　　那影子继续点着头。

　　"怎么？"我终于开口道，"你赢了？还是心有遗憾？这算什么意思，警告还是责备？……或者说你想让我明白，你错了？咱们俩都错了？你有什么感受？是地狱的痛苦？天堂的欢乐？你哪怕说一个字也好啊！"

然而我的对手竟一字不吐——依然凄凉、恭顺地点着头——自上而下。

我笑了起来……他消失了。

1878 年 2 月

乞　丐

　　我正在街上行走……一个乞丐，一个年迈不堪的老人使我停住了脚步。

　　一双红肿充血的汪汪泪眼，青紫的嘴唇，褴褛的衣衫，污秽的伤口……哦，贫困把这个可怜的生命折磨成什么样子！

　　他向我伸出一只浮肿、发红的脏手……他呻吟，喃喃地乞求施舍。

　　我开始搜索身上所有的口袋……既无一个小钱，也无一块表，连手绢也没有一块……我身边什么也没有带。

　　然而乞丐却期待着施舍……那只伸出的手无力地摇动、颤抖着。

　　我不知所措，难堪万分，紧紧地握住了那只肮脏的瑟瑟颤抖的手……

　　"别见怪，老兄；我什么也没有带，老兄。"

　　乞丐用他那双红肿的眼睛凝神盯着我；他那青紫的双唇露出一丝冷笑——于是他反过来握了握我冰冷的手指。

　　"没关系，老弟，"他喃喃地说，"就为这一点也该说声谢谢。这也是一种施舍呀，老弟。"

　　我明白了，我也得到了这位老兄的施舍。

1878 年 2 月

"请你听听蠢人的判断……" ①

我们伟大的歌手,你总是口吐真理,这一回又是你说出了真理。

"蠢人的判断和众人的嘲笑"……无论是前者抑或后者,谁未曾领教过?

这一切都是可以——而且必须忍受的;要是有人有本事——那就让他嗤之以鼻吧!

然而有些直接伤害到心头的打击却要痛得多。一个人已经尽力而为,勤奋工作,干得津津有味,老老实实……可是正人君子们见到他便鄙夷不屑地掉过头去,他们一本正经的面孔一见到他的名字竟气得通红。

"走远点儿!滚开!"正人君子年轻的声音对他吼道,"不管是你这个人,还是你的工作,对我们都毫无用处;你弄脏了我们的住所——你不了解也不会理解我们……你是我们的敌人!"

这时候这个人该怎么办?继续干他的工作,别指望替自己辩解——甚至不要期望获得公正的评价。

从前一群农民咒骂一个旅行者,他给他们带来了可以替代面包的土豆,那是穷苦人每日必吃的食物。他们从他伸过来的两手中打落宝贵的馈赠,扔进烂泥里再踩上几脚。

如今他们以土豆为食,居然不知造福者的名字。

---

① 此句引自普希金1830年的抒情诗《致诗人》。

随它去吧！他们要知道他的名字干吗？是他，连姓名也没有留下的人，拯救他们避免忍饥挨饿。

让我们只关心一件事，但愿我们带来的正是有益的食品。

遭受你以爱相许的人的飞短流长是痛苦的事……然而就是这也是可以忍受的……

"你要打我就打吧！不过得听我把话说完！"雅典人的首领对斯巴达人的首领说。

"你要打我就打吧——但愿你健康，也不饿肚子！"我们应当这样说。

1878 年 2 月

一个心满意足的人

  一个年纪尚轻的人连蹦带跳,在首都一条街上飞跑。他喜气洋洋、生气勃勃地迈着脚步,两眼神采飞扬,嘴角挂着笑容,动情的脸蛋高兴得通红……他浑身上下都显得心满意足和喜欣万状。
  他发生了什么事?是得到一笔遗产?晋升了官阶?他正急匆匆地赶赴与情人的幽会?或者他只是吃了一顿可口的早餐——于是他身体每一个器官都充溢着健康和精力充沛的感觉?哦,波兰国王斯坦尼斯拉夫,人们可曾将你漂亮的八角形十字架戴到他的颈上!
  不。他编造了一个谗言中伤一位熟人,小心地巧加扩散,又从另一位熟人的口中听到了这个谗言——而且自己也信以为真了。
  哦,这个前程无量、可亲可爱的年轻人,此时此刻是何等心满意足,充满仁爱之情!

1878 年 2 月

通用的做人之道

"如果您想让自己的敌手好生尝点辣子，受到伤害，"一个老奸巨猾的人对我说，"您就用您觉得在自己身上存在的缺点和毛病去指责他。表示您的愤怒……对他痛加指责！

"首先，这会使别人认为您身上没有这种毛病。

"其次，您的愤懑之情甚至可能成为一种坦诚的品德……您可以借此作为对良心的自责。

"比如，您是变节分子，您就指责您的敌手没有信仰！

"如果您自己就是个天生的走狗，那就指责他是走狗……是文明的走狗，欧洲的走狗，社会主义的走狗！"

"甚至可以说：是没有走狗身份的走狗。"我指出。

"可以这样说。"老滑头接口说。

1878 年 2 月

世界末日

（梦）

　　我依稀觉得自己置身于俄罗斯某地，一个偏僻的去处，乡间一所简陋的屋子里。

　　房间很大，压得低低的，有三个窗户；墙壁刷上了白色涂料；家具一无所有。房屋前面是光秃秃的一片平坦的原野：平原向远方伸展，逐渐低沉下去。清一色灰白的苍穹犹如一顶帐篷罩在平原上空。

　　我并非孤身一人；房间里连我大约有十个人。他们都是普通人，穿着也很一般；他们默然无声，仿佛偷偷摸摸似的，从南到北，自东向西来回走动。他们相互回避，然而又片刻不停地彼此交换着惶恐不安的眼神。

　　没有一个人知道他缘何会来到这间屋子，与他共处一室的又是何许样人。所有人的脸上露出焦灼、忧郁……所有人都一个接一个地走到窗前，仔细四下张望，仿佛在等待着来自户外的什么东西。

　　继而又开始往复来回踱步。有个个子不高的男孩在我们中间转来转去；他不时用轻细单一的嗓音尖声说道："爹，我怕！"

　　听到这种尖叫我打心眼里感到厌恶——于是我也开始害怕……怕什么？我自己也说不出。我只感觉到：很大很大的一场灾难正在降临，正在逼近。而男孩偶尔还会发出一阵尖叫。啊，但愿能离开此地！多么气闷呀！多么难受呀！多么沉重呀！……可是要离开这里是不可能的。这苍穹简直就如一块幕布。一丝风也没有……空气死寂了还是怎么的？

男孩冷不丁儿跳到窗前，依然用那个如怨如诉的嗓音喊起来：

"大家看！大家看！地陷下去了！"

"怎么？塌下去了？！"

千真万确，本来房屋前面是一片平原，而现在它却位于一座可怕的高山之巅！天穹倒下了，开始向下跌，一堵几乎垂直的黑魆魆的陡壁，仿佛被挖开一般，正在脱离房舍向下降。

我们在窗前挤作一团……恐惧使我们的心都冰凉了。

"看哪……看哪！"我身边的一个人悄声说。

果然有什么东西开始沿远方整条地平线蠢动；有些圆形的小包开始一起一落。

"这是大海！"在同一时刻我们大家都想到了，"它马上会把我们全部吞没……但是大海怎么会变大，上升呢？升到和这陡壁一般高呢？"

然而它却正在大起来，变得巨大无比……远方已经不是一个个独立的小包在翻滚汹涌……一道铺天盖地的巨浪淹没了整个苍穹。

巨浪正在扑来，扑向我们！犹如一阵寒冷的旋风席卷而来，犹如漆黑一片的暗夜旋转不息。四周万物都开始瑟瑟颤抖，而在这汹涌袭来的庞然大物里，有的是爆裂声、雷鸣声和成千上万个铁一般声音的吼叫……

啊！何等巨大的吼叫与呼啸！这是大地因害怕而在吼叫……

大地完蛋了！一切都完蛋了？

男孩又尖叫了一声……我企图抓住我的同伴们，然而我们已经被那黑得像墨水一样、冰冷彻骨、轰隆作响的巨浪压碎，掩埋，吞没，卷走！

黑暗……无尽的黑暗！

刚转过一口气，我醒了。

1878 年 3 月

玛 莎

那是多年以前的事了,其时我在彼得堡住过一阵子,每当我雇一辆出租马车赶路,总要和车夫聊天。

我特别喜欢和夜间赶车的车夫聊天,他们都是近郊的贫苦农民,为了想让自己糊口,同时又积点钱向老爷交租,便带上一副涂成赭色的雪橇,驾一匹驽马来到京都。

有一次我就雇上了这样一个车夫……他是个20岁上下的小伙子,身材高大,体态匀称,样子帅极了。蓝蓝的眼睛,红润的面颊,一顶打补丁的帽子低低地压到眉毛上,帽檐下露出一圈圈卷曲的淡褐色头发。那件破粗呢上衣勉强能套住他巨人般的双肩。

但是车夫没有胡须的漂亮脸蛋看上去却满面愁容,闷闷不乐。

我便和他聊开了。从他的话音听得出他的满腔悲伤。

"怎么啦,兄弟?"我问他,"你为什么闷闷不乐?难道有什么伤心事?"

小伙子没有立刻回答我。

"有哇,老爷,有哇,"他终于开口了,"而且伤心透了,没有比这再伤心的了。我老婆死了。"

"你爱她……你的妻子?"

小伙子没有回过头来看我,只不过微微低下了头。

"爱啊,老爷。死了有八个月了……可我忘不了。我心里疼啊……唉!为什么要叫她死?年纪轻轻!身体又好!……害上虎列拉①一天之内就送了命。"

"她待你好吗?"

"还用说,老爷!"可怜人深深地叹了口气,"我和她日子过得有多甜美!她死的时候我不在家。等我在这里得知她已经被埋了,我马上就赶回村往家里跑。我赶到,已过了半夜。我走进自家的茅屋,站在屋子中央,就这样轻轻地呼唤:'玛莎!玛莎!'只有蛐蛐在唧唧叫个不停。我马上哭起来,一屁股坐在茅屋的地上,手掌拍打着地面!'你这贪心不足的死神!……是你把她吃了……你把我也吃了吧!啊,玛莎!'"

"玛莎!"他说话的声音垂头丧气。他没有放掉手里握的缰绳,用袖子擦了把泪水,向旁边一挥,耸了耸肩,就再也没有吭声。

爬下雪橇时我多给了他 15 戈比的硬币。他双手捧着帽子深深地向我一鞠躬,然后沿着冰封雪盖、空旷无人的街道,迎着一月份严寒的茫茫夜雾,踏着碎步摇摇晃晃地走了。

1878 年 4 月

---

① 现称作"霍乱"。

傻　瓜

　　从前有个傻瓜。

　　好长时间他日子过得高高兴兴，无忧无虑；但是渐渐地他开始听到一些流言，说到处都认为他是出了名的没头没脑的平庸之辈。

　　傻瓜觉得不是滋味，开始伤脑筋：怎么才能制止这些讨厌的飞短流长呢？

　　终于他顿生妙计，愁绪满怀的心头豁然开朗……于是他毫不迟疑，立即行动。

　　他在街上遇见一个熟人，这位熟人开始赞扬一位著名画家。

　　"瞧您说的！"傻瓜大声说，"这位画家早已过时，不值一提了……您连这一点也不知道？没想到您会这样……您这个人啊——落后啦。"

　　熟人大吃一惊，当即表示同意傻瓜的看法。

　　"我今天看过一本书，真是精彩极了！"另一个熟人对他说。

　　"瞧您说的！"傻瓜大声说，"您说话怎么不脸红？这本书毫无可取之处，大家对它早已嗤之以鼻。您连这一点也不知道？您这个人啊——落后啦。"

　　熟人大吃一惊，认为傻瓜说得对。

　　"我的朋友 N. N. 这个人可真了不起！"第三个熟人对傻瓜说，"这可是个名不虚传的高尚人物！"

　　"瞧您说的！"傻瓜大声说，"谁不知道 N. N. 是个卑鄙小人！他的所有亲戚都遭了他的抢。谁不知道这件事？您这个人啊——落后啦！"

第三个熟人也大吃一惊，认为傻瓜言之有理，便疏远了自己的朋友。

不管别人在傻瓜面前称赞什么人，称赞什么事，他都用一成不变的几句话来反驳。

不过有时他还加上一句指责的话：

"您难道还在迷信权威？"

"坏东西！黑心鬼！"熟人们开始议论起傻瓜来，"可是他的坏点子有多厉害！"

"还有说话多尖刻！"另一些人补充说，"哦，他其实是个天才！"

结果一家报纸的出版商建议傻瓜替他负责编该报的批评栏。

于是傻瓜开始对一切事、一切人指指点点，连手法和感叹的语气也未加丝毫改变。

尽管他曾几何时大声吆喝，反对权威，如今自己却也成了权威，年轻人对他敬之仰之，畏之惧之。

然而叫这些可怜的年轻人怎么办呢？一般说来，即使不应当对他敬之仰之，但只要稍有不敬，你便入了落伍悖时者的行列！

对傻瓜们来说，身处胆小鬼中间才找到了安乐窝。

1878年4月

东方神话

在巴格达谁不知道伟大的加法尔，宇宙的太阳？

很多年以前，当加法尔还是个少年的时候，他在巴格达郊外信步游荡。

突然他耳边传来一声嘶哑的呼叫：有人在绝望地呼救。

在同龄人之中加法尔以聪明睿智和处事周密而高人一筹；但是他富于同情，相信自己的力量。

他闻声赶去，见一个老态龙钟的老人被两个强盗逼到城墙边，他们正在对他抢劫。

加法尔拔出腰刀，向两个歹徒砍去：一个被杀死，另一个逃之夭夭。

老人得救，跪倒在救命恩人脚下，吻了吻他衣襟的边，高声赞叹说：

"勇敢的小伙子，你的侠义行为不会得不到报偿。看外表我是个可怜的乞丐，但这只不过是外表而已。我并不是等闲之辈。明天一大早你到中心市场来；我在喷水池边等你，那时你会相信我说的话没有半句虚言。"

加法尔想道："看外表这个人确实像个乞丐；但是——什么事都会有的。干吗不试一试？"于是他答道：

"好，我的老爹，我一定来。"

老人向他的两眼望了一下，便走了。

第二天一早，天刚放亮，加法尔便动身去集市。老人两个臂肘支在碗形的大理石喷水池上，已经等着他了。

他默默地抓住加法尔的手，带他走进一座四周围有高墙的小花园。

花园正中，绿油油的草地上，长着一棵形状非凡的树。

它像一棵柏树，不过树上的叶子是蓝的。

三颗果实——三只苹果——挂在向上弯曲的细枝上：一颗中等大小，椭圆形，乳白色；另一颗大大的，圆圆的，鲜红鲜亮；第三颗小小的，皱巴巴，黄焦焦。

整棵树在轻轻地沙沙作响，虽然没有风。它的声音轻轻细细，如怨如诉，仿佛一棵玻璃做的树；它似乎感受到了加法尔在向它靠近。

"小伙子！"老人说，"三个果实中任你摘一个，不过要知道：你如果把白的那个摘下吃了，你会成为最聪明的人；如果把红的那个摘下吃了，你会像犹太人罗德希尔得那样富有；如果把黄的那个摘下吃了，你会博得老年妇女的欢心。拿主意吧！……不要犹豫。再过一个小时果实就枯萎了，这棵树本身也将钻到地下深处看不到的地方！"

加法尔低下头，开始沉思。

"现在该怎么办？"他轻声说，仿佛在和自己商量："变得太聪明了，大概会觉得也没有意思了；成为最富有的人，所有人都会妒嫉你；我最好还是把第三个皱皮苹果摘下吃了！"

他果真这样做了；老人张开无牙的嘴笑了起来，说道：

"哦，聪明绝顶的小伙子！你做了最佳选择！你要白的那只苹果有什么用？本来你就比所罗门还聪明。红的那个苹果你也并不需要……没有它你也会变富翁，只不过谁也不会忌妒你的财富。"

"老伯伯请告诉我，"加法尔聚精会神地说，"我们受神灵保护的哈里发的可尊敬的母亲在哪里？"

老人深深地一躬到地，向少年指了路。

在巴格达谁人不晓宇宙的太阳，伟大著名的加法尔？

1878 年 4 月

两首四行诗

从前有座城市，城里的居民嗜诗如命，如果几个星期内不出新的好诗，他们就认为诗歌创作上这样的歉收是全社会的灾难。

这时他们便穿上最旧的衣服，往头上一把把撒炉灰，一群群聚集在广场上痛哭流涕，伤心地哭诉缪斯抛弃了他们。

就在一个类似的不幸日子里，年轻诗人尤尼来到挤满伤心欲绝的人群的广场。

他迅步登上特设的高台，示意想朗诵诗歌。

执法人员立刻挥舞起指挥棒。

"安静！注意了！"他们高声喊道，于是人群开始安静下来，等待着朗诵。

"朋友们！伙伴们！"尤尼开始用响亮，然而不十分坚定的声音说话。

> 朋友们！伙伴们，爱好诗歌的人们！
> 一切齐整、美丽形式的崇拜者们！
> 短暂的阴郁愁闷不会使你们焦虑不安！
> 期待的时刻终将来临……光明必将驱散黑暗！

尤尼念完不响了……回报他的是从广场四面八方响起的吵嚷、口哨和笑声。

每一张看着他的脸上都怒容满面，每一双眼都射出咄咄逼人的怒火，每一双手都高高举起，紧握拳头，发出威胁。

"亏你有脸拿这东西来哗众取宠！"怒不可遏的声音发出吼叫，"把这平庸的歪才赶下台去！这笨蛋，叫他滚开！拿烂苹果、臭鸡蛋来打这个胡闹的丑东西！向他扔石块！往这儿扔石块！"

尤尼一骨碌从台上滚了下来……但是没等他回到家，后面就传来了雷鸣般的激动掌声，赞颂的欢呼和喊叫。

尤尼大惑不解，便返身回到广场，但是努力不让别人发现是他（因为激怒疯狂的野兽是危险的）。

他见到了什么呢？

他的对手，年轻诗人尤里高居人群之上，他站在一块金色平板上，身披紫袍，卷曲的头发上戴着桂冠，被高高地举过了肩头……周围的人群狂呼大叫：

"光荣！光荣！光荣属于不朽的尤里！在我们忧伤万分、痛苦不堪的时候给了我们慰藉！他馈赠我们的诗句比蜜还甘甜，比锣鼓还响亮，比玫瑰还芬芳，比蓝天还洁净！载着他凯旋，让神香的轻烟在他充满灵感的头顶缭绕，让棕榈树叶的轻轻摆动替他的前额扇凉，用尽所有的阿拉伯香膏倒在他的脚边！光荣！"

尤尼走近一个赞颂者。

"喂，我的同乡，请告诉我！尤里用什么样的诗句使你们欣喜若狂？唉！他朗诵诗的时候我不在广场！如果你记得的话，请再念一遍，行行好吧！"

"这么好的诗，还会记不得？"被问者兴奋地回答，"你把我当什么人啦？听着，让你也高兴高兴，和咱们同享快乐吧！"

"'爱好诗歌的人们！'"神圣的尤里是这样开始的……

> 爱好诗歌的人们，伙伴们！朋友们！
> 一切优雅、悦耳、温柔形式的崇拜者们！
> 短暂的沉闷与悲伤不会使你们焦虑不安！
> 期待的时刻终将来临……白昼将驱散黑夜！

"怎么样？"

"对不起！"尤尼回敬说，"这可是我的诗呀！大概我朗诵的时候尤里在人群里，他听到了，稍稍改动一下就又念出来了，当然改得不见得怎么样，只动了几个词！"

"啊！现在我认出你是谁啦……你是尤尼，"被尤尼插话打断的那位市民蹙紧眉头回答说，"你是个醋坛子或者笨蛋！……可怜虫，你只要想一想一件事！尤里说得多么高尚：'白昼将驱散黑夜！……'可你说的多荒唐：'光明将驱散黑暗'？！什么样的光明？什么样的黑暗？！"

"难道这不是一码事吗？"尤尼刚要说。

"你再说一个字，"市民打断他的话，"我就向人群大喊一声……你就会被撕个粉碎！"

尤尼知趣地闭上了嘴；一位听见他和市民谈话的白发长者走到可怜的诗人跟前，把一只手放在他的肩头，说道：

"尤尼！你朗诵的是自己的诗，但念得不是时候；而那一位朗诵的不是自己的诗，但是念得正是时候。自然，他时机选对了。不过你保留了自己良心上的安慰。"

然而正当良心给瘪到一边去的尤尼慰藉的时候——当然这种慰藉也只是力所能及，而且微乎其微——远处，在雷鸣般的掌声和欢呼里，在无往而不胜的太阳的金色光辉里，尤里高傲地昂首挺胸的身影，恰似一个赴殿上朝的沙皇，气宇轩昂、步履稳重地在款款而行，身上的紫袍熠熠生辉，头顶的桂冠在缭绕的阵阵香烟里影影绰绰闪现……棕榈树长长的枝叶依次向他点头哈腰，仿佛要用它们轻声的叹息、恭顺的敬礼，来表达为他心醉神迷的市民们洋溢在心头、不断产生的崇拜之情！

1878 年 4 月

麻　雀

我打猎归来，走在花园的林荫小径上。猎狗在我前面奔走。

突然它放慢脚步，开始悄悄地蹑足而行，仿佛嗅到前方有猎物。

我沿小径望去，看见一只小麻雀，它口边还留着黄斑，头上长着茸毛。它掉出了鸟窝（风猛烈地摇曳着小径上的白桦），趴着一动也不动，无可奈何地张开两只刚长出的翅膀。

我的猎狗慢慢向它逼近，忽然，从附近的一棵树上仿佛掉下一块石头似的，一只黑肚皮的老麻雀落在了猎狗的面前；它张开全身羽毛，样子都变了，向着呲牙咧嘴的血盆大口的方向扑棱了两下，同时发出绝望凄厉的尖叫。

它俯冲下来救护自己的孩子，用自己的身躯作掩护……但是它整个小小的身躯却因恐惧而瑟瑟发抖，它叫得嗓音都变了，嘶哑了。它站定了，要拿自己作牺牲！

在它看来猎狗是何等巨大的怪物！然而它依然无法安坐在高高的、处于安全地位的树杈上……一种超意志的力量将它从那里抛了下来。

我的特列佐尔①停住了，开始步步后退……显然它也承认了这种力量。

我急忙叫回窘态十足的猎狗，怀着崇敬的心情走开了。

---

① 猎狗的名字。

是的，请别嘲笑。面对那只英勇的小鸟，面对它那奋然挺身的爱心，我的敬仰之情油然而生。

我想，爱心比死亡，比对死亡的恐惧更有力量。只有依靠它，依靠爱心，生命才得以保持，运动。

1878 年 4 月

骷　髅

　　大厅里富丽堂皇，华灯齐放；男伴和女士济济一堂。

　　所有的人眉飞色舞，谈得兴高采烈……关于一位著名女歌手的一场谈话正在热烈进行。大家称颂她貌若天仙，歌声不朽……哦，昨天她最后的那一段颤音发挥得多么出色！

　　蓦然间，仿佛受到一根魔棒指挥似的，包裹在所有头颅和脸部外的一层皮一下子消失了，顿时露出了毫无生气的白色头盖骨，裸露的牙床骨和颧骨发出像锡一般的隐隐蓝光。

　　我惊惧地望着这些牙床和颧骨移位，微微蠕动，这些疙瘩状的骨球在灯光和烛光下面亮闪闪地转动，看着骨球里面的另一些更小的球——毫无表情的眼珠也在转动。

　　我不敢触摸自己的脸面，不敢往镜子里瞧自己。

　　而骷髅依然如故地在转动……失去了皮肉的牙齿间，仿佛一片片小小的红破布在闪动似的，伶俐的舌头依然啧啧称赞着不朽的……不朽的女歌手是多么令人惊叹，无人可以模仿地唱出她那最后一段颤音！

1878 年 4 月

干粗活的和干细活的

（对话）

干粗活的：
你干吗往我们这边爬？你要什么？你不是我们一伙的……滚开！
干细活的：
我和你们是一伙，弟兄们！
干粗活的：
这怎么可能！我们一伙！亏你想得出！只要瞧瞧我的这双手就够了。你看，这双手有多脏？上面带着大粪和焦油的气味，可你的那双手有多白。再说它们的气味怎么样？
干细活的（伸过手去）：
你闻一闻。
干粗活的（闻一闻手）：
好奇怪呀！好像有铁的气味。
干细活的：
是有铁的气味。这双手上我戴了整整六年的镣铐。
干粗活的：
这又为了什么？
干细活的：
因为我关心你们的利益，想解放你们这些穷困潦倒的人，反对压迫你们的人，造他们的反……就这样我被关进了监狱。
干粗活的：
关了监狱？你何苦要造反呢？

两年以后

同一个干粗活的（对另一个说）：
听着，彼特拉！……你记得吗，前年夏天有那样一个干细活的和你说过话？
另一个干粗活的：
记得……怎么啦？
第一个干粗活的：
我告诉你，今天他要上绞架了；命令已经颁布。
另一个干粗活的：
他还造反？
第一个干粗活的：
还造反。
另一个干粗活的：
对……有主意了，彼特拉老弟，咱们能不能把绞他的那根绳子搞到手？听说这会给家里带来好运呢！
第一个干粗活的：
你说得对。得去试试，彼特拉老弟。

1878 年 4 月

玫 瑰

八月将近的几天里……时令已交秋季。

正是薄暮斜阳时分。骤然之间一阵倾盆大雨扫过我们辽阔的平原,既无雷声,也无闪电。

屋子前的花园整个儿沐浴在火红的夕照里,被滂沱大雨淋了个透湿,热气蒸腾,烟雾茫茫。

她坐在客厅里的桌子边,透过半开的门户若有所思地向花园里凝望。

我知道此时她心里想着什么;我知道此时此刻,经过短暂的,尽管是苦痛的斗争,她正沉浸于一种再也难以平静的情绪。

突然她站起来,迅步走进花园里,便看不见她的身影了。

时钟敲响,已过一个小时……又过了一个小时;她没有回来。

这时我便起身走出屋子,沿着她适才走的那条林荫小径(对此我确信无疑)走去。

周围的一切都已开始变暗;夜幕正在降临。然而小径湿润的沙土上看得见有一件圆圆的东西,透过浓浓的夜色发出显眼的红色。

我俯下身去……那是一朵年轻的、蓓蕾初绽的玫瑰。两个小时以前我在她胸前见到的正是这朵花。

我小心地捡起落入泥泞的小花,回到客厅后将它放到桌上,她椅子前面的地方。

她最终还是回来了,迈着轻轻的脚步走过整个房间,在桌子边坐了下来。

她的面容显得苍白而且楚楚有情，那双眼睑下垂、似乎变小的眼睛带着轻微的腼腆神色迅速扫视着两旁。

她看见了玫瑰，抓起它，望了望被揉皱、弄脏的花瓣，看了我一眼，于是那双眼睛突然停住不动了，滚出了晶莹的泪花。

"你为什么哭？"我问道。

"就为这朵玫瑰。您看看，它成了什么样子。"

这时我想到要说句意味深长的话。

"您的泪水能洗去花上的污秽。"我神色庄重地说。

"眼泪洗不掉，眼泪能将它烧毁。"她答道，于是她转身向着壁炉，将花朵扔进了正在熄灭下去的火焰。

"火焰能比眼泪更好地将它烧毁。"她不无勇气地大声说，这时她那双还闪着泪花的美丽的眼睛便大胆地、幸福地露出了笑意。

我明白了，连她也已烧毁了。

1878 年 4 月

纪念尤·彼·符廖夫斯卡娅[①]

她躺在烂泥地上,一堆腐臭的稻草上,匆匆改作战地流动医院的一间破草棚的屋顶下,一个遭受破坏的保加利亚小村子里——患伤寒已两个多星期,正奄奄待毙。

她人事不省,没有一个医生看她一眼;她在还能支撑着站起来的时候所照料过的生病的士兵,一个接一个地从自己带菌的草窝里站起来,将盛在一片碎瓦罐里的水凑近她干裂的嘴唇,洒上几滴。

她年轻,美丽;上流社会认识她,连王公贵族也打听过她的情况。女士们嫉妒她,男士们追逐她……有两三个人偷偷地对她怀着深深的恋情。生活对她笑脸相迎;然而笑容往往比眼泪更坏。

一颗温和柔顺的心……却怀有如此强大的力量,如此强烈的献身渴望!帮助需要帮助的人……她不知道有别的幸福……不知道,也从未体验过。其余一切种种幸福都从身边溜过了,然而对此她早已心安理得,她浑身燃烧着不知熄灭的信仰之火,为了服务于他人,她献出了全部身心。在她心灵深处,在她内心最隐秘的地方,珍藏着几多秘密的宝藏,从来没有一个人知道过,如今当然更不可能知道了。

可那是为了什么呢?牺牲已经做出……事情也做完了。

尽管她对任何谢意都羞于入耳,感到陌生,但是没有一个人甚至

[①] 尤里娅·彼得罗芙娜·符廖夫斯卡娅(1841~1878),屠格涅夫的朋友,其丈夫是符廖夫斯基将军,死于1858年。她于1877年夏以女护士身份前往俄土战争前线,死于1878年2月5日。

对她的遗体说声谢谢；想到这点不免伤感。

  但愿我斗胆呈献在她墓前的这朵迟到的小花，不会使她那可亲可爱的影子感到屈辱！

1878年9月

最后一次会见[①]

我们曾经是亲密无间的朋友……然后遇到了不愉快的时辰,于是我们分道扬镳,有如仇敌。

多年以后……我顺道来到他居住的城市,得知他病入膏肓,无可救药,希望见我一面。

我前去看望他,走进他的居室……我们的目光相遇了。

我几乎认不得他了。天哪!疾病把他折磨成什么样子了!

他面黄肌瘦,整个头都秃了顶,只剩下一撮小小的花白胡子,穿一件故意剪开的衬衣……他已承受不了一件最轻的衣衫的重量。他痉挛地伸出一只瘦得可怕,仿佛被啃光了皮肉的手,吃力地喃喃说出几个听不清的字——是问候,抑或责备?谁知道呢?骨瘦如柴的胸脯微微掀动起来,充血的眼睛里,两颗小得可怜、痛苦不堪的泪珠滚到了干缩的瞳孔前。

我心酸欲绝……我在他身边的椅子上坐下,然后情不自禁地俯首看着他那可怕、不成人样的面容,也伸出手去。

然而我仿佛感到握我的那只手不是他的手。

我仿佛觉得我们两人之间坐着一个高个子、无声无息的白衣女人。长长的裹尸布将她从头到脚裹了起来。她那深沉苍白的眼睛不向任何方向观望;她那苍白严厉的嘴唇一句话也不说……

这个女人将我们两人的手连接在一起……她使我们永久和解了。

是的……死神使我们和解了。

1878 年 4 月

[①] 作者在文中写到的病人是诗人涅克拉索夫,时间在 1877 年 5 月 25 日。

门　槛

我看见一座高大的屋宇。

正面墙上一扇狭小的门洞开着；门里面阴沉沉的，一片昏暗。门槛前面站着一位姑娘……一位俄罗斯姑娘。

那模糊不清的昏暗里透出森森寒气；一个慢条斯理的嘶哑声音，随着这股冰冷的寒流从大楼的深处传来。

"哦，是你，想跨越这道门槛，——可是你知道等待你的是什么吗？"

"知道。"姑娘回答。

"寒冷、饥饿、仇恨、讥笑、蔑视、屈辱、监狱、疾病，还有死亡？"

"知道。"

"彻底地远离人群，孤独？"

"知道。我已做好准备。我经得起一切苦难，一切打击。"

"不仅来自敌人的，而且来自亲人，来自朋友的？"

"甚至……来自他们的。"

"好……你甘愿做出牺牲？"

"不错。"

"默默无闻地牺牲？你牺牲了——但是甚至没有一个人……没有一个人会知道要悼念哪个人！"

"我既不需要感激，也不需要怜悯。我也不需要名垂后世。"

"你愿意犯法吗？"

姑娘低下了头……

"就是犯法也心甘情愿。"

那个声音没有立刻恢复提问。

"你知道吗,"终于那个声音又开始说话,"你可能会对现在信仰的事物失去信仰,你可能会明白自己受了骗,白白牺牲了自己年轻的生命?"

"就是这一点我也知道。我仍然希望跨进去。"

"进来吧!"

姑娘跨越了门槛——于是沉重的帘幕在她身后降落下来。

"傻瓜!"后面有人咬牙切齿地说。

"一位了不起的姑娘!"不知哪儿传来的回答。

1878 年 5 月

造　访

　　我坐在洞开的窗前……一天清晨，五月一日很早的清晨。
　　朝霞尚未升起，但是天色已经露白，温暖的暗夜已注入清凉。
　　没有晨雾，没有微风，万物都浑然一色，无声又无息……然而感觉得到万物苏醒已近在眉睫，而在逐渐疏朗起来的空中能闻到隔宿露水的湿气。
　　忽然一只大鸟从敞开的窗户飞入我的房间，发出轻微的嗡嗡声和窸窣声。
　　我不禁一怔，向窗口望去……那不是鸟，而是一个长翅膀的小巧女人，她穿一件长长的紧身连衣裙，下摆有波浪形花纹。
　　她浑身灰白，呈珠母色，只有翅膀的内侧像盛开的玫瑰一样殷红，娇美极了；一个用铃兰花编织的花环套在她圆圆小脑袋披散的鬈发上，而在饱满的漂亮前额的上方，有两根孔雀毛优美地晃动着，仿佛蝴蝶的两根触须。
　　她在天花板下面来回飞了一两趟。她的小脸在笑，她那乌黑发亮的大眼睛也在笑。
　　在灵巧欢快的飞行中，那双眼睛钻石般的光芒碎成了无数光点。
　　她手握一朵草原上花朵的长长花柄：俄罗斯称它作"沙皇的权杖"——它本就像一根权杖。
　　她急疾地从我头顶飞过，将那朵花轻触我的头部。
　　我猛然向她扑去……可是她噗的一声业已飞出窗外——而且疾飞

而去。

　　花园里，丁香花丛的深处，斑鸠用它的第一声啼鸣向她表示欢迎，而在她隐没的去处，乳白色的天空悄悄地泛起了红晕。

　　幻想的女神，我认出你了！你枉过寒舍，实属偶然——你是飞去造访年轻诗人的。

　　哦，诗歌！青春！女性的、少女的美！你们在我面前的闪现只能在一瞬之间——早春时节很早的清晨！

1878年5月

NECESSITAS, VIS, LIBERTAS[1]

（一幅浅浮雕）

一个骨瘦如柴的高个子老太婆，铁板着脸，双目纹丝不动，目光呆滞，迈开大步走着，她伸出干瘦得像棍子一般的一只手推搡着自己前面另一个女人。

这个女人身材高大，体强力壮，腰圆膀粗，肌肉像赫拉克勒斯[2]的一样结实，牛一般的脖子上长着一个小脑袋——而且双目失明——依次推搡着一个个头不高、瘦瘦的女孩。

只有这个女孩是个亮眼，她抵抗着，常回过头去，举起一双纤细美丽的手；她那富有表情的脸上露出厌烦和无畏的神色……她不愿听命于人，她不愿走向别人推她去的地方……然而她仍然必须服从并且向前移步。

Necessitas, Vis, Libertas.

这三个词谁愿怎么理解，就让他怎么翻译吧。

1878 年 5 月

---

[1] 拉丁语，意为：必需，力量，自由。

[2] 又称阿尔喀得斯，希腊神话中的英雄。

施 舍

一座大城市的附近，宽广的马车道上有一个年老有病的人在行走。

他跌跌撞撞地走着，瘦骨伶仃的双腿步履蹒跚，磕磕绊绊，脚步既沉重又虚弱，仿佛不是自己的脚在走路。挂在他身上的衣衫已成了破布片，未戴帽子的头颅耷拉在胸前……他已筋疲力尽。

他在路边一块石头上坐下，俯着身子，支在胳膊肘上，用双手捂着脸，泪水从弯曲变形的手指间滴进干燥、灰色的尘土。

他在回忆……

他记起来了……曾几何时他健康过，也富有过——他又失去了健康，散尽的钱财，落入了别人手中，他的朋友和敌人的手中……而今他竟连一块面包也没有，所有人都离他而去，朋友们离开他比敌人还早……难道他居然沦落到要乞求施舍的地步？他的心头既痛苦，又羞愧。

眼泪还在一滴滴往下淌，染湿了灰色的尘土。

蓦然间他听见有人呼唤他的名字，他抬起疲乏的脑袋，看见面前有一个陌生人。

那人面容安详、庄重，却不严厉；他的双眼没有逼人的光芒，却炯炯有神；他的目光能洞察秋毫，却无恶意。

"你散尽了家财，"是一个平稳的声音在说话……"可是对于曾经行过的善事你感到惋惜吗？"

"不惋惜，"老人叹口气回答说，"只不过如今我快要死了。"

"假如世界上没有那些向你伸手乞讨的乞丐,"陌生人继续说,"你不就无可表示你善举的对象,你也不可能在其间一试身手了吗?"

老人一句话也没有回答,他开始沉思。

"所以现在你也不用自命清高,可怜人,"陌生人又开始说,"去吧,伸出手去,你也给别的好心人一个机会,让他们用事实表明自己是善人。"

老人听了一怔,抬起眼睛望去……然而陌生人已不见踪影,而远处路上则出现了一个行人。老人走到他跟前,向他伸出一只手。这个路人神情严厉地转过了身子,什么也没有给。

他的后面又走来另一个人,那个人给了老人一点微小的施舍。

于是老人用他给的小钱给自己买了块面包——他觉得乞讨来的面包块十分香甜——他心头并没有羞耻的感觉,相反,一阵窃喜笼罩了他心头。

1878 年 5 月

昆　虫

我梦见我们20来个人坐在一间窗户洞开的大房间里。

我们中间有妇女、儿童、老人……大家正在谈论一件相当熟悉的事——七嘴八舌的声音既嘈杂又含糊不清。

突然一声脆响，房里飞进一只约莫两俄寸[①]长的大昆虫……它飞进屋后转了一阵就在壁上停了下来。

它样子像苍蝇或者胡蜂。身体呈灰褐色；扁平坚硬的翅膀颜色也相同；毛茸茸、向四方张开的爪子，还有有棱有角的大脑袋，像斑蜻蜓；这个脑袋和这些爪子颜色鲜红，仿佛沾满了血似的。

这只古怪的昆虫不停地上下左右转动着脑袋，移动着爪子……接着猛地飞离墙壁，满屋子啪啪地乱飞——然后又停下来，又可怕又讨厌地蠕动着，寸步不离停落的地方。

它在我们大家心里激起反感、惊慌，甚至恐惧……我们中谁也没有见过类似的东西，齐声喊道："把这个怪物赶出去！"大家从远处挥动手帕赶它……因为没有人敢靠近它……当昆虫飞起来时，大家都不由自主地闪到一边去躲它。

我们聊天的人中间只有一个人，他还年轻，脸色白皙，困惑地四下里望着我们大家。他耸耸肩膀，脸带笑容，怎么也搞不清我们究竟发生了什么事，为什么那么躁动不安？他本人既没有看见任何昆虫，

[①] 1俄寸合4.4厘米。

也没有听见它那翅膀可怕的鼓动声。

忽然那昆虫似乎盯上了他，飞起来贴到了他的头上，在他眼睛上方的眉头叮了一口……年轻人轻轻"啊"地叫了一声，便倒下死了。

可怕的苍蝇立刻就飞走了……我到这时方才猜出这不速之客究竟是什么东西。

1878 年 5 月

素菜汤

　　一个老年寡妇死了20岁的独生子，他是村里数一数二的干活能手。

　　女东家，也就是这个村的一位女地主，得知老婆婆的失子之痛，便赶在送葬的那天去看望她。

　　东家在屋里见到了她。

　　老婆婆站在茅屋中间，一张桌子边，不慌不忙，有条不紊地从熏黑的瓦罐底部用右手（左手像藤条似的下垂着）舀清水汤，一勺接一勺地边舀边吞吃。

　　老婆婆的脸瘦得凹了下去，黑魆魆的；一双眼睛红通通的，肿了起来……但是她的身子庄严地挺着，像在教堂里一样。

　　"老天！"女主人忖道，"在这样的时刻她还吃得下……不过所有他们这些人的情感毕竟都是那么粗俗！"

　　此刻女主人想起几年前她自己失去生下才九个月的女儿时，因为悲痛而没有租住彼得堡近郊的一幢漂亮别墅，竟在城里过了夏天！

　　可是老婆婆还继续在喝素菜汤。

　　女主人终于沉不住气了。

　　"塔吉亚娜！"她说，"你行行好吧！我真不明白！难道你不爱自己的儿子？怎么你的胃口还那么好？你怎么还喝得下这些汤！"

　　"我的瓦夏死了，"老婆婆轻声说，郁结已久的眼泪又沿她凹陷的两颊滚了下来，"这就是说我的日子也活到头了，我的脑袋给活生生地拧了下来。可这汤却不能白白丢了，里面可是搁了盐的。"

　　女东家只耸了耸肩就走了。对她来说食盐是再便宜不过的东西。

1878年5月

蔚蓝色的王国

哦,蔚蓝色的王国!哦,蓝色、光明、青春和幸福的王国!我曾在梦中……见过你。

我们几个人驾一叶漂漂亮亮,收拾得干干净净的小舟。猎猎飘展的信号旗下扬起一面白色风帆,宛如天鹅的前胸。

我不知道自己的伙伴是些什么人,但是我全身的感觉告诉我,他们和我一样,年轻、快乐和幸福!

而且我也看不见他们。我只见四周是一望无际的蔚蓝色海洋,整个海面铺展着细软的涟漪,泛出粼粼金光;头顶上同样是一望无际、碧蓝碧蓝的苍天——一轮和煦的太阳得意扬扬,仿佛笑意盈盈地在天际滚动。

我们中间不时响起响亮、欢乐的笑声,有如天神在欢笑!

要不就是谁的口中吐出的连珠妙语和诗句,充满了奇妙的优美和灵感的力量……似乎蓝天自己也在与之应答,四周的大海也会意地在掀动……随后又是令人陶醉的寂静。

我们的轻舟顺着轻柔的波浪轻轻起伏荡漾,纵流疾驰。它并不借助于风力的驱使,而是我们起伏的心潮驾驭着它。我们的心向往何方,它就向何方飞驰,仿佛通灵性似的。

我们遇见一些岛屿,那是些半透明的岛屿,反射出宝石、蓝宝石和翡翠的光泽。岛屿周围的岸上飘来醉人的芳香。一些岛屿向我们撒来白玫瑰和铃兰的花雨;另一些岛上突然飞起一群群五彩缤纷的长翼海鸟。

海鸟在我们上方盘旋飞舞,铃兰和玫瑰溶进滑过我们平缓的船舷的珍珠般的水沫。

伴随着鲜花和海鸟飞来一阵阵甜甜蜜蜜的声响……其中，感觉得到有女性的声音……周围的一切：天空、海洋、高处摆动的帆影、船后汩汩作响的水流——所有这一切都在倾诉着爱，令人陶醉的爱！

我们每个人所挚爱的东西，她就在这里……不见形影，却近在咫尺。只需再过瞬间——马上就能见到她双眸的闪光，绽出鲜花般的微笑……她的手将牵着你的手，拉你随她进入永恒的天堂！

哦，蔚蓝色的王国！我曾在梦中……见过你！

1878 年 6 月

两个富翁

每当人们在我面前夸奖大财主洛特希尔德从自己巨额进项中拨出几千块钱用于教育儿童，治疗病人，周济老人，我总是啧啧称赞，深受感动。

不过赞扬和感动之余我不得不想起一个穷苦的农民家庭，他们在破破烂烂的小农舍里收养了失去双亲的侄女。

"要是我们把卡奇嘉接过来，"农妇说，"那咱们最后的几个子儿都得花在她身上了——没钱来买盐，稀粥里也搁不上盐了……"

"那咱们就喝没搁盐的稀粥呗。"她的丈夫，一个庄稼汉说。

洛特希尔德离这个庄稼汉远着呢！

1878 年 7 月

老　人

　　暗淡无光、沉重难熬的日子终于来临……

　　自身的疾病，亲近的人的病痛，垂暮之年的凄清与愁苦……你曾经热爱，毫无保留地为之献身的一切，正在衰落，冰消瓦解。已是山穷水尽，无路可走。

　　怎么办？悲伤？痛苦？无论于己于人你都毫无办法。

　　一棵渐趋凋零枯萎的树木，纵使树叶越长越小，越长越稀，但毕竟还是它的绿叶。

　　你也蜷缩起来，躲进自己的内心，躲进自己的回忆里去吧——那里，在你聚精会神的心灵的深处，有你往昔的生活，只有你一个人体味过的生活，它将在你面前展现自己芬芳、依然清新的翠绿，展现出春天的妩媚与力量！

　　不过要当心……别往前面看，可怜的老人！

1878 年 7 月

记 者

两个朋友傍桌而坐，口啜香茗。

蓦然间街头响起一阵喧闹声。声音里有人在哀求呻吟，有人在厉言怒骂，有人发出阵阵幸灾乐祸的嬉笑。

"在打人呢。"朋友中的一个望了望窗外说。

"打犯人？杀人犯？"另一个说，"我告诉你，不管被打的是什么人，不能容许未经审判就滥加迫害。咱们为他说话去。"

"可是他们打的不是杀人犯。"

"不是杀人犯？那就是小偷？不管怎么样，咱们去把他从人群里拉出来。"

"也不是小偷。"

"不是小偷？那一定是售票员，铁路员工，军需官，俄罗斯文化的庇护人，好心的编辑，热心公益的捐助人？……无论如何咱们去帮他一把。"

"不……打的是记者。"

"记者？那我告诉你，咱们先喝了这杯茶。"

1878 年 7 月

两个兄弟

那是一种幻觉……

我面前出现两个天使……两个天才。

我说他们是天使……天才，因为两个人都赤身裸体，一丝不挂，每个人的肩膀后面都伸展着一对强劲有力的长长翅膀。

两个人都是少年。一个稍胖，肌肤细滑，长一头乌黑的鬈发。眼睛是栗色的，上面有层薄翳和密密的睫毛。他的目光妩媚动人，欢乐而热切。他的容貌幽雅姣美，富有魅力，稍带一点粗鲁，稍露一点凶相。红红的厚嘴唇轻轻地蠕动着。少年脸含微笑，显得自信而慵懒，仿佛权柄在握的样子；茂盛的花冠斜戴在油亮的头发上，几乎触及丝绒般的双眉。圆圆的肩头挂着一张插有一支金箭的豹皮，一直垂到屈曲的腿部。翅膀上的羽毛映出蔷薇的色彩。羽尖呈鲜亮的红色，仿佛浸染过殷红的鲜血。这对翅膀时而迅速地扇动，发出银铃般的悦耳声音，发出春雨般的喧响。

另一个瘦削，体色微黄。每次呼吸都显现出肋痕。浅红的头发疏疏朗朗，直而不卷。大大、圆圆、浅灰色的眼睛……目光惶惑不安，异样地明亮。整个脸形是尖削的；半开的小口里露出鱼齿般的牙齿；紧缩的鹰钩鼻；前突的下巴，上面覆着一层白白的茸毛。这两片干瘪的嘴唇从来就没有露过一次笑容。

那是一张经过矫正、恐怖而冷酷的脸！（不过那第一个人，那个美貌少年的脸虽然亲切而妩媚，却同样缺乏爱怜之情。）第二个少年的头部，四周插着几根无实的折断的穗子，靠一根枯萎的草茎缠在头上。腰部缠一块灰粗布；肩膀后面的两翼轻轻地扇动，样子咄咄逼人。

两个少年看上去像一对形影不离的伙伴。

两个人中每一个都肩并肩地靠着另一个。前者的柔软的小手像一串葡萄，搭在后者干瘦的锁骨上；后者长着细长手指的窄小的手腕，像蛇一般伸在前者女人般的胸口。

我听到说话的声音……下面就是那声音说的话："你面前是爱情和饥饿——一切生命赖以生存的根基。

"一切有生命的物体都在运动，为了觅食；都在觅食，为了繁衍。

"爱情和饥饿——两者的目的是一致的：需要让生命不致中断，无论自己的，抑或他人的生命，都属于那同一个普天之下万物的生命。"

1878 年 8 月

自私自利者

　　他身上具有使他成为驱使他家人的一切必备条件。

　　他生来健康，天生富有，在漫长的一生中除却富有和健康，未曾有过一次过失，未曾犯过一次错误，既无一言之失，也无一次失算。

　　他为人诚实，无可指责！……既然意识到自己的诚实并引以为豪，他便借此威压众人：亲人、朋友、熟人。

　　诚实成为他的资本……于是他便借此谋取高额利息。

　　诚实使他有权冷酷无情，不做一件法律规定以外的好事；于是他便冷酷无情，不做一件好事……因为好事既为法定，亦便不成其为好事。

　　他从来不关心任何人，除却他自己——如此规范的一个人物！而当别人也试图对他不予关心的时候，他便会怒火中烧！

　　与此同时他并不认为自己是个自私自利者，而且对自私自利的人和自私行为的指责与讨伐比谁都厉害！岂但如此！别人的自私行为妨碍了他的自私行为。

　　他既看不到自己丝毫的软弱，便对任何人的软弱不可理解，也无法容忍。他压根儿对任何人、任何事都不能理解，因为他整个人四面八方、上上下下、前前后后都为他自己所包裹。

　　他甚至不理解宽容为何物。他从来未曾有必要宽恕自己……那又有何必要宽恕别人？

　　面对自己良心的审判，面对自己的上帝——他，这个怪物，这个美德的败类，举目望天，振振有词地说："不错，我问心无愧，我是个道德高尚的人！"

他躺在临死的病床上还会重复这句话——即使此时此刻，他的铁石心肠，那毫无瑕疵、毫无缝隙的心肠，也不会稍有颤抖。

哦，一个沾沾自喜、固执己见的人廉价得来的美德，比之无掩无饰的恶行，其丑陋程度未必不更令人恶心！

1878 年 12 月

最高神灵的华宴

一次，最高的神灵心血来潮，要在他天蓝色的殿堂举行盛大宴会。

一切美德都在被邀之列。被邀者全是美好的德行……男性他一概不邀……清一色地只邀女性。

嘉宾如云——有大美德，也有小美德。小美德比大美德更加可人，更加妩媚。不过所有来宾看上去都心满意足，彼此的谈吐都彬彬有礼，一如近亲或故旧之间的叙谈。

就在这时最高的神灵发现两位美丽的女士似乎彼此素昧平生。

主人牵着其中一位女士的手，把她引向另一位。

"这位是'乐善好施'！"他指着第一位说。

"这位是'知恩必报'！"他指指第二位又说。

两位美德莫名惊诧：自有这个世界——而这个世界早就存在了——她们还是首次见面呢！

1878 年 12 月

斯芬克司①

举目四顾，无处不是无垠的茫茫沙海……灰中带黄、表面疏松、底层坚硬、吱吱作响的沙海！

在这沙砾遍地的大漠之上，在这死灰飞扬的沙海之上，巍然屹立着埃及狮身人面像硕大无朋的头颅。

这两片撅起的大嘴唇，这两个凝滞不动地大张的朝天鼻孔——还有这双在双弧形的高高眉毛下的眼睛，这双长长的、睡意未央、貌似专注的眼睛，究竟想说些什么呢？

可是它们确实有话想说！它们甚至已经在说了——不过只有俄狄浦斯善解谜底，明白它们无声的语言。

哦，对了！我认出这是谁的容貌了……在这容貌里已没有了埃及的影子。低低的白色前额，突出的颧骨，短而挺拔的鼻子，牙齿洁白的漂亮嘴巴，柔软的唇须和卷曲的胡子——还有这双撇向两边的小眼睛……头上梳成分头的发冠……没错，是你，卡尔普，西多尔，谢苗，雅罗斯拉夫的或者梁赞的庄稼汉，我的同胞，俄罗斯的血统！你是不是早就变成了狮身人面像？

或者你同样有话想说？是的，你也是斯芬克司。

你的双眼——这双没有色彩，然而深沉的眼睛也在说话……说的

---

① 斯芬克司系希腊神话中长翼的狮身人面女怪。她在通往忒拜的路上要过路人猜谜，猜不出的即被吃掉。一次忒拜的英雄俄狄浦斯猜出了谜底，斯芬克司就跳下深渊自杀，通往忒拜之路随之打开。斯芬克司也指古埃及的石雕狮身人面像。

话同样无声而如谜一般难以猜测。

但是你的俄狄浦斯在哪里？

啊！全俄罗斯的斯芬克司呀，要成为你的俄狄浦斯，戴上穆尔莫尔卡帽①是不够的！

1878 年 12 月

---

① 18世纪以前俄国男子戴的平顶卷檐帽。

神　女

　　我站着，面对呈半圆形展开的连绵不绝的美丽群山；群山上下遍布郁郁葱葱的年轻森林。

　　群山上空是南国清澈透明的蓝天；太阳从高处洒下万道霞光；山下湍急的溪流半掩在草丛之间，潺湲不息。

　　这时我想到一个古老的传说，说的是公元1世纪的时候，爱琴海上有一艘希腊船舰在行驶。

　　时当中午……天气晴好，风平浪静。突然，舵手的头顶上方，高空中清楚地有人在说话：

　　"当你驶过海岛时，要大声呼喊：'大潘[①]已死！'"

　　舵手感到惊讶……吓了一大跳。但是当船只在岛旁驶过时他遵从了这句话，便大声喊道：

　　"大潘已死！"

　　顿时，海岛沿岸各处（该岛无人居住）应声响起了大声的号啕痛哭、呻吟和拖长了声音、悲痛欲绝的呼号：

　　"死啦！大潘死啦！"

　　我想起了这个传说……一个奇怪的念头来到我的心间："如果这声呼喊由我来发出，会怎么样呢？"

　　然而，由于我为欢乐的情绪所包围，我不可考虑死字，所以我便

[①] 希腊神话中的森林之神，系牧人、养蜂人和渔人的保护神。

用尽平生之力呼喊起来：

"复活啦！大潘复活啦！"

顿时——哦，真是奇迹！——沿着这圈半圆形的苍翠的群山，应着我的这声呼喊，和谐的笑声滚滚而来，欢乐的话语和掌声蓦然响起。"复活啦！大潘复活啦！"是年轻的声音的喧响。接着前方的万物一下子都欢笑起来，比高空的太阳更明亮，比草丛下潺潺奔流的溪水更欢快。传来轻盈匆促的脚步，葱翠的密林间隐隐闪现着波浪形的衣衫，如大理石一般洁白，还有裸露的身躯鲜艳的红色……那是神女，是神女，是山林女神，是酒神的女祭司正从高处向平原奔跑……

她们一下子出现在所有的林边空地。美丽绝伦的头上卷曲着一绺绺鬈发，优美的玉手高举着花环和手鼓——于是笑声，悦耳动听的奥林匹斯笑声随着她们迅速传播，滚动……

一个女神在前飞跑。她个子比所有女神都高，也更漂亮；她肩挎箭袋，手执弯弓，竖起的鬈发上有一轮银光闪闪的新月……

狄安娜[①]，是你吗？

但是女神忽然停住不跑了……顿时其他所有女神也都跟着她停住不走了。响亮的笑声停止了。我看见猛然一惊而呆住的女神脸上罩上了一层死一般的苍白；我看见她的双手放下来垂着不动了，两条腿也僵住了，难以形容的恐惧使她张大了嘴巴，睁大了向远方凝视的眼睛……她见到了什么？她向哪里眺望？

我转眼向她凝视的方向望去……

天边，低低的田野边缘的那一边，一所基督教的白色钟楼上，一个金色十字架亮得像一个火红的小点……正是这个十字架让女神见到了。

我听到身后一阵长长的不和谐的叹息，仿佛一根绷断的琴弦的震颤——而当我再度回过头来时，神女已踪影全无了……辽阔的森林依然青葱欲滴，只是有几处地方，透过繁茂交错的枝叶，看得见某些白

[①] 希腊神话中为阿耳忒弥斯，系宙斯和勒托的女儿，阿波罗的孪生姐姐，为护猎神。在罗马神话中与月神狄安娜合为一体。

色的小点,那小点正在消失。那是女神的衣衫,抑或是谷底升起的雾气?——我不得而知。

可是眼看着女神们消失得无影无踪,我是多么惆怅!

1878 年 12 月

敌人和朋友

一个被判终生监禁的囚犯越狱而逃,没命地奔跑……他背后追捕的队伍跟随他的足迹穷追不舍。

他用尽全力奔逃……追捕者开始渐渐落后。

然而就在此时,他前面横着一条两岸陡直的河流,河面虽窄,河水却很深……而他却不会游泳!

两岸间架着一块霉烂的薄板。逃亡者已经把一只脚向木板跨去了……但是此时出现了这样一个场面:河边站着两个人。一个是他最好的朋友,另一个是他不共戴天的死敌。

敌人一言不发,只交叉着两只手;但是朋友却放开喉咙大喊起来:

"不行!你干什么来着?别发昏啦,疯子!你难道没看见木板全烂了?你的重量一压上去它就断啦,你就非死不可!"

"可是没有别的渡口呀……你没听见有人追来吗?"不幸的人绝望地哀叹,说着跨上板去。

"我不许你上去!……不,我不许你去送死!"热心的朋友尖声叫起来,说着抽去了逃亡者脚下的木板。逃亡者一眨眼就扑通一声掉进急浪,沉了下去。

敌人得意地笑起来,便走了;朋友则在岸上坐下,开始为自己可怜的……可怜的朋友伤心痛哭!

不过他是否为招致朋友的送命而自责呢……这一点他一刻也没有想过。

"怪他不听我的话！他不听！"他伤心地喃喃说。

"不过话说回来！"最后他说道，"他本来要在可怕的牢里受一辈子罪的！至少他现在不受罪了！现在他轻松了！看来是他命中注定啊！"

"可是从人道的角度看毕竟是可怜的！"

于是他善良的心灵又继续为自己倒霉的朋友伤心恸哭了。

1878 年 12 月

基　督

我看见自己是个少年，几乎是个孩子，在乡间一所低矮的教堂里。古老的圣像前，燃着一根根蜡烛，犹如一个个小红点。

每一个小小的烛焰外围都是一个彩虹般的光环。教堂里一片昏暗，混沌不清……但我前面站着的人却很多。

一眼看去都是淡褐色的庄稼人的脑袋。有时这些脑袋摇晃起来，低下去又仰起来，仿佛夏季微风吹拂下起伏不定的麦穗。

突然有一个人从后面走近前来，在我身边站定了。

我没有转过头去看他——但是立刻就觉得这个人就是基督。

感动、好奇、惊恐，一下子控制了我的情绪。我努力保持镇静……看了看身边的人。

他的脸和大家的脸一样，就像所有的人的面孔。他的眼睛稍稍上抬，专注而安详。嘴唇闭着，但闭得不紧，上唇似乎斜盖在下唇上。一撮胡子分成了两半。两臂下垂，一动也不动。连身上的衣服也和大伙的一样。

"这哪会是基督啊！"我忖道，"这么一个普通而又平常的人！不会是他！"

我转眼向别处望去。但是我还没有将目光从那个普通人身上移开时，我又觉得我旁边站着的人正是基督。

我又努力控制住自己……又看见了那张和所有人的脸相似的面孔，那些虽然并不熟悉、却很平常的容貌特征。

猛然间我感到一阵恐惧——我恢复了常态。只在这时我才明白，正是那样一张脸——和所有人脸相似的那张脸，才是基督的脸。

1878 年 12 月

岩　石

　　你可曾见过海边那块古老的岩石？在涨潮时分，欢乐的朗朗晴日，看欢乐的波浪从四面八方涌来，向它冲去，戏耍着它，爱抚着它，将闪闪发光的白沫碎成珍珠般的水珠洒向它长满苔藓的头颅？

　　那块岩石依然如故，但是它暗淡的表面却出现了鲜明的色彩。

　　这些色彩是那个遥远年代的见证，其时熔化的花岗岩刚开始冷凝，整个儿还闪耀着火一般的色彩。

　　不久前，那些年轻的女性的灵魂，也这样从四面八方涌向了我衰老的心头——在她们爱抚的触摸下，往日岁月的火焰那早已暗淡无光的色彩与痕迹，重又开始呈现鲜红的颜色！

　　波浪消退了……然而色彩却依然鲜艳——尽管强劲的海风正在将它们吹干。

1879 年 5 月

鸽　子

我站在一座平缓的小山之巅；大片成熟的黑麦田展现在我面前，五光十色，有如一片大海，有时金光灿灿，有时银光闪闪。

我附近阳光依旧照着，烤得人暖烘烘的，而光焰已软弱无力了。但是麦田的那一边，不太远的地方，深蓝色的乌云恰似一堆沉重的庞然大物，遮蔽了整整半边天空。

在残阳不祥的余晖下，万物都已隐蔽起来……万物都显得疲惫无力。既听不见，也看不见任何一只鸟儿的影踪。连麻雀也躲藏了起来。只有近处一片孤零零的牛蒡的大叶子在顽强地叨叨絮语，啪啪作响。

田塍上艾蒿的气息多么强烈！我望着蓝色的庞然大物……心中一片茫然。"快来吧，快一点！"我忖道，"闪起来吧，金色的蛇，震颤起来吧，雷电！移动起来吧，滚滚翻动起来，化作倾盆大雨吧，可恶的乌云！这叫人心烦难耐的状态，该结束了！"

然而乌云丝毫未动。它依然压迫着无声的大地……只不过仿佛膨胀起来，变暗了。

这时在乌云清一色的蓝底上有什么东西开始隐现，从容而平稳；那东西简直像一块白手帕或一个小雪球。那是一只白鸽从村庄的方向飞来。

它一直飞，飞，始终笔直，笔直地飞……然后隐没在树林的后面。

稍稍过了一会儿，还是静得可怕……但是你看！已经隐隐约约地出现两块手帕，两个小雪球在往回疾飞：那是两只鸽子正平稳安详地飞回家去。

此时暴风雨终于发作起来——热闹场面开始了！

我总算赶回了家。狂风呼啸，疯狂地发出回响；棕红色的云团低压着大地，仿佛被撕成了缕缕碎片，飞也似的飘忽而去；一切都开始打转，混合在一起；大雨倾盆，抽打下来，摇摇晃晃，有如一根根垂直的柱子，电光耀眼，仿佛一片片火光闪闪的树叶；雷声隆隆，时断时续，犹如大炮的轰鸣；闻得到硫磺的气息……

但是屋檐下，天窗的边上，并排停着两只鸽子——正是飞去召唤自己伙伴的那一只和被它领回家，也许是被救了命的那另一只。

两只鸽子都竖起了羽毛，每一只凭自己的翅膀感觉得到相邻的那只的翅膀……

它们心里定然很高兴！望着它们我心里也挺高兴……虽然我只是一个人……就如一直以来那样只是一个人。

1879 年 5 月

明天！明天！

  几乎任何一个成为昨天的日子都是那么空洞，既无聊，又不足一提！它留下的痕迹竟如此稀少！流光飞逝，时复一时，多么无谓，多么糊涂！

  与此同时人却希望生存下去；他珍惜生命，他寄希望于生命，于自身，于未来……哦，他有几多幸福期待于未来！

  然而为什么他认为其余未来的日子就同这刚过去的一天不一样呢？

  这一点他想也没有想。他根本不愿意思索——却干得很好。

  "明天就好啦，明天！"只要这个"明天"还没有将他推入坟墓，他就这样宽慰自己。

  但是如果进了坟墓——你会停止思索，这可由不得你喽！

1879 年 5 月

大自然

我梦见自己走入一座筑有轩敞拱顶的地下殿堂。整座殿堂充满了某种也是地下的均衡的光线。

殿堂的正中坐着一个身穿绿色波形花纹衣服的傲慢女人。她俯首斜倚在一只手臂上，似乎正在沉思。

我立刻明白这个妇人就是大自然——刹那间一种虔敬的恐惧之情像一股冷气沁入了我的心灵。

我走近坐着的女人，恭恭敬敬地向她行了个礼：

"呵，我们的万物之母！"我大声说，"你在想什么？你可在思索人类未来的命运？是不是在思考人类如何到达尽可能完美和幸福的境界？"

女人徐徐将她深色威严的眼睛看着我。她的嘴唇微微动了一下，发出一个类似铁器叮当碰撞的洪亮声音。

"我在考虑如何让跳蚤的腿力量更大些，好让它逃脱敌手的攻击。攻击和反击之间的平衡破坏了……应当让它恢复起来。"

"怎么？"我嗫嚅着应声说，"原来你想的是这件事？难道我们人不是你可爱的孩子吗？"

女人微微蹙了蹙眉头：

"所有的造物都是我的孩子，"她说，"我也一样给予关怀——也一样予以毁灭。"

"可是善……理性……正义……"我又嗫嚅着说。

"这是人类的语汇,"铁一般的声音说,"无论是善是恶……我可不知道。理智对我来说并非信条——再说什么叫正义?我给予你生命——我也夺取生命,将它给予别的,蚯蚓或者人……对我来说是一码事……你眼下还是先保护自己吧……别来烦我!"

我曾想反驳……但是四周的大地沉闷地呻吟起来,抖动了一下——于是我醒了。

1879 年 8 月

"绞死他!"

"这件事发生在 1805 年,"我的一位老相识开始说,"奥斯特里茨战役[①]发生前不久。我在其间任军官的那个团驻在摩拉维亚[②]。

"严禁我们骚扰和欺压当地百姓;虽然我们也算作是他们的盟友,但是他们仍然对我们侧目而视。

"我有一个勤务兵,原是我母亲的农奴,名叫叶戈尔。他为人诚实,温和;我从小了解他,对他像朋友一样。

"就这样,一次我住的那家屋子里爆发出一阵吵骂和哭闹声,房东太太的两只鸡被偷了,她咬定是我的勤务兵偷了鸡。他申辩一番后就把我叫去做证人……'他怎么会偷呢,他,叶戈尔·阿夫诺莫夫!'我劝说房东太太要相信叶戈尔说的是实话,但是她什么话也听不进。

"突然沿街传来齐整的马蹄声,是司令官带了手下的一班人马来了。

"他身体虚弱,垂头丧气,带穗的肩章低垂到胸口,骑马走着慢步。

"房东太太一见到他,便奔向前去拦住了马头,扑通一声跪倒在地,她一副痛不欲生的样子,头上什么也不戴,开始大声诉说起我的勤务兵来,一面用手指着他。

"'将军先生!'她喊道,'大人!请评评理吧!帮帮我!救救

---

① 1805 年 12 月 2 日拿破仑在奥斯特里茨大败俄奥联军。
② 摩拉维亚,捷克地名。

我！这个士兵抢了我的东西！'

"叶戈尔站在屋子的门口，双手下垂身体挺直，手里拿着军帽，连胸也挺出了，双脚并拢，俨然一个哨兵——可就是一句话也不说！他大概被站在马路中央的这位将军和手下的一班人吓懵了，或者面对压顶之灾惊呆了——我的叶戈尔只知道站着眨眼皮，面如土色！

"司令官漫不经心、郁郁不乐地瞥了他一眼，气呼呼，闷声闷气地说了一声：

"'嗯？……'

"叶戈尔像个木偶般地站着，呲着牙！从旁边看去，他的样子像在笑。

"'绞死他！'他往马的腰部推了一下，又继续走去了——开头还是慢步走，然后便快速小跑起来。一班人马都跟着他快跑起来；只有一个副官骑马转过身来，向叶戈尔扫了一眼。

"不服从命令是不可能的……叶戈尔当即被抓起来，送去就刑。

"这时他完全发呆了，只吃力地大声喊了一两遍：

"'老天！老天！'然后轻声说道：'上帝看见——不是我！'

"跟我告别时他非常伤心地哭泣起来。我绝望了。

"'叶戈尔！叶戈尔！'我喊道，'你怎么一句话也不对将军说呢！'

"'上帝看见，不是我。'可怜人哽咽着又说了一遍。

"房东太太本人也吓坏了。她怎么也没有料到会有这么可怕的决定，这回轮到她大哭了！她开始央求所有人，向一个个人恳求宽恕，要大家相信她的鸡都找回来了，说她愿意自己去把事情说清楚……

"当然，这一切毫无用处。先生，军人就是秩序！纪律！房东太太越来越大声地号哭起来。

"叶戈尔已向神甫做了忏悔并领了圣餐，对着我说：

"'长官，请告诉她，叫她别伤心……我已经宽恕了她。'"

我的老相识重复了他仆人的这句话，接着轻轻说道："叶戈罗什卡，亲爱的，真是一个好人啊！"——说着泪水沿着他苍老的面孔滚落下来。

1879 年 8 月

我会怎么想

  当我已到大限之期，我会怎么想——只要我那时还有思考的能力？

  我会不会想，我没有好生利用自己的一生，在昏昏而睡、浑浑噩噩中虚度了一生，不知道享受生命的馈赠？

  "怎么，已经到了死亡的时刻？这么快？不可能！须知我还什么也来不及做好……我是打算做啊！"

  我会不会回忆既往，仔细回想一下我所度过的为数不多的几个光明的片刻，回想我亲爱的人物与面容？

  我的记忆里会出现我做过的那些蠢事吗——那姗姗来迟的悔恨引起的剧烈愁苦会袭上我的心头吗？

  我会不会想，棺材里等待我的是什么……而且那边是不是有什么东西在等候我？

  不……我依稀觉得我会努力不去思考——我会强制自己去做某种荒诞无聊的事，但求将我的注意力从前方正在变得越来越黑的黑暗中摆脱出来。

  曾有一个临死的人当我的面抱怨人们不愿给他吃炒热的核桃……但是在他暗淡下去的眼睛深处，有东西在挣扎，颤动，仿佛受了致命重伤的鸟的断翅那样。

1979 年 8 月

"玫瑰多美丽,多鲜艳……"

某地,某时,很久以前,我读过一首诗①。这首诗不久就被我遗忘了……但是第一行诗却留在我的记忆里:

> 玫瑰多美丽,多鲜艳……

现在是冬季,严冬使窗玻璃蒙上了一层霜花,幽暗的屋子里燃着一支蜡烛。我坐着,蜷缩在一角,可是脑海里一个声音还在回响又回响:

> 玫瑰多美丽,多鲜艳……

我发现我坐在郊外一座俄罗斯房屋低低的窗前。夏季的黄昏悄悄溶化,转入夜晚;温暖的空气里飘逸着木樨花和椴树花的香气;而窗台上则坐着一位少女,她身子支在伸直的手臂上,头颅偏向一个肩膀,斜着,默默而专注地望着天空,似乎在等待首批星星的出现。那深思遐想的双眸是何等天真无邪,富有灵感,那大张着似在询问的嘴唇是何等质朴动人,那尚未充分发育,尚未受过任何惊扰的胸脯的呼吸是何等均匀平稳,那豆蔻年华的面容是何等纯洁温柔!我不敢上前

---

① 指俄国诗人米亚特列夫的诗《玫瑰》。

和她说话——但是她对我是多么亲切,我的心跳荡得多么激烈!

  玫瑰多美丽,多鲜艳……

  我面前又出现别的形象……听得见乡间家庭生活欢乐的喧哗。两个有淡褐色头发的小脑袋彼此靠在一起,一双闪闪有神的眼睛活泼地望着我,红彤彤的脸蛋微微颤动着,露出有克制的笑容,四只手彼此交叉在一起,年轻温厚的嗓音彼此争先恐后地说着话;不远处,一间安适的房间的里面,另一双也是年轻的手,十指交错,在一架老式钢琴的琴键上快速移动——而拉奈尔的华尔兹舞曲竟压不倒家传的茶炊的叨叨絮语……

  玫瑰多美丽,多鲜艳……

  烛光渐渐暗淡下去,正在熄灭……是谁在那里这么嘶哑、低沉地咳嗽?一条老狗,我唯一的伙伴,身子变成一圈半圆,瑟缩着,在我脚边发抖……我感到冷……我身上发冷……他们都死了……都死了……

  玫瑰多美丽,多鲜艳……

1879年9月

海上航行

我乘一艘不大的汽轮从汉堡到伦敦去。乘客就我们两个：我和一头属于狨类的小母猴。猴子是一个汉堡的商人托运去赠送给他的英国伙伴当礼品的。

它被一根细细的链条拴在甲板上的一只长椅上，惊恐不安地转来转去，像鸟叫一样如怨如诉地发出尖叫。

每当我从它旁边经过，它总要向我伸出它那只黑黑冷冷的小手，同时用忧愁的人一样的小眼睛看我。我拿起它的手——它便不再尖叫和辗转不安。

这是个完全无风的天气。茫茫四顾，大海犹如一张铺开的铅灰色桌布，纹丝不动。大海看上去并不大；上面笼着浓雾，一直遮挡了桅杆的端顶，它那无形的昏暗使眼睛看不清楚，使目力感到疲劳。在这昏暗中太阳仿佛一个淡红色的斑点悬挂在空中；而到傍晚时分，那昏暗又开始变红，现出神秘而可怕的红色。

长长的、笔直的波纹，宛如一块沉重的丝绸上的皱褶，一条接一条地从船头奔流而来，在不断的变宽、起皱又变宽的过程中终于舒展开来，摇晃着，消逝了。搅起的水沫在单调的啪啪作响的水轮下打转，泛起乳白的颜色，无力地咝咝作响，分为一道道蛇形的水流——尔后又汇合在一起，为昏暗所吞没，同样消逝而去。

船尾的一只铃铛凄凉地叮当响个不停，那声音比猴子的尖叫还难听。

有时一只海豹浮出水面——又陡直地扎进水里，在刚刚有点掀动起来的水平面下消失。

船长，一个沉默寡言的人，晒黑的脸上一副闷闷不乐的样子，抽一管短烟斗，气呼呼地往凝滞的海里吐唾沫。

对于我所有的问题，他一概用简单生硬的牢骚来回答；我身不由己地只好去招呼我那唯一的旅伴——猴子。

我在它旁边坐下；它已不再尖叫，又向我伸过手来。

静止的雾将它那催眠的湿气侵袭到我们俩身上；我们都沉浸在一种相同的无意识的思绪中，像亲人一样彼此相处在一起。

现在我脸上绽出了笑容……但是此时我却别有一番滋味在心头。

我们都是同一个母亲的孩子——所以我心里非常愉快，因为可怜的小动物那样信任地安静下来，像对亲人一样靠到了我的身上。

1879 年 11 月

H. H.

你幽雅、安静地走过人生的路途，没有眼泪，没有笑容，只有在淡漠地注意某一件事时脸上才稍露表情。

你善良而聪慧……你对一切人都视同陌路——你不需要任何人。

你美貌绝伦——但是谁也不会说，你是否珍视自己的美貌？你自己对人漠不关心——也就不要求他人的关心。

你目光深邃——却缺乏沉思；在这明眸的深处却空空如也。

就这样，在阴间的极乐世界里——在格鲁克①旋律优美乐音的伴奏下——无忧无虑而又落落寡欢地走过优雅的身影。

1879 年 11 月

---

① 格鲁克（1714～1787），德国作曲家，18世纪歌剧改革者之一。作品有歌剧《奥菲欧》、《阿尔且斯特》、《帕里斯与爱伦》等。上文的"极乐世界"指格鲁克的歌剧《奥菲欧》中的第二幕，故事在阴间展开，伴以鬼影的合唱。

留住！

　　留住！我现在看见你是什么样子——你就按这个样子永远留在我的记忆里！

　　最后一个充满灵感的声音从唇间脱口而出，双眼无神又无光——由于幸福，由于意识到你所表现出来的美而陶醉，那双眼睛感到羞怯难堪而黯然失神了，你伸出得意而疲惫的双手，仿佛在追寻那美的踪迹！

　　那洒向你全身的肢体，洒向你衣衫每一个微小的褶裥的，比阳光更细腻、更纯洁的是怎样的一种光？

　　用爱抚的吹拂使你披散的鬈发向后飘逸的是哪一位神灵？

　　是他的亲吻在你大理石般白皙的前额印下热烈的红晕！

　　正是它——无人不晓的秘密，诗歌、生命、爱情的秘密！正是它，是它——永生不朽！再没有其他的不朽——也不需要，在这一瞬间，你是不朽的。

　　这一瞬间将会过去——你又成为一撮灰烬，一个女人，一个孩子……但这与你有什么关系！在这一瞬间——你变得崇高了，你超越于一切转瞬即逝的过眼烟云之上。你的这一瞬间永在。

　　留住！让我也加入你的不朽之中吧！让你的永恒的反光也映入我的灵魂里来吧！

1879 年 11 月

修道士

　　我认识一个修道士，是个隐修者，圣徒。他生活的唯一乐趣就是祈祷——当他陶醉其间时，他会在教堂冷冰冰的地板上站立很久很久，站得膝盖以下的腿部都肿了，像两根柱子一样。他感觉不到两条腿，依旧站着，祈祷着。

　　我理解他——也许我还羡慕着他，但愿他也理解我，并且不指责我——不配领略他欢乐的"我"。

　　他达到了消灭自己，消灭自己那个可恶的"我"字的境界；但是须知我的不祈祷，也不是出于自爱。

　　我的"我"字对于我，较之他的"我"字对于他，更为难受，更为讨厌。

　　他找到了忘却自我的办法……须知我也在找，虽然不那么经常一贯。

　　他不说谎话……可我也不骗人。

1879 年 11 月

咱们再较量一番！

有时多么微不足道的一件小事会改变整个人！

一次我脑子里浮想联翩，在一条大路上行走。

窒闷的预感压抑着我的胸口；一种沮丧的情绪左右着我。

我抬头看去……我的前方，两行高高的白杨树之间，大路似箭一般伸向远方。

离我十步远的地方，整整一窝麻雀跳跳蹦蹦地鱼贯而行，正从这条路上横越而过；它们闹闹嚷嚷，欢天喜地，充满自信，在明亮夏日的映照下显得金光灿灿！

尤其是其中的一只，一直横着身子挤呀挤，嗉囊鼓得大大的，放肆地叽叽叫个不停，一副天不怕地不怕的样子！简直就像一个占领者！

与此同时高高的天空有一只鹞鹰正在盘旋，也许正是这位占领者注定要做它的美餐。

我看了一会儿，大笑起来，精神为之一振——于是忧郁的心绪顿时烟消云散：我感觉到的是大胆、勇敢、生的乐趣。

但愿我的头顶也盘旋着我的鹞鹰……

"咱们再较量一番，见鬼去吧！"

1879年11月

祈　祷

　　无论一个人祈祷什么，他祈求的总是奇迹。任何一种祈祷都可归结为下面这种意思："伟大的主啊，请别让二乘以二等于四吧！"

　　唯有这样的祈祷才是真正的祈祷——即人对人的祈祷。向无所不在的神灵祈祷，向至高无上的存在，向康德、黑格尔那种净化、无形的上帝的祈祷，不可能也难以想象。

　　但是即使个别的、活生生的、有形的神能做到二乘以二不等于四吗？

　　任何一个信徒必须回答：能！而且必须说服自己相信这一点。

　　但是如果理智起来反对这样的无稽之谈呢？

　　这时莎士比亚会来助他一臂之力："世间有许多事，霍拉旭朋友……"等等。①

　　可是假如有人为了真理而提出异议——他应当重复一个著名的问题："什么叫真理？"

　　因此，让我们饮酒、纵乐——和祈祷吧。

1881 年 6 月

---

　　① 源自莎士比亚悲剧《哈姆雷特》第一幕第五场，作者所引不很确切。中文版朱生豪译本是这样的："霍拉旭，天地之间有许多事情，是你们的哲学里所没有梦想到的呢。"俄文版不止一个译本。帕斯捷尔纳克的译文与朱生豪译文相符合。

俄罗斯语言

在彷徨的日子里,在焦虑祖国命运的日子里——唯有你才是我的依靠和支柱,哦,伟大、有力、公正与自由的俄罗斯语言!如果没有你,目睹国内发生的一切,怎能不陷于绝望?然而不可能相信,禀赋这样一种语言的不是一个伟大的民族!

1882 年 6 月

第二部分

相　遇

（梦）

　　我做了个梦：我走在辽阔、无遮无掩的草原上，遍地都是大块大块有棱有角的石头，头顶上是黑压压、低沉沉的天。

　　石块之间有一条小径蜿蜒而过……我在小径上行走，不知自己走向何方，为何而行……

　　突然我面前窄小的路上出现了一件东西，像一片薄薄的云……我凝目而视：云片变成了一个女子，身材苗条，个子高挑，穿一件白连衣裙，腰部束一根亮亮窄窄的带子。她迈着急促的步伐匆匆离我而去。

　　我没有看见她的面容，也没有看见她的头发：脸和头发都被一块波形花纹的布巾遮掩起来了；然而我整个心灵却紧紧地跟随着她。我觉得她很漂亮，可亲又可爱……我一定要赶上她，想看一眼她的脸……她的眼睛……哦，是的！我希望看见，我应当看见这双眼睛。

　　但是不管我走得有多快，她走得比我还要快，所以我追不上她。

　　就在这时小径上当路出现了一块平坦宽阔的石头……石头挡住了她的去路。

女子在石头前面停住了……于是我便奔上前去，由于兴奋和期待我身上瑟瑟发抖，也不无恐惧之情。

我什么话也没有说……她静静地向我转过脸来……

可是我仍然没有见到她的眼睛：眼睛是闭上的。

她的脸白白的，白白的……像她的衣服一样白；没戴手套的双手纹丝不动地垂着。她似乎整个儿都僵住了；这个女子从整个身躯到脸部的每根线条，都像一尊大理石雕像。

她徐徐地向后降落到那块平坦的石板上，没有弯曲任何一节肢体。

一眨眼我也已和她并排躺在一起，背部向下，全身挺直，仿佛墓盖石上的浮雕；我的双手如祈祷一样放在胸前，我觉得我也僵住不动了。

过了不多一会儿……那女子突然起身走了。

我想冲过去追她，但是我丝毫动弹不得，分不开紧紧合拢的双手，只能眼巴巴地目送着她离去，心头说不出的惆怅。

这时她猛然回过头来，于是我看见了她生气勃勃、富于表情的脸上那双晶莹明澈、炯炯有神的眼睛。她用那双眼注视着我，笑了起来，只见嘴唇上挂着笑……却没有笑声。起来，她说，到我这儿来！

但是我依然丝毫动弹不得。

这时她又一次笑起来，迅速地远去了，一面快乐地摇晃着脑袋，那头上突然出现了一个用小小的玫瑰花编成的鲜红的花环。

我躺在我的墓盖石上仍然纹丝不动，一句话也说不出。

1878 年 2 月

我怜悯

我怜悯自己、他人、一切人、野兽、鸟类……一切有生命的物体。

我怜悯儿童和老人、不幸的人和幸运的人……对幸运者的怜悯更超过对不幸者的怜悯。

我怜悯所向无敌、凯旋的领袖,怜悯大艺术家、思想家、诗人……

我怜悯杀人者和他的牺牲,怜悯丑与美、被压迫者与压迫者。

我如何从这怜悯之心中得到解脱?它搅得我活不下去……搅得我除了它——还有穷愁无聊!

哦,愁绪,完全溶进了怜悯之心的愁绪!一个人不可能比这再痛苦了。

最好我能够嫉妒……不错!

真的我嫉妒了——嫉妒石头。

1878 年 2 月

诅 咒

我读过拜伦的《曼弗雷德》……

当我读到毁在曼弗雷德手里的女人的灵魂暗暗诅咒他的那一段时，我感到一阵哆嗦。

请记住："叫你夜夜不得入眠，叫你可恶的灵魂永远感到我无形地跟随着你，始终缠着你不放，叫你的灵魂成为你自己的地狱"……

但到这时我想起了另一件事……一次在俄国，我目睹一件发生在两个农民——父亲和儿子——之间激烈的纠纷。

最后儿子对父亲进行了不堪忍受的污辱。

"诅咒他，瓦西里依奇，咒他这个天杀的！"老头的妻子喊了起来。

"好吧，彼得罗芙娜，"老头声音沙哑地回答，一面大大地划了个十字："让他也生个宝贝儿子，会当自己的母亲的面往父亲的花白胡子上吐唾沫！"

儿子张大了嘴，两脚发虚摇摇晃晃，脸色铁青，出门去了。

我觉得这句咒语比《曼弗雷德》里的咒语还要可怕。

1878年2月

孪生兄弟

我见过一对孪生兄弟的争吵。他们两人仿佛两颗水珠，处处一模一样：面部容貌、表情、头发的颜色、个子、体格——但是彼此的仇恨不共戴天。

他们一模一样地一发怒便要抽筋。两张像得出奇的脸彼此靠得很近，一模一样地冲血发红；从扭歪得一模一样的嘴里，用一模一样的喉音吐出一模一样的骂人话。

我忍不住了，便拉起一个人的手，把他带到镜子前对他说：

"你最好在这里对这面镜子吵架吧……这对你没什么区别……可是我却不会那么心惊肉跳了。"

1878 年 2 月

鸫　鸟

一

　　我躺在床上，但我不能入睡。重重心事折磨着我；郁郁不乐、单调得令人厌倦的思绪在我的脑海徘徊，犹如阴雨天气沿湿漉漉的山顶不停地飘移的连绵不绝的云雾。

　　啊！当时我正陷入无望、痛苦的爱情，唯有在尝够多年的风霜寒冷之后，才会那样去爱；到那时，那颗心虽然未曾受到生活的摧残，却已经……不再年轻！不是的……就是还算年轻一些，也是没有用，也毫无结果的。

　　竖在我面前的窗户的形状像一个白茫茫的影子；屋里的一切陈设隐隐约约能够辨认；在夏日凌晨模糊不清、半暗不明的状态下它们似乎更加安宁，更加寂静了。我看了看表：三点差一刻。同样能感知窗外也是一片沉寂……还有露珠，整整一片露珠的海洋！

　　而在这露海之中，在花园里，正对我的窗下，一只黑鸫已经在歌唱，在啼啭，在啾啾欢歌——不知停息，放开歌喉，充满自信。婉转动听的鸟语钻进我寂然无声的房间，充溢了整间屋子，充溢了我的耳际和我那被百无聊赖的失眠和病态思绪的痛苦搅得烦躁不安的头脑。

　　这些鸣声道出了永恒，点滴不遗地道出了永恒的清新、恬淡和力量。我从中听出的正是大自然的声音，是那个动听悦耳、毫无意识、永无始终的声音。

它歌唱，充满自信地放声歌唱，这只黑鸫。它知道，按照通常的规律，终古常新的太阳不久将喷薄而出；它的歌声里没有丝毫自己的、私有的东西；它就是那只黑鸫，那只一千年之前曾经欢迎同一个太阳，而且再过几个一千年还将欢迎的黑鸫，到那时我死后留下的一切也许将化作看不见的尘埃，在它活泼有声的身体周围，在被它的歌声震起的气流中滚动。

我，一个可怜、可笑、单个的人，对你说：感谢你，小鸟儿，感谢你充满力量、充满自由的歌声，在那个寂寥寡欢的时刻意想不到地在我窗下响起。

它不是在安慰我——我也不寻求慰藉……但是泪水湿润了我的双眼，于是心头那种凝滞不动、死一般的重压感，开始松动，一时振奋了一些。啊！那也是一个生命呀，它和你欢乐的歌声相比，不也一样年轻而精力充沛吗，黎明前的歌手？

再说，在我周围寒冷的波涛已从四面八方滚滚涌来，不是今天就是明天要把我卷入无边无沿的海洋，在这种时候值得忧伤、苦闷、思考自己吗？

眼泪还在流淌……我那亲爱的黑鸫却还若无其事地继续唱它那悠然自得、幸福、永恒的歌曲！

哦，终于升上天空的太阳在我发烫的面颊上照亮了多少眼泪呵！
但是白天我依然笑容满面。

1877 年 7 月 8 日

二

我又躺在床上……又是不能入睡。又是沉浸在那样一个夏日清晨的氛围之中；又是我的窗下，有一只黑鸫在歌唱——而心里又有同样的伤痛在烧灼。

然而鸟儿的欢歌未能使我觉得轻松——我所思考的并非自己的伤痛。折磨我的是另外一些无以数计的巨大伤口；亲人宝贵的血液正从这些伤口涌出，一股股鲜红的血流，徒然地、无谓地流淌，正如雨水从高处的屋檐落到泥泞、污秽的街上。

　　成千上万的我的弟兄、同胞正在那里牺牲，在远方，在那无法接近的城堡的高墙下；被那些昏庸无能的长官们投入死神血盆大口的弟兄有成千上万。①

　　他们毫无怨言地死去；葬送他们的人不知忏悔；他们既不怜惜自己，昏庸无能的长官们对他们也不知怜悯。

　　这里既没有人无辜屈死，也没有人因罪赴死：那是打谷机在敲打一束束谷穗，是瘪是饱——让时间来证明吧。

　　我的伤痛算得了什么？我的苦痛又何足挂齿？我甚至没有勇气哭泣。但是头脑在发烧，心里闷得发慌——于是我像个罪人一样把头藏进了讨厌的枕头。

　　热乎乎、沉甸甸的液滴涌出来，流过我的面颊……流过我的嘴唇……这是什么？是泪……还是血？

1877年8月

---

　　① 指俄土战争行将结束的1877年至1878年间的情况，其时俄军已开始从战区后撤，由于指挥失误，伤亡惨重，尤其是在保加利亚境内围攻普列文一役。

无家可归

　　我到哪里栖身？我该怎么办？我像一只无巢可栖的孤鸟……它蓬开羽毛缩头蜷身，停在一根光秃秃的枯枝上。留下来既然难受，要飞又向何方？

　　它于是张开翅膀，犹如一只被鹞鹰惊起的鸽子，笔直向远方急速飞去。会不会在哪里出现一个可以栖止的绿色角落，能否在什么地方构筑一个哪怕临时的小巢？

　　鸟儿飞了又飞，仔细俯视着下方。

　　它的下方是一片无声无息、静止不动、死气沉沉的荒漠。

　　鸟儿加速飞行，越过荒漠——仔细而忧伤地继续俯瞰下方。

　　它的下方是一片与荒漠一样死气沉沉的黄色海洋。不错，海在喧响掀动，但是在波澜无休无止的轰鸣与单调的摇摆中同样没有生命，同样无处栖身。

　　可怜的鸟儿飞累了……它翅膀的扇动已经逐渐减弱；它越飞越低。它该向高空升飞……但是在那深不可测的高空却无法筑巢！……

　　它终于垂下两翼……带着长长的哀鸣落进大海。

　　波涛将它吞没……向前方卷去，依然无谓地喧响不停。

　　我究竟该栖身何方？是不是我也该——落进大海了？

1878 年 1 月

酒　杯

我觉得可笑……我惊奇我自己。

我不是故作愁态，我确确实实活得沉重，我愁绪满怀，寂寥无欢。这时我便竭力使自己的感情带一点光明色彩，披一件漂亮的外衣，我寻找形象的比喻；我修饰我的语言，以用词的铿锵有韵与和谐协调沾沾自喜。

我如同一个雕塑家，如同一个珠宝匠，努力地塑造，镂刻，千方百计地修饰那只酒杯，在那只酒杯里给自己奉上一杯毒药。

1878年1月

谁的过错

她向我伸来她那温柔白皙的手……我却严厉而粗暴地将它一把推开。

年轻可爱的脸上露出困惑的神色；年轻善良的眼睛含着责备的目光望着我；年轻、纯洁的灵魂对我的举动无法理解。

"我做错了什么事？"她的双唇在轻轻说话。

"你的过错吗？连居住在天堂深处最辉煌地方最光明的天使也比你更可能犯错误。"

反正你在我面前犯的过错大得很呢。

你想知道它吗，这严重的过错？那种过错你是理解不了的，而我也是解说不清楚的。

若论过错，那就是：你是青春；而我是暮年。

1878 年 1 月

生活准则

你想保持心境宁静吗？和人们广结善缘，却孤身独处，什么事也别着手去干，对什么也不要后悔。

你想幸福吗？首先得学会受苦受难。

1878年4月

爬　虫

我见过一条砍成两段的爬虫。

它浑身沾满了自己分泌的脓血和黏液。还在抽搐，颤巍巍地昂起头，吐出芯子……它还在威胁……有气无力地威胁。

我读一个声名狼藉的末流作家的小品。他被扔进了他自己所做坏事的污秽里，被自己的口水呛得透不过气来，他也在抽搐，也在装腔作势……他提到了"决斗"——他提议用决斗来洗刷自己的名誉……自己的名誉！！！

我想起了那条被砍断的爬虫和它无力的芯子。

1878 年 5 月

作家和批评家

作家坐在他书房的书桌前。突然批评家走进来找他。

"怎么！"他大声说，"我写了文章抨击您，写了那么多大文章、小品文、短文、通讯，在这些文字里我像二二得四那样简单明了地证明你没有，也从来没有过任何才能，证明你甚至连母语也忘得一干二净，证明你是个出了名的大草包，而今已经才思枯竭，成了一个窝囊废，在这一切种种之后你还在耍笔杆，搞创作？"

作家平静地转向批评家。

"您写了许多文章和小品来攻击我，"他回答说，"这件事是毋庸置疑的。可是你知道一个关于狐狸和猫的寓言吗？狐狸尽管诡计多端，照样被抓住；猫只有一招：上树……狗却逮不到它。我就是这样：为了回答您的所有文章，我只在一本书里就把您描绘得淋漓尽致了。我在您聪明的脑袋上戴了一顶小丑帽子——您戴着它在后代面前就可出尽风头了。"

"在后代面前！"批评家哈哈大笑，"您的书仿佛能传至后世似的？！再过40年，充其量50年，这些书就谁也不会去念它了。"

"我同意您的说法，"作家回答，"不过能这样我已经心满意足了。荷马让他的忒耳西忒斯①遗臭万年；可是像您这帮人有半个世纪

---

① 忒耳西忒斯，又译"瑟息替斯"，是希腊神话中古希腊军的普通士兵。他由于在特洛伊城下的军队会议上同阿伽门农及其他将领争辩而遭痛打。荷马在《伊利亚特》中把他描写成饶舌、凶狠、丑陋的可笑人物。其在近代文学作品中仍保留这种形象。

也就足够了。您连说着玩儿的'永垂不朽'也不够格。再见吧,先生……敢问是否要道出您的大名?怕未必需要……没有我已经人人在叫了。"

1878 年 6 月

与什么人争论

　　如果与比你聪明的人争论：他会胜过你……然而正是从你的失败里你获取了对自己有益的东西。

　　如果与智慧和你不相上下的人争论：不管哪一方得胜——你至少领受了战斗的欢乐。

　　如果与最弱智的人争论……即使你不是出于取胜的愿望去争论，但是你会使他得到益处。

　　如果哪怕和笨蛋争论：你既得不到荣誉，也得不到益处；但是有时候为什么不去寻寻开心呢？

　　只是别与弗拉基米尔·斯塔索维奇争论！

1878年6月

"哦，我的青春！哦，我青春的容颜！"[1]

"哦，我的青春！哦，我青春的容颜！"我曾经这样感叹。

但是在我发出这样的感叹时，我自己正当青春年少，风华正茂。

当时我只不过想借愁自娱自乐——表面上是顾影自怜，暗地里却自得其乐。

如今我沉默不语，对于那已经失去的东西的痛苦我也不说出口……它们经常不断地折磨着我，无声地折磨。

"唉！最好别去想它！"农民们这样劝解说。

1878 年 6 月

---

[1] 此句引自果戈理的《死魂灵》，但引得不确，当为："哦，我的少年时代！……"

致×××

　　那不是唧啾不停的燕子，也不是欢天喜地的家燕用坚固的细嘴敲啄坚硬的山岩，为自己营造小窝……

　　那是你渐渐地学会了和一个难对付的别人的家庭和睦相处，而且感到自由自在，我那善于忍耐的聪明女性！

1878 年 6 月

我走在高高的山间

我走在高高的山间,
沿着山谷,沿着光明的河边……
不论我把目光投向何方,
万物的诉说都一模一样:
有人爱上我!我掉进了爱河里!
我便把其余的统统都忘记!

头顶的天空阳光正灿烂,
沙沙的树林里鸟儿唱得欢……
连乌云也兴奋地列队成行,
欢天喜地飞向他方……
幸福的气氛洋溢在四周,
我的心于幸福又有何求!

带我飞驰的是滚滚波浪,
浩浩荡荡像波涛的海洋!
我内心是一片宁静,
有胜于痛苦与欢欣……
我刚开始在认识自我:
那整个世界属于我!

为什么我不死在那个时候？
为什么我们两人活在尔后？
物换星移……春来冬去——
岁月却未留下任何赠与，
即便是比那愚蠢陶醉的时日
稍为幸福、光明的点点滴滴。

1878 年 11 月

沙　漏①

　　时光的流逝日复一日，无踪无迹，单调而迅速。

　　生命开始可怕地急疾奔流——急疾而无声，宛如瀑布下面湍急的水流。

　　它的流逝均衡而平稳，仿佛死亡鬼影骨瘦如柴的手中握着的沙漏里的沙流。

　　当我躺在床上，黑暗将我团团围住的时候，我总是感觉到正在逝去的生命这微弱而从不间断的沙沙声。

　　我并不后悔它的流逝，也不后悔我本可以再完成一些事……我感到可怕。

　　我仿佛感到：我的床边站着这个凝滞不动的影子……它一手拿着沙漏，另一手高高举在我心脏的上方……

　　我的心在胸膛里颤动，搏击，似乎想匆匆地敲完它最后的鼓点。

1878 年 12 月

---

① 沙漏，古代的一种计时器。

当我不复存在的时候……

当我不复存在的时候,当曾经是我的一切化为灰烬的时候,哦,你,我绝无仅有的朋友,哦,我曾如此深情、如此温存地爱过的你,哦,也许会比我活得长久的你——别到我的墓地去……你在那里无事可做。

别忘了我……但是在你每天操心、快乐和需要的时候也别怀念我……我不想干扰你的生活,不想给它平静的流动添麻烦。

然而在一人独处的时候,当我们两颗善良的心如此熟悉的那种羞羞答答、无缘无故的忧愁袭上你心头的时候,从我们喜爱的书里拿出一本,从中找出那些书页,那些字行,那些语汇,你记得吗?——往往由于这些东西,我们两人曾经一下子涌出甜蜜和无言的泪水。

念完它,闭上眼,把手伸给我……把你的手伸给一位已不在世的朋友。

我将无法用我的手来握它——我的手将纹丝不动地安卧地下……但是我现在高兴地想到,也许你会在自己的手上感觉到轻轻的触碰。

我的面影将出现在你眼前,而在你闭合的眼皮下将淌下眼泪,仿佛我们在受到美丽之神感动时曾流淌过的那种眼泪。哦,你,我绝无仅有的朋友,我曾如此深情,如此温存地爱过的你!

1878 年 12 月

我在夜间起床……

我在夜间起床……我依稀觉得有人在呼唤我的名字……就在黑魆魆的窗外。

我把脸孔贴在玻璃上,耳朵也贴上,凝目注视——开始等候。

但是窗外只有树木在沙沙作响,声音单调而含糊不清,那满天雾茫茫的阴云虽然在移动,不停地变幻,却依然是老样子……

天上没有一颗星星,地下没有一盏灯火。

那里乏味而难熬……就如这里,我的心里。

然而蓦然间远处某个地方响起一个凄婉的声音,那声音逐渐变响、接近,传来了人的声音,然后逐渐变轻,越来越轻,迅即从旁边过去。

"别了!别了!别了!"我仿佛感觉到那逐渐变轻的声音在说。

啊!这是我既往的一切,是我的全部幸福,是我曾经做过、爱过的一切,一切——永久地,一去不返地和我告别!

我躬身行礼,送别我逝去的生活,然后躺到床上,仿佛进入墓穴一般。

啊,但愿进入墓穴!

1879年6月

当我一人独处的时候

当我一人独处的时候，彻底、长久的一人独处的时候——我突然开始感觉到同一个房间里有另一个人，他就和我并排而坐，或站在我背后。

当我向着我觉得那个人所在的方向突然转过身去或凝目望去的时候，我当然什么人也没有看到。那种他就近在咫尺的感觉消失了……但是稍过一会儿，那种感觉又恢复了。

有时我双手捧着头，开始思索这个人。

他是什么人？他干什么事？他对我来说并非外人……他了解我——我也了解他……他似乎是我的亲人……然而我们两人之间却隔着深不可测的鸿沟。

我既不期望听到他的一丝声息，也不期望听到他的片言只语……就如他的凝滞不动一样，他同样是哑口无言的……然而他又对我说话……说着某种听不清楚，听不明白，却是熟悉的东西。他了解我的全部秘密。

我并不害怕他……但是和他一起感到不自在，而且不愿意有这样一个窥知我内心生活的人……与此同时我从他身上却感觉不到独立的、自外于我的存在。

莫非你是我的同形体？是否我那往昔的我？丝毫不爽：难道我记忆中的那个自我与眼下的我之间不是整整隔着一道深不可测的沟吗？

但是他的来临并非根据我的指令——他似乎有自己的意志。

老弟，在孤独无聊的讨厌的寂静中，无论你我都无欢乐可言！

可是你等着吧……一旦我死去，我和你——我那往昔之我和眼前之我将融为一体，我们将永久地飞逝而去，化作一去不返的影子。

1879 年 11 月

通向爱的道路

　　能够通向爱,通向炽烈情爱的有一切情感,一切:憎恨、怜悯、冷漠、敬仰、友谊、恐惧——甚至蔑视。
　　是的,一切情感……只有一种例外:感激。
　　感激是一种债务;任何一个诚实的人都编扎自己债务的木筏……然而爱却不是金钱。

1881年6月

说空话

对于说空话,我既然害怕,也就极力避免;但是怕说空话又是一种自命不凡。

就这样在这两个外来词——自命不凡和说空话①——之间,我们复杂的生活一直在不停地滚动、摇摆。

1881 年 6 月

---

① 俄语中"说空话"(Фраза)和"自命不凡"(иретензия)分别来自古希腊语和中世纪拉丁语。

朴　素

　　朴素！朴素！你的名字听来何等神圣……然而"神圣"两字却不关人类的事。

　　谦虚也就是那么回事。谦虚压制和战胜骄傲。可是别忘记：胜利的情绪本身就包含了自己的骄傲。

1881 年 6 月

婆罗门

婆罗门望着自己的肚脐，反复念诵一个词："噢姆！"——以此向神灵靠近。但是就以这个肚脐而言，在人的全身是否存在某种比它不太通神的东西，某种比它更能联想起人生须臾之叹的东西？

1881 年 6 月

你哭泣起来

　　你为我的苦痛哭泣起来;我出于同情你对我的怜悯,也哭泣起来。
　　但是你也是为自己的苦痛才哭泣起来的;只不过你在我身上看到了自己的痛苦。

1881 年 6 月

爱 情

　　大家都说：爱情是最崇高，最非凡的情感。别人的那个我深入到你的那个我中：你扩大了，同时你也被破坏了；你只有到现在才开始生活，而你的那个我却消亡了。但是即使这样的死亡也会激怒一个有血有肉的人……唯有不朽的神才会复活……

1881 年 6 月

真理与真实

"您为什么那么珍视灵魂的不灭呢？"我问。

"为什么？因为那时我将会拥有永恒的、无可怀疑的真理……而依我的理解，这也就是至高无上的快乐。"

"指拥有真理？"

"当然。"

"对不起，您能不能设想下面这样一个场景？几个年轻人聚在一起谈天说地……突然闯进一个他们的同伴，他的两眼闪烁着不同寻常的光芒，兴奋得喘不过气来，连说话都勉强。'怎么回事？怎么回事？''我的朋友们，你们听我说，我发现了什么！什么样的真理！入射角等于反射角！或者还有，两点之间最短的距离是直线！''真的吗！哦，多大的快乐！'所有的年轻人大声喊道，一面感动得相互拥抱起来！您不能设想类似的场景，是吗？您觉得好笑……事情就是这样：真理不可能带来快乐……但是真实却能够。这是人类的、我们人间凡世的事……真实与正义！为了真实就是死我也甘愿。全部生活建筑在对真理的了解上；但是怎么'拥有它'？而且还要从中寻找快乐？"

1882 年 6 月

山　鹑

躺在病床上，受着持久、无可救药的疾病的折磨，我想道：我用什么事赎这份罪？为什么受惩罚的是我？我？竟是我？这不公平，不公平！

于是我脑海浮现下面的景象……

整整一窝年轻的山鹑——有 20 来只——聚集在收割过的稠密的庄稼地里。它们彼此紧紧靠在一起，在松软的土里掏挖觅食，很是幸福。突然猎狗将它们惊起——它们步调一致，一下子飞了起来；枪声响了，其中一只山鹑被打断一只翅膀，身负重伤，跌落下来；它艰难地拖着爪子，躲进艾蒿蓬里。

在猎狗寻找它的时候，不幸的山鹑也许同样在想："咱们（同我一样的）共有 20 只……为什么偏偏是我，是我中弹，应当去死呢？为什么？在我其余的姐妹面前我凭什么要受这份罪？这不公平！"

躺下，大生物，趁着死亡还在寻找你。

1882 年 6 月

NESSUN MAGGIOR DOLORE①

　　湛蓝的天空，如羽毛一般轻盈的浮云，花香，年轻嗓子甜美的声音，伟大的艺术作品光彩夺目的美丽，迷人的女性脸上幸福的微笑，还有这双神奇的眼睛……为什么，为什么要有这一切？

　　每隔两个小时一匙难闻、无益的药剂——这就是，就是需要的东西。

1882年6月

---

　　① 意大利语，按这里的字面直译为："没有更大的痛苦。"系引自但丁《神曲·地狱篇》（朱维基译，上海译文出版社1984年版）第五歌第121行。与此行有关的诗行是：
　　　　她对我说："在不幸中回忆
　　　　幸福的时光，没有比这更大的痛苦了；
　　　　这一点你的导师知道。"

掉到车轮下

"这些呻吟算什么?"

"我难受,难受得厉害。"

"你听到溪水碰到石头的潺潺声吗?"

"听到……可是提这个问题干吗?"

"因为这潺潺的水溅声和你的呻吟声同样都是声音,别的就什么也没有了。只不过溪水的潺潺能叫有的人听来悦耳,而你的呻吟却不可能引起任何人的怜悯。你抑制不住要呻吟,但是要记住:这仍然是声音,如同树木摧折一样的声音……声音,别的什么也没有了。"

1882 年 6 月

哇……哇！

　　那时我住在瑞士……我很年轻，也很自负，而且非常孤独。我觉得活着心里不轻松，也没有欢乐。虽然我还没有品尝过人生滋味，却已经感到苦闷，沮丧，而且动怒生气。我觉得人间的一切似乎都不值一提，庸俗不堪，于是就像经常发生在一些年纪很轻的人身上的情况那样，我暗暗怀着一种幸灾乐祸的心理，萌动一种……自杀的念头。"我会向你们证明……我要报仇……"我脑子里常想……但是证明什么？为什么报仇？这些我自己也不知道。我身上只是血液在冲动，就如封闭的容器里的酒一样……而我却感到应当让酒满到外面来，把拥挤的容器打碎……拜伦是我的偶像，曼弗雷德是我的英雄。

　　一次晚上，我像曼弗雷德一样打定主意到山顶去，到冰川以上、远离人群的地方去——到连植物也不生长、只堆着没有生命的岩石的地方，到任何声音也静止下来的地方，到连瀑布的咆哮也听不见的地方去！

　　我打算在那里干什么……我不知道……也许是自寻短见？！

　　我出发了……

　　我走了好久，先走大路，然后走小道，越走越高……不断往上登。我早已经过最后的几间小屋，最后的几棵树木……四周都是岩石——只有岩石，虽离我不远，却以看不见的积雪向我送来凛冽的寒气。黑夜的阴影犹如一团团黑色的云雾从四面八方向我包抄过来。

　　我终于停住不走了。

　　多么可怕的寂静！

　　这是死亡的王国。

这里只有我一个人，唯一的一个活人，连同我那目空一切的苦痛、绝望、鄙视……在一起的一个逃离生活，不愿生活的活的、有意识的人。一种隐隐的恐惧使我呆住了，但是我却想象自己很伟大！……

做个曼弗雷德，这就足够了！

"一个人，我一个人！"我反复说，"我一个人面对面地向着死亡！是不是时辰已到？……对，已到。别了，微不足道的世界！我要将你一脚踢开！"

忽然就在这一刹那一个奇怪的，我一时搞不清楚，然而活的……人的声音传到了我的耳际……我身子一颤，竖起耳朵听着……那声音又重复了一次……对，这是……这是一个婴孩，喂奶的婴孩的啼哭！……在这样荒无人烟、远隔尘寰的高处，看来似乎一切生命早已永远死绝的地方，竟然还有婴孩的啼哭？

我的惊愕突然被另一种感情所取代，被因喜悦而透不过气来的感情所取代……于是我连路也不看，箭一般地向着这个声音，向着这个虚弱、哀怜，然而是救命的哭声直奔而去！

不久在我眼前闪现出一点摇曳的灯火。我跑得更快了，过不多一会儿就见到一座低矮的简陋小屋。这类小屋是用石块垒成的，盖着低矮的平屋顶，是阿尔卑斯山的牧人栖身用的，他们一住就是几个星期。

我推了推半掩的门，就这样冲进了小屋，仿佛死神就循着我的脚跟赶来似的……

一个年轻女子缩身斜靠在一张长椅上，正给婴儿喂奶……牧人，显然是她丈夫，坐在她身边。

他们两人盯着我出神地看……但是我什么话也说不出来……我只是微笑，点头……

拜伦，曼弗雷德，自杀的幻想，我的孤高自傲，我的自命不凡，你们都到哪里去了？……

婴儿还在啼哭——而我则祝福他，也祝福他的母亲，也祝福她的丈夫……

哦，刚刚降生的人生的啼哭，你拯救了我，你医治了我！

1882 年 11 月

我的树

我收到当年大学时期一个同学的信,他是个有钱的地主、贵族。他邀我到他的领地去。

我知道他早就得了病,眼睛也失明了,患上了瘫痪症,连走路都困难……我便去看他了。

我见到他是在他家宽广的庭园里,一条林荫道上。虽然夏日炎炎,他却身裹大衣,一副病病歪歪佝头偻背的样子,眼睛上方还张着绿色阳伞;他坐在一辆小轮椅里,由两个身穿华丽制服的下人在后面推着……

"欢迎您,"他用快进棺材的声音说话,"在我的世袭领地,在我的千年老树的绿荫下!"

在他头顶上方一棵有上千年树龄的强壮橡树张开了如盖的浓荫。

我想道:"哦,千年巨树啊,你听见吗?这样一个在你根须边蠕动的半死不活的蛆虫居然说你是他自己的树!"

然而就在这时一阵微风乍起,犹如一阵细浪滚滚袭来,掠过巨树繁茂的枝叶,发出沙沙的声响……于是我仿佛觉得老橡树在用善意而轻轻的微笑回答我的思想,也回答病人的大话。

1882 年 11 月

附：屠格涅夫年表

1818 年　　11 月 9 日（俄历 10 月 28 日），生于俄罗斯中部的奥廖尔省。
1821 年至 1827 年　　在奥廖尔郊外的斯巴斯科耶庄园度过童年。
1827 年　　随全家迁居莫斯科，入维登加梅寄宿学校。
1833 年　　考入莫斯科大学语文系。
1834 年　　转入圣彼得堡大学哲学系语文专业。
1836 年　　6 月，自圣彼得堡大学毕业。
1838 年　　4 月，在《现代人》杂志刊出诗作《黄昏》。
1838 年至 1841 年　　在德国柏林大学留学。
1841 年　　5 月，返回俄国，发表诗作若干。
1843 年　　4 月，发表长诗《帕拉莎》。11 月，结识女歌唱家波琳娜·维亚尔多，从此终生追随她在欧洲各地游走。
1847 年　　年初，后被收入《猎人笔记》的《霍尔和卡雷里奇》在《现代人》杂志刊出。
1848 年　　在巴黎亲历法国大革命。
1849 年　　剧作《单身汉》、《首席贵族的早餐》等在圣彼得堡首演。
1850 年　　4 月，《多余人日记》在《现代人》杂志刊出。11 月，母亲去世。
1852 年　　4 月，因发表纪念别林斯基的文章被捕，在监禁中完成小说《木木》。8 月，《猎人笔记》单行本出版。
1852 年至 1853 年　　被软禁在其庄园斯巴斯科耶。
1853 年　　12 月，获准离开斯巴斯科耶前往圣彼得堡。
1854 年　　与《现代人》杂志同仁关系密切。
1855 年　　在涅克拉索夫出国期间主持《现代人》杂志的编辑工

	作。6~7月，在斯巴斯科耶创作长篇小说《罗亭》。
1856 年	1~2月，长篇小说《罗亭》在《现代人》杂志上发表。
1858 年	中篇小说《阿霞》在《现代人》杂志上发表。
1859 年	长篇小说《贵族之家》在《现代人》杂志上发表。
1860 年	2月，长篇小说《前夜》刊于《俄国导报》。4月，中篇小说《初恋》刊于《读者文库》。10月，因政见不同与《现代人》杂志决裂。12月，当选俄国科学院通讯院士。
1861 年	在其庄园斯巴斯科耶尝试农奴制"改革"未果。
1862 年	长篇小说《父与子》在《俄国导报》刊出，引发激烈争论。
1863 年	与维亚尔多合作将普希金的《叶夫盖尼·奥涅金》译成法文。
1864 年	6月，在德国巴登-巴登置地，打算在此定居。
1865 年	萨拉耶夫兄弟出版多卷本《屠格涅夫文集》。
1867 年	长篇小说《烟》在《俄国导报》刊出，由梅里美翻译的《烟》法文版于同年在法国面世。
1868 年	中篇小说《旅长》刊于《欧洲导报》。
1869 年	《欧洲导报》先后发表屠格涅夫的中篇《不幸的姑娘》和散文《回忆别林斯基》。
1870 年	《欧洲导报》刊出短篇《奇怪的故事》、中篇《草原上的李尔王》等作品。
1871 年	随维亚尔多一家迁居巴黎。
1872 年	中篇《春潮》、短篇《契尔托普哈诺夫的末日》等在《欧洲导报》刊出。
1874 年	屠格涅夫与福楼拜、龚古尔、左拉和莫泊桑等作家组成"梅塘集团"。
1875 年	出资在巴黎为俄国侨民创办俄文杂志阅览室。
1876 年	在斯巴斯科耶完成最后一部长篇《处女地》。
1877 年	《处女地》在《欧洲导报》上发表。
1878 年	开始散文诗创作。6月，在巴黎国际文学大会上当选为大会副主席。
1879 年	获英国牛津大学荣誉法学博士学位。

1880 年	6 月，参加莫斯科普希金纪念碑揭幕典礼，并发表演讲。
1881 年	11 月，《欧洲导报》刊出中篇《爱的凯歌》。
1882 年	3 月，患脊椎癌。12 月，《欧洲导报》刊出以《暮年》为总题的 51 首散文诗。
1883 年	9 月 3 日（俄历 8 月 22 日），在巴黎郊区布日瓦尔去世，享年 65 岁。10 月 9 日，遗体运回圣彼得堡，根据其遗愿安葬在别林斯基墓旁。

（刘文飞　编写）